榜样人

王勤 ◇ 著

中国言实出版社

图书在版编目(CIP)数据

榜样人 / 王勤著 . -- 北京：中国言实出版社，
2022.12

ISBN 978-7-5171-4336-9

Ⅰ.①榜… Ⅱ.①王… Ⅲ.①长篇小说—中国—当代
Ⅳ.① I247.5

中国国家版本馆 CIP 数据核字 (2023) 第 003388 号

榜样人

责任编辑：张馨睿
责任校对：张国旗

出版发行：中国言实出版社

　　　　地　　址：北京市朝阳区北苑路180号加利大厦5号楼105室

　　　　邮　　编：100101

　　　　编辑部：北京市海淀区花园路6号院B座6层

　　　　邮　　编：100088

　　　　电　　话：010-64924853（总编室）　010-64924716（发行部）

　　　　网　　址：www.zgyscbs.cn　电子邮箱：zgyscbs@263.net

经　　销：新华书店
印　　刷：成都市兴雅致印务有限责任公司
版　　次：2023年2月第1版　　2023年2月第1次印刷
规　　格：880毫米×1230毫米　1/32　12.75印张
字　　数：300千字

定　　价：78.00元
书　　号：ISBN 978-7-5171-4336-9

火热时代的歌唱

——读王勤小说《榜样人》

◎ 朴　素

在已经逝去的岁月里，凭借影像与文字给我们留下了时代的悲与喜。正是这影像与文字让我们重返过去的时光，贴近历史沧桑里小人物的喜怒哀乐，而小说为此提供了接近真实的记录。读海南作家王勤的新书《榜样人》，可以说把那段历史写得淋漓尽致而不失分寸，更让人领悟到那段消逝岁月里的激情与热血。小说《榜样人》把叙述的目光聚焦在二十世纪七十年代的海南农村，这样的环境与人物对于当下的芸芸众生来说，极为陌生。可能，我们已经习惯高楼大厦，习惯互联网之下的信息社会。但历史本身不会消失，它固执地存在，昭示着未来。就像小说里的知青"我"一样，仿佛走进历史某一处不被人知的角落，一起呼吸，一起生存。

知青"我"并非小说里的主人公，但"我"却目睹了雨林县所发生的大大小小的是与非。那位理想高远的县领导知青于弘毅、大队支书陈焕人、生产队长庞成地，以及诡异的黑户地主婆婆等。这些不同的人物及其命运，在特定的年代里构成后知青文学的最后曲调。

通过"我"的视线，小说的目光由远到近，笔触所至，有农村干部与农民之间鸡毛蒜皮的争持，等等。作者所秉持的态度乃是"人性的弱点和平常之处，但并不以其卑劣可鄙，既不敌视，也不自欺欺人地纵容之"。正是作者王勤这种宽厚的目光，让小说获致一种较为广阔的视野，有了较为豁达的判断。即使小说里的人物形迹可疑以致面目可憎，亦大多会在叙事者的视野中得到宽宥，即使叙事中显露出讽刺意味，其背后也暗藏着一种理解。作者知道，小人物在大历史的洪流里是被裹挟着前行的，他们所做的一切，不过是顺从初心的守望。天地之间，那种无名的"道"，始终是存在的。

面对历史前进的巨大车轮，读《榜样人》，我更喜欢作者笔下那些充满细节的农村日常生活，譬如生产队队长家里的那条大黄公狗、自留地里少得可怜的蔬菜、黄昏时分村子里的猪粪鸡屎、毫无油水可言的爆炒青菜、地主婆婆屋里的硕鼠，等等，看似闲笔，文字里却有一种无处不在的悲悯流淌其间。我觉得这些二十世纪七十年代农村日常风景的白描，看似碎片式的生活细节，才是小说打动人心的地方。仿佛洗尽铅华，回到本真。这些并不起眼的日常风景，真正构成了匮乏时代的根基。

《榜样人》的书写经营，作者并没有固守长篇小说原有的模式，讲究故事，讲究悬念，而是极力避免故事意义的逸出，闲散有致。但如此的写作方式，也让小说《榜样人》看起来更像是由记忆里随机出现的片段组成的，挑战了我们追求小说连续性的阅读经验。这种写作处理，可以说是作者王勤的有意为之。一方面颠覆了前知青文学的狗血激情，另一方面建筑了后知青文学的冷静与保守。知青"我"的所见所闻以及亲身经历，不仅是个人性的身不由己，也是大历史的见证。正是这种极具个人性的参与，才让冠冕堂皇的历史露出鲜活的一面，贴近地气，风情饱满。

我们常常回首过去，童年的乐趣一直在记忆的深处不断沉淀。二十世纪七十年代的农村，贫困落后，知青混杂其中，有过汗与泪的付出，有过年少轻狂的欢喜，更多的是战天斗地的不服输。无论如何，曾经的岁月即使是一次声势浩大的青春祭典，流淌到今天，我们也只能从文字中找寻记忆。《榜样人》可以说是后知青文学的一次回光返照，影像模糊。小说里的知青痕迹亦可以说是光影凌乱，留下的是农村在二十世纪七十年代的风景。

作者王勤在深味那个时代的同时，寄予的并非传统知青文学的"怀念与回归"抑或"历史反思"，他在《榜样人》一书里所传达的乃是命运的终极存在。没有花哨的形式外表，以朴实的白描写下他对过往历史的个人性记忆与承担。人或许会走出童稚时代，然而回首往昔，仿佛目睹时光的苍老，一个过去式的旧时代，已经永远逝去了。现在的我们只能退回内心生活，在内心生活里想象世界，自由自在，保持某种主体性的幻觉。作者的可贵在于他对故乡历史的重新追溯，自觉意识到遗忘的惯性，不以耸人听闻的故事包装那段令人难以忘怀的过往，而是贴近地气，努力用平易的传统形式讲述人与乡村、人与自然、人与历史的命定纠葛。这让我想起一句话：任何一部伟大的小说都是从读者惊讶"这不是小说"开始的。

（朴素，原《天涯》编辑，文学评论家）

目　录

第一章 ……………………………………… 001

第二章 ……………………………………… 010

第三章 ……………………………………… 020

第四章 ……………………………………… 029

第五章 ……………………………………… 037

第六章 ……………………………………… 043

第七章 ……………………………………… 053

第八章 ……………………………………… 059

第九章 ……………………………………… 064

第十章 ……………………………………… 075

第十一章 …………………………………… 085

第十二章 …………………………………… 092

第十三章 …………………………………… 100

第十四章 …………………………………… 108

第十五章 …………………………………… 116

第十六章 ……………………………… 122

第十七章 ……………………………… 132

第十八章 ……………………………… 141

第十九章 ……………………………… 149

第二十章 ……………………………… 157

第二十一章 …………………………… 164

第二十二章 …………………………… 173

第二十三章 …………………………… 181

第二十四章 …………………………… 190

第二十五章 …………………………… 201

第二十六章 …………………………… 213

第二十七章 …………………………… 221

第二十八章 …………………………… 229

第二十九章 …………………………… 236

第三十章 ……………………………… 252

第三十一章 …………………………… 278

第三十二章 …………………………… 295

第三十三章 …………………………… 334

第三十四章 …………………………… 367

尾　声 ………………………………… 394

第一章

这年于弘毅即将走马上任一个县的主要领导岗位,坊间的人们这才注意到他是个什么样的人,好奇他是从哪冒出来的,然后才有意或无意地打听这人的有关情况。

在当时,某人当了这样或那样的领导,那肯定是备受关注的新闻。有人不费吹灰之力就打听到了他父亲为中共琼崖纵队的老领导,新中国成立后官至地委二把手。更详细的传闻是老父亲二婚老来得子,爱子如命,他刚出生即寄予他"士不可不弘毅"的厚望,故取其名。可爹妈当时一心忙于解放后百废待举的人民政府工作,无法顾及他的成长,从上幼儿园开始,他一直是吃集体大锅饭长大的干部子弟学校的住校生。

时间快得如流水,高三快毕业那年,他是这个学校学习成绩数一数二的学生,这时广播里响起"到农村去,到边疆去,到祖国最需要的地方去"的歌曲,他们一帮在校的高三毕业生,转身变成了城市的上山下乡知青。他又是第一个带头报名上山下乡的知青。

他们上山下乡落户的地方是海南岛农垦国营碧绿农场,在雨林县山区境内,后改名为广州军区生产建设兵团八师六团。那地方离海口市仅两百多公里,但交通闭塞,此去不易。

刚到农场,知道他曾经成绩很好的人并不多,学校里随他一起上山下乡农场的同学不再尊拜他,面对接受农工的再教育,知青们被一视同仁,出勤干活没人能搞特殊。

一次于弘毅被派去和其他人一起干挖胶肥坑的重活,有俩知青同学借口肚子痛、头晕躲开,他们请他帮忙完成挖坑任务,还美其名曰:把表现积极的机会让给他,说他需要这样的机会。

于弘毅没少受到同伴这般的"关照",他当然在所不辞,吃苦在前,不在意别人如何看他这种精神,从而得到了领导的表扬。

他和部分知青分配在农场的六团五连队,那是一个二十世纪五十年代由部队转业军人建立的连队,土地山岭面积较大,地方偏远。当初组建的队伍和农场是人们响应祖国的号召,开荒种植了大面积的橡胶,如今知青的到来极大地增加了连队的生产力。

头几个月,知青们在老职工的带领下,学习割胶技能,在胶林除草和清杂,挖沟和下肥。这是初到农场的劳作。

春夏之交,胶林披上翠绿的盛装。凌晨,启明星闪烁,割胶人的一天开始了。

知青们像所有的割胶人一样提前起床,箍好头上的电池灯,脚蹬解放牌胶鞋,腰身后背篓内插着沟槽胶刀,肩挑一对铝胶桶,从集体宿舍走出,沿山坡崎岖的路披星戴月地朝各自处于山林中的胶林段位走去。

等到日上三竿,割胶的知青队伍才陆续从各山头挑回一担担胶乳。由于割胶林段离连队收胶点较远,加工厂等一些边远知青挑回胶乳往往要等上好几个小时,被耽搁的胶乳容易变质、变坏被倒掉,经常出现的浪费令人心痛。

于弘毅出主意,试着在挑回胶乳的半路上搭起一个临时胶水加工点。老连长赞同加支持,拉来个胶槽和一架压片机,就地熏胶、制胶片等。

胶乳凝固剂是醋酸,这是制胶的第一道工序。醋酸加少了,胶乳凝固不了,加多了,压成的胶片熏出来就黑如木炭只能当次品。如何按科学比例制胶,加工厂有测量仪,他们这新建的制胶点没有。每天制胶时,老连长凭经验辨颜色、闻气味，指导知青加醋酸，所有的制胶技术由老连长传授把关。

有次老连长去团部参加批修整风学习班，加醋酸的事没了人指导把关。于弘毅照样子来了一回调配，结果当天所有胶乳全部报废。

连长此去学习半个月，由知青们自个制作的胶片均告失败，没人再愿意接下次的调配醋酸制胶。

于弘毅挑回一担胶乳，擦着汗说："我再来试试。"

一边知青嘻嘻哈哈地埋汰他说："你都搞坏好几次了，别再出风头了，搞坏了你不心痛？"

于弘毅不理睬他，用舌头触高浓度的醋酸，舌尖火辣辣地痛和发麻；尝了加氨水的胶乳，一股尿味往喉头里呛，让他差点呕吐。他进而埋头整个过程和注意不同的环节操作制胶。

新加工点终于在当天制作出了黄澄澄透亮的胶片。那嬉笑他的知青问他："你快说说门道在哪，我们向你学习。"

于弘毅吐出被醋酸烧得起水泡的舌头示范说："你看舌头对醋、硷很敏感，割胶时，为了防止胶乳凝固，加进氨水。氨水含硷，氨多可把醋酸中和掉……醋酸是酸的，氨水是涩的，用舌头尝一尝，就可确定加醋量。我们的高中化学知识你不用，还给老师了？我看你就知道吃了睡，睡了起来干活，脑瓜子快成猪脑了。"

在老连长回来之前，于弘毅有好些日子咽喉红肿吃不下饭，有人发现他的舌头开始溃烂。老连长回来后，感动得落泪，强令他上场部医院治疗。他说："这点小伤怕什么？我去连卫生所吃点消炎药便好。"老连长不时给他更多的表扬，并说了个好消息，从上海来的轮胎公司对橡胶新加工点由于弘毅主持生产的胶片做了技术鉴定，完全符合一级标准。

团首长特别表扬了于弘毅不怕苦、不怕死的革命精神，将其树立为知青的学习榜样。

夏收秋至，接团场部指示，决定连队大展宏图，开荒种植高产橡胶标准园。

于弘毅向老连长、指导员递上请战书，表示开荒任务由他们知青去干，就让他们来一次脱胎换骨的茁壮成长。

知青们在这时才恍然想起，这个往昔的优秀生风采依然不减，有人说金子是埋不住的，到哪都会发光。不用说，垦荒意味着进行一场持续很长时间的大会战，对所有知青都是一次从未经历过的吃苦耐劳的大考验。

农场老职工中就有流传，他们这最苦的活儿是三伏天雨林砍芭（开荒砍山）和下水田插秧，这时容易受到毒蛇和蚂蟥的咬伤。连队五十几名知青，于弘毅被任命为开荒队长，由连队指导员和他带队，开进离连队胶林边远的荒山野岭，开始了他们秋冬季战天斗地的大开荒行动。

这里的雨林山水一年四季无冬。他们自行动手砍山竹、茅草和葵叶搭建住宿窝棚，驻扎下来，伙食从连队用牛车运来，吃住都在深山老林里，喝的是山泉水。如果遇上风雨天，则过着风餐露宿的日子。

深秋的山野林子蔚然泛着青绿色，落叶飘零，白天依然是那么热，艳阳高照。知青们砍芭，多人手脚被划破，整天晶晶汗滴，艰苦开荒直面的雨林山岭，藤蔓缠绕，荆棘丛生，靠的是双手一刀又一刀地砍、劈，大树则全部锯倒……山坡山岭上的绿色倒了下去，山色就死了，满山遍野是横七竖八的树干，残枝败叶的藤竹、灌木和杂草堆了满地。

他们一片接一片、一山一岭地砍倒削去眼前的热带雨林，聚拢柴草堆，挖树头、起树根，接着放火烧山。在大火烧过的光秃秃的山岭上修筑出环山梯层，挖种胶穴位和排水沟，留下防风林，最终整理出标准的橡胶种植基地。

远看那几座丘陵和山岭，此时犹如被剃光了的人头，成天暴晒在热带雨林朗日光照的烈焰之下。山水没了衣装，就如人不穿衣服，青山成了光头山。

于弘毅人瘦了一圈，脸晒得黑乎乎的，双手早就结了一层很厚的老茧，乐观的笑容中露出洁白的牙齿。

人长得瘦如干柴的知青杨星星，大伙给他起外号叫"干柴"，紧张艰苦的砍山劳作使他患上了严重的失眠症，不管白天或黑夜，他就是睡不着觉，身体一天不如一天。两名女知青水土不服，喝了山泉水经常闹肚子，上吐下泻，人也虚弱垂危。更加可怕的是，有一男一女知青，出现了全身骨头酸痛、口舌干苦，头部剧痛、晕眩和抽搐，时而热得脱光衣服擦汗，时而冷到盖两床被子都不管用，他们无疑是被山里蚊子叮咬，患上了疟疾，当地人叫"摆子病"。

这病在那一带令人谈病色变，当地有多人患病，不死即残。古时传闻，曾经有一支上海南岛入侵雨林的军队，曾害上这种病，不经战斗全军自行覆没。

热带雨林群蚊神出鬼没，天罗地网般围攻叮咬人，传染致命疟疾；山蛭遍布，蛇蝎野兽横行，环境弥漫着瘴气，这些东西不分白天黑夜袭击入侵它们领地的人。经常有人砍芭收工回来被山蛭咬得双脚鲜血淋淋，有的钻到人身上任何部位附体吸血，传染疾病，不注意的还被蛇蝎咬伤致死。

雨林山岭已不存在什么诗情画意，反而时刻令闯入者感到恐惧，活脱脱成了害人之地。几个月以来，知青们确实经历一场脱胎换骨的奋斗，砍山挖山烧山，与天斗与地斗，与各种艰苦生活斗，他们用行动做到了献身荒山野岭种橡胶的决心，而且已到了开荒造地决胜的关口，胜利在望。

那个叫"干柴"的知青杨星星，病得就要崩溃。他在这夜陷入绝望的沉思，举头望着山中的一弯冷清钩月，口中唱起歌："抬头仰望北斗星，心中想起……"他不由自主地流下两行热泪。

"难道我就这样献身山沟沟了？"他开始恐惧动摇，意志再也坚持不下去了，他起身摇摇晃晃，当夜冲出草棚去找指导员和于弘毅。"我们撤吧，我再也干不下去了！"他快哭出声来，扶着门柱子说。

于弘毅笑道："我们？你要当逃兵不成？想逃你可以先走。"

杨星星有力无气说："就你能当英雄，我当狗熊行了吧。"

指导员说："杨星星，我已安排人把所有病人撤回团场部医院就医，你就是病人，可以一起走。"

杨星星冷笑："我走，我走，我是狗熊啊！"

于弘毅说："所有人都在坚持干到最终的胜利，你别当逃兵给我们知青丢脸，再坚持十天半个月，山上梯田胶位挖完，我们才撤回不是更好吗？"停了一下又说，"你太软弱了吧！"

杨星星转身冲出他们的窝棚，他失去了理智，向黑夜发出歇斯底里的吼叫："知青同志们，我们胜利了！我们可以回家了！天亮了我们就走哇！"

第二天太阳格外耀眼，新的一天总是充满希望。

漫山岭随处可见斩翻的树木，杨星星今天主动承担放火烧山的任务，这是工地的最后一次大面积烧山。他喜欢付之一炬的刺激，烧毁旧世界、重塑一个新世界曾经是他理想的追求。指导员平时照顾他身体有病，总是分配给他轻活儿。

死树如同倒地的尸体，曝晒在灼热的阳光下，烧山火即刻点燃。烈火燃烧干柴和残枝败叶，火势冲天。一大片金灿灿的猩红如红魔乱舞般沸腾起，火越烧越旺，整个山坡顷刻间火海冲天，火势随风噼啦啪啦响起，燃烧的山像在弹奏一曲激烈的摧枯拉朽的交响乐。

这时没人看见、也没有人知道杨星星是如何把自己投入大火中去的。

他疯狂地扑进了熊熊的烧山大火之中，随烟火飘向遥远的天空，以火为离开大地的起点，那是想得到他梦想中的永生。

他没告诉过任何人，来了一次说走就走的解脱。

十多天后，这次开荒种胶大会战任务胜利完成。知青们撤回连队，准备走出那道道山岭，离开那苍茫的热带雨林。当所有人打起背包扛起干活工具，离开窝棚排队站好，约定一齐朝山上杨星星那无碑的墓地喊话："杨星星，我们胜利了！我们一起走吧！"群山绿岭一遍遍回应他们的呼唤。

喊完，队伍里立刻爆发出一声声哽咽，一名女知青哭了："杨星星，你回来啊！我们要走了，我们会来看你的……"

杨星星的那套行李还留在他原来睡的窝棚里。这是有人坚持给他留下的，说是万一杨星星孤魂回来尚有个落脚的地方。

山林沉默，大地无语，静谧的山林湖水和万绿丛中再次传来森林啄木鸟如敲木鱼般的空灵的声音，那可是杨星星的回应？

经此次种胶大会战，知青们共削光了几座山头的山林，砍光了多面山坡的雨林，在那里建起了一个标准化的橡胶种植基地。知青中除了杨星星自个儿走了，有几个被毒蛇咬伤，两个害上疟疾的知青，女的医治无效身亡，男的被抢救过来。

当年年底，在兵团农场六团总结表彰大会上，于弘毅被树立为知青先进标兵，他接着在各团场之间巡回演讲。第二年开春，他被兵团任命为六团副团长（农垦碧绿农场副场长），兼任六团保卫处长和武装连副连长。

光阴如流水，人们只记得第二年，在那片新开垦出来的橡胶基地上，种下了优质产量高胶水的绿油油胶苗，没人注意到，杨星星墓地边上，雨林疯长。茫然苍凉的雨天里，郁郁葱葱的雨林山岗上开满了洁白的曼陀罗花，布谷鸟又飞来了，声声呼唤，山谷森林不再平静。

1

当年那为沉堤的地方不叫沉堤，它原是坡岭山林一带流柴河上游的一条拦河堤坝，被山洪冲毁这堤坝后，当地的村民才叫它沉堤。

我曾经参与修建这条堤坝，这条由坡岭人竭尽全力、战天斗地、流血流汗直至付出生命修建起来的堤坝，在那一夜之间垮掉沉入河中，犹如流水般地带走了坡岭人许许多多的迫切期待和梦想，他们所有的付出成了一场让人痛苦的议论、百般惋惜的回忆直至慢慢忘却。

那天堤坝被洪水冲毁前，我加入了那支由大队和工作队领导指挥组成的抗洪抢险队伍，面对加剧的险情，人们无力回天。抢险队伍撤走的那阵子，回望堤坝险情出现的呼救和抢险经过，堤坝历经了一天一夜的惊险垮坝时光，缓缓沉入河底的过程，无不让人痛心疾首。

与修建堤坝所用的心血和人力物力时间相比，垮堤是一个用不了多长时间的过程，那时间快到让人口瞪目呆。

洪水漫过堤坝，水流土石穿，由上而下狂波冲击，先是可怕残忍地剥去坝坡刚刚覆盖上的草皮，接着水注一波波掏去裸露的泥土，犹如一下又一下掏着人的五脏六腑，直至掏空、摧毁坝身，并把它能带走的一切都卷走。

"垮了，垮了我们重修，修一个更大更结实的水利大坝。

不信我们斗不过你这老天爷。"那意思是原来的堤坝不够大不够结实，坡岭这堤坝毕竟是一个大队的力量修建起来的小水利。

流柴河这小堤坝成为沉堤之后的一个阴天，工作队的陈祥广组长召集坡岭大队和生产队长开总结经验会。中午散会后，他再次向大队支书陈焕人强调道："有可能的话，我们还要上马修复这个沉堤。"

陈焕人忍不住回他话："你行行好吧，要干你一人去干！"

陈祥广打哈哈道："看把你吓得不成人样了。"

当时会上，气氛沉默，在座的听陈祥广一人在做"经验"总结。轮到大家说话了，反而有生产队长开始大声骂娘，说风凉话，陈祥广烧脸的时间比白脸的时间长。事实上他力主大队修建的这堤坝不仅失败了，还死伤了人，浪费了那么多的人力物力，不知挫伤了多少人大干农业水利的积极性，他不好把别人的批评责难怼回去。怼回去不会有好的局面，他不愿看到，所以，他立即提前散会。

会上他只用几句话为这事辩护："失败是成功之母，没有失败哪来成功？我们的建设事业有哪件是一帆风顺的？干革命搞建设，我们必须不怕失败！"

我问陈祥广："可不可以把这次会叫作经验教训总结会？用不用报给上面……"

他目光逼人，脸色难看，骂道："混蛋，谁叫你这么想的！"

第二章

那年，地处南方农垦生产建设兵团的年轻人，最时尚的流行标配就是一顶军帽，一身绿色四个兜的军干装，绿色如果洗得发白则更显出它的气派，穿着打扮挽起袖子，加上阳光灿烂的微笑，那模样就神采奕奕了。

于弘毅圆脸透着灵慧通润的气质，平时就是上面那般装束的俊朗模样。让人羡慕的是，这年他当上了农场兵团所在地的雨林县领导，赴任县委书记（代）、革委会主任，年轻有为，时年二十六岁。

于弘毅是典型的老三届，春风得志，人讲话都不一样了，他的知青场友恭维他，嘻嘻哈哈地找他："弘毅团长，祝贺祝贺，把我们也弄去县里当个连长排长干干如何？"

于弘毅一改过去与大伙儿开玩笑的随意，神情隐含倨傲。他从此脱下军帽扮老成，颐指气使地说："不许造次，今后找我要注意说话，搞难堪了，到时别怪我不讲情面。"

刚当个像样的领导就是不同，不过，到什么山唱什么歌嘛。他改变了形象，把平头换成了一边抹的头发，看着越发显得成熟。知青伙伴们理解他，认为他是当官的坯子，一天不吃不喝可以，但一天不在领导的位置上他会显得不耐烦。

他原就是学校高中的优秀生，同辈人的经历大家不说都一清二楚，优秀生的活法当然跟身边的人有所不同。相同的是知青中不少人是城里干部的子弟，用现在的话来说是官二代，不同的地方则是他下乡农场后比别人更加努力，处处带头的本色不变，高调且积极向上，多次被评为知青先进榜样和青年标兵，直到坐上场领导的岗位。

这次升任主政一个县的位子，对他来说是极大的挑战和考验。上天没有给他十全十美的好运，上任才两个多月，正好赶上全县一场大旱灾，旱情十分漫长，说是五十年一遇，三十六万人口的山区雨林县旱魃肆虐，农业生产危机四伏，群众生活受到极大影响。

前任县委书记张启福在这一节骨眼上为什么要调走，坊间猜测说什么样的都有。比如说他岁数大了，老革命在雨林县干了那么多年，政绩平平干不下去了；比如说他讲话水平不行，写个字歪歪扭扭大如斗，在好些文件上做个批示常闹笑话（法院呈报案件死刑判决书，他批示道："同意枪毙张启福。"），等等。

他升调行政区副主任，主管农口，是他向组织上推荐于弘毅接替他的位子。推荐的标准符合干部年轻化，他说于弘毅熟悉县内这个大型兵团农场的发展，级别相当县处级，了解这个敢想能干的青年人，却没有多少人知道于弘毅的父亲是他的战友和老上级。

临危受命，于弘毅是去挑重担，扛起责任，无私可图，别人也没什么好说的。上边也认为，目前要把雨林县的工作局面尽快打开，就必须大胆起用像于弘毅这样政治上可靠、有作为能接班的青年人，因此组织上接受了张启福的推荐。

于弘毅对张启福的提携和关爱心存感激，没对张启福说半句客套话，他非常自信，送张启福上小车回地区里时，他说："张伯伯你啥也别嘱咐了，我一定拿下雨林县的成绩单，向你们老上级做汇报。"

张启福急了："不是向我们汇报，是向党和人民汇报才对！我告诉你啊，小子，你现在只是个（代）书记、革委会主任，要虚心做人，踏实干事，为人民服务别翘尾巴哦。记住，干不好你什么都不是！我和你爸好歹还有点资格在那，知道吗？"

于弘毅轻松笑笑："知道了，知道了。"

但是他心里还真没多少底。自从接替了张启福的这个位置，他每一天都在想如何做出业绩，如何干出一番前无古人的伟大事业，继承前辈的革命精神，为共产主义奋斗终生。这也是他们这辈人自从下乡走进社会以来的坚定想法和坚定信念。他要干不好，还真没脸面对父辈的殷切期望。

他的工作压力前所未有地增大。张启福曾像教孩子般告诉他："要多下基层调查研究，要经常跟其他人开会，虚心听一听大家的意见和建议，集思广益，人家会支持你的工作。"他只想笑，没说啥话。张启福还是说个不停："你要多开会，开会是我们干事和解决问题的法宝，是我们的好传统，这样的工作方法要坚持下去，让它发扬光大，你都记住了？"

于弘毅准备开会了，在这方面他百分之百听从张启福的教诲，眼下放在开会的地点也是我们一般人极少能踏足的地方，就是县常委会议室。

我跟于弘毅一样，同是雨林县一个农场的下乡知青，对一个县的常委会议室绝对充满景仰和好奇，包括能在里边开会的人，那是一个太有吸引力和神秘的地方。一句话，那个地方就是我身边的近似于当时的中南海。

常委会议室听说是张启福当书记时盖的，放到现在就如同一间大平顶房上临时增加搭建的红砖房子，小阁楼似的。上去的小楼梯贴墙外边，日晒雨淋，房子只几十平方米，半堵人身墙上是连排的杉木玻璃窗，没挂窗帘，四面透光。用张启福的话来说，县领导有一个这样的地方开会就不错了。作为人民的公仆就不能讲排场、图享受。其实，真要盖得好一点，县里是拿得出钱的，只是有人说张启福舍不得花这方面的钱。

自从知道了这儿是县里多么重要的地方，经过时，我总不免举头回望几下，想象着有资格坐在里边的人都是那么了不起，当时他们的每一句话、每一个决定都可能决定这个县的命运或者某个人某些事的前景。

我还不敢奢望这能给我带来什么。但就是这样一个太阳天天从小阁楼红砖房子顶端升腾起来的地方，它没半点来自权力中心辉煌的样子，总是显得那么贫穷老旧、简陋平常。小阁楼的红砖早就挂上了颜色极不协调的流水痕迹的青苔，与涂鸦相似，下面的大平顶房是间长方形的县委开干部会的会议厅，墙体陈霉剥落，玻璃大门窗户框架上的蓝油漆褪色，长久失刷残裂累累。这里"属危房"这个词，时常蹦出县委办公室人的嘴。

这天，在小阁楼会议室内，于弘毅主持召开了常委会。两排长桌围成个口字，上铺蓝布，置放白色盖瓷茶水杯，没有麦克风，阳光强烈地照射进毫无遮掩的窗户室内，两个老掉牙、白色掉漆吊顶风扇不争气地转着，像蚊子时断时续地叫响，令人顿生烦躁。

供电所的人也许没接到这里正在召开决定县里今后发展方向的最高级别的会，县城供电紧张年年如此，电老虎们不知是否有意为之，突然斗胆拉下县委大院的供电闸，以保证离县城三公里外的县糖厂生产用电的正常进行。

雨林县的这个冬季有些热，头上的老吊扇断电，失去送下的凉风，七个与会者有两个只好解开衣服胸襟，感觉体内的阵阵热气正涌出肤表，似乎空气中还飘着一丝若有若无的胳肢窝狐臭。带折叠扇的那个是主管工交口的县委常委冯贵，南下干部老革命，他慢条斯理地摇动手中的扇子说："供电所的老李是怎么搞的？这个时间竟然停县委办公区的电！我看他是不想干了。"

于弘毅喝了口茶，抹一下额头正在渗出细汗说："算了，落后缺电就是这么个样，该让我们县委领导尝点苦头了。"

于弘毅定调这个会的内容是研讨本县今后大干快上的学习会。虽然先前他跟县里的每个领导都见过面了，有的还讨论过工作上的事，但是他在这次会上再次自我介绍，一番开场白后，就主持开会。

他亲自读报，尽量做出让人觉得他没端架子，树立谦虚谨慎的形象。

"昔阳能办到，你们难道不行吗？一年不行，两年不行，三年行不行，四年、五年总可以了吧？……"（某报社论）读到后面，他的情绪兴奋，声音加大，即时穿插讲解，一种时不我待的气派，"同志们，我们不能再等了，多少事都在等待中丧失发展，在等待中贫穷落后，什么三年五年，我们县必须用只争朝夕的精神，用一到两年的时间，最多三年，从根本上改变它贫穷落后的面貌……"

读完报纸，他一番激昂的回顾和分析当前的各地形势，接着提出雨林县今后农业发展的主要方向和计划方案。

在座的领导都是第一次听这个新来的年轻代书记讲话，审视和评价他的目光或许比认真听他读报和讲话的心思更多些。听上去，他描绘的美好蓝图呈现出无比光明的前景。

为了这次会议，于弘毅的准备不得不说是做到了家。他在上任时，大旱之年走访过不少乡村，开过不少座谈会，倾听下面各级干部群众的意见，然后不断地搜集和学习各地的成功做法和经验，三易其稿才搞出这个讲话方案。

他的方案说完后，上午时间已过大半。几乎成了一言堂，对新任领导的看法和工作方案，在座领导们研讨发言的时间已经不多。

于弘毅的方案中有两项大举措最能影响人心，高调大农业大气魄的格局跃然登场。呼之欲出的，一是抽调县城机关各条战线人员，包括全县农村各类优秀青年（回乡知青、退伍军人等），组成基本路线教育工作队，浩浩荡荡地进驻各个乡村社队，全面开展轰轰烈烈的群众运动。二是从农村抽调大批青壮年，组成上万人的水利建设兵团，大打水利攻坚战，整治农田，兴修水坝，筑堤引水，发电灌溉，打一场农业水利建设的战争。

等轮到在座领导的讲话时，主管农林牧业的县委陈然副书记、革委会副主任，他大约四十多岁，接着发言。

这人脸庞大，个子长得高，说话声音却从来不大。他先是平心静气地大唱赞歌，什么雨林县从来没有过的、开天辟地的伟大创举，什么大气魄大气象大战略。

尚未对雨林县农业做出任何分析的情况下，陈然口若悬河地讲了形势一片大好的展望，下结论时一笔捎带在座的各个常委："我们常委一致认为农业大干快上的条件是具备的，我们已经充分估量了群众中蕴藏的极大的社会主义积极性……"

他的发言因占时间太多，于弘毅听了心里犯嘀咕。他客气地打断陈然的讲话，请他注意发言时间。

其他领导却表现出异乎寻常的平静，没有抢着发言的热烈冲动。最让于弘毅感到信心满满、决心大增的是没有一个领导对工作方案提出不同的意见，他们或说些无关痛痒的分析，或提些补充意见，或讲些不着边际的国内农业生产形势和雨林县农业历史状况。会议超时了。

在事先跟其他领导通气过的情形下，于弘毅最后宣布一项重要决定：马上接着召开全县四级干部会议（县、公社、大队、生产队），全面贯彻落实这次县常委会的精神，吹响全县人民奋起大干快上的冲锋号。

陈然在张启福当县委书记时，在县农办主任位置上十分受到重用。他自嘲为半个水稻专家，一跑到乡下不管干什么，总卷着个裤腿衣袖，太阳暴晒也不戴草帽。依常规看法，如果哪个部位晒脱皮了，就增添了干部吃苦耐劳深入一线的本色，他一般这时就在适当的时间和地点出现在张启福书记的面前汇报工作，献计献策。他一手搓着脖子胳膊上晒黑晒死的脱皮，一面打开笔记小本记下领导的指示。更难得的是，在下面公社检查工作，走田埂过村庄察看庄稼状况，他一般不穿鞋，白嫩的脚底就算踩了满地上的刺和被硌伤也在所不惜，因此新闻媒体赞誉他是卷裤腿净脚不怕吃苦的好干部，跟农民群众打成了一片的好领导。

回到家，他往往会用大于平时十多分贝的声调，吆喝他那农村来的老婆给他挑脚底被扎的刺，一边挑一边骂骂咧咧："痛死了，痛死了！"老婆拿衣针挑刺下手为难，好言相劝他为什么不穿鞋，他骂道："你快点挑了，妇道人家懂什么！"

比之于弘毅，他不算是坐直升机上来的，张启福调走前一年，陈然从县农办主任的位置上，经张启福向上提议，组织考察决定，被提拔到县副书记的位置，分管县里最重要的农林水牧战线。于弘毅到县里上任后，他又成了县委的常务副书记。

当初一个只读过中专农校，在常委书记中算最高学历的本县人，他对张启福书记说的一切都说好。有人说，这叫懂得官道。眼下他对于弘毅说的同样说："好，开这个会非常英明及时！"又有人感觉说他的组织观念强！但他内心里是否真的说好，谁都猜不透。

于弘毅说："各位对开四级干部会还有何意见？"不见其回应。他宣布会议结束。

2

沉堤的情景总是在我的脑海中时不时浮现，有时清晰，有时模糊，每当此时，我都感觉做过这种想象。曾经的县委领导于弘毅可能不愿意跟我谈起在雨林县的那些工作经历，他如今说不上是功成名就，但至少是从正厅级的位上退休。如果再问他想不想回雨林县的山山水水走一走，跟那里还在的熟人见个面，叙叙往事，他会答应吗？

我的直系领导陈祥广一辈子都生活在县里，他该受到有关的指责吗？我说的是应该，也许有人异想天开，想把他告到法院，或是已经出现过什么不好听的传闻——某月某天在一些公共场所或是特定的地方被人指着鼻子眼睛臭骂，被什么人报复打了一顿，场面混乱尴尬……除此之外，也许不会再有比这更严重的事情出现。这当然是我主观臆断，还有那些人那些事，常在我记忆的边角浮现。

那叫沉堤的地方，在人们没发现这地方有什么好之前，去那的人大多是要种地耕作的人，熟悉那地方的人去了有的不时会心慌，为啥慌又都说不清。说得神神秘秘的是在阴雨绵绵的季节，能听到像叫魂的呜咽风从山谷深处断断续续吹出，山岚泛影，绕山脚林丛的河谷隐隐浮动。

沉堤地处海岛中部山区的雨林县腾岭镇山谷林丛中，河还是那条游浪在山林山谷的流柴河，沉堤就沉睡在河水的怀抱中，大多时候沉堤躲避在没顶的水里，不甘沉沦，若隐若现。如果河水清澈透明，沉堤才会暴露出残毁的真容，近岸看，它原来不过是一条十多米宽，四十多米长的人工修筑的土石堤坝。

它早就被人们忘记并遗弃在雨林的流柴河水中。沉堤从河的这边横卧延伸至对岸，连接茂密的河岸草丛和田埂稻田。看不清河水有多深，自然就不知道沉堤有多高。遇上枯水季，露出水面的沉堤，人可以从残堤上面走到对岸，但也不愿那么走，宁愿绕远走另处架设的独木桥过去。

说不出因为什么，人们现场看到了裸露出水面，崩坍后的堤坝那可怕样子——沉堤出水的油滑面就算晒干了，还是有人害怕走上去会再次垮陷或滑倒，堤面上遗留散乱的大块雕花石板和刻字墓碑横七竖八地翘向苍天，玩刺激想要打赌踩堤过河，都没人敢上去踩脚。

河水洪水淘岸，芦苇无法生成的流柴河堤岸旁，杂草灌木丛生。水下倾圮着大小不一的乱石泥土，被河水经年累月地冲刷成一堆堆乱石坟头深潜河底。激流受沉堤的阻止，不断冲击掏空河床，冲刷造就出这里雨林森森的深潭河弯和被蚕食的塌岸，水底石堆中布满了幽幽的青藻毛须，随河流舞动，映像阴森。

沉堤岸上逢天气变幻，水烟弥漫，河对岸远处山间黑绿的林子白雾缭绕，山底下林影空蒙蒙的水稻田和山坡上的层层梯田景观迷人。

村人说在这儿的鬼怪很多，却没人能描述出鬼魅的模样，又说此地的筑堤阴魂聚集不散，不过都是迷信，说来说去好不容易又扯出那年那月的筑堤岁月。

唯那些爱好垂钓者，根本不在乎这里的怪异和阴森，偏偏喜欢往这来，高兴这么隐秘的钓点被找着了。

他们只在乎这儿有没有鱼钓，这儿的鱼多不多，这儿有什么鱼。

某天来了个鱼痴，他刚下钓钩，深绿的水面咕噜咕响过，抓杆上手使力，鱼竿呼地断线回弹。鱼痴惊吓不小，"哇"字不敢吐，万分惊喜遇上了老道的对手。他以最快的时间换上更大号的渔线和钓钩……第二次抛竿，他选站沉堤侧面一岸石作顶力，嘴里骂骂咧咧："活见鬼了。"

话音未落，揽在他怀里的鱼杆子唰地弯曲，渐渐地拉力越来越沉，放线溜吧。对方没让他哪怕是一点点的喘息僵持，只让他听到竿线就要拉断的急促的嘎嘎声而产生恐惧，让他感到毫无回拉的可能。绷紧得几乎要断线断竿，如同拔河般一边倒，一下子就把他连人拉出站脚石，跟跟跄跄仰身跟力，离岸往河水里去，直拖到人被水淹了身段才松开鱼竿，屁滚尿流地拼命游回岸边。

这是从来没有过的经历，哪来这么大的鱼？那一定是水怪，鱼痴心有不甘，窝火失意地走到浅水的沉堤上浣洗脱下的衣服。

突然，一阵水波来自深处振动，他还没注意看清是什么，水中手里的衣服就被莫名的重力一扯，瞬间脱手消失在一个激流漩涡中，他险些滑倒，吓得响屁连连，逃回岸上。这恐怖的一扯，如果换成是他，岂不喂王八去了？

他身上只剩下了透明的内裤，无奈旋即十分狼狈地离去。

晚风开始上劲弦，先从树的高端吹来，让人毫无感觉，当听到山沟石壁间的荒茅野丛里发出沙沙脆响时，山风已下沉，抚拂过暗淡凉冷的田畴。人身上的皮毛这时不禁一下痉挛，打了个寒战。

红黑相间的褐翅鸦鹃——黄昏时分的山林报时鸟，站在空旷的灌木丛杂枝条上，最先发出夕阳挽歌般的咕咕呜呜声；山鹧鸪小跑去开阔地，不时独自站立于光秃坟头和土堆高处，嘹亮音喉加入田地间鸟儿的大合唱；苦乐鸟躲进河溪滩涂潮湿的蓬丛里，声音一高一低，苦啊苦啊地叫，叫响远近孤寒的山坡和寂寥的山岭。

紧随着，有人想听到的那种声调又响起来了。"呱呱呕，呜哇呜……"似哭似泣，随着山风呜咽，吟吟咏叹般飘出沉堤那变幻莫测的天地。

第三章

全县四级干部会议召开前五天，于弘毅接到县林业局的一个情况报告，报告人是林业局害虫股股长陈祥广。这个人找到他，让于弘毅刚刚在乡下开完的调研会后又增加了一个现场会。

陈祥广是县林业系统资格最老的干部，十多岁参加抗日游击队，如今五十多岁了。他在于弘毅调任的县里暂住的县委招待所门口，而不是在于弘毅不喜欢坐的办公室里等他。等了两白天一黑夜，他决意面向于弘毅口头汇报一件事的严重性。

这过程中，于弘毅一直在跑乡下调研，陈祥广一不打电话（乡下公社打有线电话找不着人，就算找着也说不好），二不跟任何人说起找于书记的事。后来有人说他是想夸大其事并引起新书记对他的重视。不管怎么说，第三天县招待所午休，他才第一次见到了于弘毅。

他不亢不卑地说："我是林业局的陈祥广。"于弘毅第一次见其人，高壮个子，蛤蟆眼，朝天鼻，上翻唇嘴，说不上有好感。他对这个干部的情况了解不多。

县委各机关单位齐全，人员不多，办公和住宿分区，但都在一个几十亩面积的没围墙的大院内，干部串门找领导不管谈什么已成习惯，不管什么时间和地点，于弘毅经常回避，但拒绝不了这些人造访。

他对进门就自个儿落座的陈祥广说："你反映的事我看了书面报告，你们林业部门采取对策就行了。"

陈祥广说话声音历来低沉洪亮："不像书记你讲的那么简单啊，你要不出面开个现场会，后果可能不好说。"他这话说得很像是他在做指示。

凡事必找顶头的出面，就算你有三头六臂也不行，听不出啥意思，于弘毅这才对他多了关注的几眼。他先前看陈祥广写的汇报文字时，就已经询问过别人有关他的一些情况，说不上了解，却也是有了印象。

"老陈有话直说。"于弘毅经别人提醒过，别看在县里工作，地方级别小却有不少资格老的干部，对他们必须给出足够的尊重。

陈祥广只管说出他的想法："这事要协调各级领导（村生产队、大队、公社、周边兵团国营农场、林业部门……）的重视，各方齐心大打一场歼灭战。我向主管这方面的陈然提起这事，他推说找你。你说他这主管领导是怎么当的？你不出面行吗？"听这话的口气又像他在倚老卖老，于弘毅并不介意。

陈祥广不称呼陈然为陈副书记，可能因为他不把陈然放眼里暂且不说。他们之间有啥过节，农林业主管领导陈然为什么把这事推开，工作上的事于弘毅不去多想了。他有所触动的是，陈祥广汇报的这件事，非要打什么歼灭战才能解决？

有那么大的事吗？啥事都往大方面去想……想到此，他觉得先把陈祥广说的答应下来，他倒要看一看这事已经发展到哪一步了，是不是正如陈祥广所说的。

陈祥广所反映的事，这时那里的真实情况正在发生变化。陈祥广原本就是个不爱坐机关办公室的基层干部，林业工作常往乡下跑成了他的习惯。那次他带股里的人跑到他家乡——藤岭公社坡岭大队的山里调查林业状况，村民向他反映，后来变为沉堤的流柴河一带出现小面积蝗灾，现场他去察看了。

由于旱情持续时间长，蝗灾从山岭的一边开始兴起，非常接近进入流柴河岸上的大面积晚造稻田，如不及时采取扑灭措施，任其发展，后果不堪设想。

因时间太紧，陈祥广及时找到他的表弟，就是现任坡岭大队支书陈焕人，叮嘱他乘灾情还小，不管采取什么办法，带领群众进行灭蝗。

离开前他没有将这一情况通报藤岭公社书记黄天华，就连夜返回县里，以林业局的反映情况赶写报告。

于弘毅没有因忙于筹备召开四级干部会而拖延陈祥广现场察看所做的蝗灾报告。这种灾情说大了不为过，如果不及时控制并灭除，蔓延开了就会在旱灾上雪上加霜。

他正是这么想的，第二天就带领有关人员去到了蝗灾所在腾岭山中的现场。他和随行的大队公社干部看到的情景多少让人松了一口气。陈焕人按陈祥广说的，派人灭蝗工作先走了一步，并且成效明显。

蝗灾现场控制住了。此时，山坡、田边地头还有不少村民在现场跑来忙去，有的割草，有的抱干柴枝，像是要放火烧山。看得出很多地方几天前留下的大面积的过火痕迹，东一块西一片黑乎乎的灰烬，似乎还在飘着草木灰以及昆虫和动物烧焦的气味。尽管有的地方已经开出防火道，但是山上的自然林被漫火烧出的山体伤疤形象也不少，用火烧灭蝗，这办法传统简便，但火情容易危及山林。

且看那些苍苍茫茫的热带雨林，于弘毅心头闪过一丝莫名的紧张，他说："马上叫停放火，你们不知道这有多危险吗？"

这时已经是中午，有两个村民走过于弘毅的身边，他们每个人手里都提着一串串细草捆着的蝗虫，于弘毅上前问："老乡，你抓那些蝗虫干什么？"

"吃呗，拿回家烤炒都行。"

"家里口粮今年够不够吃？"

"同志呀，喝粥都不够。"那人说完，他把后腰背的篓子移到肚脐前，示意于弘毅看。

于弘毅探头看篓子里装的啥东西，眉宇间一下子挤出个川字，篓子里装着蛤蟆、小四脚蛇、蚱蜢、黄蛉、田螺、田鼠……那老乡说："看到了？好东西咧，有吃的就不错了，我们好多人都争着抓呢。"

两个放牛娃骑在水牛背上经过，一边口中吃着烤熟得黑乎乎的蝗虫，一边扮鬼脸给人们看。

于弘毅脸色不好看，顶着头上热辣辣的阳光，地热气往上蒸，汗水很快挂满脸颊。跟随他身边的公社书记黄天华摘下自己的黄色草帽说："于书记，给你帽子，不早了，我们回去吃口饭再说吧，我叫公社食堂准备了，要不要叫他们把饭送过来？"

于弘毅没看他，也不接帽子，说道："今天我们午饭谁都不吃，等会儿大家走回坡岭大队部开会。"

往回走的路上，于弘毅冷不丁地转头问黄天华："坡岭的灾情可能不轻，现在是否有群众断粮的情况？"黄天华确实不掌握坡岭这个情况，接应不上这个话题，就算问全公社的情况，他未必都十分了解，他把窘相转向并排走的坡岭陈焕人，意思是由他回答。

为准备下半年吃国家返销粮，陈焕人倒是派大队资料员向各生产队长做过统计，他顺口说出了一串令人不安的数字。于弘毅表情阴郁，说："受旱情影响，全县水稻晚造不容乐观，我刚才经过你们的流柴河（后来是沉堤的地方）看到岸上的大片晚稻开始收割了，但长得不好，有些稻子可能都不到一两百斤亩产……"

坡岭大队长符家干抢着说："河里有水却灌不了田，旱啊，好多年不变的，晚造后日子可能不好过了。"

于弘毅说："那你们就不想想办法，堤内损失堤外补，干点解决肚子的事，能解决多少算多少吗？"这话的含义已从蝗灾上转移，直接点到随行人的脸上。

走回坡岭大队部的路子不是很长，却走得很久很沉闷。

现场会开得匆忙，因为大家都饿了，就觉得这个现场会的开会时间太长太折磨人。私下有人说于弘毅有意为之，他觉得不少群众都天天在受挨饿的威胁，我们这些干部饿一回又算什么？

现场会共二十多人参加，包括了于弘毅带下来的县农办干部和通知到场的公社大队主要领导，会开到下午三点多钟。于弘毅也饿了，脸色苍白，大队会场没有水喝，口干舌燥，他态度变得严厉起来，已经把这个现场会实际开成了人们说的问题解剖会。

大队部里开会的人好像吸烟的多了，烟雾很呛人。会上于弘毅说："我有几个没想到，一是坡岭的群众大灾之下已经穷饿到靠吃野味果腹，已有不少危机存在，而我们的干部却官僚作风，不了解情况，不关心群众疾苦，不采取措施生产自救。二是面对大灾，生产队、大队、公社无所作为，等、靠、要思想要不得。三是对发生的可能影响到群众生产生活的灾害不及时发现上报，不果断采取措施将其迅速扑灭在萌芽状态之中，你们领导失职。四是扑灭措施存在极大隐患，如造成山林火灾后果严重。"

在座的有关各位听着慢慢面红耳赤，开始有人交换眼神，但没人敢交头接耳。

他们自然也有许多的想不通，就凭表面看到和说到的那点事，以偏概全，于弘毅讲的难免全都不符合事实。当然，不管服不服，心里有多少辩解，嘴上也不好说出。

他们只有等着挨个发言检讨，最难的是，检讨后面的改正措施想不出所以然来，接下来他们的发言就如同走过场。

在这个时间里，只有一个人的发言不是走过场，他就是陈祥广。

开始没人注意到他的得意之处，这种会他应是个业务部门配角，不承想他进入其中成了主角。他在会上的发言如果非要形容一下，那算得上精彩纷呈。

只有他的发言用的是书面手写稿，念字有点结巴，没人知道是不是专门找人帮着写。其实是陈祥广很早就认真准备了，发言完还将稿纸交到于弘毅手上。他在会上全面分析了这次坡岭灾情的现状和坡岭农业的根本出路，还从不同方面提出彻底治理的方案。

内容有的放矢，有条有理，既能切合实际，又能充分展示广大坡岭干部群众急切大干快上，改变一穷二白面貌的雄心壮志。

这个发言，就如同领导做高明的最后总结。

如此表现，在座的一些干部悄悄说："这是老陈、陈局吧？讲话真像书记的水平，怎么不换他当藤岭公社书记试一试？"有的人甚至悄悄努嘴挤眼——受到批评，满脸猪肝色的黄天华，看他那些毫无准备、对比之下的发言表态，说不好此刻屁股正在冒烟坐不住了。

尤其让在座所有人没想到的是，陈祥广后面的发言像立下了军令状——如果县委授权给他，他一定带领坡岭的群众，彻底解决坡岭的农业生产和干旱问题，那决心掷地有声。后面有一句更是近乎煽情："我是坡岭人，我心里一直装着坡岭的群众，我们过去拼死拼活地参加革命，不就是为了今天乡亲们能过上好日子吗？"

他认为他最有资格说这句话。

在座的个别干部又暗地里不屑起来:"不会吧,怎么想起伸手要当大队支书的官,县的大官当不成,跑乡下来了,颠倒了不是,官瘾不小哦……小鬼才信他呢……那要撤换支书陈焕人了?不会撤了黄天华书记让他来干吧?"

在于弘毅看来,他很赞赏陈祥广的发言,如果没有事先费心的准备,深入调查研究,敢想真干,如何能做出这样有分量发言?

我们的干部就是要具备这种精神。

于弘毅有些动心了,眼见和发现有能力的干部的机会其实不多。目前全县工作纲目头绪纷绘,自己用人熟悉的不多,求贤用人不避过,有才择其才,想干事干大事就是好干部,他想先在陈祥广身上落实这一想法。

现场会开完的那一刻,人们闹哄哄地散去,没多少人注意到一个细节,于弘毅走前面,像是有意拍了拍跟后面的陈祥广肩膀说:"陈股长,县里开完四级干部会,准备抽调工作队下乡,我想派你回坡岭当大队工作组组长。"他微笑着话锋一转,"你不是想要县里授权吗?工作队就是县里授权下去工作的,你可能提前知道了县里要派工作队下乡的事吧?刚才你毛遂自荐,将我的军哦!那咱们就立个军令状吧——我派你回坡岭当工作组组长,在坡岭干出成绩了,我树你为榜样,如干不出什么名堂,那我不管你是不是什么前辈老同志……干不干?"说完,他又拍了拍陈祥广的肩头,意味深长地哈哈大笑。这不像是领导的戏言,县里有哪个领导能跟他如此戏言?

"当然干。"陈祥广认真地回答。他也许早就在等这个机会。

这话表面一半认真一半玩笑,陈祥广已有思想准备,他觉得只要跟说了算的人赌上，怎么干自己都不会输。而且面对一个比自己年轻二十多岁的说了算的领导，他不在乎话中的任何含义，他听出他的机会来了。

果不其然，回县里不久，就在陈祥广带领他的工作队员下乡的当天，县委组织部一纸人事任命飞到林业局的办公桌上。陈祥广由害虫股股长任县林业局党委副书记、林业局副局长的位置。他原先为县林业局的一把手，但陆续从局长、副局长降职到股长的原因，多少又被不满的人议论纷纷。

"没做出什么事就给他官复副职（原职为县正局），凭什么啊？他家祖上真是埋对了地方。"

议论去吧，任免用人的问题上，什么时候停止过说三道四？于弘毅这么想着。唯能是用，先委以信任和担子，多少体现了他刚开始的领导作风。

围绕县下一步全面展开的中心工作，领导干部是决定因素，他同时加快坚定了用人换人的决心。

3

沉堤原本不能叫沉堤。坡岭大队山里的这条流柴河，拦河堤坝刚建成时，碰上那次特大台风，雨林山洪暴发，混浊的洪水如脱缰野马滚滚而来，冲向堤坝，眼看着水就要淹过堤坝，后果将不堪设想。台风带动着风雨不停地刮，堤坝的险情大增，坡岭大队和工作组的领导班子全上来了，他们带动有上百人的抢险队伍，扛沙袋、挑土筑高坝身，开闸泄洪。

风雨中，随即人们看到两面显眼的旗帜迎风招展，一面上书写"抗洪抢险党员民兵突击队"，另一面则写着"抗洪抢险敢死队"。后面陆续还跟着不同内容的旗子，在风雨中不停地飘动。

仅过几个小时，风雨来得猛，去得也快。可能是最终被人们的精神打退，风停了，雨住了，可是洪水并未退。

堤坝开闸泄洪总共有两个闸口，洪水深深漫过堤坝闸口，原先设置的人工闸在水压力下已经无法打开。此时，只能有人潜下去，用人力推开闸口上的盖子方能泄洪。潜下水坝开闸，泄洪分流，从而避免洪水漫过堤坝，造成冲垮堤坝的危险，但下潜人必定面临九死一生的处境。

抗洪抢险队伍赶到后，陈焕人支书脱下蓑衣，甩甩上面的水，他环视众人，高呼："民兵们，共产党员，考验我们的时候到了，你们谁敢下去拉开泄洪闸？"

民兵中的几个退伍军人、共产党员立刻站出："支书，我们下！我们不下谁下？！"

诤诤豪言，震山动地泣鬼神。

有两个人不由分说，正准备跳下水拉闸，陈祥广这时说了句："还是让敢死队的人先下，要不白扯那面旗子干啥？"

为了鼓舞斗志，壮大气志，拉起旗子抗洪抢险是大队长符家干的临时主意。他指着敢死队的那帮"五类分子"说："你们都听到了吧，还不快下人！难道要让我一个个点名吗？"

草子园村的庞朝东，母亲是地主婆，他逃脱不了被编入敢死队的命运，迎面站出说："用不着大队长你指点，保护水坝不垮也是我们的责任，我不下谁下？"

听这话境界不低，很鼓舞壮行，危险关头，那两个共产党员的民兵不能被比下，他们说："这个险得由我们来带头闯！尚轮不上你们！"

说完脱去上身衣服，便接连扎进冰冷的水中。庞朝东紧随其后也跳了下去。

山水林莽在他们跳下的那一刻，记下了庞朝东和这两个人的名字。一个是腊石村的符家宏，一个是大草坡村的陈焕样。这两人在险情面的表现的是何等的英雄本色。

洪水撞击堤坝，声声动静如妖惑潜底，水位在人们不知不觉中凶险上涨，隐含其中的恐怖险情显得风平浪静，水下抢险开闸的人生死未卜。

狂风停歇了，雨住了，可是水还在悄然上涨，堤坝上抢险的人们面前暗云飞渡，周边森林上空云遮雾障，一抹阳光撕破天穹，透出一缕剑白的闪光。

第四章

县里的四级干部会议如期召开，这个会如果说跟以后的沉堤有关系，从哪方面去说，我一时半会儿也讲不清楚。

记得当时在坡岭大队的一次开会，我好像愚蠢到不可救药，跑去问曾经主持开会的支书陈焕人。他内心是怎么想的我不知道，他露出笑比哭还难看的模样说："你装不懂呢？去问问那些队长吧，去问问那些群众嘛！"

那些队长们一提起那次的四级干部会，他们说记不清都说了些啥精神。书记做长篇报告，印象较深的是搞了几个对比典型，差的、好的，让其对比。很新鲜，很有对比性。

作为榜样的做经验介绍，差的做检讨整改；树立几个榜样人，点名批评和通报一大批社队干部，不少人事后被撤职和处分。

他们记得最清楚的是怎么去县城的窝火，还有会议期间伙食不错——早餐有包子、馒头和粥，每顿大碗米饭管够，菜有鱼、肉片和豆腐粉丝瓜蔬，菜油水汪，猪杂汤油葱花香无比……

能吃上这种会议免费饭菜，在当时是当农村干部的一种优厚待遇，也是许多生产队长企盼去开会的理由之一。

几天里，他们每吃一顿饭，就如同过节日改善伙食般地享受。还听说有人肚子起始不胜油水菜，加上贪吃多了米饭，引起严重消化不良拉肚子，开会时排队上厕所的景观引得笑声连连，成为一道不可多得的风景。

当时好多人想象，县委召开这么大的会议应该有点像样的吃住吧，可是，只有一个符合想象的现实，参会人员住满了没有宾馆的县城招待所和工农兵旅店，不允许这些单位收住宿费，还必须保证二十小时供水，做不到的，拿有关领导是问。

吃的则有许多没想到，一千多个人放在县委招待所的小食堂内开饭。安排不下，情急之中，招待所在伙房后堆放柴火的地方新增四大口铁锅，劈柴火煮饭炒菜熬汤。红砖砌的临时炉灶，灶里燃起熊熊火光，一口大锅里熬着县食品公司送来的猪下水，汤浪和肠儿咕嘟咕嘟地翻滚，猪下水中的饱含猪屎的杂味浓郁飘荡，往锅中洒下点花生油和一把葱碎，臭烘烘的香十分令人垂涎。

烟熏火燎，蒸气弥漫，饭菜的喷香包围着招待所的小天地，红火闹哄如办喜宴。院子草坪地被踩烂，踏出污泥，蝇头飞蹿，临时搭建的几张帆布顶篷下热气腾腾。阳光过度暴晒中，犹如蒸烤人汗，那阵势跟现在农村的婚宴酒席场面没啥两样，轮到开饭时间，一时人山人海像菜市场。

要求排队，没有几个人响应，木板搭成的长菜摊，上摆两层菜碗，取菜分一人一碗吃，干米饭随意管够。由于一大碗菜的分量和油水够，就没有多少人去多端第二份菜来吃。桌椅板凳供人坐着吃饭的少得可怜，只有露天的几十个桌位，大多数人只好放地上吃完端来的饭菜，弄得满地都是碗筷和残渣，一片狼藉。

人手不够，那些临时招来的十多个青年女服务员，给吃住，不发工资，鼓励她们为县的大会做贡献，天天一班倒，会开完一半人都累病了。

县里财政十分困难，干部工资都发不出去，欠了好长时间，开这个大会必须讲究节省经费。会议组织者当政治任务，无偿抽调县糖厂装运甘蔗车（即便造成无车及时装运甘蔗而糖厂停产也在所不惜）和县化肥厂的解放牌大卡车，卸下拖尾卡，一车车像装猪牛羊般，将下面二十多个公社的大队小队的头，少说也有上千人，集中拉到县城开会。

广场设红旗招展的主席台，高音喇叭响，锣鼓喧天，所有运送人的车子必须于中午11点前准时赶到县城集中，车绕主席台从而接受于弘毅等县委领导的检阅。

陈焕人和各路村干部们一路风尘仆仆，颠颠簸簸，车内挤压日晒，人人汗流浃背。下车后县广播站一记者抓准时机，想找个雄赳赳、气昂昂的精神面貌采访，瞭了半天没找着，就叫他们打起精神装也要装出来。结果记者大概被骂了不好听的话，气跑了。

他们个个跳下车时鼻子眉毛抹起一手尘汗，骂骂咧咧地使劲掸衣服上的灰，擤鼻涕。蓦地抬头，瞥见其左右侧拉着不少标语条幅，并且插满了小彩旗。开大会的会场是县电影院，它的大门台阶上拉出超长的大会横幅——"热烈祝贺雨林县四级干部会议隆重胜利召开！"红底白字，十分醒目，醒目中透着一股子冲天气势。

大会开了三天。第一天，于弘毅在会上做主旨报告，用了整个上午，题目是《大干快上，为实现农业榜样县而奋斗》。报告主题内容分三个方面：一批资本主义，大批促大干；二干社会主义，大干促大变；三带头，干部带头大批大干。总之一句话就是：一批二干三带头。

下午分组讨论报告内容。

于弘毅的报告在广大干部群众中引起了热烈反响，反响程度超过了人们的想象。更有人做出了评估：史无前例，开创了未来。

全县广播一天到晚滚动播放报告的内容。大街小巷到乡村有线广播收听到的地方，无不欢欣鼓舞，人人摩拳擦掌，大干社会主义的干劲正在像火山一样爆发（县新闻报道内容）。全县的所有新闻单位，其实也就是县广播站和县报道组以及省区驻县日报社记者，一致日夜赶稿发稿。

所有人都相信，全县人民都动员起来了，一场声势浩大的农业伟大运动正在进行之中，人们离富强的日子不远了。

具体反响最热烈最激动人心的单位，是被报告表扬和总结的东响公社新石实大队，被当作全县大干社会主义农业最具典型意义的榜样用于学习和推广。

榜样的被发现和出现，说明的意义太多了。一夜成名惊天下，他们随后在大会上先进经验介绍，大会要求与会者重点学习讨论和座谈，对照检查找差距，甚至不少人准备大会结束后到新石实那去全面参观学习。

在大会广泛印发的学习文件中，大家读到了这样激动人心的内容：

"雨林县南部有一座大山叫南鸡山，南鸡山西面山脚下有一个两千多人的大队叫新石实大队。一九七〇年以前的新石实，可真是个苦旱的地方。这里曾经有过这么一首歌谣：'石实石实，田在坡上挂，水在沟底过；十有九年旱，无雨烫死禾。'新石实大队两千一百多亩田地，有一千二百亩是山坡田，山上找不到一滴水，只是坡底有一条三十多米宽的溪子河。溪子河只能浇灌坡底的八百亩田，稍一遇旱，坡上的山坡田就插不上秧，插上了也得旱死。这个田高水低的大队，一九七一年以前年亩产最高也只有一百斤，每年都得吃国家九万斤以上的返销粮。遇上旱情，溪子河干涸见底，村民喝水都成了大问题。全大队二十六口井水，大都跟着见底，上千社员日夜排起长龙队，围着仅有泉眼水的几口井舀水，用小椰壳一瓢一瓢地把水装进小木桶，有时两个钟头也舀不满一桶水。

那时候，新石实的人们连做梦也梦见水，梦见溪子河的水流过新石实的村前，这梦呀，不知已经做了多少年。

'大干社会主义'如平地一声春雷鸣，新石实的山山水水沸腾了。'要把溪子河的水牵出来！'年轻的党支部书记石光亮，群众亲切称他为'老石'，他喊出了两千多新石实社员群众的心声。

他提出可以在溪子河上小段筑坝，提高水位，开沟引水，灌溉发电。可是，县里有个农办干部（经好事者事后追查打听，就是现在的县委副书记陈然），跑到这里来指手画脚说什么要科学治水，新石实治水花工大，要钱没钱，老百姓受不了，是个劳民伤财的玩意儿。

这像一盆冷水就把老石点燃的火把浇灭了。

时代的熊熊烈火再次唤起新石实广大社员群众的豪情壮志。这年夏天，老石在广大社员群众的支持下，筹款七千多元，在溪子河垒起石坝，打算提高水位灌溉农田。可是，石坝还没有垒完，就下了一场暴雨，南鸡山冲下来的巨大山洪把垒起来的山上采石冲得一块不留。

山洪过后，老石带领支部班子成员来到溪子河边，叉着腰豪迈地说：'冲吧！冲倒了再垒，我们新石实人是冲不垮的！'

第二年春天，老石又一次带着新石实的社员群众没日没夜地奋战在溪子河畔，终于把石坝垒起来了，在溪子河上游筑成一个水清水满的小水库。可是，天有不测风云，正当他们要搞引水渠的时候，老天又来捣蛋，连续两次刮来几十年不遇的大台风又把石坝冲掉了。溪子河的水呀，还是灌不到新石实的田地。

台风过后，一股股冷风又刮了起来。有人说：'不能再干了，再干就把我们队的牛牵去堵坝算了。'有的人唉声叹气地说：'溪子河靠不住，我们就靠山吃山，打猎、砍柴、卖木材才是我们的本分呢。'

有人问老石：'书记呀，你还要跟溪子河斗下去不？'

老石笑道：'不斗到底，我还算是个共产党员吗!?'

'对!'大家响亮地回答。

'有命不革命，留命有何用？'

'拼死拼活也要斗出个新石实来!'"

……

于弘毅所做的报告中指出：这个大队的领导班子上下一条心，带领广大社员群众大干社会主义农业不动摇，与天斗其乐无穷，与地斗百折不挠，他们的精神是我们学习的榜样，将鼓舞着雨林县人民大干快上，创造出一个无比灿烂的明天。

作为与之对照或者说是较差的例子是藤岭公社书记黄天华、坡岭支书陈焕人他们在大会上做检讨性发言，他们的发言稿均由大会秘书处写好、编成材料，他们照着一字不落地上台宣读完便是。

会后的组织学习讨论，他们似乎找不出自己的差距在哪里，总觉得周边的公社和大队的情况跟自己差不多，谁跟谁也无法藏着掖着，委屈的心态，大大超过上台看上去挺诚恳的发言模样。

无论如何，垂头丧气的情绪不能表现出来，那种发言形象不说是装出痛心疾首，语调也多多少少有些低沉迟缓，脸面无光，蔫人走下讲台，没有人家榜样人的挺胸阔步的样子。

当说到今后如何吸取经验教训、去干去改正时，他们除了说跟县里保持一致的调子，具体怎么去做去落实大会的精神，还是拿不出令人满意的结果。

大会结束后，一批受到通报警告、记过和其他处分的干部名单中，黄天华被记过，陈焕人是通报警告。

大会先进人物事迹材料中有县林业局的陈祥广，最闪亮的榜样单位是新石实大队，典型榜样人是新石实大队的支书石光亮。

大会的晚间也没让大家闲着，会务组织所有人在会场的电影院观看电影《红旗渠》，第二天看雨林县人民《戽水战旱魔》和各地的开展农业生产的新闻纪录片，第三天晚间才稍加休息。

4

抢险扎进堤坝水中的几个人潜到闸门口，用手摸索着使劲推开闸门口的盖子，水面鼓涌出一波又一波的气泡。堤坝上的人心都提到了嗓子眼。

当堤坝旁边的水面开始出现一个大漩涡，可以肯定闸门已打开，水下通过泄洪闸口排出水的征兆显现，泄洪沟哗哗啦啦冲出了分水流。

人们此时欢呼起来，水面唰啦一下冒出一个人头，这是腊石村的符家宏，他安全浮上来了；波涌的水再呼噜噜响，水面破开，冲起庞朝东的人头，他是第二个浮上来的人。该到大草坡村的陈焕样上来了，陈焕样是大队支书陈焕人的弟弟，可是水面保持着平静。

上来的他俩光着湿漉漉的身子，打着寒战，大口大口地喘气，庞朝东呕出两口呛进肚子的黄水，他带着哭腔说："焕样兄被水流吸进闸口……"

人们的目光在刹那间集中，投向泄洪沟，希望在那里可见其被水流冲出来的身影，但是，等啊等，那个身影始终没有出现。

所有人都明白出事了，这回大家把目光投向坡岭大队的领导。眼前，是下去救人要紧？还是……尚有一个闸门口没打开，继续派人下去开闸？

陈焕人霎时憋出高嗓门："乡亲们，救人几乎不可能了，闸门必须接着打开泄洪，不然的话，堤坝保不住！"

陈祥广喊出大振人心的话："大家听我说，要奋斗就会有牺牲，为了保住我们辛辛苦苦干成的堤坝，为了坡岭今后农业生产的大发展，我们要拼了！"

符家干拍掌啪啪响，压住人们的议论："打开最后这个闸门口，救堤坝要紧，谁下？'敢死队'上！"

沉默，害怕，担忧……几乎犹豫退缩，符家宏，大队长符家干的哥哥，只轻弱说了一句："党员跟我来！"又是第一个扎进水里。

一个写了入党申请书的民兵准备跟上，他急着脱衣服，陈焕人为谨慎起见，说："一个下去够了，危险，如他打不开，等他上来换气你再下去！"

庞朝东冷得哆嗦，他说："水压大，一个人怕推不动那闸口，我熟悉水下的情况，我下！"

他一个鱼跃，再次扎进堤坝浊黄的洪水中。

第五章

　　陈焕人在开会的第一天上午，曾悄悄溜出去探访表哥陈祥广。陈祥广可是他们坡岭大草坡村里，外出人员中当官最大的人物。村里人心目中都以他为荣，跟外人说起，大多炫嘴他是本村人，跟自己有三姑六亲的关系。平时，陈祥广因村中已经没有任何家人，老房子破败，他几乎不回村子了。村里人极少有上县城的，没去过县城的人多了去，想找着他给办事的难度也很大，有的想找他办事而没找着的，对他则存在几多的不满，私事没听说他给办过一件。他对闭塞的村人来说除了心情复杂，就是个传说中的风采人物而已。

　　这些年听说他被降职，却不知道是啥原因，陈焕人总是惦记着这个他值得一说的县城当官的表哥。

　　他一直找人问县林业局办公室怎么走。当找到那地时，老街上县林业局办公室不过是有两间带走廊的瓦房，一名年轻工作人员往走廊的墙上张贴林业虫害预防彩色图片。

　　陈焕人问："陈局长在不？"那年轻人头都没抬，说："陈祥广是吧？他早就不想干局长了，我们钱局长派他下乡，找他的害虫朋友去了。"

　　"什么话，害虫朋友？不想干局长？"陈焕人摸不着头脑，他真的想打听陈祥广为什么不想干局长，接着问下去。

　　问来问去，问到问题的点子上，那年轻人扑哧抿嘴笑，说："那当然是他自己作风有问题。"

　　有问题？如此陈焕人多少明白了陈祥广一连被撤职的原因。

　　回去的路上，他不时想起陈祥广的一些往事。

　　他了解刚解放那阵子，陈祥广参加革命较早，年纪轻轻就已经是县林业部门的主要当家人。早年的妻子原是县城一大木材商的妹妹，那年木材商暗中花钱，随着溃败县城的国军逃走了，丢下了一家子人。

他妻子人长得十分有姿色，出落得亭亭玉立。经人介绍，陈祥广便与之成婚，很快生下一男一女。可是他妻子听到他外遇的传闻渐多，而且他平时又根本不顾家，当好干部一天到晚跑山里乡下。

女人生怕陈祥广丢下他们孤儿寡母跟别的女人跑了，陈祥广回家也不对外面关于自己的风言风语做解释。悲愤之下，她索性丢下两个未成年子女，直接投了井。料理了妻子的后事，陈祥广只好去农村请了个上了年纪的保姆照料孩子，从此没再续娶老婆。

没娶老婆不是他娶不上，而是他怕又因为自己顾家少而发生同样的悲剧。单身加上高工资干部身份，就算年纪偏大点，优势摆在那里，走哪都有热心人想当媒人。

陈焕人摇头，或许他理解一个孤身男人的难处，特别是一个当领导干部的男人，努力工作很正常，为什么不重新找一个老婆照顾家里呢？他说到底还是理解不了。

后来开会中，陈焕人问过县里的一些机关干部，他们对陈祥广的印象不是很差，工作爱跑乡下山林，艰苦朴素，吃苦耐劳，因为工作失误造成重大损失被降职，情有可原，但并不是全部原因。

据说他爱显摆资格，工作业务上坚持原则不买上头的账，没少得罪主管农林业的县领导陈然和其他领导，更耸人听闻的是说他想取代陈然的副书记位置。

这正是县分管领导陈然对他一手处理的结果。但最主要的是他当初在位，陈然批条放行偷伐木材的人，他置之不理顶着不办。因此，上面把他降到林业局最不好听的害虫股当股长，听着他就如害虫的官，挺讽刺加可笑。

这次蝗灾看似偶然的时机，咸鱼要翻身，陈祥广则把它变成了一次必然的不可多得的机会。超出十分的用心准备，他让于弘毅能发现他，并使之人生峰回路转。

所以说，机会总是留给有准备的人。

会议当晚结束，吃过饭无所事事，陈焕人做了两件事。到县百货商店给女儿买一个绿色挎包，这是女儿出门再三叮嘱他的事。他身上带的钱刚好够，没法再买其他什么了。

第二件事有点不可思议，他拎着新挎包满街道转悠，人家问他想买什么，他说有没有什么砖头可捡，对方骂道："拾破烂跑这来啊？"

最终他经过小菜市场，把人家丢在下水道旁垫桌子的两块红砖拿走。发现自己红砖被人拿走的人，刚想去追回，见他走远了只好作罢。

陈焕人回到住处，大队长符家干躺在旁边架子床上抽烟，见他从外面回来，左右手中各拿一块并不脏的红砖，那模样要是其他人以为他要拿砖砸人呢。

符家干了解他这个长久的毛病，并没惊讶的表情，脸上的讥笑凝固了说："县城哪来石砖好拾？别说你不是偷人家盖房子的。"

陈焕人没理他，而后干咳几下："关你什么事！除了钱，想捡什么没有？"。在同房的众多生产队队长眼光的注视下，他走到睡铺前，旁若无人地从枕头旁文件袋中抽出一份开会印发的学习文件。他先看了看是啥内容（土改识字班他学过识字），看清了是新石实大队的石光亮的发言文，暗忖手气准，找撕的就是这份文件，就嗞嗞扯下几张，包裹住红砖，接着放进新挎包里。

符家干看着瞪大了眼睛，像被吓着似的说："太过分了吧，拿文件包砖头，能这样对待文件吗？要带回去学习呢。"

陈唤人哼哈两下："不碍事，回家再订好它，再说大家人手都还有一份嘛。"

符家干拉长脸，点上一支大钟牌子的烟说："注意你对县委的政治态度，撕文件属乱来！"

陈焕人拉起脸，似笑非笑地说："我不信你那些开会文件都收藏着，还不是拿来引火煮饭……"

符家干说："我不像你，每个文件我都收得好好的，一页也不少，信不信由你。"

陈焕人缩头提肩窃笑："鬼才信你的话，你难道没撕下擦屁股？那你在家拿什么擦啊？拿手啊？"

符家干很生气，他在家自己私下就是这么干的，哪舍得拿纸引火煮饭，一时竟不知说什么好。

陈焕人笑得更欢了，他说："喂，我发现电影院旁有一块砖，上面有小坨屎干，我真想捡了，你信不？要不我带你去看？"

"神经病。"符家干的脸色更加难看了。

这次县城开完会，同车回去的一个其他大队的小年轻干部，不知从哪打听到陈焕人的这个毛病，就想取笑他，见他的挎包被红砖撑得鼓鼓囊囊，吊肩沉重，嬉笑道："哟，陈支书背金银回家啊？"

陈焕人若无其事且满不在乎说："对呀，发财了。"

对方明知故问："去哪偷的啥宝贝，让你吃饱撑着往家拿？"

陈焕人听了来气，噎了好久才回道："啥宝贝？给你砌棺椁的，要不给你家媳妇砌生孩子的炕床，再不就给你砌个拉屎坑的地方……你家都是拉野屎的吧？有没有茅坑啊？"

他介意别人多嘴多舌打探取笑他，更不想引起误会，说他拿人石砖，是小偷小摸行为。那青年算是自讨没趣的其中一个。

应该说，绝对有人会问起陈焕人为什么每次开完会都要捡样东西回家。这是认识他了解他的人，无关紧要打听的疑问，好言相问的，他则好言回应："都是开会太多害出的毛病。"

大家都觉得莫名其妙，多开会跟他捡东西怎么挂上钩了？真叫人大惑不解，人们一时闹不明白其中的因果关系。可是一看到他现场的行为，又多少明白了他说的意思。

凡是大会小会，或是参加什么活动，不管是否席地而坐，不管是在田间地头还是什么地方，只要是开会，就有人看见他千方百计地在找砖块石头，没找着就找木头片材。坐下则拿来垫屁股，不当垫座则放一旁，就算有纸张和其他代替杂物，一概不捡不用。开完会走人，那些捡的东西，他随身带回家。

那年月，农村的会没少开，不是吹牛，各种各样的会，多到记不清它大大小小、林林总总的名称。什么动员大会、誓师大会、批斗大会、表彰大会、代表大会；座谈会、恳谈会、交流会、摸底会、总结会、检查通报会、汇报会、小组会、竞赛会、评比会、诉苦会、田头会、临时碰头会等，无不折腾村干部和村民们。这也让参会或开会的陈焕人捡的东西越来越多，他不在乎被人取笑，逐渐成了一种习惯，说是有毛病也行。

5

风雨虽然停了，但天阴云暗，洪水一刻也没停下，轮番上涨。符家宏和庞朝东自从潜下水开闸口，堤上的人再次屏住呼吸，似作漫长的等待和期望。刚过去两分钟的时间，水面上开始出现一个大漩涡，水下泄洪闸口终于打开了。

不管水下的人能不能听见，堤上的人比水下的人还激动，兴奋失控地喊："快上来啊！水出了！胜利了！"

岸上人的急切叫唤声并没有唤回已打开闸门口泄洪后浮出水面的人头，大家焦急万分，重新潜下去推开闸口的符家宏和庞朝东，怎么还不上来？

滚滚水流此时冲出泄洪沟，等了好久，等不及的人们意识到可能又发生了危险，他们上不来不会是沉下去了吧？焦急的目光不约而同地投向泄洪沟，希望在那里能出现什么奇迹。

奇迹竟然出现了，先是一个人随水流冲出泄洪沟，头脚一沉一浮在水流中，不知是死是活，水染血红。堤上人看清后无不怀疑自己的眼睛，看清了之后，发现那人正是符家宏；稍多时，又一个人被水冲出，这人在水中像个滚球般翻动，还有意识，拼命摇手呼救，他正是庞朝东。

所有人下意识清醒过来，陈焕人连连高呼："大家快快，快下去救人！救人！"

这时，堤坝上有人突然发现了什么，失色惊呼："水上来了！水上来了！"众人放眼瞭望河的上游，无不惊心动魄——远处山谷一轮洪峰如黄色怪兽般正朝堤坝扑来，像一堵墙一样的滚滚洪水以势不可挡的气势推过来了。

人们已经顾不上危险，纷纷冲下堤坝的泄洪沟，救人的救人，叫喊的叫喊，场面一片混乱。

这堤坝看来不一定能守得住了，为了避免出现更大的险情，危及堤坝上的抢险人员，所有领导当即决定，坝上的人马立即撤离。

当十多个人七手八脚地从泄洪沟捞起水淋淋半死不活的

两个人，肩扛手抬同时撤离时，慌张地跑出一里地。回头一看，紧随其后涌上的洪水已经由小变大溢上坝面，漫过堤坝，水流由小变大，波浪汹涌冲击，水浪像爬过高坡挂流的瀑布帘滚滚而下，势不可挡的洪水留给人们一个噩梦般的画面。

那堤坝最终还是没有保住，冲垮了，成了名副其实的沉堤。

这次台风洪灾，抗洪抢险下潜，打开第一个闸门口的六队陈焕样，被水流吸进涵洞卡死在里面；四队符家宏同样被水流吸入，头颅撞击涵洞，流血过多，抬回抢救无效死亡；八队的庞朝东经抢救生还。

出事的第四天，堤坝已变成沉堤上空出现的一排洁白的鹭鸟，它们慢慢穿过天空，美丽的蓝天白云伴着它们飞向远方。远方的天，宛如仙境般明丽。

第六章

这次四级干部会结束，回去传达并落实大会精神，陈焕人说，这是他当农村干部以来记忆最深刻最难忘记的一次传达大会。

对了，如此的会还真的累坏了新石实大队的石光亮。会开完，刚从县城坐车回到东响公社，他们公社下午接着开学习传达研讨会。他在会上，东响公社领导脸上有光，决意再让他做了一番榜样发言。

公社为大家准备了一顿简单的晚饭，石光亮晚上又要及时赶回大队召开传达会，不管怎么说，不管有多大的累和苦，他心里都是甜的，都必须做到传达大会精神，不能过夜。这关系到态度的问题。

大队在家的干部事先接到他的通知，已经在家做好了开会传达的准备。

大队在露天场地上点起亮堂的油气灯，夜幕中，干了一天农活的社员群众被陆陆续续召集来。认真点的生产队，如鸟皮村的第一生产队，是石光亮所在的村，不来开会的将被扣工分，于是坐在草地上的人乌泱泱一大片，大队要求各生产队要点人头，报上人数。也许这种事太过认真容易得罪人，没人愿意积极去加以落实。

主持开会的大队干部也懒得去强调这麻烦事，故意忙上忙下，嘴里不住地嚷嚷："提醒会场的所有人，你们注意看清楚哦，看看谁没来开会，回去检举他，别人能来，他为什么就不能来？当面听石光亮支书赶回来开会传达会议精神，这是你们不可多得的好机会，不容易啊，机会太难得了，人人都必须到场。"

那些来听会的社员群众，打起精神听他讲话，不过一支烟的工夫，他们不知什么时候就已经东倒西歪，瞌睡过半。石光亮做传达，他解开胸襟的衣服，两手掌立在桌子上，像要展翅起飞的样子，伸长脖子对着台下的人，声调高亢激动，越讲越兴奋。

话没讲多久，不经意间留意下面黑麻麻的光景，他忽然有些恼怒，实在是无法容忍这些这么早就死气沉沉睡过去的群众，还有的竟然不知羞耻地打起呼噜来，不懂得呼噜是会传染的！自己要睡就睡了，为什么会有那么多人一起睡，这个也睡那个也睡，传达会还有人听吗？累了困了也不能这样吧！

石光亮本身都困得要死，这些人觉悟太低了，不可救药，他越想越怒火攻心。不听他这么重要的精彩讲话，不注意听这关系到新石实两千多人命运的非常重大的会议传达，这太让他万分恼火了！

因此他时不时要停下，猛敲桌子提醒道："喂，喂，你们睡觉的回家睡！不听好这个传达，你们如何去干活？你们知道我们大队的农业发展方向在哪里吗？你们回去生产队如何开会传达和执行我说的精神？又如何种田种地？种不好田地，你们拿什么吃！"

开了几天的会，他不停地讲了几天热血沸腾的话，说了一辈子不曾说过的激动人心的榜样心得，他无法消停下来，也极度疲劳了，只觉得有一股子精神在支撑着他的全身。

他脑子和心中总是浪涌潮水，血脉贲张，令人没想到的是，此时正激动地讲着话，他怎么就猝然一头栽在尖桌角上了，那双原来撑在桌子上的手怎么就没撑着。他人挣扎扶着桌子没倒下，额角眼皮裂开个流血的缝，满脸是血。

幸好人没倒下，大队干部有人及时冲上去扶着他。现场赶来的大队赤脚医生见怪不怪，半天才挤出话说："他可能中风了。"这个会只好在一阵手忙脚乱中的叫声中收场。

会刚叫停，现场的石光亮就撑不住了，头晕得厉害，天旋地转，说倒下便倒了下去。他被大伙儿七手八脚地抬去大队医务站抢救，黑暗中没人发现他嘴角歪了。灯下看清的则说，他这些日子太累，都怪说太多的话，连嘴巴都说歪了，抬走他时还不消停，当场拼命喊出几句话，虽说含含糊糊，但意义非凡。令大家真正感动且无不佩服的，听清楚并信誓旦旦的是这几句直冲云霄的话："别管我，我没事……开会传达要紧……会继续开啊……不能停！"现场有的人被感动得直摇头，有的人偷偷抹眼角怕被人看见。

因为这几句话，石光亮的事迹又很快被人们宣扬，被媒体和社会赞誉为"尚有一口气便奋斗不息的农村好干部！我们身边活生生的榜样人"。

小车不倒只管推，生命不息，战斗不止！在于弘毅号召全县人民向他学习的行动中，再添了浓墨重彩的一笔。

可是祸不单行，散会时人们意想不到的事又发生了，下面被夜雾水濡湿的草地上，躺着一个再也无法叫醒的十队李队长（听说本身有心脏病，不全是开会造成的）。他老婆抱着他在那呼天抢地，号啕声声。那带着悲怆的哭丧腔，穿透乡村百里无月色的沉睡夜空。

这人曾经是公社大队树立的先进生产队队长，家里贴满了不少公社和大队颁发的奖状，据说奖状把他家隔墙板、床头全贴满。他干活像头牛，没有一天休息，一心扑在生产队的集体生产上，这次为生产队那头生病的牛上山采草药，耽误了他去县里开四级干部会。当天他没闲着，上午采药给牛治完病后，又在齐膝深的田里犁了一下午的田，第二天顶着烈日干了一上午的活，中午带饭就在田头吃，下午还冒雨干活。

陈焕人是从县里回来后，过了两天接到通知，才去参加藤岭公社召开的传达会议精神大会。公社推迟两天开会，这有违传达会议精神不过夜的县里指示。公社有人告到于弘毅那，于弘毅哼了下说："这个黄天华，干事总是慢半拍……"

黄天华为什么两天后才开传达会？他说定在这天开传达会，正好是县上派来的基本路线教育工作队下到所有公社的时候，公社这时集中全体大队小队的队长开会，可顺便把分配到他们村的工作队员领回村里。

他还多说了要准备好、休整好，别弄出像石光亮那样的事来，自己累到中风不说，李队长那样累死的事多可惜。有人议论黄天华没有革命精神，怕苦怕死，还招来不好听的话，说他的这些话，是借这事影射攻击县委的指示精神。借题小作文章，又没少告到县里，没完没了。

黄天华不能就此生气，为了表示点什么，为了向上说明点什么，他藤岭公社这次破纪录的开会时间和要求下面乡村开会次数，从黎明鸡鸣开始，一直开到晚上十一点左右。

陈焕人没有手表计时，没注意那天的一时一刻，反正不是一个会从头开到尾的那么长时间，而是大会小会一个接着一个开，中间没有午休，吃饭和上厕所都没算上。

这天的公社全面贯彻落实县的四级干部会议精神大会，放在早七点钟开。好像是所有村的鸡也接到了通知，配合着很早就打鸣，乡下各大队和小队的所有干部就必须早早起床，根据每人路途距离安排好赶往公社的出门时间。

出门前，他们有的伸腰抹了一下哈欠连连挤出的眼屎，喝一口水缸凉水，大多的没早餐吃（赶太早总是要煮出一家人一天的饭），没有几家是有过夜剩饭当早餐吃的，如有的就是带上几个昨天留下的红薯，没有手电筒的就打火把赶路。

他们必须准时到达公社的会场。因此，通往公社境内的条条山路上，黎明前的黑暗中亮光如星星之火赶趟移动，翻山越岭，涉水穿林，蜿蜒地向藤岭镇汇集。

藤岭公社办公所在地在藤岭镇街口的一个土坡上，右大门连着街铺，进大门左一排的房子小门口上，有办公名称挂牌的连体瓦房子，门前是一个开阔的场地，对面是公社干部烧柴火的集体食堂。场地中间是一台阶五级上到一块平地的大院子，一棵高山大榕树居中铺天盖地、枝繁叶茂，几乎荫蔽那块地面。地面上唯一的一间二十多平米的水泥平顶房子是公社会议室，四周有围墙。公社小会在房子里面开，大会在榕树下开，平房子的门口和走廊成了讲台摆设的地方。

这次大会七点准时开。在绑了大喇叭的高山榕树下，全公社的大小队干部都来齐了，他们一拨又一拨地集合在那棵榕树下。朝阳照在大榕树墨绿的叶面上，树叶间漏下金丝铂铜色彩的阳光，天气开热，闹哄哄的气氛让人无法安静下来。

当所有人都坐地上，一句"开会了，坐好了！"的主持人在讲台上招呼过后，人们才注视起讲台上那拉出的开会红色条幅——"藤岭公社全面坚决贯彻落实县四级干部会议精神动员大会"。这时，会场在主持人几次反复强调和提醒"安静"中，终于转入稍息的寂静。

主持人先让书记黄天华传达县里的会议精神。接着公社所有常委一个接一个上台讲话，似乎生怕讲短了、讲不好，那样会被说成态度不认真没水平，因此他们个个讲得忘却了时间，讲话内容和情绪都那么高调激昂。有的人紧张，边讲边不停地喝水冒汗珠，有出彩镜头的是抓杯仰头喝水，忘了最后那一口是空杯。没有人提醒开会时间在拉长。

到了暮秋，海南的阳光照样强烈，围墙大院内坐着听的开会人员是没水喝的，公社开会一般没有准备水。响嘤嘤的喇叭讲话中，下面慢慢多了谈天说地和昏昏欲睡的人，地上东倒西歪的困乏人多了起来，即使主持人不断提醒大家注意集中精神开会的几番话也不太起作用。

最糟糕的是公社食堂那边早早就飘来阵阵的饭菜香。公社财务咬牙挤出点经费，让来开会的人员吃一顿大家早就盼上的中午饭。不奔着这顿饱香饭，有的人还真想找借口不来开这个会。

黄天华指示伙房买了一头肥猪，特别照顾来开会的大小队干部，伙食因此有了少有的肉香。食堂外的一口露天大锅内，猪肠肺臭烘烘的木柴明火汤香味，在大院内一次次飘滚，往所有人的鼻子里钻，没有人不喜欢这个味。久违的猪肉香味，太久没尝过这个味儿了，说起这个味儿，所有人都会打起精神来吞咽唾液，人在开会，心早就飞到饭菜上了。人们一次次用尽所有体能，来阻挡这没完没了的又臭又香的极限诱惑，贪吃的那点欲望就是这么强烈。

开会期间，陈焕人最没想到的事，是黄天华在没有提前跟他打招呼的情况下，要他上台发言。讲什么？就照着讲县里四级干部会议上的检讨，说不出原汁原味也行。反复再讲一次或多次，让全公社的干部群众再一次深受教育。

陈焕人终于忍无可忍地问黄天华："想让我再次当什么落后的典型，我真的这么落后吗？"

黄天华坏笑，装出满脸的无辜，说："不是我定你当落后典型的，不是县里定的吗？我要贯彻县里的精神……"

陈焕人实在听不下去了，不禁脱口骂黄天华："你不是也在县里会上当落后典型做了检讨吗？今儿当着全公社干部大会你怎么就不检讨了？没听说你讲一句检讨的话呀，你这个大落后不讲，就让我这个小落后讲，领导不带头，你这是欺负我这当下属的是吧？我这支书你拿去好了，我不干了行不行？"

话骂到这份上有点绝，不知他的底气从何而来。

冷静想想，陈焕人前些天脑子里存下的不满和长久的怨气，此刻正好找到了宣泄的口子。他喷出了不少，舒服了许多。黄天华和陈焕人是在屋子里谈话，没人看到听见，实在免了书记被骂丢面子的场面。

黄天华面红耳赤，连连摆手："好，不说不说，我这是为了落实县的会议精神，不得已而为之。"陈焕人听罢更窜上有名的火，想再骂出口，黄天华趔趄一下，便忿忿然逃出了房间。

黄天华出了房间到了外面脑子顿时冷静，步伐一点都不乱，而且每一步显得很坚定，像是找到了什么方法。

会议安排下午分组讨论，以大队为单位，藤岭公社有十九个大队，这十九个小组同样要坐在大榕树下讨论到黄昏时才能散会，有的边远大队回去太晚，可能半路上要打着火把才能走完回家的路了。

上午的会结束前，特别是找陈焕人谈话碰了一鼻子灰后，黄天华调整了下午座谈会讨论公社领导说话的要求，改为布置各个大队评出今年本大队的先进生产队和落后生产队，评选标准他亲自临时拟定。

午餐后不休息接着开会，评选标准由公社办公室抄写，马上分发到各大队，座谈会讨论完了，把评选名单报送公社才准散会回家。

黄天华必须向县里看齐，同样要抓典型、树榜样，而且搞出多个就能出更大的成绩，不这样做，他无法拿出像样的东西再次面对于弘毅下一步的工作汇报。

对陈焕人胆敢顶撞他这件事，他不能放过的。他正想找这种不听指挥爱顶牛的大队干部，必须给予坚决的整顿，不这么做，有样学样，他这领导还有威信干下去吗？

事实上，陈焕人忍不住敢顶撞黄天华，那是出自一种憋屈太久的自然发泄，凭什么就把他坡岭大队当落后典型了，坡岭比其他大队真的落后吗？不单在县的四级干部会上挨整丢脸，而且回到公社还没完，这没法让他心服口服。陈焕人没想那么多，能想到的就是大不了不担任这个干部了！

黄天华想的可多呢，他是真不想让陈焕人再干下去，无法容忍陈焕人这类干部在他手下做事，他要借这次会议精神，调整大队班子，这也是顺理成章的事。

他在后面的一次到县里开会，向于弘毅请示工作时，由于听说陈焕人是前任县委书记张启福，现为行政区主管农口的副书记、副主任的救命恩人，顺便提及想撤换支书陈焕人的事。于弘毅稍作停顿，态度未置可否。当提及张启福，于弘毅神色马上多了几分慎重，只说了句："大队干部是你管的，换人要考虑成熟周全，能不换的尽量不要动。"

这到底是什么态度？不就是换个有点背景的农村小干部，用得着想那么多？尽管黄天华这么想，但还是拿不定主意，不换就拉倒吧。为慎重起见，先拖一拖，他决定先放弃了撤陈焕人的这一念头，因为他不得不考虑于弘毅的明确态度。

6

记不清是哪一年的春节，坡岭人发现村庄的上空并排飞过一群白仙子般的白鹭，村庄稀疏的鞭炮声惊得它们一会儿直冲云霄，翱翔于碧空云彩之间；一会儿俯冲而下，盘旋于郁郁葱葱的丛林和山水中，它们最终降落在了流柴河沉堤傍山的那一大片悠深的雨林中。只有这时它们才吱吱嘎嘎地发出各种议论，加入一天里林野的喧闹之中。

面对雨林溪谷间美丽的田野，以及即将到来的金黄闪烁的稻穗的芬芳，俯视大地上蜿蜒如银色彩带的流柴河，沐浴河中的沉堤仿佛发出了神秘的呼唤，每年不知多少鸟儿朝这飞来聚集、安家落户。黄嘴白鹭、岩鹭、小青脚鹬、斑斓彩鹳、栗树鸭来了，一只黑白相间的苦乐鸟带着一群活蹦乱跳的小仔钻草窜田埂，寻找小虫吃，甚至难得一见的海南虎斑鳽开始在沉堤河滩露面。据说还有形单影只的鸳鸯在沉堤水流中孤凄出没，它是那么难寻其影子，都说那是谁谁去世了变的……

沉堤鸟乐园的渐渐形成，同时频繁招来好几只猛隼和鹰雕，它们站在参天的古树上，要不飞翔在高高的山岭天空中，故意发出尖厉的扑杀啸声，群鸟阵阵战栗，四下躲避，引起连片的骚动。

顷刻间，稻田的那头草窝子里响起一串沉脆的枪声。那只个头最大、肉质较多，鹤立鸟群、漂亮显眼的斑斓彩鹤倏忽倒地。

坡岭大草坡村的猎人陈越道，猫腰伸直，吸着芳香的弥散硝烟味，钻出草窝子，放这一枪他感觉良好，便眯眼接着从容地装填第二枪火药。

他一直垂涎鸟儿的肉，相比其他动物的肉，鸟肉的干煸实在是太诱人了。鸟儿见这个长着王八眼的人出没此地观察已经不是一次两次。他老早就发现了这儿的鸟越来越多，第一次到此猎鸟，吃不准是否已经一枪命中，脚步飞快地冲上前，那鹤鸟只是受了身上的粉弹轻伤，掉落多片漂亮羽毛，但是因为受了惊吓它扑棱着翅膀无法再起飞逃走。

陈越道怕太近补枪会打烂它，就将枪丢田埂上，扑身进泥田抓鸟。

鹤鸟被逼入绝境，反而以死相拼，不知从哪来的力量，转身冲向陈越道。它来势汹汹，奋力冲高，嘴喙趾爪并用，翅膀扇起泥水迷糊陈越道的眼睛，他想躲闪都来不及了。

这鸟如神助，反复袭击人的脸眼又稳又准，陈越道惨叫一声，反而转身逃走。他捂住右边受伤剧痛的眼睛，指缝间渗出泥水血污，撞撞跌跌摔出泥田。当他浑身泥水、拖着猎枪逃跑慌不择路的同时，仿佛听见那鸟嘎嘎的叫骂音——我吃了你的王八眼！

几天后，陈越道的那只眼睛发炎红肿如荔枝。他找草药敷上，不久却烂了眼窝，右眼就瞎了。他对人说："别看我成了独眼龙，打今后开枪不用瞄，更准。"

别人说："那是什么地方？再敢去那打鸟，准会让你全瞎了。"

第七章

陈焕人的坡岭大队是这天下午唯一不执行黄天华的指示，没有评选出先进和落后生产队的大队。只有集中收评选名单，并准备下一步组织材料的公社办公室人员第一时间知道这事，他们追着陈焕人的屁股，一通又一通地问好几个为什么。陈焕人的回应很让他们失望，被他们说成虚头巴脑，没有政治觉悟，思想跟不上形势，这样的干部太差了。

陈焕人说："我们大队谁都觉得自己够不上先进，谁也不比谁落后。"

公社的一名干部说："啊哈，刚当完落后典型，教训在那，又不听公社的指示，再加你一个典型的老好人，你等着瞧！"

什么叫老好人，就是那些不讲斗争、不讲原则、不得罪人、一团和气、你好我好的人。老好人的最终结果肯定没好下场。那些堵他溜走的公社办公室干部，百般好心地劝他三思而行，最好给公社报了评选名单再走。陈焕人就是无动于衷。

大队长符家干一直不同意陈焕人的做法，咕哝着不想走。他说公社黄书记要求的，就是县里的于书记的指示精神，让他报了评选名单再走也不迟。

陈焕人白他一眼，举手让他看看那些坡岭大队生产队长的眼神。这转眼一瞅，他禁不住打了个寒战。那些个队长们有的瞪眼，有的朝地上吐口水，有的骂骂咧咧，陈焕人抽抽嘴角，哼哈两下，嘲笑他说："报吧，那你就报呀，你看报谁先进、谁落后？你本事大咧。"

符家干好不尴尬，躲开所有人的冷眼神，摇头不再吱声。

陈焕人的坡岭大队小队干部一众人擅自提前散会撤走，他们找了个理由：没带照明用具，天黑了回家的路不好走，怕给毒蛇咬了脚。

夕阳照着这些回村人疲惫的脸，往家走的队伍中多了从县城下到公社，被接回坡岭大队的陈祥广工作队一行的人。

陈祥广和陈焕人在藤岭公社内相见时，陈焕人这才知道，陈祥广已是县派到他们坡岭大队工作队的组长，带着十多个工作队员，与那次在灭蝗现场相见刚好过去一个月。

陈焕人对他的这个表哥，此时在路上不知说啥好，犹豫了一会儿才对陈祥广说："你这回当的是工作队的组长，比以往你在我们这当过土改工作组组长，哪个权力更大？"

陈祥广知道他没话找话，笑说："你说呢？别怕我抢了你的权。"

陈焕人装作不知道陈祥广被撤职的事，把话往轻说："放着大局长不干，跑回家当什么队长，跟我们生产队长有什么两样？"

陈祥广干笑地说："不会的，焕人啊，这个队长不是你想象的那样，不是你想当就当的，你不懂！"

陈焕人说："我是不懂你们的道道，我们农民吃饭种田还用得着你们来管吗？"

陈祥广说："当然要管了，你看你们就没把田种好，不管行吗？吃饭都成问题了。"

陈焕人还想说点什么，陈祥广接着说："别说那么多了，你看今晚回到坡岭，如何安排包括我在内十二个人的'三同'（同吃同住同劳动）？"

陈焕人说："我们正好十二个生产队，一人住一个队行不？"

陈祥广点头，他强调道："按县里于书记说的，工作队所有人必须跟最贫苦的'三同户'搞'三同'，同甘共苦，不搞特殊，这是立场原则问题。"

陈焕人就按他说的去落实。只是他想不通，让这些工作队去跟最贫困的户主"三同"，除了政治上可靠，生活上他们弄不好要饿肚子的，还如何开展工作？

他边走边在路上把所有工作队员，像嫁女一样分配给每个队长带回村里，然后再由他们落实到具体住户。

工作队每个人都背着行李，符家干在公社就主动为陈祥广背行李，他提出要让陈祥广去他家住，他家是腊石村四队的。陈焕人就多了个心眼，想着让他们住一起、搞一起会不会多事。他不同意说："陈祥广不是说了要让所有人都住到最贫困的住户家去吗？领导不带头不行，你符家干家不算贫困，陈祥广还住我们六队大草坡村，不跟我住（土改时住过一起三同），跟我们村贫穷户陈越道住，就这么定了。"

提起大草坡村陈越道，所有人都不明白陈焕人为什么要安排陈祥广去跟他搞"三同"。陈越道是坡岭大草坡村有名的单身穷猎户，住在村边一间茅草屋，穷得叮当响，经常不干集体活，自己上山打猎，村生产队有意见，生产队长说他他不听，陈焕人批评他多次他都当耳边风，是个像山贼的人物。

陈焕人的安排是不是还有其他的想法不得而知。首先他不愿符家干和陈祥广搞在一起，譬如就让陈祥广这工作组组长去管一管陈越道这头野猪，让他尝一尝贫困户的生活……后边发生的事，陈焕人的确无法预料。

当然了，最不可预料的事就是我本人被抽调进了县里的基本路线教育工作队，无意中成了陈祥广队伍中的一员。我是作为不安分、害怕扎根农场一辈子的知青从农场抽调出来的，同时期被抽调出来到工作队的，还有一大批县里农场的上山下乡知青，这都是知青出身的雨林县于弘毅书记的主意。

他的想法就是让更多的知青下到农村去经风雨见世面，认为在最艰苦的农村才能锻炼成长。但我们是县里派下的工作队，去农村接受贫下中农的再教育，谁接受谁教育，谁领导谁还真的不好说。

正如陈焕人所想的，我这个工作队员在往后的日子里，差点儿给饿死了，那种苦难是百分之百的真实，还不知讲给谁听。

陈焕人一行人当晚回到坡岭大队，他取消了要开群众大会传达公社会议精神的干部碰头会，那意思就是不想再开什么会。

陈祥广和符家干有所不悦，见陈焕人推说要先安置工作队队员住下，等到落实好了，他们要去检查的话，就没什么好说的了。

陈焕人这次去公社开会，也没忘记要捡点什么。此时他随身带的一个开会专用装东西的黑坎肩布兜内正装着一块砖头，一个石块，肩头扛根从公社食堂拿走的烧火木棍，上面挑着沉布兜，走路看上去轻松了许多。

这次回来收获三样：砖头、石块、烧火棍。陈祥广第一次看到他这副模样，问清了原因，只是无奈地摇摇头。陈焕人乐着说："你们先去检查，我回家放下东西随后到。"

陈焕人他们检查完最后一个村子，走出村庄时，乡村的月亮已挂上树梢。晚风半夜初起呼呼吹，树摇竹晃沙沙响，引起百无聊赖的守夜村狗敷衍般地喊上几嗓，声声犬吠吼风影，让扰动了已沉睡的夜月醒来。

他送陈祥广进陈越道的茅屋安顿，陈越道这家伙不在家，可能又上山打猎去了。推开门借着点亮的煤油小灯光看，陈祥广的脸似乎跟夜色一样黑，他对陈焕人安排他住同村这地方显然不满意，他也不认识陈越道本人。

　　陈焕人并非故意撂下他，只是他这时突然闹起肚子痛，顾不上帮陈祥广做点什么，捂着肚子就跑了。他快步往家赶，使劲放了一个划破黑夜的响屁，这才想起昨天一家人吃的是一肚子的地瓜饭（他家口粮未必够吃，用地瓜作辅粮），一整天尽放屁，肚子那坨屎跟着忙了一天，现在已经憋到屁股门上了。

　　屎不能乱屙，要积肥，他加快步子，迈进门厅一屁股就往柴棚的粪桶上坐，全身触发急剧松弛，人几乎要瞌睡起来。

　　县广播站的一个记者曾经下去采访，因为好奇打听到陈焕人捡东西的这一怪行为，东扯西聊，装出无意间问陈焕人："你对开会多有什么体会？"

　　陈焕人同样一副情不自禁地津津乐道："好啊，好咧，我捡的东西多呗。"

　　记者忍不住说："你这当支书的境界怎么那么低？"

　　陈焕人说："啥叫境界？我们做农人境界低才捡东西，积少成多嘛，这也是开会多的成果咯。"

　　记者又问："你捡那些烂东西干啥？""烂东西？不烂不烂，你们开那些烂会才没用呢，瞎搅屎，浪日子。"陈焕人不高兴，说完掉头走了。

　　这些年来，陈焕人利用各种开会的机会和种种便利，他的房前屋后，慢慢堆积起捡来的各种各样的石头砖块，当数量达到一定程度后，他把这些东西拿来建了大草坡村的一间公共厕所。人们都说，这大队支书大事做不来，做拉屎的公房，真是上心！

7

　　莺月的日子里，处在流柴河沉堤那一带的坡岭大队六个生产队的水稻田里，人们从河里戽水的戽水，插秧的插秧，田头一片繁忙景象。春意飞扬的山水，流光滴翠，流柴河水清清冽冽，晨曦中的水面如镜子倒映出成群白仙鹭洒落在河岸田边，青禾绿水一派生机。

河边走来几个骑在牛背上的放牛娃，有个惊叫起来："快看快看，河面上有只'水牛'在游水，那白鸟落它背上了，落了，落了！"太神奇了，一只黄脚白鹭展翅飞降到那个不明漂浮物上，它们在水面缓慢流动，白鸟不时单脚舞翅，浮动如只只小白船帆，河面出现了一幅神话中的景观。在它们的周边同时出现几个小黑洞般的口子，一张一合荡出涟漪，伴随着游移向河的远处。

阳光和煦的林子那边，飞过一群吵吵嚷嚷的野鸭子，盘旋了个圆舞圈，在离漂浮物十多米的水面降落下来。不一会，那些眼尖的孩子们又喊叫道："快看快看，'水牛'吃鸭子咯，鸭子潜水咯！"水面的野鸭群并未受到惊动，它们身边的同伴，像被水下的东西拉着沉没，又像是自己往水下潜去，没再浮上来。

"水牛"吃鸭子，水牛又是何物？

"独眼龙"陈越道说河水下有个鳌宫，他吹牛说曾经见过鳌吃水上的鸳鸯鸟。草子园村，绰号叫"公祖遁"的算命先生庞源恒立即反驳，说是龙魔宫，鸳鸯是沉堤冤魂变的，吃不着。

原来参加过流柴河沉堤水坝建设和抢险，草子园村地主婆文子心的儿子庞朝东，在恢复高考后考上大学，读生物专业。他说可能是深山深水中珍稀动物大斑鳖，大的可长到200公斤以上，要不就是巨型鲶，有上百斤的，河里可能不止一个。这个说法有些靠谱，但令人无法相信。谁见过这些如神般的大家伙？

再后来，人们知道陈越道是在胡说八道，他不怕鳖咬死人，竟然和一伙人下水打捞千年乌木，倒卖赚钱。

当时那些放牛娃一定不懂得水中的还有风险，他们经不住午间太阳的热晒，脱光衣服下沉堤水游玩，其中一人被不明之物拖入深潭，咬断一节脚趾，幸好被同伴救起。

沉堤的这条流柴河，总是让人不敢深入探索它的故事。

第八章

于弘毅在县的四级干部会议结束后，他立即组织县的检查组分头下到各公社去检察贯彻落实会议精神的情况。检察组汇总检察工作情况上报之前，他抓紧时间召开常委会，进一步明确各位书记常委分工负责的工作职责和范围，并要求所有领导按分工下基层蹲点抓典型、树榜样，为打造出一个全新的农业榜样县日夜操劳。

主管县工交口的老常委冯贵，这次因没做他的领导分工调整而十分满意，他可以继续下去蹲点抓典型，抓县糖厂的扩建和县化肥厂的筹建。天气已经没那么热了，他手中的黑色折叠扇不停地摇来摇去。原来分工没变的常委书记，各自也没有太多的话要说，会开得人人信心十足，一派祥和气氛。

于弘毅作为雨林县县委的"班长"，他除了负责全面抓工作外，在这次会上自己主动提出，分工负责雨林县此时最艰难最具挑战性的水利兵团组建和兴修水利建设。大多领导们认为，年轻书记有作为、敢想敢干，挑重担那是应该的。

前期已组建起来并开始运作的水利兵团领导班子成员，有来自水利部门的领导和农村青年代表，他同时自任水利兵团总指挥长，并带头落实兵团兴修水利工地就是他蹲点和抓典型的地方。

不知出于何种考量，这次会上，主管农口的副书记陈然突然被于弘毅指定为水利兵团常务副总指挥长。这让陈然很不爽，心里有意见，他不再沉默下去。

陈然一改平时顺从的风格，争口说："于书记，我分工农口，就让我集中精力去管好农田基本建设这块，你另安排人做副手不行吗？"

于弘毅态度表示没有商量之情。他说："水利是农业的命脉，农田基建这块你管着不变，水利也要抓，两手都抓硬，你我分工不分家，务必齐心协力加强领导水利建设。这边缺了你，我修建水利这仗没把握打好！"

近日，有领导向于弘毅反映，陈然对组建水利建设兵团大兴水利建设持消极和反对态度，插手主管分派兵团水利物资和干预财政水利资金调配，暗中增派并抽调水利兵团力量和物资投入农田整治和开荒扩地。这种明不说、暗中做的行为，引发了于弘毅的思考。

陈然认为雨林县目前兴建大中型水库是脱离雨林县人力物力实际水平、不顾人民生产生活困苦的做法，是为个人捞政治资本劳民伤财之举，是工程风险极大的举措。他要求有关领导和部门，要把人力物力一门心思集中在农田基本建设上，并且已开始实施这一行动，这很快影响到了水利兵团这边工作的展开。

陈然在开领导分工会前，提前落实了他准备蹲点的农田整治大会战榜样田，那个地方是枫林公社的一千多亩良田洋，如果再投入力量开荒拓展，面积将达两千多亩，那地方的田洋自古号称雨林县的稻谷粮仓。

于弘毅组建水利兵团（抽调全县接近上万人的青壮劳动

力）后，将出师第一场硬仗放在东响公社新石实大队那条溪子河上打响，在这条南鸡山下溪子河畔兴修这么个中型水库，最终将使附近几个公社几千亩田地和上万人口灌溉饮水问题得到解决。这同时也是以新石实为榜样，对新石实人百折不挠兴修水利建设、发展农业生产的充分肯定和最有力的支持。

新石实大队的南鸡山下那条溪子河，大队支书石金光和领导班子带领广大群众，曾经撸起袖子奋战在溪子河上游建小水库，屡干屡败，屡败屡战，决不向困难和自然低头的精神撼天动地，这次他们终于迎来了新的希望和最有力的支持。

县水利兵团雄赳赳气壮山河进驻溪子河畔那天，石光亮组织全大队的社员群众敲锣打鼓夹道欢迎，就像当年欢送子弟兵上战场打鬼子，有的人还给水利兵团的人送上吃的，真亲如一家。

8

坡岭好多人这回都不敢深入流柴河沉堤水中，生怕那水中有什么水怪把人给吃了。可是有一个人就不怕，那就是大草坡村的陈越道，他不但不怕，还发现了水下的一个大秘密。

那一次是他冒险下水去捉野鳖来卖，在追捕一只山瑞鳖的过程中，脚给水下一树枝缠住，人差点溺死。没抓着鳖，他游上岸后不甘心，带上砍刀再次下潜，想清杂找到鳖，并看个究竟。他相信水下有个神秘的鳖宫，在水下几浅几深地摸索寻找，他触摸到一个东西后突然吓了一大跳。原来水下有棵一人抱不过的大黑树木，深埋河水淤泥中。他用刀撬开一块木头样品浮出水面，阳光下手中的那块乌木黑亮如炭，不知是不是什么宝贝。

陈越道猜想着这水下大树木的由来，认为它是从雨林大山上随山洪冲入河床中沉淀下来的，不知过了多少年头，这木材被淤泥深埋浸泡成了乌光色。乌木头到底有多大的价值，他不懂，但他认为传出去一定有人想要这东西。

消息不胫而走。某天来了个大腹便便的人，找到陈越道，他出高价让陈越道给他打捞这根木材。这犹如天上掉馅饼，要发财了，陈越道不含糊，他真有办法把这木头弄上岸。

他组织起几个人的队伍，从公社的镇上雇来一台东方红拖拉机，借来粗麻绳，亲自潜下水，将木头一端绑紧。上岸后准备妥当，点上一炷香，念念有词地拜了几回，随后大声喝起："河神保佑，助我发财，起木咯！起！起！"

所有人都激动地大声喊起。

拖拉机开大马力，大喘大吼浓烟直喷，几进几退在地上碾压出深深的车辙，近乎断气的轰鸣来回拖拉牵引，巨大超长的沉重乌木在一片片混浊的搅动泥水中游动了。木材浑身涂满烂淤泥水，重见天日后带出河岸飘浮的腥臭气，它被缓缓扯拉上河岸。人们击掌欢呼："黑龙出水！出水黑龙！"

围观的人发出一声声赞叹，人们没想到流柴河里竟然隐藏着这么大这么新奇的木材，这已经深埋了多少年啊。说不好这河里还不止这根东西哩，肯定还埋着不少这样的东西。这根木材到底出了多大的价钱陈越道当然不会说，反正人家肯定会花了不少才让陈越道帮着打捞的，到底这是他发现的。人们越想越不对劲，如果那些深山里的高品质木材直接埋在水里，那多少年都烂不了，用它来搞家私经久耐用绝不长虫，村民们建房子用的木材，不都是这么浸泡过的么？那绝对值钱的东西，没得说。人们越想越觉得这东西了不得啊。

这都是当地的经验之谈，但没人见过并懂得乌木的价值还有哪些。

人们在那时候又突然想明白了，陈越道这回要发财了。

但这流柴河，这沉堤上游下游有哪点是他陈越道自个儿的？这河里边的宝贝凭什么就让他一人独占，这河里面一切的一切是属于坡岭人的，拦河修堤造坝搞水利，挖山扛土流血流汗，救堤抢险死了人都是坡岭人的事，尽管堤坝已被洪水冲垮，变成了沉堤，难道坡岭人现在只能有站着看的份吗？岂有此理！

于是，在这根大乌木打捞上岸的那一刻，引来了一拨人，他们是坡岭各村的男女老少，不单单是来看热闹的。一伙人指着陈越道的鼻子大呼小叫："算什么呀你，小子哎哟哟，美了你，你想吃独食呀？不经我们同意，谁敢叫人把这东西搬走，我们就把谁丢河里喂王八！"

看来，一场有关流柴河和沉堤的某种问题纠纷就此出现，并且拉开了一幕，同时受到了更多人的关注。

坡岭大地上的山川河流森林是那么美，资源是那么丰富，流柴河和沉堤属于谁当然重要，更重要的是这里将会给坡岭人带来更加美好的明天。

草子园村的庞朝东在读完大学后，在城里找了一家旅游公司上班。不久，他带着结了婚的妻子甘春子一家人离职重返乡下，成立了一家坡岭大多数村子入股的旅游开发公司。他已经找到了自己开创事业的方向，要带动乡亲们走共同富裕之路。他想首先开发流柴河和沉堤那地方为旅游景点，吃住行玩样样齐全，流柴河的水流得更顺心了，沉堤一夜之间成了不可多得的传奇景观。

当地导游编出的传奇故事一套一套的，千百遍地给被吸引到这儿的游客讲着它并不遥远的故事。那些故事不完全算瞎编，但听着十分令人着迷，而且一直流传着，人们从而就认可了这些不争的故事，不再关心那些已经被流水带走的有关历史事实和沉在水底的所谓有意义的事情。

第九章

县水利兵团在溪子河畔拉开修建水库的阵势，那场面、那气势，一下子铺开的队伍似乎让山为之震动，水为之倒流。工地上各种旗号飞扬，铁姑娘突击队和党员先锋队、民兵冲锋队和青年团员突击队、劳动模范队和战天斗地榜样队等五花八门的旗帜，迎风猎猎招展。一队队挑土的人流如潮，一群群的人挥舞着锄头铁锹挖山取土，有的凿石放炮，有的抬石、砍搬树头树干和抬桩夯土……几台东方红拖拉机开过来了，轰鸣的响和着沸腾的工地和高音频广播一遍又一遍地播出的激扬歌曲，让着人们的干劲倍增，一个叫高山低头，河水让路，人民水利人民修的气壮山河的水利大会战，终于在溪子河畔轰轰烈烈打响。

这里作为于弘毅的蹲点抓榜样的水利工地，他说到做到，从打响溪子河大会战的那天起，他和陈然等工地指挥部的领导，跟所有水利兵团的人同吃同住同劳动。尽管领导们的劳动至多是带个头，但在人们的心目中，他们的榜样起到了极大鼓舞作用。

与所有人不同的是，陈然不参加任何形式的亲自劳动，尽管只是做样子他都不干。他整天就猫在指挥部的棚子里，看看工地广播稿子和工程进度统计报表等，要不就是通知下面的人过来开会或汇报工地情况。工地上遇到的困难，他不表态，大多推给于弘毅去解决。

某天上午，工地指挥部一位工作人员过来告知诉他说："于书记他们在那边挑土，通知你过去一起干。"陈然在那埋头看报表，连头都没抬，像是没听见。那位工作人员不懂规矩，又说，"有人议论你陈副书记是怕劳动呢。"

陈然的反应快极了："混……"他差些爆粗口，但还是顿了一下厉声道，"领导是干什么的你懂吗？搞什么鬼劳动啊？还要装样子……"那位工作人员吓得跑开。

几天后，陈然向于弘毅打过招呼，他要去自己负责的蹲点地——枫林公社一千多亩田洋的农田整治区看一看。此去，他那个溪子河水利兵团常务副总指挥长的位置就一直空着，工地上不再有他的身影，直到工程顺利结束。

陈然走后的第二天，于弘毅心情复杂，清晨独自一人走出指挥部工棚，迎着冉冉升起的朝阳。来溪子河水利工地蹲点有些日子了，他每天有忙不完事，还未有时间亲自去溪子河畔的山山水水走一走。先前出于多种考量，雨林县溪子河水利工程的上马，他听得最多的是水利部门干部从各方面的分析和意见，这也算是尊重科学的决策了。目前最让他吃不透的是举贫困的全县之力是否跟得上这样大的水利工程，是否会加重农村群众生活的负担，并造成一些不好的影响和后果。

走过山坡，上到南鸡山的半山腰雨林里，山风拂面，他居高临下，视线所及，溪子河如一条洁白的彩带弯弯曲曲地挂在绿幽幽的大地上，河流在两座丘陵山体中间穿过。削山劈石取土石，在这拦河筑坝，实在是最好的地点选择。

他用心欣赏起山光水色和沸腾的水利工地，眼前仿佛已出现一座人造大坝拦截成的水库湖，这使他不禁感慨道："这真是一个建功立业、大有作为的伟大时代。"

9

雨林县藤岭公社坡岭大队处在五指山山脉向东行走的山岭和丘陵地带，大多地区覆盖着莽莽苍苍的雨林，坡岭的草子园村深缀其中，它离周边的公社藤岭镇和一个大型兵团国营碧绿农场不过七公里，全村人口207人，41户人家，劳动力52人，男28人，女24人，去大队五、七场2人，大队代销站1个，抽调去县水利兵团新石实水库工地3人，劳力中有4个半劳力。

生产队所有耕地面积281亩，其中水田210亩，坡地71亩，耕牛22头，能劳役的12头。还有些其他经济作物。

基本建设方面，修复用来当仓库的三合院式房子一间（土改没收富农的），牛栏廊四眼，封闭大水粪池一个，露天牛粪池一个。集体合用稻谷脱壳碓两处。水泥晒谷场一处。

生产队1972年收入和分配情况：稻谷亩产550斤，其中征购粮43920斤，油料花生200斤，个人所养三鸟、生猪若干公价上交。

全年口粮每人450斤稻谷子，分配全年每人390元，青壮劳力劳动日工分10分，劳动日每个0.22元。留出稻种和部分备用粮，年终分配现金只兑现少部分，理由是生产队要留着点资金搞基建。

有一种情况是必须要交代清楚的。这个村子有一户地主，户主是地主婆文子心，一户富农，土改时全家只剩一个儿子外出不知音讯，"文革"查出被遣送回原村，姓庞名其，其他的均为贫雇农、中农。这儿还有一户特殊的三口之家，他们是城里居民战备疏散户，从广东潮汕平原的潮州迁来草子园村安置，只知道他们属于什么小工商成分。

那年晚秋，我大约在收割完后走进坡岭草子园村，身份是驻村的工作队队员，藤岭公社坡岭大队的基本情况也就是在那时了解到的。雨林县村村生产队同样在这时间派进工作队，草子园村所在的坡岭大队共十二个生产队自然村，也同时进驻了工作队队员。

县里成立农业学大寨总指挥部统一指导全县工作队的农村工作，总指挥是县委（代）书记于弘毅，各公社组成工作团领导机构，公社书记为团政委，各大队则组成工作组。

草子园村生产队长庞成地和所有村干部在公社镇上开会，那天他们顺便把我们工作队员带回村子了。

走回村子的路程仅翻过一个满山坡的农场橡胶林子，蹚过一条清澈的小溪，沿着一条两边长满狗尾草的小道和水稻田直走几里路，便到了坡岭大队部的一间小学。经过小学小广场时，教室里面激越地传出朗读声，那声音像在唱一首歌谣，童音嘹亮脆响。

歌谣让我听得入迷，感觉心里有什么在动，在沸腾，形势变得真快，仿佛想着怎么变都不是难事。

庞成地抢着给我挑那有一床被子、蚊帐、草席的背包和一个放洗漱用品的小铁桶，外加一顶上写着"上山下乡光荣"的斗笠就戴在我的头上，这些东西都是一年多前从城里的下乡农场带来的。

这年我17岁，一个毛小伙，由农场的一个知青再次转变为县的工作队员，我确实不知道自己将面临什么，只认为农村可能比农场更加艰苦，但艰苦不是可以更能锻炼人吗？不经风雨哪来完美人生。

庞成地队长在路上随口就叫我"老王"，一下把我叫老叫大了许多。从没有人这么叫过我，我知道他没叫我小王而叫我老王，那是他长辈对我的敬重，但是应该不是敬重我本人，而是敬重我的工作身份。对这个称呼，我从刚开始听着别扭到慢慢习惯，到最后全村都叫开了反而认为是应该的。

庞成地最多四十出头，高个，背驼，脸部两腮棱角分明，光着个大脚板子，最显眼的是他不穿上衣赤裸着膀子，膀下腋毛黑长翘出胳肢窝，并不厚实的胸脯下排骨显露，周身古铜色。对这样的农村干部，我完全陌生。

我无法理解他光膀子，就问："队长，你为什么不穿衣服？"

他答："小时没衣服穿，习惯了，天气太冷时才披一条水布暖和暖和。"

我当时不能完全理解他说的，便又问："你上公社开会也光身子？"

他笑："瞧，穿着呢，开完会就脱了。"我看到他肩膀上确实搭了一条皱巴巴的乌黑麻质布对襟盘扣上衣。不会穷到衣不蔽体吧，我感到好奇，干活不穿衣能行吗？日晒雨淋的，谁受得了。

他似乎看出我的心思，说："你看我的皮身，练出来的。没事。"

他这身皮也没什么特别，阳光中的古铜色虽然生辉，但是掩饰不住他的那身瘦骨肉。我终于相信，太阳的光照射到这样的皮肤上只能是被反射回去，天上雨水打在这种皮肤上只能是油淋般滚落。第一次面对他这样的农村干部，我眼下只懂得生出不少肤浅的感慨。

当晚就住在庞队长家里，算是跟他搞上"三同"了。他说："别听你们工作队陈祥广组长说的，把你们这些人分配到最贫困的家去搞'三同'，那样你们就惨了。说不好听的，没有多少人家想接受你们住下，好麻烦的事哩。"

怎么就惨了？我心里暗自嘀咕，好像庞队长让我住下，那是当队长不得已的事。不想接受我们是怕麻烦。县里领导说了，我们的到来，广大社员群众是拍手欢迎的，我们将带领他们大干社会主义，让他们过上好日子。我们是代表县里来的，不欢迎我们的是些什么人，我们难道不知道吗……我们应该是让广大贫下中农社员群众抢着往家里拉的人。

过了好些日子后，我才猛然体会到庞成地这话的现实含义。可是，我眼下一点都不在乎，踌躇满志。

在一条稻田坡边上，两旁长满狗尾草的几米宽的路子引领着我们走进村道，越往里走，狭窄的村道路两边是荫蔽的树林子，或种的是龙眼、荔枝和黄皮，或是槟榔和高乔木母生树、苦楝树等。村口长的大树与其他村不太相同，有一棵一米粗的荔枝树，宽大的树冠墨绿蓬勃，蔽日绿荫和连成片，不亚于各村头普遍标配的大榕树。树底突出几个大小不一的石墩，可供人乘凉聊天。

让人不禁观赏起的是村头路边还长着一棵树头如磨盘般粗壮的母生树，一棵明显留下锯断面的只高过人膝盖的树头上分蘖出四根人大腿般粗的枝，赤条条直冲云天，每根树顶像插着稀稀疏疏叶子的人工编出的绿草帽。

庞成地指向荔枝树树荫叶边的前角说："原那地方长着一棵高山榕更大呢，全民大炼钢时连同那棵母生树一起砍了。这荔枝树每年能结不少果子蒙人胃口，至少能让人灾年时有点盼头，村里拼命给保留下了。榕树死就死，不像母生树砍了还能再长。"

我说："什么叫全民大炼钢，山上怕没树砍吗？多好的树为什么要砍？"他停顿了一会儿才说："你没经历过这种事，说不清。"

庞成地的家在草子园村接近村尾的左边，村头埔条土石相间的巷道一直通到底，走进巷道经过两排房屋，再走几十米，便到了他家的门前。

时临黄昏，沿巷里的污水渍泥和地上的猪粪狗屎鸡屎晒了一整天，阵阵酸臭飘忽，伴飞蝇嘤嘤嗡嗡。家猪还在地上拱出浅泥洼，我脚穿塑料凉鞋，拾脚抬腿走过巷道，总是跷起脚后跟走路。庞成地根本不看地下，大脚板踩烂一坨狗屎，习以为常地抬脚甩掉。走狗屎运了，我差点笑出声。他以为我笑他踩狗屎。

几只黑黄色的土狗突然蹿出，见来人是庞成地和我，无奈收起想发作吠上一两声的架子。庞成地家的那条大黄公狗远远地迎上来，摇头摆尾地讨好他，对我假装视而不见。

我问它取啥名，庞队长说叫狗黄。我认为连名都脱不了狗字，多没意思，不如叫他汪黄同志，近似我的老王同志的叫法。

我想以后就这么叫它，非把它叫熟悉不可。有人天生怕生狗，而我不怕反而喜欢所有的狗，我向他示好，朝它悄悄挤眉弄眼，做个吐舌鬼脸。它懒得理我，我猜它是烦我没有见面礼，少跟它来这一套。

进了庞成地的家，那是一间二合院式的瓦屋，二房一厅三开间，房子外墙没有泥灰披挡，裸露出斑驳的石块和田泥砖，门厅院内两间低矮的横屋作厨房和置放柴火及农具杂物的地方，这是琼北广大乡村普遍的典型民居。

走进村子时，我扫了一眼村里的房子，大多属于这一类型。

我被安置睡在屋里的堂厅。厅内后门木板墙两檩条的上方未设阁间神龛及祖上牌位，说明这不是一间公室（家族拜祖屋）。下面摆放着一张菠萝蜜树格的八仙桌，对着堂厅的前门一侧，我的睡床用堂厅的两张长条板凳搁一块儿，再加上门板和几片木板而成。八仙桌成了我唯一能摆放那点生活和学习用品的地方。

考虑到天气开始转凉，庞队长热心周到，他提前帮我在床芦席下铺上一层厚实的晚造清香干稻草，想到马上要体验不曾睡过的稻草床，心中暗自掠过一丝新奇和感激。

天黑前不关门，穿堂风时不时鱼贯而入，床边用小竹棍小麻绳绑定的四边角蚊帐架子，挂上蚊帐后不结实，稍大点的风吹，架子东倒西歪使得蚊帐散开，掉下零乱的稻草。

我心里又犯了嘀咕，长久睡这是否可行，不睡这还有地方可睡吗？庞队长说他去自留地拔菜准备晚饭。

他一出门，我想知道他为什么不安排我睡寝房。随即吱呀一声我推开他左边的房门，借着房顶斜坡的两个玻璃瓦镜和前后墙小推拉窗射进来的光线，看见墙角有路兜叶编成的储存稻谷的谷围子和地下装米的一个小陶缸。房子内中间还有一张三面围沿帮子大木床，靠窗小桌子上立着一盏小煤油灯，床四边脚柱上有接榫头的床木顶架，上盖着路兜叶编织席并搁置着一个罩满蜘蛛网的摇篮，这可能是他孩子睡过并留存下来的风俗之物，后来听说如小孩夭折则随摇篮一起送走。

我在校学农时见过这种农村老式床，他的床沿上挂着几条黑乎乎的破衣裳，床上一条被褥拧乱溃不成体，没有席子的床板为原木剖成，它的黑实油亮似是由人体的油脂汗渍经年侵渗而得。

探头进房子前就已经被一股隐隐弥漫的尿臊和夹杂着的霉酸味呛着，跨步进去才看清，在房门的后角落，原来放置着一竹编作提拎带子的撒尿木桶，桶盖子开个小圆洞。

我来前就知道，很多农家人都是这么放置尿桶积肥的。我后来在堂厅睡下的夜间，或是某天在家的白天，常常听到庞队长往尿桶撒尿的声音。到要交粪肥给生产队，还见其手提出开盖子的尿桶里，橙黄尿液中漂浮着的条条粪便以及烂报纸。就是如此积下的肥，还必须交给生产队，过杆秤能挣得一笔工分。

再也不想忍这个味儿了，我退了出来，正好跟从自留地拔菜回来的庞成地打了个照面。他以为我好奇，说道："老王，我家条件不算好，但也不是最差的，跟大多数人一样，村里生活相对好点的就是家里有人在外工作的，村里只有几户这种人，原想把你安在条件比我好的家，可人家总借口安排不下。住我家委屈你了，不过放心，我吃什么你就吃什么，没啥过不去的。"

我没啥可说的，不再看他右边的房子，他妻子多年前病逝的事在回家的路上他就告诉了我，他说："儿子庞力超和小女儿庞多叶住在右房，你要不介意，就搬我这边一起住。"

"不用，我住厅堂方便工作。"我一想起他房间里的情景，心里就不是滋味。

我跟他去横屋的厨间做晚饭。那里面有十多个平方米，除去小门撞进的方块光源，四周没窗户黑黝黝如山洞，一边叠垒着整齐砍断的柴火比人高，一边是个大灶台连着顶瓦陶管烟囱。离门不远放着盛菜陶罐和涂满黑烟灰的小圆饭桌，围边几个原木头小板凳，桌上有一满铝盆盖着薯箕筐的饭汤，饥蝇在人靠近时轰然而起。他说这是早晨煮出的饭汤，一般吃整天，如沤馊了也不怕，发馊饭汤下火消暑。

许多年后，有一大学朋友做民俗考察，发现几个苗寨的人，他们天天吃发馊的饭汤，竟然没有一人得"三高"病（高血糖、高血脂、高血压，这跟饮食有绝对关系），又有说发馊饭汤当偏方，能治愈肿疮和多种炎热病。

我当时吃这饭时，那是宁愿得那些"三高"病，也不愿天天这么吃。以为他开玩笑，其实不然，我后面的日子有这饭吃就不错了。

他先去前院堆放稻草和农具杂物的隔间抱来一大捆稻草，烧稻草做饭是当地的习惯，或是稻草和木柴交替着烧，为的是节省柴火，省功夫上山砍柴。

但是烧稻草要费一人在灶前续手草，燃起的浓烟比木柴多，烟一部分从烟囱走，更多的带着火舌窜出灶口，把所有空间笼罩得云蒸雾罩，睁眼喘气都困难。厨间就这么经年累月地被熏成了黑山洞，屋内墙体、梁柱和瓦间挂着每年除夕才打扫一次的烟炱。处在这个压迫的境地，我欲夸张地咳上几声，借口逃出去，但又想帮着他烧火，他们一年到头就这么习惯着，我为什么就不能忍着适应。

他不知道我不懂烧稻草，帮着他烧锅，觉得好玩反而弄出滚滚的烟雾。烧锅烟熏火燎的厨间像在蒸笼里，他膀子上已挂着汗珠，怕是火烟呛着了，大咳了一下，举一手在灶台边上面，从一条椽子上挂着的枝条钩子取下一个小陶瓮，伸手挖出一条沾满盐粒的三两重的五花肉。那肉似是煎过了多次，颜色糊黄，被再次丢进热锅里，"滋滋"地响。煎榨油声音已经没了鲜肉的哗哗脆响，肉是那么干瘪，闻到更多的是糊的味道，都快榨成肉干条了。

他用锅铲子在锅底转抹着冒青烟的肉油，三抹两翻就又把肉一下铲回陶瓮，那样子是舍不得吃，留着再次起锅榨油。锅已经够热，青菜倒进去的爆炒声响很刺激，等菜香飘出，尽管那菜几乎没啥油水，但饿涌胃口，我的嘴欢快地咽下满满一口涎水。

庞队长还顺带在灶台后的一个出火口，为我煮了一小陶锅的干白米饭。吃晚饭时，他一家子吃早上煮的饭汤，让我独吃干的，弄得我很不好意思。这也是我今后很少吃到的干白米饭了。

我往后还知道，用油引子炒菜（我形容那片肉为油引子），村子生活稍过得去的家庭都这么干，也有穷到卖不起油引子的。

这是初来乍到时庞队长热心接待我的第一顿饭。平时他们更多的是吃没有油的盐水煮菜加饭汤，没有什么油荤可吃，要是自留地瓜菜没种好，那只能吃腌酸菜和萝卜干或山上的竹丛笋、雷公笋和苦蒙芯等野菜。自留地要是没种好菜，更多时候只能吃野菜，日子过得如吃野菜般苦。

第二天我就开始吃腌酸菜了，听说自留地里的那点瓜菜，有时留着要拿到集市上卖了换回油盐，村里绝大多数人都是过着这样的日子。

晚饭时，庞力超和庞多叶收工回来了。汪黄同志跑前跑后地围着他俩转，累了一天的庞力超嫌它烦，一脚踹过去，汪黄叫了一下便躲在庞多叶的脚边。

队长讲过，他们两人只有庞力超去藤岭镇读完初中，然后回家务农。庞多叶在坡岭大队没上完五年小学。我们彼此点头笑笑，问过年龄，庞力超比我大三岁，庞多叶比我小一岁，我们相见甚欢。

庞多叶个子比他哥庞力超低一个人头，清秀、文静、瘦弱，营养不良让她的脸色显得苍白。庞力超还同他老子一样叫我老王，尽管他比我年长，因为他对我们汪黄同志的那一脚，我不高兴，但很乐意他这么称呼我。唯独庞多叶第一次轻声叫我王哥，听着有了个小妹的亲切感，不免让我心头一热。

我吃饱了饭，脑子中来前的热情不减，跟庞队长说："今晚开个见面会，介绍我和大家熟悉，我总要讲一讲话嘛。"

庞队长说："急啥呢？怕没时间给你说话？先休息，明天亮再说。"

我不依他，说："不行，今晚必须召集社员开会，白天要干活不能开会。"我不知道当时我哪来那么大的自信口气，第一次很自然地指点起他来。

也许他没有什么想法，看我认真的态度，他只好出去通知开会。

不久，夜色中传出庞队长敲梆子吆喝开会的声音，我认为全村人都应该听到了。一想到全村人的眼睛都在看着我说话，乡村的面貌打今儿起将发生变化，这种自豪感油然而生，我对自己充满了信心。

村里平时晚上就在那个叫做文化室的房子里记工分，就算不开会，吃过晚饭，村民各家都有一个人带上记分本子到文化室来记上一天的工活。年终分红多少全靠这本子上记下的分。当生产队队长的另外的苦处就是白天同样干活没多记一个工分，每晚操心，不管有事没事都要到这记工分晚场，一来与在场的人聊当天的农事家事，二来顺便分派第二天每个人的农活，日复一日。庞成地对我说："当个生产队队长，只落下个队长的空头领导名，担个名声而已。"

文化室原来是村里地主婆文子心的房子，多进院落式中二房一厅三开间，后来没收归集体沿用至今，今晚开的会只能放在文化室里。

按惯例同样是家家一边轮着记工分，一边听我和队长讲话，开会记工两不误，只是今晚来的人肯定比往日多了许多。男男女女老老少少都传遍了村里来了工作队的消息，谁都想看一看这工作队队员长啥样。

原来这个老王并不老，一个毛小伙而已，看来是姜都不会辣到哪儿去了。以后跟大多数人混熟了，他们说当初看到我就是这么个想法。

第十章

陈然自从离开溪子河水利工地，去了他在枫林洋农田整治那边的点，这个点才是他说了算并负责的地方。于弘毅在领导分工上让陈然两边都兼着跑，这其中的原因只有于弘毅心中清楚，别人怎么想他不管。

陈然不在这边管理工地常务副总指挥长职责的工作，可职位照样挂着，这就等于把这副担子交还给了于弘毅。于弘毅在那原两个任副总指挥长中不再找常务的人，过了些日子，他叫人通知陈然回来。陈然总是借口推脱说无法返回，于是所有事只好都上了他总指挥长一把手的头脑，他这才感觉到离开陈然的辛苦和沉重。他没有退下的理由，便义无反顾地顶上担起来，不让人们看出他离开陈然的不行和失重。

这接近上万人的兵团水利工地，管理上还是以各个公社为单位。水利民工们在工地上的劳动设施和生活费用以及工程投入，原则上由县财政负责，补充的小部分要靠公社及下面大队和生产队直到个人补贴。就是这样的格局，由于种种原因，资金往往无法及时到位，补贴经常成空头支票，由此所引发的困难和问题，已经严重影响到水利工地的工程进度。

几个月过去，这天工地上有一支队伍扛起工具，不声不响地带头撤走了。于弘毅正在与水利部门的人察看河流的水文情况，工地的广播急切响起："于书记，于书记，请速回指挥部……"

于弘毅在赶回工地指挥部的路上时，与这支足有九百多人的水利兵团队伍迎头撞上。对方带队的一个公社副书记迎上来，胆怯地说："于书记，我们黄岑公社团的人柴米油盐都没了，现在叫大家回去弄点，到时再按时返回。"

于弘毅的头嗡地涨了，回去筹柴米油盐，开什么玩笑？他说："县里的经费不是已经发下去了吗？"

对方说："这个月没哪，家里的补贴也迟迟不见，我们只好回去筹一筹。"

"那就派一些人回去便是了，走那么多人干啥？事先为什么不请示？谁同意你们就这么走？"于弘毅震怒，这是他始料未及的，他深知人员撤走的不良影响和后果。"我要求你们全部留下，困难等问题容我来解决。"

对方说："于书记，我们理解县委的难处，我们愿意为此排除艰难，担当困难，还是先回去吧。"话说得很坚定漂亮。

于弘毅恼火了："回去跟你们公社书记说，这些人要马上返回，一个都不能少，而且由他带队上工地，否则，请他别干了！"

10

工作队进村前开会，县领导讲过工作要领，所有人进村后做的第一件事是提倡为村民大做好事，如打扫村子卫生，给村民家里挑水等。如此才能赢得人心，拉近与社员群众的感情。这是县里对工作队进村首要指导要求。

之后我读县里腊纸版刻字分期下发的《工作队简报》，得知不少人进村的当天当晚，甚至挑灯不顾疲劳为全村的水缸担水，涌现出个别人直至累趴下需抢救的壮举。这近乎惊天地泣鬼神的精神，当然成了村里的美谈，一时成为我们工作队做好人好事通报表扬的榜样。

榜样的力量是无穷的。我当天没做好事是因为怕太累，第二天起床后必须要补做。等社员出工了，我才决定去给他们挑水，挑不了全村人的水，也要选挑给困难户，这就算做好事了。

可是，等我挑起队长家的那对木桶，问困难户有多少需要别人帮着挑水吃时，庞队长说："搞那些形式干啥？你能每天给他们挑水吗？村里需要人帮着挑水吃的有两户，一户是残疾人陈年仔家，一户是两个五保户老人，你要有力气想干，不如给咱家挑水……"

当天我已经知道，早上庞队长家里挑水的人是庞多叶，她可能很早就顶起了母亲挑水等做家务的角色。那个庞力超不像是个勤快的人，长得跟他老子一样高，算得上壮实了，起床仍让庞成地催叫，看来无法指望他给家里挑水做家务。

没想到庞成地这么不客气地说我，可我觉得他说得不无道理。

这时，正好肚子闹上了，几天里的紧张工作让解手变得不正常，我问庞队长村里厕所在哪。他抬眼微笑，随手指了个房子后边的方向，接着说："你要不图方便，就到家里解决，还可以积肥呢。"

庞力超和庞多叶睡的房子内中间隔着一堵高过人头的墙，庞队长没为他俩各自放置什么尿桶。我心里非常感谢队长为我想得十分周到。大概感觉到我不会去用他房子内的那东西，他告诉我，在堆放稻草秆和农具的横屋内已经放置了一个庞力超和庞多叶共用的尿桶，我们可以共用，主要用于接夜起内急。

但昨晚深夜，我发现庞力超起夜开堂厅后大门，直奔后小院围墙，唏唏啦啦地解溲，怪不得时不时飘来尿臊味。我捂着鼻子心里想，他该不会放纵到夜急也在那屙屎吧，也许不是不可能的事。

可能是心痛浪费肥料吧，为这事，以前庞成地不知说过他多少次，我不能客气了，直接说他："我睡客厅怕闻那味儿，你就别干这种事了。"他嘿嘿笑，不当回事。我真想踢他一脚。

他这是过分图方便不讲究卫生，我的身份不能学他那样。一想起庞队长房子内的解决之物，我只想吐，那个共用的尿桶估计也不会好到哪去，如果我以后不想共用那玩意儿，晚上就只好憋着，还不知能不能憋得住所有的内急。一旦憋不住呢，我不往下想了。

随着队长他指明的方向，我出了房子的路门，左右瞅上一眼，沿巷子走完，再走过十多米的土小道，眼前呈现一大片稀稀疏疏的杂树林子。阳光随地普照，林子乱长了荔枝、龙眼、黄皮、杨桃和石榴等本地常见的热带果树。

园子荒芜着，放任没膝高的浅青色茅草丛生，七拐八歪穿行其中，遍地是被踩倒伏在地上的零乱死草，间或散布着晒干了的粪便渣痕迹和擦屁股的残枝草叶及烂报纸，空气中浮泛着一股股酸臭味。

这就是庞队长说的村公共厕所，它实在是个合适的地方，隐蔽平坦空气好，而且离村子不远，很适合那些不愿在家积那点人粪肥而忍受排泄物臭味的人光顾。

好在我在下乡农场早就适应了拉野屎的习性，面对空气新鲜的荒地草林，随地躲避解决内急的那种逍遥惬意，城里人是无法体会的。队长和村民们不可能次次把所有的体内粪水都带回家，出门后随时随地解决内急，已是他们生活中不可或缺的重要内容。

我当时在城里学校外出学工学农，去的城郊农村如厕，那里家家户户都有自个儿的点，一般建在房前屋后的林子里，围上干树篱笆，下挖坑置放一口露出地面的陶缸，缸边放垫脚的砖石块，蹲下如厕。尽管不是十分理想，但还是比躲闪野拉撒好，还可积肥。这村里不知为什么没有这么做。

进了内急之地更内急了，可我宁愿再忍着寻找一处舒适的地点。前面的草地上有一处明显屙过屎的新鲜粪便痕迹，丢在地上的还有几片擦拭的绿树叶，只剩零星粪渣的上方是一株倒伏的、枝干胳膊般粗的黄皮树，离地倾斜。我终于找到了好地点，空气干净，又可登高望远。

我很高兴地爬上去，在一米多高的位置，小心翼翼地踩稳分叉的枝干条，尝试着蹲树上像只猴子撅屁股拉屎。

正拉着，背后草丛突然传来一阵窸窸窣窣的响动，吓得我差点从树上摔下去，以为又来了个什么人。在这不分男女的所谓厕所，靠不住的草遮树挡隐私，如果再来个同样要解决内急的女人，那我岂不成了个真正光屁股在树上的猴子？想象着这种不论挨上谁，不管是在树上地下，难堪尴尬的场面总是要出现的，绝对有人遇到过了。看来这地方所谓的厕所，对我来说，只能算是个权宜之地。

我发现那响动源自一头老母猪，不知是谁家的，它的头钻出草丛，拱动长鼻发出喘急的嗅气，摇摇摆摆地现身，拖着它弓形奔拉到地的长排乳头。它抬起头看着我，我有点怕它，千万别等急了，跳起来就是一口咬上来。

我暗暗庆幸刚才爬树高的选择。这时，左边闪出一只大黄狗，后边同时跟着一只黑狗，我马上认出它就是家里的汪黄同志，它靠近母猪时呲起尖齿，狂吠两声，想吓母猪。

我站直穿好裤子，从树上跳下，想专拣个什么东西要砸这个不争气的家伙。手中恰好拾着了一条干柴，我追着汪黄同志便打，嘴中不停地骂。

我追着汪黄同志回到家里，讨好地唤着它，悄悄地给了它一粒椰子糖，那是我在县里供销商店买的，床头当枕头的衣服下还藏着十多粒。

汪黄同志太没意思了，有奶便是娘，这下对我边吃边摇尾巴，相信它从来没吃过这东西，糖应含着吃吧，它却咬碎骨头般嘎嘣两下没了，吃相馋得难看，斜眼嚼齿，地上滴着点点涎水。

记着做好事的任务，我必须干才行，不然到时向工作组汇报不出成绩就不好了。村里所有人都已经出工，我听庞队长说最大的困难户是陈年仔这家。顺村巷子找去，看能否遇见个人问一问，肯定能找着。汪黄同志好像了解我意，大概是还惦记着得到什么好处吧，跑在了我的前面引路。

我正想用这个时间转悠村子，熟悉村的容貌。进村时走的那条土石板相间的巷子，全村共有两条，都从村头以东贯通村西尾。

村子两边整齐地排列着瓦房屋，山墙有的用青石砖勾边砌，坚实古朴，更多的是用田泥砖和石块混合砌墙，披挡墙面的灰泥剥落累累，触目破败。房屋多为二合院式的二房一厅三开间，或四房一厅三开间，旁加几间碎石块和田泥砖砌的横屋。

遛弯的过程发现有一间为三合院式的房子，了解为一家富农所建，后来被没收归生产队当仓库，后知道是庞其家；多进院落式的也有一间（为地主文子心家所建，后同样被没收当文化室用）。

我以为从房子的造势就可以看出当时各家的生活家境状况，这些房屋多是新中国成立前建造的，经风风雨雨洗礼到如今跟村子一样慢慢变得老朽，有的只留下修葺过的痕迹，整个村庄此时正沐浴在艳阳之中，与成片的苍老黑瓦灰屋子的沧桑色调不尽融合。

要找陈年仔的家不难，我认为最差的房子一定就是他的家，如此猜竟然猜对了。

在村的西北面尾端，明显留下消失的老屋地基原址上，倒塌的不过半米的高高低低的石砖围墙院子后边，长着一棵一人抱不过的菠萝蜜树，绿荫凉爽。一小间瓦房子连着间茅屋和半个茅草棚子，似蜷缩在那树的怀里，小房子南面凹个土坑窗，走近发现里面右侧开个木条门，通向连着的茅屋和茅棚子。让我惊讶的是里面还坐着个白胖的中年女人，嘴角挂一丝哈喇，她怀中搂着看上去约莫有四岁的男孩。

汪黄同志似乎跟娘儿俩很熟识，迎上人家摆尾示问好。女人蓦然对我发出微笑，指了指孩子的屁股，做出没有了的动作。

我立刻明白，汪黄同志地道的不知害臊，人家孩子的屎一定是它经常包吃了。不好意思表明不要紧，还装出一个村相识相亲的样子。

那女人为什么不说话，我一时搞不清，便问道："你是阿仔家老婆？"她只微笑，好半天才说了声"唔"。确定不确定是陈年仔的家都不重要了，反正给她这种人家挑水也是一样的。我在她家的水缸边找到了一对比别人家都小的挑水小木桶，打开缸盖看，里面只剩少半缸的饮水。

当那对空水桶担上我的肩膀时，我不得不感谢下乡农场一年多来，已经练出的勇气和底子能够让我不怕面对这样的水担子。

汪黄同志同样在前边带路，不过这次它懂得我是去挑水，水井在哪儿怎么走，我跟着它没错。

陈年仔家的水缸，我只挑了一担水就差不多满了。他家与水井相距一公里多的路程，初次挑又满又沉的一担水，半路上停了一次休息，我也折腾出满头大汗。

几天后，全体工作组队员集中大队部汇报进村情况，我做好事的汇报是这样说的："进村的当天下午，心里就想着如何为社员群众做好事。我被安排住在庞队长家里，放下背包没有来得及抹一把汗，就关心问起村里谁是困难户，我要去给这些人家挑水。

"经了解陈年仔是个贫雇农，是村里最困难的一家，他本人腿残疾，老婆痴呆症，生两个孩子，大的在上小学，小的尚抱在怀里。

"我给他家担水正好碰上收工归来的社员群众,他们称赞我们工作队带头做好事,有阶级感情,是值得群众信赖的带头人……"

其实,我给他家担水时社员根本没有收工,这事被我说顺了脸显得自然而然。我本想同时汇报给他家搞了清洁卫生等子虚乌有的事,可那时联系到我住家的实情,再看过了他家的条件,心里生出个坎,不是怕苦怕累,实在是不愿去做这类事,很心虚,所以没敢说出口。

其他生产队的工作队员汇报时说什么的都有,有的说给五保户除了担水,还为他们洗满是屎尿发臭的破衣裤,又听群众说为什么工作队不早来,说他们是县派来的救星,要是多送点吃的最好了,那些五保户前月差点饿死在屋内都没人知道;有的说打扫了村子的干道,干道长年垃圾堆起如坟,放火焚烧,五味杂陈的烟雾盖住半个村子几天几夜,造成许多人紧关门窗都不得安生,甚至造成有哮喘病的两个老人差点背过气,清洁环境获得的骂声比赞扬声音还多。

三队工作队队员叶金妙,柳叶眼看谁都传神,秀气中带着稚气,她是来自农村的娇生惯养的独生女,她在家就不干重活累活,为群众做好事既挑不了水,也不愿去打扫什么卫生,手工活成为首选。问来找去,没想到去给个肥臀烂痈长久卧床不起的妇女清洗患处并洗澡,害得她几天都吃不下饭……

等队员们汇报完,工作队组长陈祥广在总结这次为群众做好事的会上,他说所有人做的好事都不如叶金妙做的具有典型意义。说她一个干干净净的女孩子,去干这种脏活,而且是在完全不懂得医务常识的情况下做的,这种为群众解除疾苦的精神不是一般人能做到的。她用行动树立了关心群众疾苦的榜样，使我们和群众之间建立起了深厚的牢不可破的感情，为我们大干社会主义提供了坚实的群众基础。

为此，他决定把叶金妙的事迹上报公社工作团和县农业总指挥部。

叶金妙本人不懂怎么写自己的事，由谁来写叶金妙的感人事迹，争取投稿上《工作队简报》，成了为坡岭工作组争光的一件大事。

陈祥广并不知道谁能写，他的目光在队员间扫来扫去，十二名队员中只有我和驻一队的张奇乐是海口知青，我表面长得斯文消瘦，张奇乐则壮实威猛，一脸的玩世不恭；女工作队队员中相对漂亮的那个是王桂花，长睫毛，笑眯眯的脸蛋，还没结婚，大家叫她阿花姐。她分驻在二队，是属于抽调县城供销系统的柜台人员，其他人则是来自农村的青年和退伍兵。

陈祥广的眼睛停留在我的脸上，说："小王，你来写，城里知青嘛，文化高……写好了你今后就当工作组的资料员。"

这是领导提拔我，他怎么就一眼看出了我能行。不管能不能写好，我都感到受宠若惊。

会后我问叶金妙："做好事你能坚持做到底不？一个人做点好事并不难，难的是要坚持做下去，要不我的稿子不好写。"

叶金妙被问住，她表情为难地说："除了不再给那女的洗……我可以坚持的。"陈祥广听了马上说我："什么叫做到底？写个稿子你哪来那么多要不？你往好写就是了。"

第十一章

　　黄岑公社水利兵团的人胆敢临时从工地撤走，犹如石头投入溪子河，激起水响波荡，原来热火朝天的工地引起不小的反响。农业水利没有受益的公社，原本在县委的统一指挥下，都持大局观念和协作的精神，但此时都受到了黄岑公社撤走人员的影响。

　　有的公社私下议论，别的公社能走，他们为什么不可以？谁家的一亩三分地没有一大堆的生产要做呀？跑这来瞎忙白干……工地上有人私下向于弘毅反映，黄岑公社带队上水利工地的公社某领导，到处散布说这个水库是为东响公社及邻近几个公社建的，他们公社没点受益不说，大家还要从家里带油贴米来给人家干活，这种嫁女倒贴睡床席子的做法，少做点为好。碰上这次县里财政困难，就没有及时下拨到工地的生活等经费，这反而成了黄岑公社人员撤走的借口。

　　县水利局的一个管工地水利技术业务的王副总指挥长悄悄告诉于弘毅，黄岑公社水利兵团撤走还有个主要原因是，陈然副书记给黄岑公社书记下指示，他蹲点的枫林洋农田整治大会战，已从修沟整堤护田埂进行到扩大开荒、拓展农田面积阶段，枫林公社和黄岑公社交界地还有一千多亩土地可供开荒，黄岑公社必须调集人员力量共同投入开垦。否则，谁开荒谁耕作，黄岑公社如果不派人参与共同开垦，到时耕作的土地权归投入人力开垦的枫林公社。

　　枫林公社是雨林县的人口和土地面积最大的公社，粮食产量居全县之首，一向受到县里的重视，它派上溪子河水利工地的水利兵团人员就比黄岑公社多一半以上。黄岑公社书记和所有领导左右平衡，集体合计开荒扩大田地这事比水利工地重要，最后决定黄岑公社必须派人上去干。所以，他们悄然下通知，马上从溪子河水利工地召回黄岑公社的一部分兵团人员力量，共同投入枫林洋开荒造田。黄岑公社带队上工地的领导是个副书记，假传通知，借口就此把水利工地所有人全部撤走。黄岑公社的这种所谓自主权，无形中是对县的统一指挥权的挑战。

水利工地搭建的指挥部工棚是工地的指挥中心，与搭建满山遍地的水利兵团人员的工棚比较起来，没有什么特别之处。工地所有主要领导全吃住在工棚里面，于弘毅当晚在指挥部工棚内几乎没睡觉，他点燃一根小麻绳用来点烟，丰收牌香烟不离手，一根烟刚抽完，不停手拿起挂床头的小麻绳再点上一根，烟头扔了满地，工棚内充满烟雾。这一夜他至少抽完了两包烟，陷入不可自拔的思索，令他头痛欲裂。

深夜，于弘毅不觉自言自语说了一句话："水库没法建成你们就高兴了？"

睡一旁的小卢说："于书记，你不必想太多，我看都是陈然书记在背后捣的事，给他传个话这事就结了，黄岑公社敢不把人调回？"

于弘毅沉默不语，突然问小卢："你说他这么做是什么意思？"小卢欲言又止，有些话他不敢说。

因为无法入睡，于弘毅便从床头拿出一本《毛泽东选集》，这是小卢给他随时带着的书。他看书没睡，小卢也无法睡好，起身端过他的茶杯看，他喝茶用的是加盖搪瓷白口盅，里面黑乎乎的茶垢早就覆盖满杯壁，半口盅的绿茶渣是干的。小卢便想去烧水给他泡茶，于弘毅说："不必了，天一亮，我们就赶回县城。"

11

进村的日子一闪而过，不过十天，在工作队的全力倡导下，坡岭大队打响了流柴河上游拦河筑坝的水利会战，希望通过筑坝引水，一举解决坡岭半数以上农田的灌溉问题。这个小水利工程不算太难，但它关系到方方面面的问题和条件，没人愿意去做充分的准备和评估，陈祥广一心要大干快上的决心从未动摇过。

主张立马一干到底的陈祥广和开始持反对意见的支书陈焕人，他们不同意见争斗的结果是工程终于上马了。陈祥广说："我们必须和县里水利兵团已经打响的溪子河的水利会战相呼应，而且要比他们干得更漂亮！"

我所在的草子园村分配上这水利工地的劳力名额是七人。这天晚上在文化室记工分时，庞成地派工，他只分派五个劳力上工地。五人中，有两个是半劳力。

我着急了，问庞队长："你啥意思呀？为什么不派七个人？那两个半劳力，一个是病快快的张嫂，一个是近七十岁的五保户西婆，她们上工地能干什么？又不是去工地拔草，没有年轻力壮的人干不了水利工地的活。"

庞队长说："眼下正备耕明年早造，人手紧呢。"

这不像是理由。我说："什么时候不紧？哪有这么早备耕，早造完了备晚造，晚造完成又备早造，仅此而已。"

他说："你不懂，我们能派出这些人就不错了。"

我说："你敢不服从大队领导和工作队的指示？人手派不够，而且派半劳力凑数，你好大胆子！"

庞成地根本不当回事，满不在乎地笑出几个黄牙牙。我更拿他没办法了，再怎么说也要把人数派够嘛。他故意查看他的记工本子，不看我，口中说："你看还能派谁去，你派吧。"这明显是顶我。

　　村里不派够人数上工地,我向上不好交代,我的工作能力也将受到影响。我真的想狠狠地批他一通,批他对大干社会主义农业的态度不积极,批他不执行上头的指示。这也是为了他好。看我急成那样,记工员庞成春扯了下我衣角让我坐下慢慢说。

　　这个庞成春原来是坡岭大队小学的乡村民办老师,守着个老母亲,现在四十多岁还是单身,得了肺结核传染病没法教学,被辞退回家。他人瘦得像根木头,讲话都喘气,架一边缺脚的眼镜,现在是村里半个劳力,不二人选的记工员兼村会计,他说:"啥原因我慢慢才跟你说咧。"

　　第二天,我不敢带这样的队伍上工地,让他们先走,我自己悄然跟在后面。到了工地,我发现大队资料员跟着统计各生产队的来人。我上去撒谎说村里的人没来完,一会儿就到,让他先把人数给我记齐。他有没有记齐我不知道,反正当天我生产队没有受到批评。

　　庞成地说的备耕早造,对所有生产队来说都是季节性的生产,谁不都是在相同的时间里备耕,抽劳力上水利工地哪个生产队也无法避免,如果别的生产队上齐了人,我村子上去的人不够,最终挨批是少不了的。

　　我很担心如此下去。

　　现在工作队已经进村,指导生产队的领导权不能旁落,这是不容置疑的。正想着下一步怎么办,我接到了大队资料员送来的一个通知:

草子园村(八队):

　　根据公社和工作团的指示,大队和工作组决定三天后在你草子园八队山田畴的场地举办全公社犁耙田生产比赛,竞赛产生的名次和人员，将颁发奖状和奖品以资鼓励，并树立为今年公社的生产能手。

各大队均派一名选手参赛。你村小队庞成地队长定为本大队参赛的代表选手，届时，请自备耕牛和犁耙，并请你们提前做好山田畴场地的准备工作。特此通知。

坡岭大队

这个事如何去办我又没了主张，什么领导权不旁落的想法这时变得太自嘲了。在把通知交给庞成地之前，一串的问题出现在我的脑子里：为什么要把地点放在我们村的田洋里？庞成地如果不干怎么办？找谁去……晚上庞成地接过我交给他的一纸通知，没看，我忘了他不识字。

他出乎我的意料地说："听说了，好呀，他们比赛帮着咱队犁田，好事。"

我问："那人家为什么选你当选手？别队的人不行吗？拿不到名次要丢人哦？"

庞成地板脸说："你不知道咧。"

庞多叶在一边说："王哥，像这样的竞赛公社年年搞，什么割稻能手、插秧能手、拔田草能手、送公粮积极分子……多了去，我爹其他的不行，犁田耙地没几个人能比过他。"

庞成地补充道："我们村的山田畴那块田洋几十亩呢，田地肥，不旱不涝，村里吃饭全靠它。我不参赛，谁来？我听说奖品是一斤猪肉咧，你懂吗？一斤呀。"

他说话的样子就差没流口水。

一斤猪肉确实不少了，我已经很久不知肉为啥味了，为了一斤猪肉，舍他其谁，好一个庞成地！

到了比赛那天，我算领教了他的能干。

公社的领导黄天华来了，陈焕人、符家干和陈祥广等人也如数到场。山田畴的竞赛田洋里，周边站着不少赶来围观的社员，公社的工作人员在竞赛的几块田里拉上范围线，插上小旗子，比赛的哨声一响过，所有参赛选手齐齐喊了声"嗬！"便扬鞭驱牛开犁。

水田清清冽冽，蓝天白云间的倒影被犁翻的泥波条搅烂。田间的驱牛声音和田埂上的加油声不绝于耳，选手的吆喝唾沫和汗珠合着泥水飞溅……阳光灿烂，风轻气爽，这个比赛时间为三个半小时，中间休息十分钟。包犁包耙田，做好活儿并不轻松，就看谁干得最多质量最好。

庞成地今天用的是生产队那只最好使的中年母水牛，那牛去年刚为生产队生下一头小牛犊。比赛过程中，庞成地比平时下手更狠地抽打驱使水牛。仅中间由犁具换上耙具稍作休息，他要的是不许歇息停顿，志在必得第一，所以，母牛累得口吐白沫，鞭子的次数都记得清楚。牛乏人困，他气喘吁吁一共抽了母牛三十九鞭，母牛一一数着忍着，只要没倒下，在白藤鞭的威迫下，拼死撞撞跌跌地往前拉牛轭。只差一鞭就四十鞭了，牛屁股已暴起条条零乱的麻花痕，后腿几处肿胀。牛向前拉力稍慢了点，第四十鞭又狠狠抽在牛的肚皮下，又一道白花花的鞭痕暴起，他嘴里嚣张地不知在骂着什么。

最后这一垂鞭挂着了泥水，声音很脆响，像是已经抽到皮开肉绽的节点上，比赛该鸣锣消停了，那场景终于在响哨中结束。

庞成地绷紧的竞赛神经弦瞬间松弛，浑身的泥水汗水，人累得不想吭半句话。他卸下牛的耙具，已经没有力气走出赛场。牛不愿意再动，陷在田泥中歇息，活像一尊死泥塑。

他猝然用力地爬上母牛的臀部，动作不雅，还光着膀子，想牛驮着他走上田埂。母牛害臊地甩了一脚没踢着他，背上反被他重重地拍了一巴掌，他骑着它回家。

庞成地拥有主场之利，加之人牛配合得好，经评比他胜出，拿到犁田第一，耙田第二名。他是真正的胜出。

下午颁奖仪式放在坡岭大队部进行，庞成地获得了公社今年新设立的犁田耙地能手"牛轭"奖。前五名在得奖状之外都有奖品，奖品依次为一斤猪肉、半斤猪肉、二两猪肉、丰收牌香烟两包、米酒一斤。

庞成地喜滋滋地提着那一斤肉回家，那张奖状不是卷好而是被他折叠了几层随意夹在光膀子汗糊糊的腰间。参加颁奖的公社广播站老代担心他的"牛轭"奖状半路弄丢了，或是弄皱了拿去擦屁股，出门前，老代叫他重新卷好奖状，同时及时采访他说："是什么精神鼓舞你拿下'牛轭'奖的？"

庞成地不加思考便说："有肉就有精神。"

老代坚决纠正他："你连'大干社会主义，苦干加巧干加拼命干''硬牛不倒只管干，人不倒下拼命上'（后句为老代想好的广播稿题目）这两句话都不会讲吗？就知道肉，当队长的人境界这么低，我都不知如何写你的表扬稿了。"

庞成地只顾着看手中用竹篾串提着的五花肉，到底是肥的多还是瘦的多，心里正盘算着它的最好用处，没心思听老代说什么。他漫不经心道："对！干、干，干到死。"

老代生气地说："干个死鬼，没听我说啊，你聋了？怕我上你家吃肉哪？"

庞成地嘻嘻笑，笑出一排大黄牙。

公社就这么一个老广播员，人们美其名曰"老秀才"，在位已干了十多年，对公社的事不懂写好说好是不行的。黄天华书记老想找时机换掉他，让自己女儿小菊顶上。由于女儿高中没毕业，学校没书读，神经出了些问题，这事就这么拖着了。

当晚，老代公社表扬稿的广播响彻乡村四面八方，一个新科榜样又闪亮地出现在藤岭大地，很快就传开来。作为驻本村队员的我当然也沾了光，领导有方，脸上有光。但在私底下，在等待能否有口奖品肉打牙祭的望眼欲穿中，庞成地不知为啥没有任何反应，弄得我也不好意思暗示点什么。肉没吃成反而等来了县里的批评，讲公社和工作团搞这类活动虽然可取，但搞物质刺激不行。难不成要把奖肉等奖品收回？

我借口吓唬庞成地，他说那肉他用盐沤了藏起来了，谁敢动他的肉跟谁没完，谁也拿不走，留着办大事呢。

我不信他，能办啥大事？当抹锅的油引子舍不得吃吧。事后证明他确实是留着办了件大事。

第十二章

雨林县的县级领导使用的仅有一辆南京牌老旧吉普车是前任县书记张启福的专用车。张启福调走后，于弘毅考虑到县经费紧张，不但没给自己配新车，而且将这旧车当县领导的全体公用车。从溪子河水利工地到雨林县县城，老司机两天前就接到秘书小卢的通知，他将车开来工地，一直在指挥部等着接于书记。

今天老司机在山道上尽量拣平坦的路面行驶，最终还是因为路面坎坷颠动，把在车上犯困打瞌睡的于弘毅摇醒。醒后的于弘毅睁开布满血丝的眼睛，看着车子往前面的路面行驶，车子的前方不远处出现了一个村庄。

突然，他紧急叫停车子，开车门跳下。小卢和老司机以为出了什么事，只见于弘毅向路面上的一大坨乌金般的牛屎走去，他喊道："小卢，我看车上有一张报纸，拿来包走它，要不然让车子碾烂它好可惜。"

小卢找到座位上的一张旧报纸，不明白地问："臭牛屎包它有啥用？"

于弘毅说："经过村子时，你把它交给老乡，这牛屎肥料是有机肥，种庄稼好啊！"

于弘毅单身汉一个，调来县城后的家就是县委招待所的一个单间房连着个小客厅，这住的地方原来也是县招待所的客房。有人形容这种单身领导就是个挎包挂在门耳上，是调来调去说走就走的官，上至地委个别主要领导，下到一些市县，这属于正常现象。县招待所女服务员冯小华负责这儿的日常岗位。

女孩今年正好18岁，长得跟天仙般漂亮。于弘毅知道，冯小华是县管工交口的老常委冯贵的小女儿，哥哥姐姐下乡去了，她属于照顾留城的。于弘毅单身未婚，又是县里的主要领导，这婚配大事不免会惹人关注。

"人家肯定有了，他的水准谁配得上呢？管他是什么金砖香饽饽，要不给他介绍一个相当的总可以吧……"首先是县机关大院内私下议论较多。不管出于何种目的，因为他的位置，人们当然会关心他了，可问于弘毅这话的人机会不多，能直面去跟他聊这种私事的人就更少了。于弘毅心中对个人终身大事是怎么想的，他从来不对任何人说起，别人也无从了解。

当时，有个县领导出面了，老常委冯贵在一次散会后拉着于弘毅问："小于（会后他以长辈的口气），我跟你是爸老相识、老领导，你小子也该娶媳妇了。"

于弘毅笑脸说："谢谢好意，冯常委想给我做媒？"

冯贵满脸认真地说："别只想着工作，个人大事要考虑，怎么样？我家小女你见过的……"没想到冯常委想当他的月下老丈人，好事不留给外人。于弘毅没作任何表态。

说来话长，自从冯贵把女儿介绍给于弘毅，冯小华每次见着于弘毅，脸羞得像红苹果。起初为于弘毅的房间做例行卫生和洗衣服，有时去招待所给于弘毅打饭，感觉是工作上的事没敢去多想，而后就不同了，碰着他在那时，手都不由自主地发抖。

冯小华自此对出现在于弘毅身边的任何女人，多了一份说不清的敏感。县机关大院内不管是女干部还是外来的女人，不管是出于何种原因来到于弘毅住处找他，她都谨慎盯着，并以某些理由出进他们之间的谈话小客厅，比如进去拿个物件、收拾东西、冲茶上水等，免不了瞅机会打听他们的谈话内容。对招待所内的所有女服务员，更是提防不允许她们靠近于弘毅。到后来，她在更多场合用行动放出风声，让人觉得她就是于弘毅的未婚妻了。

她有意把于弘毅的衣服当着其他服务员的面洗，边洗边说些像是内人的话，"他一天到晚忙啊"……从此对大多数不认识的来访于弘毅住处的人员，更多的是采取阻挡或编理由加以拒之。她以自己尽量能做到的方式来管控着这种不易被人发觉的局面，俨然成了于弘毅的贴身生活秘书和亲人的角色。

某天来了一对上访母女，那年轻女子一只手上还包扎着渗血的白纱布，不知从哪打听到于书记的住处就在县招待所内，晃过中午瞌睡的门卫，在招待所内到处寻找他住的房间。正在守值的冯小华上前以影响别人休息为由，不由分说地加以驱赶。那母亲不愿就此放弃，反而大声音叫嚷："于书记你在哪？我有话想找你说……"这对母女到底来自哪里？为啥要找于弘毅？

12

半个月后，草子园村参加竞赛的那头可怜母牛不吃不喝病死了。

村子牛死对村人是件再平常不过的事，都说牛给人干活，不吃人的粮而专吃地里的草，只是觉得很可惜，人们又少了一头干活卖力的好牛，特别是这牛就属于集体。专职养牛人陈年仔在背后直搓手，左右看没人听着，嚷了一下："这下可有牛肉吃咯。"

这死牛对牛却成了件大悲伤的大事，那头母牛是被庞成地为那一斤猪肉活活累死的，以后下地干活其他牛都提防着他这个人，打死也不能随意听人驱使。

牛话就算传到人的耳朵里，人们也听不懂，反而只有牛听得懂人话。小牛他爸大黑，哀情翻滚悲痛无限，人们看不懂牛的悲伤，它有一肚子的苦水放出。都说牛是农家宝，爱牛护牛是农人的本分，可是没见他们行动。

牛总是宠惯了人，好使唤的听话牛被人争着用，拧巴顽劣的牛少用，或不想用，或用了不听话就打骂。逢农忙大家都争着用它这头听话好使唤的母牛，它累得差点流产。人好遭人欺，牛好同样遭人使啊！

不知是母牛把庞成地干活的脾气养成了，还是他原本就是那种干活慢不下来的人，全村子的牛都害怕给他庞成地使用。母牛到死也琢磨不透这牛一生的难题。

当然牛的心思人是不懂的。我问庞成地："牛死了怎么办？"好像没有追究他的意思。

庞成地说："病死正常啦，人得病都要死呢，何况是牛。"

　　我反感他对牛的冷漠："牛死了会影响生产，你怎么不注意这个问题？"我的话留着分寸，不想点破他。

　　他说："这是没办法的事，幸好它也生了个小崽，死一个又有一个顶上数的，生生死死跟人一样。"

　　我说："可惜了，那是只母牛，它还能再生崽。"

　　他接着说："是有些可惜，但我们明春尚需要一副牛骨架育早造秧苗，它在为全村人做贡献，好事。"

　　"看不出你是这么想的，还真会说。"我心头掠过一丝悲哀。

　　"青年仔，你不懂的事多了去。"他又说这话。

　　母牛死后，它确实在为全村人做大贡献，牛肉牛杂拿到镇集市上卖，牛皮供销社收购，这为生产队带来了一笔可观的收入。生产队的账上因有了卖肉皮收入的钱，肯定已让不少人心里惦记，他们指望能预支点年终的分红。

　　生产队割下的牛肉全卖完，取出的牛肚杂舍不得卖完，留下点给队里大家分食。那副牛骨架在被烧成灰，充当优质级育秧肥料之前，它连着骨头未剔干净的肉末残筋，绝对又成了全村人无形中期待的一次欢喜。没有牛肉吃，总算剩点牛肚杂、牛筋肉渣权当大伙吃上肉了。

　　但在所有人的期待中，一种不是问题的问题又出现了。由谁来处理牛骨头的事宜成了不言而喻的焦点。

　　处理牛骨头便是将分离了肉的牛骨煮熟烂，剔干净它剩下的肉筋，敲骨吸髓，完了各家各户分到一点，并喝牛骨头汤。

　　俗话说，近水楼台先得月。派谁来煮这连筋带肉片肉末的牛骨头，乘机占便宜，有吃喝总是难免的，因而就成了个肥差。这个理我和庞成地起先没尽快引起注意，晚间在文化室记当天工分，分派第二天的煮牛骨工活时，村中最先意识到这事的人，过问者有六七个。

他们一致的问话就是派谁去煮牛骨头，可不可以让自己去干。

村西头的钟欢美，丰乳葫芦型细腰，大臀的模样，抱个刚满两岁的孩子来记工分，理由充分地说，婆婆病了没人带小孩，她在家带孩子正可以干这煮牛骨的活儿。

婆婆是否真病只听她说。

村里谁都知道，在她生孩子前不久，丈夫庞生树是村里懂砌房子的泥瓦工，一次大胆包工，给外村人建屋子，不料屋塌造成事故，被抓判刑，至今还在外地服刑劳改中。

庞成地借暗淡灯光飞快地扫了一眼钟欢美隆起的高大胸脯，伸手要接过她手中拿着的记公分的小本。

瞥见他的目光，钟欢美沉下脸把记工本子甩在桌子上，说："别把我的工分记错了。"

拿回记工分的本子，她回眼盯着坐煤油灯头下的庞成地，说："队长，你答应我，让我来煮骨头。"钟欢美的眼睛在黑暗中可能已经发潮，没人看清。我从她的话音中感觉到了。

"干什么？干干……"庞成地装作没听懂她的话。

我的心直往下软，一个哺乳期的母亲此刻想的是什么我无法理解，我仅仅知道她家现在是她一个人撑着，形同寡妇。家中可能没多少可吃的，只有她有吃的孩子才有吃的，她会不会想通过煮骨头的活，多喝一口汤，多吃一片肉。想到这，我说："庞队长，这活就让她去干吧，反正她要带孩子，明天也出不了外工。"

话音刚落，门外走进一拐一瘸的陈年仔。

他挂着拐棍站在墙角暗处，大声喊道："这工活凭什么让一个劳改犯的女人干？轮不上我干，更轮不上她！"

这话把全屋子里记工分的人震得五秒钟内鸦雀无声。

飞过在场所有人耳间的话，逼着空气中等待着支持或反对的态度。沉默后的第八秒钟，钟欢美用比陈年仔更声嘶力壮的声音进行反击："我去你个'地不平'（瘸脚），劳改犯怎么了？没有我劳改犯老公的帮助，你家房子能建起来吗？这么没良心，你看我家生树坐牢了，要来欺负我孤儿寡母啊？我去你个地'不平'！"这话震得屋梁柱上围观的老鼠差点掉下来。

陈年仔立马怯懦，改用只有他自己能听得到的话嘀咕道："臭摆什么？生树被抓前，我盖小房子也不全是你家生树帮的忙，队长派了不少工呢。"

庞成地赶紧劝和："吵什么吵？这事还没定就吵起来了，都散了。"

怕闹个没完，我批评了陈年仔，赶走他。

不早了，村夜降下露雾，朦朦胧胧的，挥不去的雾气让屋外升起冷意，那冷意直冲人身。来记完工分的人见状，纷纷急着赶回家睡觉。

庞成地打了个哈欠，比我先回去了。我和会计庞成春在后面说话了解情况。

这时，一家子住在文化室内右边屋子里的，广东潮汕地区战备疏散下放到海南来的户主老甘，出来送走人关门，他恭恭敬敬朝我说："老王，煮骨头这种事女人干最好，我老婆琴姐能做这事，你给考虑一下。"

他送我和庞成春走出门，这事还没完就又冒出他这个自以为是的，庞成春揶揄道："你老婆娇嫩如太太地主婆，从来不干生产队的农活，什么时候想起要干活了？这种好事能轮到她吗？"

庞成春老早就跟我说过这个老甘一家人。他们一家人自从落户草子园村几年来，除了他和他女儿下地干农活外，老婆叫琴姐的在潮汕就是个刺绣女人，足不出户，只在家做家务，鸡不养一只，却养条大花猫，跟狗似的成天绕膝撒娇。

生产队一直不好派她的活，脏重活她不会干，农忙人手紧张时才干晒谷子的轻活，队里也不会为难她。

我这是第一次跟老甘说上话，同时关注起他一家人："老甘，这事还真的轮不上你老婆。"

"是工作队说了算，还是队长说了算？"老甘说话时身后站着他的老婆和女儿，女儿甘春子莫约二十岁，苗条身段瓜子脸，像她母亲的俊俏模样。

"不是谁说了算的问题。"我觉得老甘在试探我和队长的权力，"这事应由队长来定。"

甘春子对她父亲说："爸，你别再说了。"

快走到家，我发现前面闪过一个人影，那人影掩面而行，匆匆没入月色后传来几下哭啼声。我走到院子门口，那站着庞成地。他对我说："我没答应她，这煮牛骨的事就让陈年仔干。"他没说什么理由，就回房子睡了。

夜幕中，钟欢美在门口跟庞成地说了什么我应该猜到了。说了什么话谁都不知道，可是那夜月中，钟欢美的背影和哭声总是在我脑海中久久挥之不去。

第二天庞成地分工陈年仔负责煮牛骨这事。

陈年仔拄拐，瘸着个腿，平时只是负责为生产队放牛，照看牛群，算半个劳力。煮骨头这种活，没有人不想争着去干，队长不好派个全劳力来做，这就算是照顾了陈年仔这种半劳力的人，别人就算议论什么，由他说去好了。但谁也没想到，他另加派儿子庞力超当个什么煮牛骨现场监督员，说是担心陈年仔会谋私偷吃牛肉渣。

这下众人心生不公。派自己的儿子庞力超当监督员，无异于请老鼠守仓库，这话虽粗糙难听，但是确实反映了一些社员对庞力超的看法，对庞队长的这一做法更是意见丛生。

庞成地说，他无法做到人人满意。问谁有本事做到人人满意?!

陈年仔大清早就开始忙上忙下，他指挥庞力超和村里一个叫阿宁的青年给他垒灶架锅、搬柴火挑水，在村头的一块空地上，准备煮熬那副牛骨架。

太阳还没有出来，庞力超他们从仓库中搬出昨天那副已开始散发腥臭的母牛头身骨架，还有生产队长年用来煮牛骨的一口大铁锅，搁地上摆着大捆干柴和两把明晃晃的刮骨架肉的锋利尖刀，几个准备盛物的簸箕整齐地摞着。

太阳升起来了，渐渐热了起来。庞力超他们临时垒好了石砖灶，第一锅的牛头骨入水锅，装着血腥牛骨水的锅下，燃起比阳光更明亮的熊熊烈焰。

人们下地干活去了，在家的小孩子一个不少地跑来围观，全村的狗来得比人都多，它们转着圈子，嗅着靠近牛头骨慢慢冒出腥臭烘烘的味道，猩红色的炉灶火旺起。这是生产队不可多得的一年一度的早造煮牛骨活动。

陈年仔怕狗会偷走他的什么，趁其不备，身手敏捷地一捞，抓住了那条黑母狗的一条腿，用力提起。黑母狗挣扎狂叫，混乱中汪黄同志从众狗中蹿出，朝他龇牙咧嘴地狂吠。

众狗响应，接二连三地吠声支持，陈年仔坏笑："看在你为我家小崽吃屎的份上，我放开它。"

第十三章

这对母女来自下面藤岭公社，女儿在水利兵团干活，受伤的手是在溪子河水利工地施工搬石头造成的。受工伤回家养伤期间，其哥哥在县机关某部门当干部提醒，叫母亲带上受伤的妹子，直接去找于书记。如今县里扩建的糖厂和在建的化肥厂正在招工，她一家希望在这方面希望县里能给予一定的指标照顾。

他们天真的理由是，对县的水利建设贡献了力量和青春，为什么不能得到招工回报？他们当然也清楚，有这一理由总比没有好，想得到招工指标进厂当工人可能性就更大。那女子的哥哥暗地里向于弘毅写匿名信，状告分管工交口的老常委冯贵以权谋私，给"走后门"拿招工指标的人大开绿灯，并列举了事实和人名。

这种现象在县领导中出现不少，于弘毅深感忧虑。

他在去溪子河水利工地蹲点前，就已经收到了像这样不少封署名"人民群众"的来信。由于这封信直指老常委冯贵的名，列举的事实清楚，秘书小卢单把这封举报信交给了于弘毅。

现在他从水利工地返回县城，进招待所住处已是午餐时间，冯小华为他端上脸盆水，红晕着脸拿毛巾很亲热地要给他擦汗，于弘毅说："不必了，你去忙，给我和你爸打回招待所的两份饭，我们就在这吃，谈点事。"转身又对秘书小卢说，"你现在马上通知冯贵常委到我这来，他的午餐我已经为他备好，尽快！"

13

备耕明年早造的生产，公社和工作团的指导意见及时下达，大队和工作组连夜开会布置任务，生产队和驻村工作队员必须不折不扣地执行。

庞成地上午参加完大队的会议，回村子的路上他腹中讥话不断："老王，搞生产我们啥都不懂了，全靠你们一一指导，你们工作队可要手把手教我喔。"

我认真对他说："对上面有意见可以保留，但必须一一执行。"

他说："我们白做几十年农民了，做到由上面来教我们搞生产，难看呀。"

我批评他态度不端正，说："不管怎么说，你们几十年搞生产，肚子问题都没解决好，上级来指导你们不是很好吗？"

他呵呵笑起来说："备肥早造割点绿肥可以，还要养什么红萍，谁也没搞过那东西。"

我说："你们这些人就是不愿意接受新鲜事物，这就是落后的根子。"

他说："你不懂咧，不用来给我指手画脚。"

又来这句话，听出像是气话。看不起我年轻，不懂农事不要紧，俗话讲"庄稼一枝花，全靠肥当家"，谁不懂？在做农上我确实无法给他指手画脚。

陈焕人支书会上说坡岭大队许多生产队常年用化肥种水稻，花钱产量没上去，土质反而板结，耕作层越来越浅硬，一到插秧时，不少社员连手指都插肿了。

产量没上去的原因也许有很多。我们草子园村同样存在这个问题。水田养红萍，可增加有机肥，改良土壤，被称作"水上黄金"。这等生产指导体现了科学种田的方向。

难道水上黄金要靠斗才能出来吗？我脑海里总是长着这根弦。

这根弦没法松，有它的理由。刚做通庞成地同意养红萍的思想，他在选择哪块地可养、养多大面积问题上跟我较上了。我想放在他犁田比赛的那片山田畴田洋里，现成的好田地，全养上红萍。

他不同意，不同意的理由是谁知道这玩意儿靠不靠谱、有没有那么神奇，什么"水上黄金"，弄不好会影响早造生产，先搞小面积试验，大面积养殖管不过来。

他的理由还得到了一个我意想不到的人支持。

这人就是土改时以为是富农绝户（其他的去向不明），"文革"中被外省农学院遣送回乡的隐瞒富农出身的教师庞其。他跟庞成地是村里同龄的同宗族人。

庞成地认为他是高校学农的，也没高看他这个被赶回乡的人，碰上了就上去咨询一下。庞其对庞成地说："红萍怕热怕虫，繁殖快死得也快，一个环节跟不上就会出问题，不好养……也怕人懒不懂得科学。"庞成地心里七上八下，不全听他的，第二天派人去挖引水沟时对我说，这东西不好弄。

"啥意思？不能养啊？"庞成地说他问过庞其了。

这个庞其就算是农院的老师，一个被赶回乡的富农子弟能安什么好心？想刮阴风搞破坏？下午出工前在村头，我质问他："你为什么说这种话，居心不良！别忘了你是监管对象哦！"

他头都不敢抬，连连解释说："不是那意思，我的意思是……"

"那是什么意思？注意管好你的嘴。"我认为他在给我添乱，不让他把话说完，"养红萍会有上面公社派人来指导，用得上你这些靠不住的人来说三道四？"我不客气地说。

庞成地找了一块日照强烈的山坡五亩旱地，看上去像是自作主张敷衍我，实则我也不懂得这地养红萍行不行。

他这回照顾钟欢美，分配个轻活儿给她干，让她上山开沟引泉水灌进地里并负责今后养红萍的事。那地在钟欢美动手的三天后水汪汪地连成一片，站在坡头上，我满怀信心地看着几个社员挑回的红萍苗，撒下苗就如同撒下了我们成功的养殖。

陈年仔煮牛骨的作为引起的议论最大，还有那个庞力超，他的监督作用就是大家说的"派馋猫守粮仓，跟老鼠同党"，我怪庞成地私心太重，人家议论难听，他这队长当得群众意见大。他说："当队长就这点好，还有啥好的呢？谁想干你给他干去，你没见过我当队长挨骂的时候吧？经不住这点多嘴多舌，你这队长就别干了。"

我说："谁敢骂你当队长的？"

他说："你又不懂了呢，派活不好的要骂你，得工分少的吃亏了也怨你。分红少的、借不上钱的、没饭吃的同样要骂你，不完成上面任务的领导批评你，反正左右不是人……就没人请我去吃喝一顿这种好事。总之，骂得多了，我的公心就都不够用了，有时用点私心就过分了？你看陈年仔那家人，照顾一下不过分吧，这是私心么？"

我说："至少公私不分，你是明知故做咯，派庞力超搞监督如何说嘛？"

他生气了："你懂什么！生产队派工的事我让你来派试试，有什么好说的？谁做得了次次公平？"

我不好顶他了，这话糙理不糙，没什么好较劲下去。

有社员向我反映，陈年仔在剔牛骨肉时，往家里偷偷端了一大海碗牛肉渣，一大陶罐牛骨头汤。他的两个孩子在煮骨头现场跟着他们大人一起偷吃肉渣。

庞力超和那个叫阿宁的青年帮工在现场不仅偷着吃肉，还从家里偷带地瓜酒来喝。陈年仔说给所有围观的孩子们每人一小点肉解馋，阿宁不同意，而他却急不可耐地捞出热锅中冒气的骨筋肉放嘴里咬，满嘴流油溢汁，一边嚼着肉一边说："我先试口够不够烂，等会儿熟啊。"

生产队的牛死后都是这么处理的。牛的宝贝程度我看在眼里，痛上心头。陈年仔和庞力超的原因，一副牛骨架刮剔下的肉筋片渣，全村人分到口的量少了许多，以户为单位，各家只分得塞牙缝的一小碟，骨头汤加了水，寡香少味尚够分配每家一海碗。

全村子分派完的当天晚饭时间，似乎家家户户都高兴了。庞力超说他不想吃饭了，他叫我也别吃，等会儿上陈年仔家喝酒去！

在他眼里，竟然把我也当成了跟他们一路的货色，想拉拢我。我无法再忍着，指着庞力超的鼻子骂道："你混蛋！你父亲派你去干这种活，本不希望你这样做，我说你们都干了些啥，真让人笑话，我住你家里面子都丢光了，知道不？群众会怎么看我和你爸？"

庞力超不以为然，嬉皮笑脸地眨巴眼，他想不到我会发这么大的火，老实说道："不过就是吃点便宜，谁干不一样？值得发那么大火吗？"

我说："发火算对你客气，要不是住在你家，骂你都不过分。"

庞成地的脸发烧，他闷头端饭碗吃饭，扒了口饭说："老王，对不起，都是我的错，你另找好点的户主，搬出去住吧。"

轮到我不知说什么好了，庞成地是怕连累我才让我另寻户主吗，不像是。

我此时倒觉得不妨顺着他的意思，搬到另一家搞"三同"也许会好些。庞成地在我们工作队进村前说没人想接纳我们，这话不是事实。我进村后的日子里，就有两家人问我想不想搬到他们那住，他们说他们家有人在外工作，条件比庞成地家好过。我估计他们看好的是我手中的权力，还有什么不好说的。

庞多叶看这情形，她坐在饭桌前说："爸，你叫王哥搬出去等于带头赶走工作队，人家会笑话咱家的。"

庞成地在我对面坐着，不说话。我对庞多叶说："你爸说说而已。"

饭桌上就是那些我天天猜着的老一套饭：加热过的一黑陶锅酸咸菜，已盛好的每人一碗饭汤。一碗饭汤不够饱，自己可从煮了一整天饭汤的铝盆里再添。多数天吃没油水的酸咸菜喝饭汤，到了吃饭时我就条件反射般地反胃冒酸水。

我看过庞多叶最近在她家自留地里种有几行长相不错的椰子包菜，我好希望他家现在就炒一盘上桌，没油的也行，便故意问她："听说你明早要赶集卖菜？"

她调皮抿笑，说道："王哥想吃炒菜了是不？我给你炒去。"庞成地不拦她，但吩咐说就把掰下的老菜叶炒了吃。那些掰下的菜叶就是椰菜老叶，下地割菜时顺手掰下，为的是拿去卖的菜有个好卖相。椰菜老叶还舍不得喂家禽，那是因为他家没养几只鸡，猪也没法养，正好留给人吃，好的椰菜拿去卖，换取油盐。

我觉得此时此刻能有一盘炒菜吃，那将不止舒服一个晚上、快乐一个晚上，尽管它是没油炒的没有香气的椰菜老叶。

不一会儿，庞多叶就把一盘炒好的老叶椰菜端了上来，菜色老的黄的虫咬烂的都有，它再怎么说也是鲜菜呢。鱼肉已不敢多想，我已经记不清多长时间没吃过荤了，尽管这盘菜只冒着水炒的青涩味道，我的胃口仍喜气洋洋。

我不能不理解庞成地，全村的人大都这么做，自留地的好菜拿去集市卖，换些柴米油盐，差的留下自己吃。这就应了那句话，种菜的没菜吃，种田的饭吃不饱。这是怎么了？

今晚应当高兴了，每家都分得了一小碟牛杂肉渣，一海碗加水过多的牛骨头汤。队里看我特殊，无法不分给我一份。这样队长家里就多了一份。骨头汤已倒进陶锅里煮酸咸菜，庞多叶高高兴兴地往我的碗里夹肉渣，嘴上不停地说："王哥，你吃、你吃。"那表情令我心头热乎。

我眼睛湿了，说："你吃，你给你爸多吃点，他辛苦。"

扒了几口饭，我突然想起钟欢美，就对庞多叶说："你把我的那份给钟欢美送去。"

庞多叶问："为啥?"我说："她刚生孩子，不容易。"

庞成地冷不丁地说："谁都不容易。"众人无语。

庞多叶听我的，给钟欢美送去了，完了回来，接着吃饭，她对我说，她看见庞其也给钟欢美送了他那份肉。"钟欢美开始对我送的说不要，我说不是我爸送的，是王哥送给你的，她才接下来。"

庞多叶又说："她看庞其对钟欢美有那意思。"说完了脸就发红。

庞成地骂道："小孩子懂个啥? 他敢?"

吃完饭，我决定去陈年仔家里看一看。上次庞多叶为我在大队供销店买了一支手电筒，这大大方便了我夜间出门。我感谢她的关心，还给她买手电筒的钱，她说什么都不接。钱不多，两节电池的白锡手电筒不过二块多，可那是她平时卖菜一分分攒下的女孩子的私房钱，女人个人卫生总有花小钱的地方。

没想过她为什么不接钱，我就送她几粒我藏床头的海口糖奶厂生产的椰子糖，这糖果椰香诱人，是这年头的稀罕物，只在城里大的国营商店有卖，我下乡带着十多个一直舍不得吃。汪黄同志可是吃过了惦记不忘，动不动就想着我再给它吃。庞多叶很欢喜地接过椰糖，撕开一粒糖纸，指尖要捏掉糖果内层薄如蝉翼的糯米糖包纸，我制止她，说是可以连纸一起吃的。她立刻羞了红脸说："王哥，我没吃过这糖果哩。我咬一半给你……"她的举动弄得我的脸也红了起来。

第十四章

冯贵赶到招待所，看了小客厅里桌子上冯小华为他俩准备的饭菜。两碗干米饭，两小盘子炒青菜，青菜上压十多片肉，旁边放一小窝瓷浮葱油花的冬瓜汤。饭菜汤早已经凉了，这就是招待所平时的住所人员用餐标准。

于弘毅住招待所里，除去陪同上面来的领导用餐标准变化外，他自己平日用餐标准坚持同住所客人一样，按月交伙食费，时间允许的时候，还亲自上饭堂排队打饭。不搞特殊化，他过的是那种一人吃饱，全家不饿的单身汉生活。

冯贵对冯小华说："怎么就吃这点东西，你去告诉伙房，多搞几个菜，我跟于书记喝几杯。哎呀，小于呀，我们真难得在一起吃个饭。"

于弘毅笑着脸对冯贵说："冯老辛苦，我在工地都吃不上这么好的饭菜。行了，我们不喝酒，我饿了，来，我们边吃边聊。"于弘毅端起饭碗，扒进一大口饭。冯贵执意要多加酒菜，他给女儿冯小华丢了眼神，让她快去招待所伙房操办。

冯贵看着于弘毅吃饭狼吞虎咽的样子，感叹道："是该成个家了，我说你……"

于弘毅抢过话头，说道："我今天赶回来，主要是想问你工作上的事，我有想法该说就要说啊，你要支持我的工作，说不对的请你理解。"

冯贵这时慢悠悠抽出他身后的那把黑色折叠扇，摆手腕摇动，眼神不离于弘毅的表情。于弘毅不管冯贵的关注，只顾着吃饭说话。或许这是于弘毅喜欢跟人进行问题交锋的方式之一。

"有群众反映我们县领导干部在工厂招工上问题不少，你是分管这方面的，有关你用权'走后门'的事我接到了举报，老冯你如何看这事？"于弘毅扒拉了两口饭看着他说。

"胡扯！就算是我这当领导的批几个人进工厂算过分吗？不是我批准，难道由张三李四来批吗？哼！"

"话不能这么说，我们领导应做好表率。都怪我事先不重视这事。"

"用不着你来教训我，我负责这事就由我作主，出了什么事我来担当。"

"好吧。打今儿起，县里这次两大工厂几千人招工的大事，全部上县常委会讨论决定拿方案，任何人无权独自审批，过去批出去的招工指标一律作废！"

"你，胡扯！"

……

冯贵用扇子猛敲了一下桌子，拂袖而去。他没有吃一口于弘毅为他准备的饭，桌子上由冯小华为他们端上的酒菜还在冒着香气。

14

我沿着手电光的照亮走出门，汪黄同志像个警卫跟随。手电光扫过村庄的一道巷子，村狗躲避在墙角，金黄的眼睛忽闪忽闪的，它们早已认出我和汪黄同志出行，好像在夜里行注目礼。

等手电的光照到村西北角一小段颓垣时，汪黄同志莫名地摆动起尾巴讨好，没等我看清是谁，从陈年仔家里走出喝得醉醺醺的庞力超，看清是我后，舌头发硬地说："老……老王，你不早来，喝、喝酒去。"他左摇右晃，无缘无故地用脚踢汪黄同志，黑灯瞎火中没踢着，自己倒打了个旋摆，跌坐在地上，接着大口呕吐。

我不理他，走进了陈年仔家亮着灶炭火的那半边草寮伙房。这儿连个煤油小灯都不点，黑乎一片。

陈年仔也许没喝到醉烂如泥的地步，他躺在昏暗灶台边的草柴上，拐棍靠在灶膛边，炭火映红半个脸，右手不停地抚摸被他搂在怀里的一只黑炭般的大猫，口中喃喃道："黑金，我的好黑金，今天我给你吃肉，明天你给我肉吃啊。"

那猫眼亮晶晶深幽幽的，不怕生，眯眼当着我的面伸出粉红色的舌头三下两次地舔他的脸，共同享受这旁若无人的温馨，陈年仔闭眼爽得哼哼唧唧。

灶膛炭火余光中，他老婆衣衫褴褛，静坐中认出我，像座泥佛一个劲地对着我傻笑，努嘴发出"哦哦"声，示意我自己找地方坐。那女人怀中叫陈小的孩子被她紧紧搂着，孩子红扑扑的脸颊两边涂着如猫须的鼻涕黑渍。

我找了一圈，发现连坐的小凳儿也没有。一发现我出现在他的草寮伙房里，陈年仔打了个挺，清醒地推掉怀里的黑大猫，大猫幽灵似的蹿过我的脚跟，一下钻进他老婆膝间，扭头瞪我。

他挺身坐直，语气显得慌张，说："哦，老王，这么晚了你才来啊。吃了吧？"

我点头说吃过了。他没想到我这时会上这来，在猜我来他家的目的，舌头发硬地说："不好意思……想跟你说，牛骨吃……吃过分的事，实在是控不住自己……大人小孩一年到头都不知肉是啥味了……"说着话，他目不转睛地看我的表情，不知所措的手反撑两下后背上的草屑灰。

看来他没喝高。我到他家并不完全是为这事而来，是为什么我自己都理不清头绪。他这是做了亏心事，别人不急着说，他倒有自知之明了。

"不知肉是啥味，能成为你贪吃便宜的理由吗？"我看着他那副可怜相，怜悯之心油然而生。我打算不再提他的这些让我难受的事，忽然此时一个念头冒出，干脆搬出庞队长家，来他家住。这念头没细想过，可能是一时的冲动，也许出现这种冲动只听从心的随意呼唤。

黑夜里一旦走入眼前的情景中，身为工作队队员，我越来越强烈地感觉到应该为他家做点什么。我虽然是知青，暂时被县抽调出来当工作队队员了，但下乡农场按规定每个月还发给我21元的工资、30斤全国通用粮票（含油）。

工作队队员不能白吃"三同"住户，驻村户吃饭要交费，我每到月底都要给庞队长家里算账交伙食费。工作队队员的统一标准是每人每餐2角、3两粮票，不管吃什么吃多少，一天按三餐算。

如果住陈年仔家，这笔伙食费交给他，或许能接济他家一些。我一时还想到，住到这么贫困的家，不是更能锻炼人、更能体现我的精神境界吗？与他们打成一片正是革命青年应做的事，这对我准备申请入团和今后入党也许会有更大的好处。

我也许过于乐观了，后面换住在陈年仔家，没来得及想清楚将面临着什么，而这也是事先根本不能想到的体验，直面而来的生活困苦，让人一言难尽。

早造生产是一年中最重要的生产，比之晚造，多少可避免台风等自然灾害的影响，可大大增加夏季丰收的机会。

各级领导从上到下无不重视早造生产的备耕备肥情况，

特别是在工作队进村后的形势下，明年早造生产力争打造亩产上万斤粮食的口号都已喊出，我们只能夺取比往年更大的丰收，才能说明新时期的意义所在。

养红萍，采割囤沤绿肥，大量积蓄人畜肥（修厕所），兴修冬季水利和农田整治等成了我们工作队每项工作都不能落下的重要部署。这种早造生产的高标准准备在农业历史中从未实施过。

我们为此备感激奋和期待，没有什么能阻止我们夺取胜利的决心。

山坡上漫山遍野的绿草植物都可入肥，属就地取材的有机肥，但不是所有的绿色植物可随意采割。当绿肥最理想的是那俗称飞机草和牛屎青的草本植物，还有各种树木的绿叶（割下树叶就破坏了树木生长）。后来听说漫山遍野的飞机草是来自南美洲的外来物种，已经遍布整个海南，植杆有人高，叶子分蘖不多，花粉传播，它能入肥的好处是叶子植杆易腐，易采割，疯生长，数量多；牛屎青叶子多且墨绿，枝干短，也具备上述特点。这是当地的传统绿肥。

庞成地决定放在山田畴田洋那里堆沤绿肥，这正合我意。我想在那块几十亩相对肥的水田里做出个样子来，早造亩产搞不到上万斤，也要冲上七八千斤，到时上边一定会组织评比，争取不拿第一，至少要拿第二。

公社要求，从利于就近挑肥下田的考量，堆肥放在田间地头，具体做法是在靠近田洋的山坡边上堆绿肥，分开立起一座座肥堆坟。每座肥堆定下标准，制作上先挖出个浅坑，往坑里放一层绿肥，然后再加一层石灰和基肥，一层层码堆至一定高度，收尾搅泮泥浆涂抹，封闭沤烂。

庞成地派队里十个男女社员采割绿肥，他认为这项任务靠谱，只花人力不花钱就可把野地里的绿肥采回，因此态度积极。因为这活算得上是大力气活，从山坡上挑回每一担绿肥到山田畴，采割地点远近不同，来回一趟，不是好劳力是吃不消的。

于是我决定增加人员，庞成地起先不同意，说没必要派那么多人，山上的绿肥没有想象的那么多。我这次态度坚决，而且亲自点名和派工增加劳力。

庞成地只好让步我的坚持。我提出分组作业，采割的、堆肥的、过秤的各负其责。采割绿肥的活最苦，以重量计算，可拿高工分。堆肥的其次，以肥堆头多少计分，过秤的活最轻。我想惩罚陈年仔、庞力超和阿宁的上次作为，因陈年仔是残疾人我放过他，我分工他俩去采割绿肥。

庞力超磨磨蹭蹭不说话，拖半天才借口说腿上长了个小疮，干不了。是真是假我就不验了，他说他只能干过秤的活儿。我说："过秤的活你想都别想，一个大男人亏你说得出口，你要干不了肩挑的活儿，那就必须去干手动的堆肥，没得挑了。"我眼睛扫过像个跟屁虫的阿宁，"难道你也想挑三拣四吗？"

他一个哆嗦，说："我跟超哥一起干。"真像一对活宝。

过秤的活我指定给老甘的老婆琴姐，队里不能落下个人总是闲着，而且她跟所有人不沾亲带故，过秤绿肥不会在秤砣上出现假公济私的事。

庞成地说让钟欢美去干。我说钟欢美要养红萍。他说可兼干。他是不是偏心起钟欢美了？我说不行，让琴姐干是慢慢引导她，她有一双手不干也得干，总不能让一个人只吃闲饭不干活！社会主义不能养这种人。

对这项工作的安排让我体验到了工作队权力的重要性，往回看满意度很高。

庞其这个被遣送回乡的"臭老九"、被单位挖出的富农出身的老师，还有老甘这种人，调整他们去干采割绿肥的重活是当然的了，地主婆文子心的儿子庞朝东和老甘女儿早被抽去公社参加农田整治，要不他们也必须干这重活。

地主婆文子心年老多病，庞成地多年不忍心逼她干活，我想去看她是不是装的。以前忘了没看成，但不等于今后她都不干活了，贫下中农老老少少天天都在干活儿，她过去不干活，今天到死都要补上。

通过这次派工干活，有一人进入了我的视线，她就是村里的中年瘦女人纪月，干干柴柴的样儿，育个女儿，谁都知道她老公老实巴交，成天当她的受气包，村民暗地里给她取了个绰号叫"瘦骨鸡"。

后来她被我们工作队定位成了"尖嘴户"的那类人。显然这一叫法有失准确，她全家的嘴就她的尖，她老公的嘴三脚都踢不出个响屁，跟尖对不上号。她也许只算个"尖嘴人"比较确切，但陈祥广组长坚持套用他认定的"尖嘴户"概念，理由为一人嘴尖，保不准全家人的嘴不尖，户的示范意义更大，警示作用也大。

我们所说的"尖嘴户"便是那些好骂人、好占便宜吃不得半点儿亏，派到活好干的跟你笑眯眯，屁股给你摸摸都可以，干了吃亏的活儿沿路指桑骂槐地叫人听，我们戏称这种说话难听的人为爱撒"弯尿"的尖嘴泼人。

我村里这种人不多，只有一两个就够闹了，她的出头效应影响很大。庞成地对她这种人头痛，没少受她的顶和骂，派活时常拿她没办法。对这次派重活采割绿肥，庞成地料想她会不想干的，有意将其派在当中，一是看她还敢不敢蹦跶骂人，二是如果不顺想看我的戏。

在文化室记工分的当晚派工现场，她开头说干不了这种重活，没力气挑那么多回绿肥担子，有人提醒她："割绿肥按斤秤计工分合算，再吃点秤头秤尾，你不干我干！"这话像强心剂，让一向会算计的纪月如梦初醒。

"谁说的？公开想吃秤头斤两，这是什么话？"纪月听完马上改口，"我去我去。"第二天，她算识时务，只在背后叽叽歪歪几句就上山干活去了。

工作队进村后普遍遇上的农村问题很多，千头万绪首先要抓好的一条是，要进行基本路线教育，以阶级斗争为纲，横扫一切歪风邪气，从而打开农业生产大干快上局面。

陈祥广组长联系实际大兴调查研究之风，在调查摸底中发现了好几类人，这种发现令他兴奋不已，像是到了可总结出一篇引起全县轰动的经验之谈那么激动。这种激动常常令他欲罢不能，欣喜若狂，终于可以就此展开手脚大干一回了。

他希望这类前所未有的发现和经验总结，能让自己成为引领全县基本路线教育的榜样，相信自此可以一次次地走向人们仰望和美慕的讲台传经送宝。

他目前果断地将这些人分解出暂定的五种人，一是头上长角、身上长刺，爱跟生产队领导"顶牛"、不服从指挥的；二是诡窍妙计多，爱撒"弯弯尿"的；三是脚底流脓，破罐破摔的；四是出勤不出力，干公家的则怠，干私的则狠，私心杂念重的；五是好吃懒做、偷鸡摸狗、游手好闲不干集体活的……或许还有更多种类，他要慢慢观察总结，当然这些人不是单一绝对的类型，有的是相互兼容的。

我拿不定纪月是否应属兼容型，毕竟只是听说她以前的作为，可笑的是忽然又想起，要是将庞力超对号入座，他属于哪个类？我不敢请教陈祥广组长这个问题，怕他批评我连这点分析水准都不具备。

我自证我不怕苦，必须带好头，在完全没有采割绿肥经验情形下，提镰刀挑担子分头跟上山去。

烈日当空，蝉鸣林间，啼鸟无影，下坡跨坎，我见绿便割便采，终于踉踉跄跄、满头大汗地挑回一担绿叶。手背上被荆刺划了两道深浅不一的口子，伤口流出的血染红了袖子口，再经汗水浸湿，疼痛难忍。

把绿肥挑到山田畴的田埂边上，田地头站着守着一大杆秤和秤砣的琴姐，随时准备给挑绿肥过来的人过秤，她说我的绿肥就不用过秤了，我说不行，同样要过秤。

我想从今天起像个社员一样给自己记工分，看大家评我在哪个记分档上。

琴姐唤正在刨堆肥坑的庞力超过来当回过秤帮手，庞力超不乐意，看是给我过秤，他才磨蹭着近前来。他看了看我的绿肥，突然故意大叫起来："哇！这是什么绿肥？茅草、芒草叶，还有什么鬼树叶……老王，你也做假呀？这些叶子是不能当绿肥的，你看人家挑来的绿肥，都是飞机草、牛屎青。"

此时没更多的人在这，他用不着这么对我虚张声势吧。确实别人已经挑回不少的过秤绿肥，而且是清一色的传统绿肥，我折腾了大半天才弄出这一担子不伦不类的绿肥，而且伤了手，惭愧差距大了。

第十五章

冯贵拂袖而去的背影对弘毅来说是预料中的事。他自认为已经了解冯贵的性格，冯贵资格不浅，同样属于前任县委书记张启福那样的老干部，只是文化太低，不愿调离雨林县，官做到这位子就已心满意足了。

于弘毅坚持这么做的决心在找冯贵之前就已经想好，之前就已认定县委领导班子成员，不管资格多大多老，都要全心全意为人民服务，我们手中的权是人民群众赋予的，不能搞特殊。

用好权管好权，才能带领全县人民去奔美好的前程。领导不能以权谋私，谋私必然丧失人民群众的信赖。这是前任张启福书记在职时常强调并给他讲述的革命传统，也是他从小受老革命父亲影响的结果。

在他旁边的秘书小卢问："你下午好好休息一下吧？"

于弘毅说："不了，你接着通知财政局局长邢祖旺到我这来。"

小卢说："通知过了，邢局长说他正在局里开局务会议，说是明早才过来。"

于弘毅面无表情地说："他的会就是要开到天亮，开完了也让他马上过来。"

小卢说："好，我这就去再通知他。"

15

庞力超和阿宁按标准已立起几个绿肥堆，庞力超说村里没钱买过磷酸钙化肥，用完了去年剩下的那点，只能买些石灰代替，问怎么办。我说要他想想办法，不能降低备肥料标准。

庞力超摊手，说："你拿钱来，我就去想办法。没钱气短，有啥办法。"

我无话可说。可是到哪去找钱呢？当天中午我问庞成地，他摇头叹气。我说："不是刚卖了那头死牛肉，钱要拿来发展生产买化肥，原来队里就没点收入存蓄？"

庞成地苦笑，摇头叹气地说："老王，你不懂的事多了去。你不知道，那头死牛肉刚刚卖完的头几天，好多人就找会计庞成春，都想预支点年终分红的钱。嗨，一年到头谁家都不容易，有说家里老人孩子病的，有的说要嫁女想准备一桌饭的，还有的说想借点钱找媒人给儿子说亲的，就是那跟力超混一起的阿宁家人……什么奇怪的原因都有，连给老人备棺材板的都急了。找得较急的纪月，吵着说她老公屁股上长了个大痈，要借点钱打针吃药，其实她舍不得花这钱，弄草药已治得差不多好了。哎，谁都不容易啊。"

庞成春会计跟纪月开玩笑说："你老公的屁股痛是被你踢出来的，不踢他就好了。"她夺过庞成春的记工分笔扔了。

其实找得最急的是钟欢美，她说小儿子年头年尾病快快，问大队赤脚医生，医生说她没奶水，儿子面黄肌瘦眼窝深陷，严重营养不良，让她快去买点鱼肉喂孩子（当初农家人没听说过有奶粉），不然身体有危险。

"当妈的都没了奶水，实在可悲呀。"庞成春报复性地一本正经摇着头说，钟欢美意识到他作为会计身份的重要，她不敢再像之前那样得罪庞成春，而是讨好他，给他一个装出来的傻笑。

她知道最后得庞成地同意才行，就趁人不多时跑到庞成地干活的地方哭哭啼啼，不批点钱给她不行啊……

听了庞成地的一番话，我心头酸水上翻，喉头哽咽堵得慌。

事先我没放低姿态问清应采割哪样的绿肥，以为是绿叶都行。其实这也没错，沤烂的绿叶都可入肥，只是目前人们习惯讲究用的是飞机草和牛屎青两种绿色植物，难沤烂、难分解的绿肥残枝下田会扎脚。

但是山上有多少这样的易烂绿肥供采割，我不得而知。

当晚在文化室记工分，我问庞成地："该给我记多少工分？"

庞成地看着我受伤的手说道："你想玩也不看什么事，人家一天采割十多二十担，你就搞那么几担东西，还伤手伤脚，你说应给你记多少分？别去干了，当领导在旁边指挥指挥就行了。"

这家伙太不给我面子，我自己算最多不过2到3个工分，也不看在这种人多的场合，好让我难堪。

可这时，没想到纪月会帮我说话。她说："庞成地，老王人家一个城里青年仔，来你这穷死村做工作队，能带头干这你儿子庞力超都不想干的活就了不起了，你凭啥说那话？"

纪月的"尖嘴"果然伶俐，我有那么了不起吗，我认为她这是在向我示好。

回家后，庞多叶借我的手电筒出去，她返回时手里抓着一把飞机草芯，放碗里捣烂，再送进嘴里细嚼，吐出后二话不说就给我敷伤口。我问："这能管用？"她点头。

这正是我们采的绿肥，我尝过，又苦又涩。我问她不答。她的手给我缠草药布带子时稍微发抖，迎着我冲动的热鼻息，她的脸没有躲开。

几天后，琴姐向我反映，有人在采割的绿肥中加塞了很多大小石头，增加重量，我问是谁，胆敢如此做手脚。

她肯定知道是谁，怕得罪人，怎么问都说不知道。我找堆肥的庞力超问他知不知道是谁干的。

庞力超比她应得更快，装出惊讶道："有这事？我不知道哦。唉……吃点小便宜总免不了啦！较真干啥呢。"

听了这话，我喷他难听的话："你是真混！"

钟欢美自从负责队里养红萍的事，她三天两头往那坡田跑，又是换水又是施水肥，算是尽责了。为进一步鼓励她的积极性，我提出给她每天记 10 分最高的工分，庞成地表示赞同。

有奖有罚，罚多少我没想好，反正必须奖罚分明。庞成地反对罚，说不管罚多少他都反对。他说："你那红萍靠谱吗？谁养过这玩意儿？你罚起谁敢来养？再说如何罚嘛？有什么给你罚嘛？别搞到最后你自己来养哦。"

这是什么话，这罚行不通，搞得我一脸的无奈。

公社曾经派了个农技员来坡岭大队指导过各村养萍事宜，也来过一次钟欢美的萍地现场，就再没见其人。庞其作为农学院的原老师，讲他不懂红萍说不过去，但是包括我在内谁敢听他的？听了做好了如何说？就算听了，如果做不好，岂不被人说上了他这种人的当？他是属于回乡受监督改造的人，就算跟我们同心同德干社会主义，也要提防着他。

庞其当年逃离家乡随家乡商人去了广州，后被资助上学并留在城里当了老师。他是家里的独子，土改时他家被评为富农时父母已双亡。自从被遣送回富农出身的原籍草子园村，单身居住在他家仅剩下的破败柴房里，苦难日子的烟火时断时续，天天没少自觉出勤干活，老实接受改造。

在这天高皇帝远的乡下地方，乡亲们没人为难过他，不关心他如何被学院处理回家，同时还认为他回家续上家中香火是件好事，他得到了家乡人的认同。

有天他在田间除草，临近中午，暴晒之下一头栽倒在稻田里，同在旁边干活的钟欢美赶忙扶起他，关心地问："庞老师，怎么了？"

满头泥水的庞其呻吟几声，说："没事，回家吃点东西就好。"

她挽起他，扶到田头树荫下，面对他微闭双眼的昏迷状，无任何东西可吃喝，心急如焚，不知如何是好，她担心他这样会不会出什么意外，就回家拿了点东西给他吃。

庞其和钟欢美的关系在村里早就不是什么新闻，人们议论他们相好的事成了茶余饭后的碎话闲言，什么庞其为钟欢美挑水啦，煮东西吃啦，等等。

庞其对议论嗤之以鼻，但他怕引起误会，却主动给我这个工作队队员解释会对钟欢美好的原因。他相信我不是一般见识的人，坦白没有做什么见不得人的事，还说了一大堆肉麻感恩的话。

原本没人知道这事，他主动说出，就证明他是坦荡的。事情发生久了，也不知有没有人看见这回事。

他背后起劲指摘钟欢美，话中就如钟欢美是他老婆似的，我倒听出他醋意满腔。

庞其当然懂得红萍，他忍不住瞅空去坡田观看养萍，实时地给钟欢美一些意见，他最喜欢找机会跟她说说话，久而久之还传出些绯闻。

这个庞其不安分，明知道人家养萍忌讳他，不问他也就罢了，还老爱瞅机会跟我和庞成地在养红萍的事上提如何如何做，庞成地尤其不爱听他讲选错地方养萍的话。

私下庞其跟钟欢美聊天，末了不忘抱怨队里找这块地不适宜养红萍，有的是养萍的地方，为什么偏偏要找这个地方，并断言此地养萍可能会失败。

钟欢美骂他假精，不知死活是人做的，这话要传出去不得了，他非要管这事干啥咧。

他说他走遍了队里的田园，队里有个叫"深田窟"的山谷湿地最适宜养红萍。钟欢美吓得忙说："别提那鬼地方，怪瘆人的。"

好些日子不见我的知青伙伴张奇乐了，他住的光坡村一队离我在的草子园村八队仅有几里地和一个开阔的山坡林，平时我们有机会见面大多是到大队或公社集中汇报开会或检查生产。在每个人孤独驻村的日子里，工作队队员之间纪律严格，几乎没有刻意串门，心中的那些苦闷和孤苦，生活和生产工作上的身心压力投入，总是很少找到交流的地方，日子过得像苦行僧。

夜里，除了队里开会、读报学习，大多时间我只能点亮那盏熏黑鼻孔的小煤油灯，读列宁的《国家与革命》、《毛泽东选集》（带下乡的书），浩然的《艳阳天》、《金光大道》（这是当时只能买到的小说），翻烂没有封面的《林海雪原》（学校私藏书），饿肚子挑灯夜读如痴如醉，我在那时学会了吸烟，有时晚上抽完半包丰收牌子的烟。说真的，当时能读到什么好书是件很不容易的事，城里都没书可读，乡村就更别说了，除少数有特殊条件的人，那些事后吹嘘自己在那个年代埋头读了什么名著，什么书，大多不符合历史事实，大多属于自我标榜。

第十六章

县财政局邢祖旺局长的局务会议开了不过一个小时，下午会开完了他接着不紧不慢地处理手头的事务，直到快下班了他才骑着单车到于弘毅的住处。他认为即使是书记招见，也要等到他忙完了才有时间过来。不管有意无意这么做，对弘毅来说，是什么会议那么重要邢祖旺必须亲自主持放不下，连他这个书记的通知都可以不顾，这无论说什么都有怠慢之嫌，说重了是不懂组织规矩。

邢祖旺四十岁左右的人，肥头大嘴油光满面，他是张启福在任时的县财政局局长。原局长退休，他当初为财政局两副手之一，后与现在县副书记陈然同一时间受到提拔，又同是雨林县一个公社的老乡，两人平时交往甚密。

自从于弘毅接任张启福的职位，上任县委书记（代）以后，邢祖旺对自己今后的重要位子是否调整心存顾虑，瞅时机讨教陈然。陈然先是对他打哈哈："做好你的本职工作，谁也不会动你。"

邢祖旺不信他，说："你是个副手，副副不得正，说话不算数，有时就像放个不香不臭的屁。"

听到他这番话，陈然心生不悦，拉着脸说："别小看我这副手，我提醒你啊，于弘毅身后带着个'代'字，还没转正呢，他这官可能说走就走，你没看见他的单身挎包就挂在招待所的门鼻上？"形容得很到位。

经这么一点，邢局长如醍醐灌顶，恍然大悟。他拍了一下大腿，向陈然做了个拜手，耸肩笑着说："说得有理，真不好说啊，搞不好他这位子由你来接呢。"

16

那几天里，陈祥广和陈焕人决定组织一次全大队生产队长和工作队队员生产现场巡查活动。活动主要是针对各村红萍养殖的总结评比，兼实地察看早造备肥备耕等情况，接下来就召开群众大会。我问是否要做些准备，陈祥广说不必，到时接通知把社员带来就行。

我们集中大队部讲了些要求，就一起往各个村养殖红萍的田间地头走。穿村子行田埂，涉水溪爬坡岭，一行人蛇行般窜过不同林子和杂草丛生之地，依次走到各个村生产队养殖在不同地点的一块块水田中的红萍。最终经过现场察看，从养殖面积、生长状况、产量评估等做出对比评价，然后名次由组长、支书和大队长领导确定。

一天的时间显然走不完十三个生产队的红萍养殖地，陈祥广发话，一天走不完就用两天三天，决不能走过场。

考虑到巡查行走的便利，陈焕人支书让大家从距离大队部最近的大草坡村六队开始行走。这无意中的安排，像是看了黄山不再看山的感觉。

"大草坡村六队养殖红萍如此成功。你们看那红萍的长势，再看那么大的面积，有十多二十亩地，还有田间地头地理状况……"听介绍所说的水田硬件条件和管理功夫，科学养萍没有一项是可随意挑出毛病的。现场所有人无不眼前亮闪闪，给人以不是榜样胜似榜样的印象。

大家远看近瞅指这问那，新鲜惊奇的气氛热烈，没人养过这水上黄金，个个似懂非懂。陈祥广说："你们好好看，好好看人家是如何养萍的。"

陈焕人眯眼看着远处的萍："点点头，还行还行。"

大队长符家干神情夸张，哇哇地张嘴，兴奋地用双手捞起一把鲜硕肥壮的红萍，说这萍长得多么厚，大片如什么，质量顶呱呱，数量多、产量高，啧啧称赞。

看不惯他的虚张，他这是在拍谁的马屁大家都明白，我故意问他："大队长你过去养过萍？知道这有多少产量？不妨说说看。""

没养过，这……"他说，"不管怎么讲嘛，这是大家一起努力的成果！"

我说："大队长家住的腊石村四队一定比他们养得好了？"

他摇头道："比不上，比不了。"

大草坡村那些被指定养红萍的人，今天有三个早早地来到了田里，给红萍打农药防病防虫，空气中飘过一丝农药味。

听说队里买的那点农药不够用，这是他们自己凑钱买回的农药，其中一个拿的是给孩子看病的钱。他们身背喷药箱，打赤脚泥腿子湿裤子走上萍田埂，浑身湿漉漉汗淋淋，远远站着望向这边，似乎没人叫，就不敢走近我们，没人搭理他们。

六队的工作队队员老龙嘴里像吃了蜜，摆出一副得意的神情邀功自赏，对别人请教的问话，本该由六队的陈队长回答，有的问题他未必懂，但他总是抢着说，出够了风头。

等大家看过了问过了评过了，对比之下，张奇乐说："算了，还看什么看，别再看了，六队得第一谁敢比！六队的绝活谁也操作不来。"

老龙听不出他话中的意思，仍旧摆出幸福得意的神态呵呵笑。陈祥广满面春风地说："奇乐你不服是不是，什么操作不操作？"

六队是如何操作的我们暂且不说，我听出了张奇乐他的话中话："奇乐，听这话你那养的可能不行了，还没看完呢，不见得别的村不行吧。"

张奇乐说："我敢保证他这个队是最好的，这玩意儿养前相信大多数人都不太重视，我的队就是这种情况，白忙活了。"

我接着说："跟我村一样失败不行呀，真的么？"

顺路继续巡查的下两个队是张奇乐的一队和王桂花的二队。王桂花走在张奇乐的前面，我走在张奇乐的后边。王桂花被晒得慌，出门前忘了戴草帽，于是便转过手摘了张奇乐的草帽子，扑哧笑，扣到自己的头上，红脸蛋上的樱桃嘴挂满笑容，边走边说道："张奇乐能养好萍，那全世界人民都能养了，你问他是不是？"

我看张奇乐的眼里满不在乎，他回话说："阿花姐你别光说我，你们队我看也悬，没戏，不会好到哪去。"

这两人似姐弟边走边斗嘴。都是工作队中的人，到底从什么时候起这两位同志已经走得这么近了，我顿生不解，也没多想。可能是他们一队和二队村地理位置相对靠得最近，大家在乡村工作，艰苦和孤独寂寞在所难免，他们相互间勤于走动，增进了解支持，交流关怀对方，没啥好说的。我好想能像他们这样亲近。

但是不是这回事我不知道，那只是我根据自己的当下的处境而生出的美好想象。张奇乐在巡查不到他村时，就已经说他村的养萍失败了，在所有人都没问及失败原因的情况下，我不了解实情，确是无法猜出什么缘由来。

我装着吸取了一些经验，逗他玩，就一本正经地追问张奇乐："失败的教训是什么？"

张奇乐不高兴："谁说是教训了？动不动就是什么教训，不就养个烂水草，不行了重来呗，我就不信弄不好那东西，但我不会像老龙那么搞，下三烂的做法，乱整人，你没听说啊？"

王桂花顿时花容失色，前后看一眼才说："你乱说话，小声点别让人听见了，你身为工作队队员立场跑哪去了？说这话让陈组长听了不削你才怪！"

我和张奇乐同年上山下乡到雨林县的知青甘蔗种植场，他父亲是老革命，一家城里大工厂的党委书记。他这次能从农场抽调当县的工作队队员，那是他父亲在县里工作的战友听说当工作队队员可以分配工作，以加强他锻炼成长的名义，点名要了他。我参加工作队靠的是自己努力，所以，我哈哈道："那是那是，我们不能比谁，自己好生努力。"

我们进村以来，工作队队员之间见面谈工作的机会不多，王桂花走近我的身边，并肩小声说："张奇乐一队的养萍，失败原因跟我二队一样，养萍用人不当。一队的那个生产队队长是个贪杯的家伙。张奇乐刚进村，生产队队长说工作队是拿工资的，让张奇乐去给他买点酒喝，张奇乐为了搞好关系同意了。"

我立马打断她的话，手指嘴上嘘她："当心被听着了，你没看到人家队长就走在那呢，阿花姐你真有意思，居然还知道这些事。"

王桂花说："知道这些事不难，我是为张奇乐看不过去，但凡谁叫都能喝的人，你说会好到哪儿去？"

张奇乐接过话说："喝酒贪子不中用，平时他村里那两个好吃懒做、偷鸡摸狗的一老一少，老光棍阿老屁和么狗子吧，有口吃喝的不忘叫他，什么都喝，河沟摸个鱼虾喝，捣个蜂巢吃蜂蜜喝，偷拔个花生喝，偷到鸡，逮到狗，狐朋狗友偷着喝，搞得他们之间乌烟瘴气，说话都要客客气气。喝酒。

"等好事出，这回轮到那两家伙身上了。阿老屁叫队长把养萍的事就交给他俩负责，么狗子去人家地瓜地里偷摘几把叶子，不知在哪抓了条眼镜蛇，几刀剁了，蛇肉叶子一锅煮，茹蛇血蛇胆就着大碗地瓜酒，又与队长又喝上了。队长拉上我被拒绝，看这醺醉局，我不了解情况，同意先让他们干。

"那两家伙本来就不是什么养萍的料，只是听人说养萍是闲活儿，好挣工分。有时好几天不见个人影儿，根本就不去照料养在田里的红萍，还说是顺其自然生长。最后听人说，他们竟敢多次偷萍去卖，偷的都是那些长得好的萍，监养自盗，换小酒钱。

"我怒火责问，他们不承认这回事。气死人了，我忍不住动手捆那一老一少的嘴巴，挨个打解气，还没抽上个巴掌，他们就倒地装哎哟哎哟叫。

"我边打边骂，让你们好吃懒做，让你们手脚不干净，踢他们的屁股。后面罚他们去一社员家猪圈，给队里挑一天的猪屎，义务给经常被他们偷鸡摸狗的五保户卢爷家挑一缸水，连挑三天。这个惩罚大快人心，有村民说，只有我们工作队才可以这么整他们这种人，以前谁都不敢惹他们，谁惹了谁家不得安宁，今天可以偷这家的瓜菜，明天可能搞那家一只鸡……村民们夸我们整得好，说最好把这种人抓起来，送到水利工地挑土去，让他们屁股冒烟，好好改造。你说他们这养萍事还能寄什么希望？"

我伸出大拇指说："奇乐打得好啊，打出了工作队的威风。"

王桂花粲然一笑："人家又不是犯了什么大错，打人说明你没本事治那些家伙。说来怪了，对这事你说陈组长啥态度？我发现他嘿嘿偷笑，不搭话，那情形就是不了了之。"

张奇乐被王桂花说得好没面子，他们之间好像已经到了无话不说的程度。他倒没多少在意，可能认为王桂花说得没错。他说："你光说我村，你们村也是一路货色嘛。"

我说："阿花姐，你就接着提前说一说你村的情况，你说完了我接着说我村的，我们也好相互交流。"

王桂花这才停下左瞧右看，看清了她村的那个外号叫蔫猫的生产队队长并不在身边。给他取这么个外号是因为村里的青年看他整天皱着个眉头无精打采，走路怕踩死蚂蚁的样子，脑袋里想着什么或什么都没想，这时正茫然跟在一个队长的后面，默默无语地走路。

我们前往一队二队的一行人已走上了田埂，他俩落单在后面有一段距离。走上高坎处，水田清爽的风吹散了热气，王桂花将辫子往后一甩，抬手指点一行人最后的那个人给我看，说："我们村队长就是走在最后蔫头蔫脑的那个，他这个二队队长早不想干了，一直想撂挑子，陈焕人支书说村里挑不出人接替他，就这么拖着日子，还不知拖到什么时候。靠这种领导开展工作，我都没信心了。"

王桂花继续说："村里这次养萍我问他由谁去干，他说我工作队来了好，由我说了算，派谁都可以。这不变成我替他当队长了？我说不行，我怎么可以替他派活儿，他说谁派不是一样，说我们是县里派来的领导，没有人敢不听我们的！我坚持说我刚来不熟悉情况，他说那就轮着来，派谁都可以。我认为轮着来不落实责任，养萍要落实到人头。这事他就这么跟我扯来扯去没个完。

"这事没定下的当晚，我的'三同户'胡姑平，人称'精脚嫂'，饭桌上她笑吟吟地对我说她想去干养萍的事，还保证会给我养好的。不知为啥胡姑平的话很让人上心，话音直钻人的耳朵。

"我听着比较谨慎，问她怎么保证。她说村里的事都比较难办，但她是我的'三同户'，不看佛面看僧面，一定为我争面子养好萍。怪不得人家叫她'精脚嫂'，我就同意让她来养了。这事就这样定下了，养萍后我才算领教了她的保证。

"这是工作队让她负责干这活的，我这个工作队队员还住在她家，谁也不好说什么。她借我的名义，叫队里买什么有什么，破天荒蹭队里的劳保，又是买蓑衣，又是买水鞋，买得最多的是化肥和农药，能捞的则捞一把。"

这些东西养萍用不了多少，胡姑平便挪用在她家的自留地上。人家看她天天往养萍田地跑，装模作样干给大家看，可是等人都出工了，就看见她绕了个弯弯，躲回田边地头奋力开垦自家的自留地，打理她家自留地里的瓜菜。

无形中，等她挑着一担担鲜嫩的瓜菜频繁地上公社藤岭镇叫卖时，人们这才明白生产队田里的红萍为啥总是养不起来，原来跟她"出勤不出力，出工不出心，留着力来干自己，吃公家要狠"有天大的关系。

"我住在她家里，我和队长都不知如何处理她呢。"王桂花事后忧郁地说。

我们到了一队和二队的养萍地几乎一走而过，田里的红萍有的已死光，所剩无几的零零星星地漂浮着，败相不忍睹。确实没什么好看了，一队的队长一路上打哈欠，眼角粘点粒白眼屎，累了，不知昨晚是不是又喝多睡少了。二队蔫猫队长就是一副有气无力的模样，时有呆愣，两人走走停停，仿佛这种检查生产无关紧要，显得无所谓，很是散懒。

作为一队和二队的工作队队员，张奇乐和王桂花脸面上有些挂不住，希望人们经过他们队的红萍地的时间越快越好，催促大家快走。

陈祥广先黑着脸无语，忍不住时说："红萍都养不好，还能干什么？"陈焕人对王桂花说要有信心，再来一次。

符家干叹气："要早些向六队取经，就不至于这样。"

张奇乐蹑手蹑脚地靠近他，不客气地对符家干说："你说得比唱得好听。"

符家干摇头说："就这种态度，难怪你们都养不成红萍。"

所有人走到厚岭村三队的养萍地时，已经快接近日头中天的午饭时间，人人疲劳，浑身出汗，当人们看到三队养的萍，已经没有了先前的激动和认真。三队的萍地只有一亩水田，面积最小，但红萍生长旺盛厚实，铺满田间青黄翠绿，真正养好了红萍。

工作队的叶金妙就住在这个村，这种专攻少而精的养殖方法，在叶金妙的现场介绍中得到了证实。她把自己完全当成了一个负责养殖的劳动力使用，寻找养殖资料，不容其他人插手，一门心思扑在上面，像在家精心种菜一样侍弄那些红萍。

她就养那点东西，众人都没心思看下去了。陈焕人说："好了，各位回家吃饭，下午继续看完剩下的生产队。"

叶金妙的那亩田养殖成功，就是少了点，虽美中不足，但同样得到了陈祥广的表扬。陈祥广唤叶金妙到身边说："先打好了基础，快点增养，扩大面积。"

王桂花心里不服，她跟我说："如果谁都像她这样养萍，成功还不容易？那点东西要养到猴年马月才够当肥料，又不是养来好看好玩的，再说我们是工作队员，是干领导工作的，把自己降低为劳动力使用，像什么话。"

我同意王桂花的看法。张奇乐有意替叶金妙说话，语气显得意味深长："你就会嫉妒，成功没个标准，更不问如何成功，你懂吗？"

王桂花拾块土坷垃，追打他："就你懂，就你看好她，贫嘴鬼。"

早些天里，钟欢美养的红萍渐渐出现不良苗头，漂浮的大片红萍中先是出现少量的黑斑，后来黑斑日见扩大越来越多，红萍的消失速度也跟着加快。庞其知道这黑斑病的由来，也知道有多么严重，为此他教钟欢美采取过不少措施，加上庞成地不知啥原因，也许是认为没希望了不想白花钱，不愿队里出钱买农药配合治病虫害，他俩努力救治仍难奏效。

没过多长时间终于被庞其言中，全县普及直至公社大队寄予大希望的早造农养水黄金红萍，草子园村就首先宣告失败。

下午巡查到草子园村八队的养萍地，大家就是走个过场，我默然应对，陈祥广失望地说："没想到你队搞得这么糟，你不应该弄成这样！"

我只能养成功，不能失败，这是他对我的厚望。对比张奇乐和王桂花的生产队养殖失败，他不说话，只黑着个脸。

我心里服他对我的恨铁不成钢，他希望我养殖成功无可厚非，可我却失败了。

直到第二天下午，巡查活动才算结束。

与此同时，我们坡岭大队统计过，十三个生产队，三个生产队养殖均告失败，五个生产队勉强维持，剩下的算成功了。张奇乐所在的一队，王桂花所在的二队，他俩和我同病相怜，均属养殖失败之列。

第十七章

邢祖旺骑着那辆上海产的凤凰站鸟图案的 28 寸自行车，到于弘毅住处已是晚上 6 点整。踩着耀眼的新自行车前行，发出滴滴答答清脆的响声，很拉风，这单车在当时的人们眼中不亚于现在人开的宝马车。想买这车得凭特供指标，非一般人能拿到。县机关局级干部中，能骑上能买到这种车子的人很少。别不信，在县城能骑上这种车的人至少是有背景和来路的。

于弘毅一直在耐心地等邢祖旺过来，由于太累了，眯了一下眼，他就睡了过去。邢祖旺叫门，门外恰好走来冯小华，她认得邢局长，说："于书记在休息，我来开门。"冯小华打开小客厅的门，让邢祖旺进去落座。

冯小华走进里间，低头靠近于弘毅耳边小声叫醒他："邢祖旺局长在客厅等你。"于弘毅其实醒着，只是没睁开眼，只点了个头。

冯小华又声音温柔着问："该吃晚饭了，中午没动的凉饭菜倒掉，给你重新打饭好吗？"于弘毅不出声，用手示意不要。

冯小华说："那给你炒热了吃?"于弘毅点头同意。

17

大队决定召开一个隆重的群众大会,对这次巡查活动进行总结。工作顺着展开,寻找失败原因,总结经验教训以便再战。

陈祥广是我们工作队的头,他所驻的大草坡村六队也是大队支书陈焕人所在的生产队,尽管他是大队全面的领导,职责不在一村一队,但如果所在的驻村生产工作落后,面子上同样挂不住,说话分量是要打折扣的。

这回六队养萍大获成功,他在坡岭的讲话底气十足。

不为别的,无需讲得太多,单讲六队的成功经验有一条特别值得各养萍失败的生产队学习和借鉴。六队的驻队工作队队员老龙是个退伍兵,人长得像头牛,脾气暴躁,开始养萍前,不忘好好学习相关的养殖知识。

老龙召开了生产队的养萍动员大会,村里的许多人都到了养萍现场,看着老龙立下养萍的军令状,表示如养殖失败则罚下半年口粮。

村民中有一男子懂得科学养萍的关键所在,他经常夜里偷偷摸摸跑公社藤岭镇上,跪在公社农技员老肖的家门前。每次流泪像喊救命般,请出老肖亲临养萍的田间地头,就算没吃没喝他也要照顾好自己千辛万苦请来的老肖,由他现场不分巨细地传授养萍的经验和知识。

在公社农技员经常到场指导之下,被安排养殖的村民们精心养殖、万般操心,六队的田养红萍想死都没有机会,越养面积越大越好了。

陈祥广不得不从理论上总结出六队的养萍成功经验，最精华最有成效的地方就是请来了公社农技员老肖来养殖现场指导，化消极因素为可用因素，这为养萍成功提供了保障。

后面，他还充分利用我村养萍失败的所谓教训，印证了他这一总结的无比正确性和必要性。由于草子园村八队在公社犁田和耙地比赛中获得过第一名，大队中没有一个村得过这种荣誉和具备再次获奖的潜力，同时我是工作队的资料员，类似他的心腹，他希望我村样样都能走在大队和公社面前，成为学习追赶的榜样。但我村在这次养萍中失败了，丢了面子不说，真是太不争气了。我必须抖擞精神，重新做出样子来。

我兼工作组的大队资料员，每个星期必须向公社和工作团的镇上手摇电话或书面汇报大队生产进度和开展各种运动的情况，到了上报养红萍专项生产内容的时间，上报内容这种事必须首先经过大队的领导首肯。

大队巡查评比红萍活动刚结束，陈祥广却不谈如何上报的事，我提醒他上报的时间不能再拖了，问道：

"你看是不是要如实上报养殖成功和失败的情况？"

陈祥广长长地叹了一口气："年轻人幼稚了，我们养殖红萍失败了吗？你没看到我们正走向全面成功？"

我搞不明白什么叫全面成功，又说："那就不用上报三个队养殖失败的数字，报全面成功，全大队总共养殖了多少亩红萍的数字我都统计好了，结合其他方面如实上报？"

陈祥广说："你以为别人都是这么如实上报的吗？"

别的大队如何报关我们啥事？我们到底是否如实报，他没有明确的话。

我再逼问他："那就如实报了？"

陈祥广说："我说你这个资料员怎么当成这样，脑瓜子要灵活点，要向人家学习。"

他说的人家就是别的大队，以己之心度别人之意，算什么呀。怎么批评起我来了，我哪没明白他的意思呢。我想没辙就按领导的意思来，把上报的话写好，报喜不报忧，多报好的成绩，少说或不说不足，这也许不属欺上瞒下、弄虚作假。

自我安慰一番后，陈祥广这回态度温和了，他关心地问我："小王，我记得你没满18岁，写个入团申请交到叶金妙那去，我提拔她了，现在她是我们工作组的临时团支书。"

"我不想入团，马上要满18岁，我想加入党组织。"我不由得说出口，心里怦怦直跳。

"好，有志气，努力争取，到时给我写个申请书，我给你当介绍人。"陈祥广拍拍我的肩膀说。

大队巡查活动总结大会准备召开，大会的主要内容是表彰成功养殖红萍的生产队，评出一二三名次，树立榜样，总结经验教训，继续争取养殖的更大成功。同时，大会也要对红萍养殖失败的大队进行相应的教育批评，并鼓励他们努力做出成绩。

这项大会内容是陈祥广坚持要做的，他说把养殖失败的主要负责人放在社会主义农村的阳光下，可触动他们灵魂的转变，广大的社员群众同时也能受到最生动、最具现实意义的教育。

通过这一形式进一步证明，他总结的农村各类落后人群的现实有多么的及时和正确，这些首创的经验总结和实践必将得到全县的推广。他希望能一次次走向介绍经验的讲台，在那里光荣无比地介绍这些成功经验。

对于养殖失败的主要负责人问题，王桂花脑筋急转弯地问："我们田仔村二队蔫猫队长是不是可以定他为失败负责人啊，我村养殖失败跟他有直接关系。"

张奇乐装出莫名其妙的神态，捂嘴提肩地窃笑，为啥笑，他心知肚明，那笑伴着所有人短暂的沉默。

符家干率先说："为什么不可以？但我听说不一定是队长的责任，你的问题也不少！怎么能让队长一个人来担责任？"

张奇乐一本正经地说："怎么说他们队长都责任重大！队长不担责任谁来担？就说我光坡一队酒鬼队长，让那两个不三不四的家伙养红萍，他跟他们都混成了啥人样，队长这家伙就应把他批评教育一顿，让他清醒清醒。"

陈焕人听不下去了，他略带怒气说："你说啥人样嘛？如此说来你们工作队就不负责任了？做出了功劳是你们的，有责任则要推给队长去担，这是什么道理？我可告诉你们啊，队长千错万错也只是个领导换人问题，他们也不过是个顶着牛屁股揾食的农民，把生产队队长都当成了靶子，想打击谁啊？要是都这样，那这生产还搞不搞了？"

"这要搞成一锅粥了。"陈祥广稍加微笑，挥手缓和气氛，说，"陈支书多虑了，这事只是提出来大家讨论，有不同意见很正常嘛。"

符家干说："队长做错了也不能迁就，该说就得说。"

陈祥广食指弹掉烟灰，喷出口浓烟说："你就知道说，你有本事先回家把你老爸整了再说。"

符家干愣住，停顿了会儿，说："别说我不敢，那个老家伙早该换掉了。"

陈焕人轻蔑地看着他说："说得轻巧，换掉了好呀，由你回去当队长试试。"

符家干无趣地闭嘴。他不是没想过这事，但他没勇气去当这个队长，村里看着他长大的人不看好他，他深知多数村民信不过他。

驻符家干腊石四队的工作队队员是个农村青年小莫，在符家干父亲符国亲老队长面前说话都不敢大声。小莫自知四队这次养萍出现私自卖萍的事跟符国亲关系重大，先主动在会上做了检讨。陈祥广厉声地批评道："知情不报不制止，是你失职！"小莫吓得抬不起头。

说起符家干老爸符国亲，人民公社成立起就当了腊石四队生产队的队长，属三朝元老级队长。搞生产他自有一番主张见地，所以腊石四队社员的日子相对别村来讲要过得好点，生活相对好过一些。

符国亲老队长大公无私、做事公道、热爱集体，尤其关心群众的生活和冷暖，在群众中威信极高，社员群众不管他年岁有多大，都信赖拥护他，坚持由他一直当带头人。

这次腊石四队养红萍同样大获成功，他们腊石队在得知大队和工作组要巡查养萍了，提前几天就布置人员将大部分红萍连夜捞起，悄悄挑道藤岭镇上，当饲料卖给当地的兵团农场的养猪场，赚了一笔不小的收入。剩下小部分的红萍，分给家家户户社员作为补贴养畜禽的饲料。

这大得人心的事，有点和上面对着干的意思，养萍必须先做早造肥料是上头的规定，他这头带错了，不仅不合时宜，影响也不好啊。

现在生产队种什么，养什么，收获了什么，如何处置，都必须按上边的指示办。自作主张是不可以的，是错误的。

符国亲队长本身参加巡查活动，当时走到他们队的养萍现场，他笑呵呵地说："我们队养萍算不错哦，可高产了，你们没看见红萍吧，我们早把它卖了，上面号召养萍真好，我们举双手赞同。不怕你们检查，我队就是这么干。"

众队长突然哇哇叫了几声："没想到呀，国亲你这老家伙真有一手！"

陈焕人跟符国亲走在一起，听他这么一说，不动声色地"哦"了一声说："卖了红萍？真新鲜的事。"

符国亲口气坚决："对，卖了！为什么不能卖？没偷没抢的，自养的，增加集体收入，大家都盼着年底多点分红呢。"

符家干生气地说："我怎么不知道？"符国亲说："让你知道大家不都喝西北风？"

符家干说："你个老不……的。"

陈焕人说："符老，你们队可以继续接着养，用备肥不迟。"

符国亲哈哈大笑，笑到须毛在嘴角跳动，说："那当然。"

陈祥广没吭声，但阴着脸，我猜他不会放过这事，这种风气长不得，要不全乱套，得刹住。

我心里纳闷，表面上看陈焕人对符家干并不亲看，但他是如何从一个大队民兵营长当上大队长的，知道的人确实不多。张奇乐吊着眼说："这点小事你没看出来？听说他的后台是公社书记黄天华，你不知道符大队长恨不能天天去给那位领导擦屁股！给他家洗尿桶！"

这家伙是如何知道这种事的？我和王桂花笑弯了腰。

这次讨论会，基本把各村需要批评教育的人员名单确定了下来。陈祥广说这意义非常重大，将会让坡岭的农村面貌焕然一新，促进农业生产更上一层楼。

大草坡村的工作队队员老龙当场讨论时，面露为难色，他说："我跟我村的养萍的人都签了责任书，养好萍不再批评他们……又没想好要拉什么人担责任，你说怎么办？"

符家干不以为然地说："你真是死脑筋，有什么不好办的？对他们讲什么责任书！直接批评就是了。"

陈焕人说："还不至于胡乱到这程度，讲话不算话，签了的东西不算数，你工作队能服人吗？"

陈祥广不同意陈焕人说的，他说："那你六队可以换另外一个方式嘛，就叫他们在台下站着，对他们时时都不能缺失批判教育的警示作用。"

腊石村的小莫这下为难死了，他弱弱地说："我村怎么办？让谁上台接受批评呢？"

"怎么没人？"符家干大义灭亲一声吼，"就把那老家伙拉上台，别担心，到时我叫民兵把他弄上去。"符家干的吼声震落了房梁上的一挂蜘蛛网，网上的蜘蛛掉在地上蹦跶，他就上前一脚踩死了它。

陈祥广瞅眼陈焕人，似乎在征求他的意见。陈焕人把脸转开，哼了下鼻子说："你们就等着如何收拾这场面吧，我可是把话撂这了，整出问题来，你们去收拾，到时别说我无言在先。"

你撂的话有什么用！陈祥广想，他不表态，谋虑在心，脸上是天塌不下来的满意微笑。陈祥广无法理解，让这种人当支书，这工作还如何干得下去？他同样无可奈何地哼嘿两下。

不用说，也许这时的王桂花比小莫，比张奇乐，比所有人都更加难受，她无法作为工作队队员此时必须做出表态和决定。

她不想把自己的"三同户"胡姑平拉上台批评。无论从哪种角度讲，她都过不了情感的那道坎，身为光荣闪亮的工作队队员，一个她天天住宿的户主，情同一家人，不说有权同情保护他们，却被形同出卖，或者说无奈，忽然一下被拉上台批评，成为大家的笑柄。而她却要大义灭亲，无法说出哪怕是一句同情的话，此后还要住在一起，天天去面对这留下的可能无时不在的阴影。人家难不成会骂这工作队队员没用？

王桂花为把谁送上去开始动脑子，为此要了点小聪明，一时觉得把那个蔫猫队长拎上去更合适。她一经说出，这想法可代替了胡姑平的可能性，但她的小聪明还没说完，就遭到了领导们的看破和一致反对。

众所周知，她队的胡姑平事实摆在那，打着灯笼不必找了，肯定属于被批评的不二人选。作为王桂花的"三同户"，胡姑平绝对属于陈祥广总结出的那种人物。会上王桂花没有第一时间点名揪胡姑平，陈祥广不满意，甚至批评她："你一个工作队队员，觉悟怎么这么低，要向大队长符家干学习嘛。"

王桂花气得花容通红，回话道："他是大队长，我没他那么高的觉悟。"

张奇乐不怕，上前帮腔："大队长谁学得上啊，要比得上，这大队长还让他来当？"

会后他安慰王桂花："大不了到时换另一家住下。"

王桂花说："换什么换，换哪去？都在一个村里，大家低头不见抬头见，端着饭碗擦着边，我难为情你们不知道。这样不是故意搞我吗，我都不想干了。"

张奇乐说："怕什么，那就换个村子，我跟你对换。"

王桂花说："你说了不算。我都不用想，胡姑平被批评，她今后怎么看我待我，社员群众怎么看我……我难死了奇乐，你给我想想办法啊。"她深深地叹了口气。

如果说王桂花最为难了也不准确，我难道就不比她难吗？按讨论会上的说法，其他村如果无缘无故挑不担责任的人选，最后怎么也要拉一个人上去，这是死任务硬指标。我村养红萍失败不全是钟欢美的原因，她没过错，就算她有过错，我也不能把她拉上去，那么找谁顶上去呢？一时想不出人来，我有些急了。

第十八章

　　冯小华端了饭菜去招待所伙房炒热，时间大约花了二十分钟，等端回于弘毅住处又过了五分钟，邢局长还干坐在小客厅的椅子上，等着于弘毅走出单间卧房。冯小华看他受了冷落，不知发生了什么，她打圆场道："反正已是吃饭时间，不如跟于书记一起吃了再走，有什么事你们边吃边聊。"饭菜经过加热，重新冒出了香气。冯小华进里间叫出于弘毅。

　　于弘毅终于走了出来，揉着眼睛说："邢局长让你久等了，我等了你一个下午，你等我二十分钟，时间上你不亏啊。"

　　邢祖旺听出了话外之音，他为自己的大意疏忽、怠慢领导的行为后悔不迭，进而满脸谄笑道："于书记，对不起，实在是脱不开身啊，这穷县财神不好当！"他这话不假。但县财政局局长管钱财的位子，谁不想撞破头去坐呢？

　　老实说，邢祖旺这也是第一次上门找书记说话，而且是人家领导叫他过来的。他走场面是不是过于自负了，或者说习惯了那些找他批钱的各级人员的讨好奉承，而得意过头忘记了谁让他来当这个局长的。邢祖旺猜不透书记为啥找他，反正不会是小事，但凭他的直觉，除了最近财政上的事，不会有别的什么了。

　　于弘毅笑着说："我们县的这个家还是我来当的，你不过是个管钱的掌柜，钱多钱少的问题我比你操心多了，我心中有数。好了，先一起吃饭，这饭菜不错，量够了，我一人吃不了，有你一起吃就不浪费，就算是剩菜剩饭，你大局长不会嫌这不好吃吧？"

　　邢祖旺一下子有些沉不住气了，他的心思一点都不在饭菜上，又不好说不吃，很难拒绝这顿饭。

18

文子心，草子园村的老地主婆，人朽肉干的哪经得起折腾，是不能让她顶上去的。她儿子庞朝东和村里疏散户老甘的女儿甘春子已被抽调去参加公社农田整治大会战。人不在家，人要在家，不是不可以把庞朝东这个地主儿子拉上去顶替的，凑个数总可以吧。我不知为啥这么想。

那个庞其老师算是个隐瞒富农出身，被遣送回乡的人，他跟富农分子应该有点区别。搞不清心里是怎么想的，说实话我对他尚存几分怜悯和敬重，毕竟是当过院校老师的人，我不知如何更准确地评定他的身份。只是他这次在我村养红萍的问题上过多出现的言行，引起的关注度高了。

没有了合适的人选，我想了半天，头快想破时，要想顶上去的身影在我脑海里一闪而过，我被自己的想法吓了一大跳。

由于确定不下上台接受批评的人选，我在讨论会上说，我村上台的人就定钟欢美。有人问为什么，她是谁。

我冷冷地说："她是劳改犯的老婆……"

我这是在撒谎。这种事必须回去跟庞成地商量才能确定下来，跟庞成地商量就等于把这事透出去了，可是我看这事，一起开会的人很难做到不透风，我可能不是第一个透风的人。

回村里后，庞成地在晚上临睡前就问我："你们是开什么会呀？听说放了民兵岗哨。"

我正想找个合适的机会与他商量这事，就说："我早想给你说这事呢。"

"啥事？"他到我厅堂睡床前坐下，看着我说，"就知道不是正常的事。"

我说:"别大惊小怪,哪有不正常?"接着问,"力超和多叶睡了?"

庞成地说:"早呢,他们不在房间里,什么事嘛,怕人听见?"

我一股脑儿地把这事说了,为难的考虑溢于言表。

没想到庞成地反应出奇地快,好像他心里早就备着了。他说:"就定庞其,他这人不安分,不知道自己脚长盖不了短被子。"

我说:"你说清楚点,为什么是他?"

他说:"钟欢美把萍养烂了,跟他关系大呢,一天到晚跟那婆娘混在一起,他不从中搞鬼才怪。"

幸亏我是了解实情的人,他这是无生中有。我再次惊讶他的想象力,一个老农,他哪来这般的想象力?说轻了,这不是搬弄是非是什么?事实是钟欢美养烂红萍,跟他庞成地不当一回事、不支持买防病杀虫农药和化肥有直接关系。只能说他在找借口推脱自己的责任。

我说:"庞其老师不是那种人,我还想接着养红萍,就让他去负责,跟六队大草坡村学习签责任书。庞其他本事大着呢,你不能那样看他,我们要充分利用他的才能和知识为我们养红萍,团结一切可以团结的力量,把生产搞上去。"

我这次对庞其的看法发生了根本转变。不为别的,就认为他是个农学院的老师有这个本事,而且符合陈祥广总结的六队经验人选。

我故意试探地问庞成地:"我相信庞其能为我们养好萍,不如让钟欢美去接受批评,这也不是什么坏事,她养萍失败不应受到点罚?"

庞成地急了说:"你这是乱搞!我敢保证钟欢美受冤了肯

定想不通，万一去寻死怎么办，丢下小儿和老母有你们好看的。"

他倒吓起我来了。这就是他的内心，可能他自己觉得最终的本意我没想得好，我说："那你说庞其搞鬼，破坏养萍的事没落实吧，有事实证据吗？别搞出个栽赃来哦。"

他怔了怔，嘿嘿笑着说："他不去顶上谁来顶？你说叫谁去顶这种事？给他扣点脏才能找借口，我还从来没有这么对待过我这个庞其兄弟，没办法呀。你要不想上报他，我去找陈组长说，这事就这么定了。"

"定什么呀？爸，你乱来。"庞多叶突然从房间内走出，我和庞成地没想到她会在里面，她说，"他们两人都不能那么定，这是冤枉好人。"

庞成地不管他女儿说的，径直回房睡觉去了。庞多叶追进去："爸，你不能这么做。"庞成地嘀咕："去去去！丫头片子懂什么，我就是看不惯他的德性。"

明白了，庞其有什么德性？

他说这个"他"显然是指庞其。庞其什么德性那么令他记恨着，跟钟欢美相好？或是……我听得清楚，真的想不起还有什么。庞多叶从父亲房内走出，她生气地出去，我和庞成地没去理她。

半个小时后，庞其出现在我的煤油灯前。他的表情轻松，出乎我的意料。

大门没关，他没吭一声就急匆匆地进来。黑暗的灯光中，他很淡然笃定地说："多叶给我说了，老王，千万别拉钟欢美上那种地方，她受不了那种场面，对她是雪上加霜。都是我的错，我教她把萍养死了，我愿意戴罪立功，重新把萍养好，把我拉上去，我不怕，在农学院早就习惯了这种场面。"

庞成地在房屋里面听见了我们说的，他禁不住嚷嚷："你

144

看你看，自己都承认了不是？"

这一夜害得我通宵失眠，辗转反侧，他们好像都没有错，难道是我错了？这种事为什么要如此折腾，弄得我心好累啊。

第二天，我照常出工，无精打采地参加队里的冬季整治农田的活。那片要整治的田原先是山坡下的一片洼地，去年遇上旱天刚被改造成了稻田，这种扩大面积的生田没种成熟前，到了生长季，地下未除干净的芦根芒茎杂草等水生植物会顽强冒出。因此，前期翻泥除杂必须进行，干这活极其累人。

庞成地等两人驶牛犁田，其他人则锄耙并进，每个人浑身被泥水和汗水湿透。

我自告奋勇地跟庞成地学犁田，一脚深一脚浅地跋涉在水田里，浑身溅满了泥水，脸成了花脸，由他手把手教我如何驭犁使牛。

轮到放手让我上时，他有了工夫挖苦我："你看你，真笨啊！手扶着犁放松点咯，你看你那紧张样，青年哥识吃不识做，比牛还笨死了。算咯，这样的工不是你这种人干得了的！"

我犁出的田垄确实歪歪扭扭，不如他们犁出的笔直，翻起的泥土整齐条块。但是我带头把自己当成个劳动力，我看到了自己的形象，这形象决心要跟社员们比一比，任由庞成地说去。

庞成地有意让我累着，不叫我休息，喋喋不休个没完。他还："说你以为犁田这碗饭好吃吗？谁逼你来做农？自找苦吃。做啥要有做啥的样、做啥的命，你不是这个命咧。"

他有些折磨我，故意取笑我不知做农苦的意思。那又怎么样？我正是甘于这样的折磨，才不怕这种苦，说犁田不好学，苦，我偏要学，而且努力超过他。

这天的劳动比平时更苦更累，我晚饭都不想吃了。庞成地幸灾乐祸地说："知道做农人的苦不？学啥不好学做农，不中用，找苦吃！"

收工后我累瘫了，拖着一身泥水走向草子园村的那口田边的水井，此刻我想躺在水井冰冷的石板上，闭上眼睛，或累死或胡想由它去了。

夕阳照出片片紫红色的云霞，吹拂过田园的晚风时缓时急，耳旁仿佛听见了泉水的叮咚，清冷的一股子悲苦顷刻涌上心头，分不清缘故，我不禁潸然泪下。我这是怎么了，从来没有过的苦楚浪头情不自禁地超脱肉体，一次次地冲击心岸。

村里乡亲们陆续来水井挑水，他们看见了一个累得趴下的我，像睡着了，不会看到我为什么流泪，更多人是意味深长地微笑。

"你看这老王，这回知道做农有什么好了，工作队带头做工，做做样子可以，一天半会儿就累成了这样子……"背后他们说什么的都有。我想取笑一下自己，我不得不承认，带个头来他个几天几月可以，要长年这么下去，岂不难活了。群众的眼睛是雪亮的，他们什么都看得清。

我第一次躺倒在这凉爽的乡村石板上，仰望着无垠的天空，从此再也忘不掉这口草子园村的水井。说好听的是水井，其实那口井就是村边稻田旁的一个石坑，一边近着稻田，一边靠着土石坡，全村人就这样天天吃着它甘甜清冽的泉水。

石坑里的浅水齐腰深，水底的石缝里长年涌出甘泉，小鱼游动，溢满水的石坑边围着砌上了一圈石埂，地面铺上石块石条，挑水的只要蹲下，将水桶往水坑中下摁，桶底砸碎清澈的水镜面，一对装满水的木桶就可上肩膀了。

自从我来到草子园村，每晚不管刮风下雨，也不管有多晚，只要是洗漱，我必来这口井。井水养育着我，见证了我在这儿的成长，让我跟这乡村里的山山水水有了永远割舍不断的水土机缘和往后离去的思念。每次外出和收工归来，水井总是用它的清冽为我洗去一天的劳累，用它的甘甜滋润我的心田。

我就那么躺到夜幕降临，庞多叶这时寻我，来到水井边上，她肩头挑着一担水桶。"王哥，我知道你在这，回家吃饭了，饭我给你热着呢。"汪黄同志紧随其后。

"不吃，不饿，给汪黄同志吃。"我对汪黄同志说，它不停摇尾表示不同意，连它都不信这话。

"想什么来着？连饭都不想吃了。起来，把衣服脱了，我先给你洗干净。"她上前麻利地动手解开我的衣服纽扣。我顺从地爬了起来，也许是饿得慌，眼前闪现一阵阵金星，闭眼松腰，头软失衡，竟支持不住扑到庞多叶的腰肢上。

她没有推开我，顺势抱住我的头，说："头发乱得像鸡窝，脸上都是泥汗，酸臭呢，快洗洗。"

这是我第一接触到姑娘的腰，那么柔软那么温婉，我头脑一阵发热，脸泛起热血，双手不听使唤地把她的腰搂得更紧，脸埋得更深。

我想不清这是为什么。她喘着气，似乎有些哽咽，她下颌顶在我的头上，手抚摸我的脸，说："王哥，快洗吧，咱回家吃饭。"她为啥哭了，我没想太多。

我几乎在那瞬间来了一股劲，站起身子，快速褪光衣裤，不可思议地纵身跃进石坑井，就像一根圆木扔出去，摔入水中，激起水波迸发，水花四溅。跳进水井时扑通炸开的响声，穿过寂寥的田野，让田野来了一回任性的欢笑。

近乎失去控制的忘情任性一跳，博得她发出难得的惊笑，她急忙叫道："快上来！快点上来！这是人吃喝的水，给人看到了不好。"

我发出大声的狂笑。我知道,我这身脏将被这泉水洗净,泉水溢满石坑井后,将慢慢流出脏水,像换水一样留下新的干净水,我已到了为自己的不文明行为找借口的地步。

我不止一次想,可能村里早有人这么干过。也许村人们在井边洗刷各种各样的东西,吃着它的水滋润着生命,只想到这井的功能,还想到泉水溢满后会自动流出灌溉稻田,滋养着一切。井的天然活水总是留不住任何旧的东西,像惶惶流失的匆匆岁月。

这井的世界就是人生世界,我以这种方式爱着这井,苦累着哭完,然后扑进它的怀里,沉浸其中。

庞多叶挑着一担水回家,我重新穿上那身她给我洗过的湿衣服,跟在她身后。

我说让我来,她说不用,我跟在她后面就行了。我问为什么,她说:"有你在,我妈就不会出来说我这么晚还挑水,我想我妈时,晚上出来挑水就能见到她。"

"你妈?"我问。

她断断续续地说:"我妈生我那年就是这么晚出来挑水,然后一病不起……"她情绪低落没有接着说下去。我也不再细问,知道她心里苦。我没想到会发生了什么,可能已经发生了什么我不知道。

我跟着她回家,仿佛听到了她内心的乡谣,里面的苦总是包含着太多的内容。

第十九章

邢祖旺无奈地端起饭碗，尽量显得受宠若惊的样子说："不好意思，来晚了赶在你的饭点上，谢谢书记请我吃饭。"

于弘毅像所有年轻人那样，消化能力强，肚子已饿了，面对农村百姓桌子上不常见的热菜香肉，尽管是冯贵中午叫招待所加菜送上来没吃，他也舍不得倒掉浪费了，他觉得香啊！这个香比他在兵团农场时的饭香多了，比他在水利工地的饭菜就更香了。他已迫不及待想吃个痛快。

于弘毅不理邢祖旺，自顾吃他的，他是啥意思呢？让邢祖旺自个儿先反思？让他自个儿先说出他要听的话？

邢祖旺在无语无言的气氛中真的有些急了，勉强地咽下一口饭，他问："书记你今天找我来不是为了吃饭吧？"言下之意，就是想让于弘毅说出缘由。

于弘毅不看邢祖旺，虽然他的眼睛不看人，心却在不分远近地看着人，对财政局这全县钱柜子和这个重要位子上的主要领导人，他的关注度从来就没有放松过。尤其在当下全县正在掀起轰轰烈烈建设的高潮中，吃饭穷财政资金如何合理分配，虽然县的领导会议已做过计划讨论，但具体落实到审批执行上，仍然存在不少问题。这次水利兵团的溪子河工地经费没能及时划拨，而且每次总是拖延，已经在许多工程和人心上产生了负面影响，这里面的客观因素不说，人为的因素肯定也不少。他就是这么想的。

于弘毅没有分工其他领导来分管财政，不言自明当然是他主管了。关于这点，也许邢局长领会得不够透彻，他向于弘毅请示报告太少，重大问题上可能犯糊涂。没有言明分管财政的领导，并不等于所有领导都可以随意伸手向财政批款。

到底是为什么，难道你邢祖旺不主动给我说清楚，在那里揣着明白装糊涂，难道是不想干了？于弘毅多少天来就是这么想着这个问题。

19

大队的那场大会放在当天下午召开，大会地点选在大队部旁边的土坡戏台。整个会场布置只打了个横幅，横幅上写"坡岭大队农业大干快上红萍养殖总结表彰大会"，只字未出现其他什么字眼，但在大会筹备中，对那些但责任的人如何进行批评教育，会前都一一做了周密的安排。

中午饭后，各队的社员被安排往土戏台这边集合，有的队是集中排队过来的，六队老龙发扬部队好传统，他集合生产队里的所有人，还点名叫人头，不漏一个。好笑的是他吹哨子，喊着一二三的步伐，像在部队上操，搞得村民们嘻嘻哈哈的，队伍稀稀拉拉到了会场，他又一番立正稍息，把队形整得有模有样。

陈祥广要求所有生产队都向六队学习，以村为单位把队伍调整好。台上只有几张桌子供几个领导就座，没有扩音喇叭，一张桌子摆前台作为发言用。

符家干准备了个纸喇叭，喇叭声音就没停过。他是最辛苦且得力的组织者，很多时间都站在戏台上的发言桌前，指挥喊话声音都哑了。

符家干为开会主持人，先由陈祥广做总结性发言，陈焕人宣读大队养萍获奖生产队名单和进行补充性讲话。获奖生产队第一名为老龙的大草坡六队，第二名为叶金妙的三队，第三名是七队。七队队长对三队获第二名心生不服，他认为不公平，他们队养的萍比三队好得多，规模也比三队大不少，但陈祥广就指点三队，理由是三队精养，为创高产提供了宝贵经验。

后面听说只以精神奖为主，不搞物资刺激，奖品是一张奖状，他就不再吭声了。陈焕人接下的补充性发言事先没有安排，这是陈祥广担心他讲话会跑题。

没想到他讲的补充真的跑题了，提前说出接下来的大会要对养萍失败的村的主要责任人进行批评惩罚，还说大队其实不愿意这么做，这样做完全出于爱护我们的干部队长和社员群众，希望干部群众理解，让大家因一切皆云云，越说越离谱。下面的社员群众立马嗡嗡起来。

陈祥广听着不是个滋味，他给符家干使眼色，让符家干结束他的讲话。符家干走上前，在陈焕人耳边说了几句，他摆手表示知道了。

接下来就开始提人上台，开展批评教育。

谁都没有想到第一个被点名上台的是符家干的老爸。他四队红萍养得好，但私下卖红萍，说严重点事乱搞影响了早造生产的统一安排，破坏了以粮为纲的方针，胆敢藐视与挑战大队和工作队的权威，这种风气不允许长，枪打出头鸟，他必须理所当然地受到的批评教育。这是陈祥广定下的结论。第一个被批的人具有针对性，陈祥广很看重这点。

符家干在台上喊道："听着，请腊石四队的符国亲队长上台来！"那喊声音吓掉旁边一棵小凤凰树上的几多碎叶，几粒碎叶轻飞，那无法看清的小叶子缓缓下落，一点小风都能吹走它。

可能大家都听到了他用了个"请"字，站后台候用的民兵便下台去提人。

也许突然让符国亲队长上台，不知下一个会是谁，会场局面骤然紧张起来，吵嚷热闹如买卖市场的台下马上恢复了平静。没有人想到符国亲队长会上台接受批评教育，他本身就是响当当的生产队队长，儿子又是大队长，再怎么样，第一个上台的也不应该是他这种人。所以，台下的目光齐刷刷地扫过他们村来开会的队伍，希望看到什么，出现什么的热切目的空前高涨。

符国亲就站在他们村队伍的前面，他挺直腰，揸手对来到身边的青年民兵高调地说："用得着你们来请我吗？是符家干这臭小子是请我上台，滚开！老子我上去，看你们能把我怎样？"

因为腊石村找不到准备批评符国亲的发言人，怕看到村民的不好脸色，最害怕村民吃了他，宁愿自己受工作队处分，驻村的工作队员小莫唯唯诺诺的也不敢上台。他说他上台不知如说什么。

事先这个环节没有安排好，这事最终只好由符家干来做，从而出演了一场开局控制不了的父子激烈对抗的辩论场面。

他用纸喇叭问，让所有人能听得清楚："你知道你错在哪吗？"

"我没做错什么，你说我错了，那你就指出来啊。"

……

这直接开成了辩论会，你一句我一言地来回，势必适得其反。

陈祥广始料未及，他立刻发声制止，站起来说："符国亲队长顽固不化，自搞一套倒卖红萍……让他下去反省，什么时候改正错误，什么时候就不再批评教育他！"

教育不了符国亲，陈祥广这般找台阶下，陈焕人在一边嗤嗤偷笑不止。

符国亲队长扬着头走下台，村民中出现一片哄笑声，台下人群嗡嗡雷动。

符家干长吁一口气，如释重负，他接着大声喊："好了，好了！下面，请田仔村二队的、人称作'精脚嫂'的胡姑平上来！"

"哇……是她，就是她咯。"台下轰然，小凤凰树的碎叶飘落满地，落在地上滚出零乱的图案。胡姑平肯定不知道轮到的人是她，突如其来的点名上台吓得她差点尿裤子，双脚刚站直又往下瘫软，她伸出手想抓什么扶持住，什么也没有，抓空了。

一个农家妇哪经过这种场面，被两民兵拉着上台时，天都快垮了，她不停地叫唤，几乎是被拖着上去的，她转眼四处寻找住在她家里的王桂花。"桂花，桂花呀，他们这是干啥？你给说说，说说啊桂花！"

这时的王桂花就站在后台，她在几天前就被陈祥广逼着上台批评胡姑平。陈祥广说："如果你不敢对她养萍失败的事进行批评教育，你这工作队队员的身份还称职吗？胡姑平是你的'三同户'，你更要铁面无私，那样在群众中才有威信，你的工作才更好开展。如果你不发言，我将处分你。"

王桂花听见了"精脚嫂"可怜无助的叫唤，她背过身体，眼角潮红，躲避别人的视线。她现在最想大声哭，然后见谁就骂谁。

胡姑平被拉上台站稳后，符家干故意高声说："你们看看，看看她就是天天往自由市场挑去一担担菜并偷卖的'精脚嫂'。她出勤不出力，偷公家的化肥农药，把生产队的红萍养死，把自己的自留地养肥，发家致富……"

符家干的话一句接着一句，极尽刻薄地说，他在台上已代替王桂花发言了，王桂花看前后没人注意她，忙跑掉躲开，她决意不上台发言。

讲了半天的符家干，转眼发现接着应发言的王桂花不见了，他急得跳脚，快速把现场扫视了一边，到处都没看到王桂花。

陈祥广也看了眼四周没见到王桂花的影子，气得挥手道："好了好了，你叫胡姑平在台上挑着菜担子游一圈表演，完了就下去。"

符家口干舌燥地苦着脸，该说的都说完了，他把恼气撒在"精脚嫂"身上，吼道："挑担子游圈呀，游完了就下去！"

"精脚嫂"肩上挑着菜担子，踮脚跟步子发虚地在台上走了一圈，然后一脸涨红就下去了。

待胡姑平下去之后，符家干侧身对台下接着喊道："大家听好了，下一个是光坡村一队好吃懒做的阿老屁、么狗子，现在请他们上来！"

阿老屁，老光棍一个，么狗子是跟他混一起的同村的青年，他俩是一条绳子上的蚂蚱，混迹乡场，符家干这场合本应正儿八经有名有姓地点名，反故意喊其绰号。

阿老屁几年前捕蛇卖蛇做公道（吃喝），钻山挖洞，磕断了两颗大门牙，说话漏风走调，他和么狗子一副死猪不怕开水烫的样子，竟敢玩起勾肩搭背上台的姿态。这一老一少真是目中无人、胆大妄为哦！

村人哄笑过半，估计那些民兵看他俩不成样好欺负，赶上前拿绳子要绑他们。张奇乐瞪眼阻止道："谁叫你们乱绑人，你们就知道绑人，闪开！"

民兵退走，张奇乐跳上台，他是一队理所当然的发言人。

他的发言显得与众不同，没有多少内容是批评教育的，只介绍了那两人的"罪过"，简短的话大都讲村里要接着养萍，积肥备耕，让大家要团结共同奋斗，不把田种好，不丰收，誓不收兵。

后面的几句话我听得很清楚，他说："你们两个回去，我给你们的任务是：村里和坡上的各种牛屎猪屎……凡是可以当化肥用的，阿老屁负责天天积下这些当粪肥的臭屎，队里给你按量记分；村里五保户卢爷和军烈属方奶奶的食水问题，么狗子你负责每天给挑，队里给你记工分，一担水一个工分，并负责帮他们打扫家里的卫生。你们能不能做到？如果做不到，我在这里接着批评教育你们。你们听清楚了吗？"

这两人连忙点头哈腰，表示能够做到。

一阵欢声笑语中，轮到我村的庞其上台亮相了。可是符家干喊叫了半天，就是不见庞其的影子。

在我村的社员群众队伍里，我装模作样地转头找他。

其实，庞其根本就没来，他在来的半路上借口解手溜了。

这是我和庞其事先商量好的，连庞成地我都没让他知道。我让庞其先躲避到那个叫"深田窟"的地方，做养红萍的准备，那是一个养萍的绝佳之地，也是一个充满恐怖传说的地方。

无可奈何，我村庞其跑了。我瞥见陈祥广失望的眼神，陈焕人哼都没哼一声，符家干说："下次我派民兵绑他，看他往哪跑。"他的声音有些哑了，继续说，"下一个，请九队的亚仲子上来，请不动就把他绑上来，这人要绑紧他。"他还真的害怕这家伙对他不明不白来那么一下，特别说要绑紧。

绰号"蛮牛头"的亚仲子，二十多岁，是这次唯一要上台但是跟养红萍没关系的人物。他属于陈祥广总结的那类"破罐破摔"人，好打架斗殴，一言不合便打个鼻青脸肿，没人敢惹他，此人慢慢就成了横行乡里的混混。

大会揪出这号人来树立起一个坏典型，那也是有极大警示作用的，村里想看热闹的人多了去，被他欺负过的人更是拍手称快，同情他的人少之又少。

他像只作恶的"老虎"被煞了威风，被摸了不可一世的屁股。

他村的那个工作队员小许，似骑骏马脚跨旋风上台，算新旧账，把亚仲子过去做的一些不好的陈芝麻烂谷子的事全部抖了出来。他被民兵摁着跪下，小许把他从后背提起来，像电影《地道战》中后面的某个拎鬼子的镜头，说道："就让广大人民群众认识你的这张脸！"亚仲子瞪大的双眼被逼成了牛眼，仰着头目空一切。

在台上亚仲子没了老虎的威，很快像个病牛泄了气。旁村的一个受过他欺负的青年跑上台来，想像过去斗地主似的动手打他，他的眼立刻变成金鱼眼狠狠地瞪着那青年，躲过青年掴的一巴掌，手给绑着，可脚却朝那青年的胯下猛然一踢，那青年痛得倒地，爬起来又上去抢拳，场面几乎弄成了表演打闹剧。

看到这场面，符家干忙叫唤着把俩人捆在一起。

那青年立刻鼠窜般跑开，边跑边喊道："凭啥绑我？"说完很快没了影儿。

会没开完，我无心再待下去了，向陈祥广借口说是去抓庞其，离开了会场直奔草子园村叫"深田窟"的那个地方。庞其跟我约好在那见面。

转身离开前，陈祥广说道："你的任务重呢，必须尽快把我们这次的大会实况和精神上报公社和工作团，要总结出材料，直接汇报给县里农业总指挥部，要让于弘毅书记知道这事，知道我们开展的工作……"

第二十章

邢祖旺终于意识到，他此时必须主动向于弘毅讲清楚溪子河水利工程经费划拨的问题。此时他的眼里出现了一个沉稳干练、年轻有作为的领导形象，这人并不像副书记陈然与他所说的那样，年轻、闯劲大、火候不够，随时都要被调走……他心头开始发虚，苦于场面上的判断错误。

"于书记，我向你做检讨，我知道溪子河兵团水利工程是你抓的点，没有及时下拨工程经费造成了影响，但县财政的困难你不是不知道。"邢祖旺想强调客观原因，如何甩掉自己的过失他都想好了。

"邢局长，是谁抓的点不重要，重要的是工程水利的经费是经县委领导集体讨论、计划做出的，已下传你财政局，你财政局在执行上出现偏向，难道可以强调所谓的什么理由吗？"于弘毅目光炯炯地说。他认真地看了邢祖旺一眼，你继续解释，有用吗？

邢祖旺放下手中的饭碗，他也没有心思再吃饭了，嘴唇说话有所发紧，实话实说道："溪子河水利工程的一半经费，暂时划拨给了枫林洋农田整治开荒大会战，那是陈然副书记抓的点，是他要求我这么做的。"邢祖旺开始甩锅，撇清自己，这么说是否妥当，他没有想好，满脸通红显得有些扭曲。

于弘毅最终明白了陈然的用意，他在邢祖旺面前不说陈然半个字，只意味深长地说："邢局长，溪子河水利工程和枫林洋农田整治如果干不好，你我都是雨林县人民的罪人！"然后丢给他一个侧脸，"你回去好好掂量掂量。"

邢祖旺在心里直骂陈然，做个好人真难！我现在左右不是人，要成罪人了。

20

庞其带我去过"深田窟"那地方，它在草子园村的北边，大约走了二十分钟的山路，穿过两座长长的荒山坡，到了一个山头边上。极目眺望，可以看到两山坳之间坦露出片片的水面，水面散落着几个大小不一如补丁般的滩涂，沿岸丛丛芒草芦花被风吹得沙沙响，野山上遍长层次多样的深绿雨林，走近水岸，惊起野鸭和鹭鸟群。这里多为沼泽，沼泽中的水不深，却透着阴森森的气息。水里倒映着葱茏的林木，明镜般的水中，点缀其间的白色水菜花盛开，清澈的水下可见游鱼。

一株倒在水中的大枯树枝上，跃然而起一只鱼鹰，凄厉的鸣叫划破山谷的清寂。

我的心在那一刻紧缩起来，想起村里人说有关这地方的传闻，浑身没有来由地打了个冷战。新中国成立前，庞成地他爷爷见那水利条件好，就在水边上没日没夜地开垦出了三分地，稻谷子刚洒下，青苗没长成，人在淡淡上弦月那天下田引水，没人知道他为何失踪了。

合作化前，钟欢美家公、她丈夫生树他爹不信邪，他把这块丢荒搁下的地里那比人高的芦草尽数割掉，犁了地，稻子还没种下，人在某天也突然消失，未见尸骨。此后，没人再敢来这地方了，都说这沼泽"鬼"地吃人。

我找到了庞其。他说，这"鬼"地是上天送给草子园村养萍的风水宝地，红萍既是水稻的好肥料，又是喂猪的好饲料。一千斤红萍的有机肥效相当于十五斤化肥。庞其内行人说话的本色显露出来了。

庞其又说请我放心，他就吃住在这，一定为生产队养好这造萍，争创万斤高产田。

他随后在岸边的草地上动手搭建了个茅草寮子，一捆席子被褥，一口陶锅，半袋米（学院停发他的工资，生产队按工分给他分发的口粮），他现在的身份是农村公社社员了。

由于那沼泽湿地水面下深浅不一，养萍需要一艘小船施肥洒药，他便自行制作，从山上砍来四五株野芭蕉，用几根竹棍穿过，加野藤绑紧，推进水中，芭蕉船上就可站着个划桨的人了。

在"深田窟"让庞其躲着养萍的事不能不跟庞成地说，而他乐见其成。那些养好萍的生产队，现在都在抓紧时间放水犁田压萍，六队大草坡村的田就已压了两次萍，有的队少的也压过一次。我队养殖失败目前没萍压，除了暗下决心继续养好外，我把注意力重新放在原先田头堆积绿肥和村里集中收缴粪肥的工作上。

庞成地乐见我管的事越来越多，他轻松了许多，说我可以当队长了。我说他这是在捧杀我，他却说他是真的想把队长交给我干，让我就在这干一辈子。他话中有话，吓得我伸舌头，扎根农村一辈子，这是我不敢想的事。

"尖嘴户"纪月那天在山边割绿肥遇着我，看看前后没人，冷不丁地上前问我："老王，多叶姑娘不错，你住她家里就没点意思？"

这个正宗嘴尖，她听到了点风声就和我套近乎。我嫌她多管闲事搬弄是非，没理她。她追着我说："我知道你城里人看不上我们农村姑娘，不会在这待下去，可是甘蔗吃一节算一节嘛，那多叶姑娘多好啊。"

这是什么话？没安好心。我刚想发火，她笑眯眯地上前小声说："你再不抓紧，人家可是要飞咯。"我没正眼看她，也没把她的话当回事，径直走开了。

纪月的事一直没完，她这是自找上门。那天早上队里统一收集人牛粪尿，队里负责养牛的陈年仔把生产队的牛集中到离村不远的粪池边上，又一瘸一拐地背个藤箍圆口陶缸，放到那头叫黑子的公牛肚腹下接尿。

天天牧牛贴近牛屁股，他接牛尿捡牛粪可增记工分，养牛的他可占大了这个特权便宜，这也算是庞成地给他这户人的照顾。

别人没去想庞成地为什么要这么照顾陈年仔，听说陈年仔的老婆是他张罗介绍的，让陈年仔去养牛拾粪，去煮牛骨头也算是很大的照顾了，他说是照顾残疾人一家呢，我似乎也认可是这么回事。事后不相信的缘由是我听到了某些流言蜚语，那传闻传得有板有眼。

黑子毕竟是头年轻气旺的公牛，吃得多，拉得少，不拉则罢，一拉就拉一大泡，陈年仔很看好收它的粪肥。今早不管陈年仔如何循循善诱，黑子都不为所动，连个屁都没放。黑子不但没撒尿屙屎，还一脚把他的接尿陶缸踢翻，这时突然就往地上喷出一条闷臊浊黄的尿水。

陈年仔骂着畜生，举起拐棍抽黑子，拄拐腿一迈一迈地去提踢翻的陶缸。等他动作慢半拍，移动陶缸想去接牛尿时，一个尿桶不知什么时候早就把尿接着了。

一看是纪月，陈年仔说："你这人不要脸，我的牛尿怎么由你接。"

纪月刚才把自家舍不得用在自留地上的尿粪水由琴姐过完秤，正挑往队里的粪池倒，她看到黑子的这一幕，没多想便用空桶去接牛尿。这一整宿的牛尿少说也有个半桶吧，顺便用在自家的自留地上太好不过了。

她没看他难看的脸色，振振有词道："你的？你才不要脸呢，队里的牛你没少吃便宜，你吃得够多了（指他上次贪吃牛骨肉渣），我就不能接点臭牛尿？"

"还臭牛尿哩？"陈年仔毫不相让，他说，"我养牛积粪我吃什么便宜，你有才调子，啥时轮到你养，你来吃啊。"

纪月更加来火劲："老娘我今天就不信了，从今往后我天天来接牛尿牛屎，那牛尿牛屎什么时候姓陈了我才不来！"

陈年仔接不上这理，他招架不住纪月的话，想起目前队里征收各户农家肥，他家没种自留地，不必留用什么农家肥。但他家的人尿粪经常是添加了大量的水，更多时候在灶膛烧火后的草木灰中掺了土增加重量，才拿去过秤给生产队得工分。想到这，他灵机一动便来了个以己之心度别人之腹，信口雌黄道："纪月你这个臭货，我还不知道你往尿粪里添水吗？都让我看见了，你没少占生产队便宜呢。我不告发你不姓陈！"

纪月一听，心里虚了半边，嘴上立马软了下来。

她家烧饭草木灰大多留下自留地用，少量的确实掺了土交生产队，水肥同样这么做，往尿粪水肥掺水增加重量，是水是尿，掺多掺少，谁说得清。交给村里的水肥谁不掺水？这是人所共知的，但不说出则罢，说出来抓住谁那就是谁倒霉。

陈年仔胡说他看见了，乱喷乱打正中纪月的作弊七寸，是不是事实人家说看见了，闹起来，她真的说不清。"你告去，告给那个睡你老婆的人，我怕他？"她嘴真硬。

她这是直掏陈年仔的隐痛，以退为守，服软了就等于承认这是事实。到手的牛尿不能就此让出，接完牛尿，她不再应嘴，再顺手把黑子同时屙出的一大坨黑牛屎捧进尿桶里，甩了甩脏手走了。

陈年仔气歪鼻子，猛抽黑子一拐棍，指着骂："你个什么东西，我到老王那告你，你死定了。"

纪月老公长年哮喘，近来又长了大毒痈，有半年没下地干活了，少了一个人挣工分，她肯定为年终的集体分红发愁，天天想着如何多赚几个工分。

陈年仔真的把这事告到我那。

以往生产队收家家户户的水肥，我早就听说人们往水肥里掺水，交给队里过秤记工分的事，由于掺多掺少不好把握和认定，也没人认真去对待这事。

我代表工作队进村了，严格收缴各家粪肥备早造，对这事特别是有人举报了，我必须就此当回事，刹住这种损公肥私的行为。

如从纪月入手是顺着的事，但不能只听陈年仔所说，琴姐过秤纪月的水肥时她也分不清这种事。陈年仔说他看见纪月掺水了，但在哪看见、如何看见，他说得含含糊糊，我怀疑这证据不靠谱。

这个看法不过几天，当我出现在积绿肥地头时，琴姐突然对我说她不干了，让我另找人负责过秤的事。

我问为什么不干，她说就是不想干这活了。我又问她想干什么活。她说有合适的再干。我想，有合适的再干，生产队的活什么时候由着你挑了，如果都由着你，合适的才干，那别人也有样学样，岂不乱套了？

我说这活儿由她负责最合适，让她说说不想干的原因。

我想到前次她说的话，有人往割绿肥里添加砖石增加重量的事，她或许还知道了人们往水肥中大量添水增加重量的事，怕得罪人不肯说出是谁。她不说，我也不好拿证据，一定得逼她说出来。

眼下，不知道别村积绿肥是否停了，我队积绿肥的活儿还在继续。我想让整个山田畴的那几十亩水田边上全堆上绿肥，创造积肥惊人的第一，明年早造夏粮亩产第一，决不能因此而受干扰，必须努力去实现。

琴姐就是不肯说。我心里把那十个八个时断时续割绿肥的人一一排除，最有可能做手脚的人似乎已浮出。

我说："我知道你不想干的原因，是不是绿肥掺石头的人还在干这事，过秤水肥也有不好说的地方，你怕又不敢说是吧？"

她还是不肯说。我又说："你不敢揭露这种人，说明你跟她们有隐情，你再不说，我可把你揪到全村大会上说，行吗？"

她哇的一声痛哭流涕，呜咽道："我说了你千万别说是我说的呀，我家在这是外来户，不知要住到何年何月，我得罪不起村里人，你工作队一走，我就不得好死咧。"

不出所料。"说吧，琴姐，我给你做主。"我记不清当下自己是否还信誓旦旦地拍了胸，把胸膛拍得震天响，那是我能为她做主的保证。

她说纪月从一开始就带头做手脚，几乎每担绿肥都或多或少都加石头过秤，一起割绿肥的知道后，也有人学着样干这事。

另外，山上可割的绿肥越来越少了，好多树木给砍下树枝扯下叶子，不少山坡都被扒光了地衣，一些山头面貌形同人脑上的刺猬疤，他们采割的什么绿叶杂草藤蔓枝条都算绿肥。我开始担心这事的后果。

纪月的事终于有了头绪，但如何处置纪月，我觉得要坐实必须抓个现行。

第二十一章

第二天一大早，于弘毅起得很早，这是当领导后养成的习惯。他在招待所内小跑锻炼，稍作休息，提前来上班的冯小华随即给他递上毛巾擦汗，并关照他洗漱，早餐也已给他端上桌。望着桌子上的一小碗白粥和小碟的酸菜小鱼干，以及几个温热的包子和白馒头，他满足地笑了。真好，天天有这好吃的，口福了。

由此他想起在溪子河水利工地，由他领导倡头，县里组织起兵团水利大会战的那些来自农村的成千上万的青年奋斗者，众所周知的原因，他们在工地上的早餐大多只喝配酸菜的稀粥，平日能吃上大白面的馒头很少，包子就更少见到，工地的劳动强度和生活条件实在是令人不愿提及。

在工地蹲点，领导带头坚持跟大家同甘共苦，他能体会到这种生活的艰苦和建设的艰辛，他在农场当知青开荒种橡胶，早就吃过这般的苦。因此他总是想着要创造机会，代表雨林县人民好好感谢这些为雨林县大干快上，吃苦奉献，建设美好未来的人们。

他的使命感比任何时候都更重。

秘书小卢在他吃完早餐后到来，他让小卢去通知劳动局马万局长过来。小卢去了不到十分钟，像是跟着他返回，他身后的一辆崭新的凤凰牌自行车风风火火地赶到于弘毅的住处，从车子上做狗撒尿动作下来个中年男子，个子不高，红脸膛小眼睛，笑容可掬。

小卢迎上发出赞叹："哇，马局的新车漂亮哦。"

马万用食指竖嘴示意，小声说："今年全县就回三辆指标凭证，冯常委和邢局各一辆，我这是抢过来的，如果大秘书你喜欢，我明年给你搞一辆。"

小卢和马万一前一后走进小客厅，于弘毅同样没用正眼看马局长，也没有示意他坐下。稍息，于弘毅一反常态，他平添了一股子气，莫名失去了往日故作的沉稳，首先开口道："你这局长到哪去都有人请坐，今天在我这儿你就站着说话！"

马万对领导的任何召见总是及时赶到，他从来不敢怠慢，眼前仿佛迎面兜头浇了一盆冷水。他的脸更红了，说："书记，我有错你就批评，还是让我坐下给你汇报吧。"

"我没叫你来汇报，是让你今天来给我说清楚你的作为，太不像话了！全县人民群众在勒紧腰带，在辛辛苦苦发展经济建工厂，工厂还没建好，你竟然开始暗中倒卖进厂工人指标。"于弘毅实在是忍不住了，"小卢，你把那封检举信给他念一念！"

马万哪敢再坐下，最大的可能性坐下就是双腿发软了撑不住的时候。他吞吞吐吐地说："我……我做这事不全是我的责任，都是经请示主管领导老冯常委的……有他同意签名。"

"谁给你们的权力？"于弘毅气得差点爆脏话。

21

临近中午这天，我和庞成地商量好一起抓纪月的现行。

山间坡头没有一丝风，阳光普照的野地山林昏昏欲睡，知了不间断地发出麻木人神经的鸣叫，坡沟静寂如死去。这时那边走来个晃晃悠悠挑满担子绿叶的影子，她头戴斗笠，衣衫褴褛，浑身汗水湿透，肩头挂着一条脏兮兮的擦汗毛巾。

那人肩头两边的绿叶担子堆得比人高，缓缓地向前移动着。我问这挑担子的人是谁，琴姐指手说："纪月到了。"

我看过去，只看到她的人头向我们艰难地移动过来，呼哧呼哧的喘气声似乎都听得见。我想象得出她那瘦弱纤细的身体是多么辛苦，仿佛有担不起这重负随时倒下的可能。

在这一刹那，一丝恻隐之情油然生出，心头一热，我甚至想马上走开。想着查什么鬼，查出来就拿她当反面典型，是吧？然后再来个全村批评，她还受得了吗？我都怨起我自己来了，她多么不容易！

她气喘吁吁，汗流浃背，脸色苍白地挑担子到过秤点，用毛巾擦拭掉眉眼上的汗珠，这才发现我和庞成地都在这里，还有跟着屁股来的汪黄同志。

我问："纪月嫂，你今天割得不少，得有多少斤呐？"

"我知道你们想看什么，别听那些断子绝孙的臭嘴乱吐。"纪月狠狠地指着琴姐说，"快过来给我过秤，我掀开给他们看看是不是那回事。"

庞成地就近帮着琴姐过秤，说："树正不怕影子斜，你骂啥呢？"

纪月说："我骂那些干见不得人的事的那些人，我才不干那种事！"她当着我们的面，把过秤完的绿叶担子翻了个底朝天，搅得满地纷飞，"你们看，石头在哪？冤死我了，瞎了你的眼！"

我和庞成地好一阵尴尬。庞成地说："不是就好嘛。"

纪月说："我不像某些人，嘴上说得好听，背后尽干乱七八糟的事。"

庞成地说："你说谁呢？"

纪月说："谁做谁知道。"

这变成骂谁了，骂街吧，我多少也听出了点意思。

今天活该我们这样自讨没趣，我立刻想到了这事的蹊跷，她好像知道我们要来检查似的，是谁告诉她的？这事只有我和庞成地知道，庞成地告诉她是不可能的。琴姐想两边做好人，跟她说了，引起她的警觉，有可能吗？有这可能。但今天没检查出来，并不等于前天或后天就没有这事。我多少庆幸今天的查证结果。

想要结束这场猫捉老鼠的游戏，庞成地也许考虑过什么，认为没必要追究了，他说生产队发生这种事已经司空见惯。

想来没辙，我则像电影般玩起警犬追踪的天真把戏，要训练汪黄同志派上用场。

之后的几天时间里，我躲避在山坡上，拿出舍不得吃的一粒椰子糖，一点点嘎嘣咬下，当奖赏的物质刺激，暗中训练汪黄同志破案。嗅源来自过秤现场的与纪月家猪圈同样的砖块。如此这般地用土狗探案儿戏，我只觉得好玩且挺有意思。

这不过是一回天真无聊的儿戏罢了，就是为了减轻心中的那些迷茫和压力。

那天黄昏时人们还没有收工回来，训练完汪黄同志，我走回村子，经过陈年仔的家门。汪黄嗅着了地面的什么东西，尾随着那东西的味道，不听呼唤就是不走了，它不停地向我摇尾巴，我明白那肢体语言告诉我里面有情况。

我不加多想，便近前去看个究竟。先从小土窗看，没看清黑乎乎的里面，再从木条棚门往内探头也没动静，于是我就顺着挪步到伙房草寮子，那一幕吓我一跳。冷锅冷灶前堆放的稻草墩上，有两个人正坐在草堆前，似乎交头接耳地说着什么，我没听清，我不敢太靠近，怕被他们发现。

我偷看到了，草寮子洒进的光线足够照清那两个人，其中一人背对着我，但我还是认出了他，正是庞成地，另一个坐在他对面的是陈年仔那痴呆的老婆。我心里很奇怪，陈年仔那痴呆的老婆一直痴傻不知人事，庞成地能跟她说什么？

我心里正疑惑着，突然间，灶台上有个黑影子闪出跳下，似是发现了我的偷窥，踢翻了个空碗，碗哐当响，黑猫也发出尖利的报警叫声。

那是陈年仔的那只像幽灵般的大黑猫，听说陈年仔没舍得饭喂它，它靠吃老鼠鸟类和偷吃活着，活脱脱野猫和家猫的双重角色。有人说曾经看见陈年仔拴绳子，偷着训练它叼东西回家，颇近传奇。

我蹑手蹑脚逃也似的离开，捂嘴指点汪黄同志不让其出声。它这是把主人庞成地出卖了，该破的案没破，不该见着的事倒让我见着了，我脑子嗡嗡响，还不快点离开，生怕被人看到。

那一下，脑子清空后，我整个人都陷入了胡思乱想之中。

庞成地作为队长私下里去找陈年仔的老婆干什么，这事不像是一次两次了，他不怕事发后有影响吗？我当时想不通，虽然陈年仔的老婆是个痴傻的，但是基本的生活也能自理，他们能密谋什么事。

陈年仔难道跟他们串通好了？

清晨的第一缕阳光照着山村的上空，薄雾散去，我昨夜睡好了，起了个大早，就沿着村子转，看村民都在忙些啥。

上工前，他们三三两两地出门了。有的挑出一天的食水，有的在自留地上种的菜浇水。纪月家是村里为数不多的个体养猪户，就那么一头瘦骨嶙峋的散养猪，已经养了一年多，这猪像野猪一样经常掠食队里的地瓜地，人告到队长那都不管用，队长也怕她那张嘴，不敢也不想管这事。

村民说她不把猪圈着养，是故意这么做的。她在用尽可能收集的馊气冲天的泔水喂猪，我远远地就闻到这呛人的味。几声嘎嘎叫传出，她家小院子里冲出五只灰草鸭子，直奔水井边的稻田。

钟欢美家只养了一只掉毛老母鸡，没谷子吃，长久不见其抱窝生蛋，孩子等着个鸡蛋吃往往望眼欲穿。我看她这人太懒了，她自留地里就没种什么菜，一垅萝卜细小露出地面，几丛南瓜穿过杂草，葫芦瓜不搭架爬满地，野草已侵蚀那块小小的地方。

庞成地家有五六只跑地鸡，野放，而且自留地的菜长得不错，那全是庞多叶的操持功劳，他家在村里算是自留地管养最好住户的之一。

……

没见其遍地乱跑，晨饲家禽牲畜的热闹景象……冷清使我第一次注意到乡村的早晨极少听见此起彼伏的雄鸡报晓声，没有那种书上描写的鸡犬相鸣、牛哞羊咩的景观，这景观为什么不存在呢？我十分迷茫。

我觉得自己还没有融入乡村之中，乡亲们看我不过是个外来的有着权力的人，你看他们见到我，还在亲热地一口一个老王，不这么叫，又如何叫呢？我问过我自己，我真的想融入这乡村吗？想想都害怕。

我今天做出一个决定，搬出庞成地的家，去跟陈年仔搞"三同"。我不知道我为什么会在这个时候做出这样的选择，也许只是为了落实我先前的想法，这想法应含崇高精神，盖过了所有的胡思乱想，我想得很好。

庞成地说："你可想好了，他家的日子不好过哦，你跟着吃得消吗？"主意已定，我不想跟他讨论这个话题，总觉得他对这个问题有难隐之处。

下午，接到大队和工作组的通知，大队组织的流柴河筑坝水利工程告急。包含着各自的利益考量，各生产队抽调上工地的人在减少，已经造成工程赶不上春汛前完工的严峻局面。

大队资料员告知我，陈祥广着重指出我所在的草子园村

169

八队，配合派员上水利工地态度不端正，必须限期改正。

庞成地对这件事思想抵触很大，流柴河水利工地开工前，对大队分派上工地指标采取搪塞态度，只派几个弱劳力和半劳力去，我不同意他的做法，也没太当回事。

会计庞成春私下跟我说："你知道庞队长为什么不积极？那个流柴河水利做好了跟我们队没半点关系，咱队的田地不在那边，水利受益的是别的队。派劳力给人家白干，受益的是人家的生产队，你说队长会积极吗？"

庞成春几句话挑明了原委，可我还是不赞同他的这种不协作的精神，没有全局观念要不得。这次无论如何要增派几个强劳力上去了。

派还是不派，到底派谁呢？庞成地与我展开了进村来的第一次面红耳赤的争论。

"队长，你看增派谁去好呀？"

"我不同意再派什么人了。"

"你不同意不行，人一定要派，要不我不好交代。"

"好不好交代我不管，反正叫我派人我不干。队里有多少活都没人去干呢。"

"你这是态度不端正，作风有问题，小心我告诉上面！"

"阿超和阿宁不是在给你垒绿肥堆吗？你爱派谁就派谁。"

"给我垒？你说嘛，到底同不同意派他两人，到工地挑土，青年人有什么不可以？我这次同样带头上工地干。"

"你一定要派，不如接着派庞朝东和甘春子去。"

没想到庞成地变得毫不含糊地指名派人了，可能是被我将了这一军，抑或是有其他的想法。

庞朝东为地主婆文子心的儿子，传说他和老甘女儿甘春子正在热恋中。

我进村子的时间里，庞朝东被公社抽调去集中参加冬季田洋整治大会战，昨天会战结束刚回家休息。

庞朝东被抽去公社整治田洋前，我们在村子里曾经见过一面。庞朝东看样子大我五六岁，比我装出得老气多了，胡子拉碴，并没有我想象中那种受到压制而唯唯诺诺的背气模样，眼神中透着一股子英武。

我不乏奇怪地想象，是不是地主的遗传都那么好，人都那样了，还长着挺争气的气质，难怪他们的上辈子人能贪占比别人更多的财富，地主的血统都这样吗？有意思。

我想，必须上庞朝东家看一看。

他家就在生产队文化室的院子内的一个角落，正好与住在文化室内左侧一间房的老甘同属一个院子。同在院子里住，谁都知道的原因，他们之间极少往来。庞朝东和甘春子也许是在那时日对上眼、处上的。

这个院子和所有的房子原是文子心的，土改分了她家田地房子，她和儿子庞朝东从此仅得住院子内的两间原柴房（这是当时的陈焕人坚持留给她母子的），一间住人，一间当伙房，后面文子心干脆住进伙房里，让出一间房子给儿子。

听说她不爱理任何人，极少跨出伙房子，不跟人说话，天天只跟老鼠暗语，村里人又叫她"白发老鬼"，一个变态的地主婆。

关于她的过去，我只在书上知道地主是如何的，问过庞成地，他三言两语就说了，其实没什么好说的，都是族里的人，那些事算不上什么光彩，他不愿说多了，我不好再问。

我想想，地主就是那么回事，剥削穷人，穷人翻身解放，他们罪有应得。

我从未走进这个家仔细看，原因多方面。汪黄同志跟在我后面，最先出来迎我的是庞朝东。我想走进他的小屋，但被他引开，说先到他家伙房去坐。他这是让我先去看一看他母亲，还是另有想法不得而知。

我执意先看一看他的住处。不承想，走进后那里面的一样东西令我震惊，几大块旧门板组成的一张大床，几乎占据了里头的空间，床上除去一条红色旧褥子，靠墙贴着发黄的报纸，沿旁边零乱地摞着一大行书，三本书当枕头。

我坐到他那有股霉味的床沿，那床嘎吱直响，真怕坐在上面压垮了他的床。

想不到这边远贫困乡村还有这么多书存在，有这爱书的人。什么事也不如这书让我上心了，光线不好，到底都是些什么书，瞄一眼我只看清几本少有的线装古书和堆一起的书文本。出于好奇，我问："你哪来这么多书？能让我看看行不？"

他却把我往外推，说："以后再说，这点书反正不是偷的，大多是家里传下来的，请理解我目前的难处……"

我无法不尊重并理解他。

我跟他走进他家的小伙房，眼前近距离看到他母亲同样让我震动。那真是一个很老的地主婆，庞朝东说他母亲七十多岁了，但模糊看上去的影子如一个八九十岁的人，她佝偻着腰背，枯坐冷灶台，旁边搁着一条拐棍。庞朝东说好多年前她就丧失了劳作能力，生产队也没强制她劳动。

小伙房内就如一个大黑洞，里面没开窗口，白天也昏暗，烧柴灶子连着小烟囱上瓦顶，全村人的伙房子似乎都一个样。在伙房堆满柴火的里边，搭着一块原木板，那是她的床。白天不点灯，看不清那里的一切，但闻得到从那混杂散发出的隐隐臭味，吃喝拉撒全在一起。庞朝东近前跟她说："妈，工作队老王来看你了。"

第二十二章

回县城很快过去了一个星期，于弘毅心里总是放不下溪子河水利工地，但不尽快处理完县里出现的这些问题，他无法安心返回蹲点的地方。

当夜，除去个别领导在外地，他立即召开在家的县领导人开会，会上他做出三项决定：一是免去财政局邢祖旺、劳动局马万的局长职位，马万的问题视查清结果，交有关部门处理，他们原先的工作职责由所在的单位指定副手暂时接任；二是县里在建工厂必须抓紧建设，限定时间完工并尽快投产，部分招工事宜一律停止，待后再做决定，前招工指标作废；三是县财政大小支出今后由县委书记一支笔签定。由他的红笔签名，财政局领导必须优先及时执行，其他墨水的签名，可缓一步去考虑。

会上，这些决定地做出，多数领导表示赞同，冯贵常委持激烈的反对意见，于弘毅以坚决的态度不作任何让步，并决定要把冯贵的问题向上反映。

这次开会前，于弘毅要求秘书小卢务必通知到陈然副书记参加，并派出那辆旧南京吉普连夜从枫林洋蹲点地把陈然接回。陈然在会上很少讲话，没半句反对意见。会后了解他的人问他："你是常务副书记，为什么没提啥意见？"

他反问："不提总比提好，你认为提了有用吗？你提试试。"

22

我诚心来看一个地主婆，没想到她不说话，也不看我。

173

庞朝东点亮灶台上的小煤油灯，我才多少看清她深陷的眼窝混浊的眼睛一直在暗中审视我，她粉红色头皮上披着稀疏的垂肩银发，像尊活动的木乃伊。

她突然"扑"地吹灭那忽明忽灭的小灯，伙房倏忽又暗下，庞朝东叫道："妈，你这是干啥？"她仍然不说话。

我在想，她这是为了省灯油，还是害怕见我这个工作队队员？

不久，跟进来的汪黄同志弄出了响动，它在漆黑一片的柴堆里汪汪地叫了两声，随即又响起耗子惊恐的吱吱叫。地主婆不知哪来的精神，拾拐棍而起，朝柴堆那就是重重的一棍子打过去，也许没打着汪黄同志，倒吓得它惊恐的一声叫，跳逃出门外。

"狗拿耗子，多管闲事。那是我养的……"她这才说话了。我理解不了她的话，笑道："该打！"

我问庞朝东："你被抽去公社整治农田，老人在家谁挑水给她吃？"庞朝东说："我和甘春子被抽去公社后，曾吩咐甘春子叫她父亲老甘顺带给她挑点水吃，后来听说是她母亲琴姐阻止她父亲给我母亲挑水，害怕惹上什么事。

"喝完小水缸里我给她挑出的水，好些天后，差点就渴死她。我母亲从屋里爬出来，先爬到就近的老甘家，老甘上工去了不在，琴姐在家弄饭，慌忙给老人喂了点水，就把门关上了。她害怕别人说她跟地主婆关系好，尤其反对我和甘春子相好的事。

"母亲没办法只好径直爬去队长庞成地家，在院子门口再也爬不进去了，她声嘶力竭叫喊：'成地呀，我渴死了，给点水我喝吧，你把我儿子派哪去了？叫他回来……'直等到太阳下山，庞成地收工回来，才发现她还趴在地上，人已差不多昏死过去。"说到这，他背过脸，不愿给我看见他不由自主红了的眼眶。

确实让人难受。我说："对不起，这事我没安排好。"

我知道，这事后来促成了庞成地分派人员轮流给包括五保户在内的人员挑水吃，队里给挑水的人记工分，形成惯例。

我想顺便查看一下他家的口粮，这好像不妥。贫下中农家不去看，倒看起地主家来了，传出去肯定对我不利，可我又一想，这事不过是个顺便而已。这个时候地主家如果都没了余粮，其他家便可想而知了，这只是个心里笑话而已。

举着庞朝东又点亮的小灯，他指给我看放在柴堆里的那个花梨木小米桶，桶盖没了，上扣个破大洞的旧斗笠。刚一打开，里面唰地跳出一只大如小猫的脱毛老鼠，接着又跳出第二只老鼠，一共有五只老鼠跳出，个个肥硕，我吓了一大跳。米桶这都成了老鼠窝了，还有米存在吗？

奇怪的是这些肥硕老鼠跳出来后并不逃跑，而是在我的脚下窜来窜去，像是示好，又吓得我连蹦带跳。

地主婆猛地爆出从未有过地哈哈大笑："别动它们，那是我养的。"

庞朝东说："妈，你乱说什么。"

他母亲答道："是我养的有错吗？你们出去，走开，走开。"

我迅速低下头看小米桶，里面没有米，桶底却有少量地瓜，地瓜上还洒落了一层零乱的谷子和空壳的谷粒子，地瓜缝隙间填满谷子。我正惊奇不解，庞朝东把我扯出门外说："不瞒你说，你知道那谷子是哪来的？"我说老鼠偷来的，不少，但奇怪了，老鼠为什么不咬哪些地瓜？

他说："我妈说老鼠是她养的叫瞎掰，老太婆天天没事，别人不理她，她也不理人，就天天跟屋内的老鼠搭讪说话，自己没吃的还喂它们吃的，我也奇了怪了，那些老鼠最后也

175

不吃她的东西了，反而到外面偷回不少谷子进米桶里，我妈就和它们一起吃这些勉强度日。"

我问："你家没粮了？"

他答："我被抽上公社干活，我妈怕我饿着，让我把米桶里的米全带上，她说她只吃我给她挖出的自留地里的那些地瓜就够了。"他还说，他家口粮不多了，但自留地里和山上种的木薯可让他渡过难关。

我看到了刚才他母亲坐的灶台边，上面还放着一个没吃完的煨地瓜。我再问："真的没点余粮了？"

"还有些口粮谷子，放在我房间，可能没法吃到早造上场。好感谢那些老鼠，你千万别说出去哦。"他说。

他的信任让我联想，这些老鼠是在偷谁家的谷子，生产队的稻谷种子？偷谁家的都不是什么好事，这事如果传出去，地主婆养老鼠偷稻谷有可能成为她的一大罪状，株及庞朝东，难道他们不懂这事的严重性？

我说："不管说什么，这些天，你和我，还有甘春子，一起上大队流柴河水利工地干活。"

他小声说："我和甘春子都成了专门服劳役的命。"

劳役，这是我第一次听到的新名词。

我们刚接触，搞不清为什么我会同情他，于是我告诉他，这话只说到我这为止，别扯太多，专心干活为好。

我换三同户，搬进陈年仔家住的当天，也就是卷起个铺盖走人而已。事先跟陈年仔说过了，他高兴得手舞足蹈，不知道他为什么高兴，我揣度他是为我每月的粮票和伙食费高兴，可能还有许多的原因吧，我无心去细想。

他的家，只有那间连着小瓦房的储物茅屋能给我安下一张床住下，储物茅屋又连着半边的开放性当伙房的草寮子。八九平方米的储物间里有杂乱的烧火柴、稻草和东倒西歪的生产工具，角落长年安置着两个解手木桶很显眼，没盖子，臭气冲天。

这是陈年仔一家解手的地方。

我和庞多叶把它抬移到屋外，陈年仔老婆唧唧呱呱地说可以放到他们一家睡的小瓦房里面去，他们不怕臭。

庞多叶过来给我整理床铺，又是铺稻草，又是垫砖头，三下两下就搞好了。

这时，看陈年仔老婆抱了孩子出去，庞多叶一下跳上来抱紧我说："王哥，王哥，你说我怎么办啊？"

突如其来的拥抱让我心跳加快，不曾想会这般贸然。我脸炽热，忍不住吻了她发烫的脸颊，她激动得更加伤心，欲哭无声。我说："多叶你这是怎么了？"

她很快抽泣，浑身发颤，吞吞吐吐说出我有所耳闻的与她有关的事。

"我爸逼我嫁人，他早托人做媒了。开始我不同意，他哀求我看在养我不容易的份上，看在为哥哥着想的手足情上，无论如何都要答应现在嫁出去，只要对方有钱，出得起一笔彩礼……"

我问："你同意了？"

她点头，泪如线珠："不嫁拿不到一笔彩礼，我哥就无法娶媳妇。"

"什么时代了，你那糊涂的父亲还搞这一套，我去跟他理论。"

"王哥，没用的，就算我妈在，也会同意的，咱们这穷啊，这也是没办法的事。"庞多叶拭了拭眼泪，抿嘴羞涩道，"你能带我走最好……如果你喜欢我。"

"多叶，别这样想，我们之间还没到那一步。"我认为此时此刻我还算理智，这理智是否伤了她的心我不知道。我很清楚自己很难走到那一步，冷静审视我跟多叶之间的关系，单说我是城里下乡的知青，内心决不想把自己扎根在这贫困的乡村，还有我现在身为工作队队员也不可能留下来，必须追求我的远大前途……我都没有勇气往下想了。

一种悲悯之情涌起，我说的要去跟庞成地理论之话就像风吹过波澜的水面又归于平静。理论什么？我要娶庞多叶，还是说队长你不能这么嫁女？工作队也管这事？我能这么做说吗？

庞多叶脸上恢复了一抹凄美的微笑，她说："王哥我出去了。"门外的汪黄同志不跟她回家，她说，"这不是你的家，回去。"

中午，陈年仔的大儿子陈大蹦蹦跳跳放学归来，他在坡岭大队小学念四年级。临近家门，陈大童声哼哼不知是什么名字的歌谣。

陈年仔在山坡野地牧牛，一般中午不回家吃饭，为省些口粮他的午饭或吃或不吃，更多时候是在野外野炊，食物大概就是偷扒人家种地里的薯类做打垒，吃不完的顺手牵羊带回家。那偷扒地下薯物的高招，如挖开根头取走结薯，然后回填土而压实，要么打洞取结薯，就如鼠类偷挖食的痕迹，总让人错以为是鼠兽类的糟蹋，至今无人发现破绽。

所谓打垒，就是民间野外制作熟食的土法。用木柴将土坷垃烧热，放进食物，埋着煨熟。他曾经对我夸下海口，说要带我去野外做一回这香喷喷的吃法。由于我怀疑他薯类的来源有问题，没敢去做这番的口福尝试。

陈年仔大儿子陈大进了家门看见我，既陌生又熟悉，熟悉的是像村里的孩子早就看见过我这个叫老王的工作队队员。他问："我爸说王叔要住我们家了，你住进来了吗？"

我说："是啊，欢迎不？"他说欢迎。我问为什么。他高兴地说我有糖果给狗吃，让我也给他吃点。我问他是怎么知道我有糖果的。他说力超叔来他家喝酒时说的。

这事都传到了孩子耳朵里，不是怕影响不好，而是显得我太小气奢侈，人都没得吃，竟然拿糖果喂狗。

话没说完，陈年仔老婆打断我们的话，叫我们去吃饭了，这是我住进陈年仔家吃上的第一顿午饭。

在草寮子里，他家连个饭桌板凳都没有，只能围蹲着，在不愿意离开我而擅自闯入的汪黄同志的注视下，灶炭火猩红灼热，地上几块砖石上摆着一黑铝锅的饭汤，一碗黑糊萝卜干，几只苍蝇飞来荡去，吃饭的碗筷子尚丢在盛满白色泔水的大圆口陶缸内，随吃随取。

汪黄同志看饭嘴不受欢迎，他家的大黑猫背脊毛蓬立像把刷子，一开始就不时发出驱赶汪黄同志的喵吼，很是悚人。

我取出泔水淋淋的碗筷，一股子馊味直冲鼻腔。我想用清水洗干净，陈大稚声稚气地说："王叔，不脏的，省点用水。"我真的好难堪，不管他洗了碗，并说吃饭的碗要洗干净。

他家吃水全靠残疾的陈年仔用一对特制的小木桶从水井担回。我看见过他一拐一瘸地担水，扫眼那对放水缸旁的小木桶，突然发现这任务正合适落在我的肩膀上，不管是否高兴愿意，这是我始料未及的事。

从此，我间或成为这个家的挑水人。

我连蹲下都不用，就用咸到舌头发麻的一根萝卜干送饭，我三下两下喝下两碗饭汤，同样将碗筷丢到泔水陶缸里，为的是不浪费洗碗水。他家没猪喂，泔水可给收集喂猪的村里人换点菜或薯类。

饭后我出了门，要去找庞朝东和甘春子，进而落实上大队流柴河水利工地，自备簸箕扁担挑土工具的事。由生产队出劳力，个人自备劳动工具干活，这是外出大队或公社干活的不成文规定，可是社员群众都是这么默默听从着，我心头有种无法言说的感动。

他们各家各户平时或买或用竹篾自编所需生产工具，陈年仔家自编有这工具，我要白用坏了不好，我也不知道上哪去买。去找庞朝东，庞朝东伸手开玩笑地说："拿钱来，我给你砍竹子编。"扁担他可上山砍木条制作出多条，都是用上等好的白茶木做的。自备自用，劳动工具大多自做自给。

他说他这种人，这些工具必须自备着，经常被人家抽调去外地义务干活，参加各种名称的农田整治会战及开荒种植、挖水利沟等，已经挑断了多根扁担挑破了多对的簸箕，单是锄头也锄坏了好几把。对我来说，这有点传奇，想找个机会跟他聊聊，他乐观地笑说习惯了，日子总会好起来的。

我感激他，干活工具的事，他给我备份着。

听出了他口气的辛酸，为了证实点什么，我很想去摸一下他的肩头手腕，看是否有磨出的厚实肩膀和手茧，也许他手心的茧更厚。我挑衅似的抓起他的右手腕，手指搇进手指，想跟他一掰，他放松随意不声不响地晃着手，我一用劲，感觉像是在跟个铁砂掌过招，他往下稍加发力捏紧，我哎哟一声叫痛，再看他那反转的手掌心，妈呀，几个老茧像半个黄豆仁。

这下又使我想起了进村前，县委书记于弘毅在工作队动员大会上讲的几句话："看下面一个干部是不是革命化，是不是群众的带头人，是不是跟群众打成一片，就看他的手上有没有老茧……"因此"老茧干部"的叫法是群众对我们干部的赞美。他还说，手上没老茧的干部，见面最好别跟他握手，那软绵绵白嫩嫩的手会使他感觉恶心。这种干部是不会受到群众欢迎的。

我过后猜想，如果于弘毅有机会跟庞朝东握手，会有什么感觉和感想。我认为这种机会不会出现，如果能出现这样的场合，那又如何呢？

第二十三章

在县里开完会的当夜 11 点，于弘毅连夜风尘仆仆地赶回溪子河工地。他有预感，水利工地该出现的问题现在不会不出现。下了车子，他刚走进指挥部工棚，正在休息的工地暂时指定负责的副总指挥、县水利局局长老王就说："你先休息，今天比较晚了，明早再给你汇报工地的事。"

于弘毅打起精神，点燃一支烟说："我不累，咱边喝茶边聊。"老王睡眼惺忪，拿出一个记事小本子，指点说都在这了。他喝了一口小卢用暖水壶冲出绿茶，于弘毅的大口盅也泡了满满的一杯。

泡茶包括做饭的水，均来自工地打的简易井，有上百个这种井，水利兵团工地全体人员都喝这多少冒着点怪味的地表水。有的工地队伍直接喝山泉或河里的水，从而造成了不少人肚子不适。

老王挂起老花镜汇报说："有两个公社暗中撤走总共 356 人，每天都有人因各种情况私自逃离工地，我按你的指示，派人在必经路口设卡，盘查经过人员，不经所在工地公社领导审批的，不给放行，私自从别处逃跑的，一经发现，抓回工地强制管教，现抓人员二十五人。工伤有十七人，两个严重的已送县医院，已批准九个人回家养伤；工地因各种病经我们工地医疗所诊断无法参加劳动的人员也在增加，不幸的一件事是，开山炸石队伍里个别人不按规章操作，排除哑炮险情时，当场炸死一人，炸伤一人，我已妥善处理完后事。

"水利兵团大多是姑娘小伙，带队的公社领导管理不到位，时有发生吵架打架之事。有两个公社之间的青年人，因发生男女恋爱争执，争风吃醋，险些酿成双方集体群殴事件；附近村民反映，我们水利兵团一些青年人，利用晚上时间，跑周边村庄偷鸡摸狗，把人家几个村的一些鸡鸭红烧吃了……水利工程进展开情况目前是这样的。"

老王挑重点的汇报。有一件事可能会直接影响到溪子河水利建设的顺利进展，这事发生在县里人力物力最多的枫林公社水利兵团工地，于弘毅返回工地后决定亲自下去蹲点加以解决。

工地发生的这些问题，不全是于弘毅离开时就有的，他只离开了短短的一个星期，该发生的总是难于避免，问题在于把困难降下来，把控好有利的局面。具体到水利兵团建设经费的影响问题，他这次回县做出强力调整，资金这两天就可以到位了。

老王是水利专家，他现在已不担心溪子河水利工程建成的可行性论证存在什么问题，这些论证的可行性虽然含有不少领导的主观意志成分，但大体的困难和成功已回到如何决定管理的人力物力上。

于弘毅并非没有看到这点，他没有跟老王有更多的讨论，只是一个人默默地披上衣服，走出指挥部工棚，这一夜他没合过眼，天已大亮。

溪子河水利工地那副最沉重的担子名副其实地压在他的肩膀上，他别无选择，只有勇往直前。

放眼溪子河水利工地，河两岸的两座丘陵山体正在削平，筑坝截流导水渠业已建成，主体堤坝完成的人工土石方按计划进行着，河水正慢慢顺着人的意志向前奔腾。河沿岸那大片山地上，撒落着一排排整齐的人员居住工棚，河岸山体上树木被砍得精光，且当作工地烧火做饭的材料，山头光秃秃的。早晨的炊烟在工棚那边袅袅升起，几缕阳光、几片云朵跳过了东方的山顶峰，太阳在不断地发出明晃晃的亮光，热腾腾的空气扑面而来，一天的大干快上又开始了。

23

汪黄同志真的不争气，我想赶在上工地前利用它破纪月的案，暗自调动汪黄同志躲着认真做了几次模拟试验，这家伙一味地只想吃我给的糖，丝毫不领会我的意思，只做个样子闻闻嗅嗅。学着记忆中公安破案的由头，来来回回折腾，不见了我的糖，汪黄同志不想玩了，它掉头跑地没了影子。

住进陈年仔家的当天晚上，我才懂得实地回味古诗人杜甫《茅屋为秋风所破歌》的含义。我这是自找的，无论如何都要习惯。

适时年尾，寒风穿过掺和稻草土墙的裂缝，时而呼呼灌进我单薄被子的床间，入夜的风萧萧声里，蚊帐外尚来了嗡嗡飞舞的小群蚊子，饿得发狂频频绕着往蚊帐里钻，它们清楚这样加了防护后嗜血如命的机会不多。老鼠们开始兴奋异常，磨牙吱吱，知道兴风作浪地找吃的可能机会出现了，似乎害怕我动它们在茅屋内经常存在的那点地瓜以及可能出现的可食之物，黑暗中竟然在我的蚊帐边上蹿下跳，示威性地乱窜，吱吱乱叫。

我怕被咬，点亮小煤油灯，灯的豆亮反把漫漫黑夜拉入模糊的可怕可视。尽管我把床敲得邦邦响也无法吓走它们，迷迷糊糊中不敢伸直腿，整夜难眠。

天亮时，发现床边多了老鼠黑豆般的滚粒屎，老鼠哪来那么多，该不全是地主婆养的吧，它们这是想赶走我……

这一天半天尚可，长此下去如何是好。我想起汪黄同志，由它来狗拿耗子多好。我决定叫它来为我守夜。

实际上水利工地的那天凌晨，村里仅有的原由人饲养，后怕人吃了变野的两只无人续养的大公鸡，一只躲藏在村头那棵荔枝的一权高枝上，引颈司晨；另一只则藏身村西的榕树高枝回应，它俩一边一个恪守职责，每天准时叫醒村民。

陈年仔告诉我，他们这从祖上起，相信吃公鸡炖蛇会当头发运，寓意鸡头蛇钻。符家干当大队长前就叫人给他抓了几只公鸡喝血炖蛇肉。他给符家干抓过蛇呢，要不符家干能当这官？陈年仔说这是村里公开的秘密。

"村里这两只公鸡是被人偷剩的，看那毛多鲜亮啊，都成公鸡精了，它们死里逃生，偷怕了不敢进鸡窝，傍晚像鸟儿飞上树匿着，不瞒你，我好想抓它去卖哩，吃了咱当不了官，只想钱。"他说完，不用装就是一副贼人相。

我忍不住嬉笑道："给我整一只吃，看能不能当头发运，吃鸡多幸福呀。"转而警告他，"我住在你家，别跟我搞这事，我不吃这烂鸡头！"

鸡报头声，黎明前的黑暗中寒气逼人。

上工地是早出晚归，我睡眼惺忪，肩挑庞朝东为我准备的一对新簸箕，打着庞多叶为我买的手电筒，带领庞朝东和甘春子等五个老弱社员出了村口，像一群残兵败走在黎明前的凄风苦雨中，朝流柴河上游大山沟中的大队水利工地走去。庞朝东举火把照明路面，其他人有的提马灯默然前行。

阵阵冷冽的风刮来，迎面下起寒冷的毛毛细雨，崎岖而泥泞的路面在移动闪烁的微弱灯光照耀见时隐时现，人人肩挑担子或扛着锄头铁锹。没带照明，伴着庞朝东行走的甘春子，一句"朝东哥，好冷啊！"让我想起以后上工地都是这般的艰苦，瞬间激起了我沉重的心潮，并涌动着一缕缕忧然的悲怆。

我注意我们穿着很单薄的衣服，不是不想多穿上防寒，而是没有的穿，且我们所有人都戴着被溻湿的滴水斗笠，肩头几条扁担上挂着个内装中午饭顿的铝盒（我的铝盒是向庞多叶借的，陈年仔家没有）。有三个老社员自备的午餐只用芋头叶包成一团，悬挂晃悠在风雨中肩扛的锄头柄上，他们都穿着如深灰翎毛般的湿漉草葵蓑衣。我和庞朝东、甘春子脚上尚有一双糊着冰冷泥水，踩上咔嚓咔嚓响的塑料凉鞋，脚板冰冷麻木似有针扎，看到有几个社员竟全部打赤脚。我们穿行在寒毛细雨无声无息下个不停的泥泞路上。

到了水利工地，天已大亮，今天我们算较早上工的队伍。

大队水利工地为了集中劳力提高落后的工程进度和促进大队农业生产的大干快上，在采取形式花样翻新的具体做法上，用尽了心思。这些做法，在一定程度上起到了促进的重大作用，有人津津乐道，这办法真多啊，不是想不到，就怕做不到，大农业的思维，就得这么干。

如组织各村上工地的人选进行挑土竞赛，哪个村输了那个村就给人送生产工具戴大红花；个人和个人之间可互赌一次挑土重量，输的要请吃喝；又如让十几二十几个社员和他们的子女相互之间较量谁挑的土最多，输的就多做点活……

陈祥广还制定出一系列管理劳动力到位的措施，在各村实行社员上镇赶集市，要有生产队报批的请假条子，轮到赶集日，通往藤岭镇的必经路口要派民兵把守盘查；派符家干组织人马对大队所有社员的自留地和豢养的禽畜进行大清查，超标的一律清除和宰杀（标准：自留地只许一分面积，家庭私养的牲畜一头，禽三只）。

工地近期全面取消一哄而上的干活做法，每天挑土筑坝的进度，具体任务数量落实到人，采取分牌记分，说是大大地提高了人们积极性。

陈祥广和符家干比我辛苦多了，他们对工期的担心比谁都强烈，每天都亲临工地，做个样子，转圈子查看工程进度，然后走人。

符家干见了我，主动打招呼："早啊老王，这么早就带队上来。"

我说："大队长不错哦，比我还早。"我看到他的眼里有些血丝，那是长此以往造成的。

我走进工地临时搭建的指挥部工棚，发现陈祥广坐在一张椅子上，正歪头打盹，香烟像是快烧着了手指头。因他曾叫大队资料员捎话给我，批评我队派人上工地的态度不端正，我想找他解释。

他或许过于操劳，来得太早，睡眠不足，眼睛发红眼角些许眵目糊，神情像只疲倦的老狗。

见我进来，他端坐好身子，伸腰慢吞吞说："好啊，带队上工地，你们队的任务重，要带好头，争取做出样子。"

我说："组长，要做出啥样子，难啊，你批评我……"

他摆手打断我的话说："年轻人要争出息，我准备树你生产队为大队的第一榜样，如果做得更好，有可能上全公社第一，争取全县第一。"

他在满嘴跑火车，不会健忘批评我的话，可一开口就切换成什么第一，让我有些吃惊，我队现在连大队排第几都谈不上。我已多少了解他的性格，清楚他的用意，就直说："组长你想做什么吩咐便是，我努力做到。"

他叹了口气，这才从衣服兜里掏出两张方格稿子，递给我说："你看我叫叶金妙写的汇报材料，写的这两张纸像什么东西？我要的是上升到经验性的总结，要突出理论和实践的结合，值得推广的榜样。你知道我们真抓实干做了不少的工作，如宁要社会主义的草，也不要资本主义的苗，限制外出自由主义行动，打击歪风邪气等，集中一切人力物力大干苦干……成绩有目共睹，看来这些非你来写不可。"

我有些被冲晕的感觉，本来我是资料员，这东西当然我写，他之前不信我有能力给他吹牛，反而信叶金妙，写砸了吧！我好不幸灾乐祸，他看出了这层意思，说："我只想练练她，减轻你的工作，没啥意思。"

没啥意思就有意思，叶金妙最近和陈祥广的暧昧传闻不好听。近来我听王桂花在县里的亲人写信说，县里正在扩建个大型国营甘蔗糖厂和筹建什么化肥厂，将招一大批工人，进厂的大部分转为非农业户口的工人将在工作队中和县的水利兵团中招收，这是县委书记于弘毅为照顾这些在生产一线冲锋陷阵人员的伟大举措。我们工作队除了原有工作单位的，不管来自哪里，所有人看表现都有被挑进厂当工人的机会。对从农村来的叶金妙来说，绝对是个非常好的机会，她会不会想先走陈祥广的后门……

不过我可没这想法，下乡返城，张奇乐想不想分配留在县城我不知道，反正我是不想因为这样的招工留在县里。这样想完，用不着陈祥广恩惠我什么，大不了工作队结束我重新返回农场等待回城机会。

我觉得陈祥广想要的这材料并不难，很多资料在大队订的报纸上摘抄，稍作加工增加些例子和做法就是上好的经验，叶金妙不懂玩这手，我可没必要教她。我对他说："你要的材料，我保证三天给你写出。"

他近乎要讨好我了，说："给你先透个意思，年底全公社要进行一次生产大检查、大评比、大总结，我们大队的水利筑坝工程全公社唯此一家，别人只有学习的份。至于明年早造的准备，检查评比情况（田地已备耕面积，肥料堆积及开展运动等成绩）我已定下你生产队为先进，你要给我争口气哦。"

又要来什么这么大的活动，没个消停，早想到会有这出那出的活动在等着了，真累人。我重重地呼出一口气，出门干活去。

陈祥广在后用话追着我："别干什么活了，回去休息写东西，你不知道这材料多重要么?!"

水利工地热火朝天的场面保持着，跟先前的各种竞赛活动比少了热闹的浮躁。工地指挥部经过调整，根据每个劳力的状况，挖土的、挑土的、夯土的、发牌的、指定倒土的等人员统一管理，计分发牌和确定活儿量，干活任务落实到上工地的每天每一个人。这管理太到位了。

没有人注意到，这种小水利工地，当时条件没法跟县或是公社的水利工地相比，没有手推车，没有拖拉机压实土方，全靠的是人力的肩挑手夯造就，工程质量等方面，在我们一不怕苦、二不怕死的精神面前根本不值一提。

在工地那么多人面前，我认为我们工作队员的出现，不来工地则罢，来了就要做出个样子来。

我有权选定干什么活，可以不计牌不算量，干多少算多少，可我就爱找最苦的挑土活，而且一定拿牌计量，来时已做了这种准备。

当我挑上那满满的一担土，走起路来踏踏实实，穿梭在挑土的队伍里，心里充满着一种自豪感。我们就是行，不比乡亲们差多少，得让别人服气我们的表现和带头。

倒完土，去领牌时，看到张奇乐当起了发牌的，他坏笑地站在那对我说："我不能给你发牌，你刚才那土挑得不满，不算一担，只算半担子。"

我不跟他玩，一把夺过他手中的一张牌子，反讥道："捣什么乱？奇乐你小子太没脸了，大男人只站着给人发牌，不害臊啊？真丢工作队的脸。"

张奇乐咧嘴笑，做出捂身体的动作说："我肚子不舒服，不像你能装。"

我说："你是装脑袋不舒服吧。"他发出会心的笑，又装了一下鬼脸。

再一看，远处王桂花当起了工地监督员，冷风中插着手，脚上一双全新的解放牌胶鞋来回走，看谁的土挑得不满，谁消极怠工，谁表现最好，谁最差，并发现工地问题及时上报，俨然成了个现场必须得罪人的监工头。

我跟张奇乐调侃着说："桂花真会挑活，干起了吆三喝四的事，她喜欢当包工头，怎么手里不拿条鞭子呢。见不好的就抽上一鞭子，那才叫威武哩。"

我是在说笑话。张奇却乐说："你不知道，那是陈老大故意整她，明知道她不爱得罪人，却点名叫她来工地当监管。"

她朝我笑，我致以问候的摇手，她向我伸出赞美的拇指。

因为上次逃避亲自批评她的三同户"精脚嫂"，陈祥广在工作组会中对她进行了教育批评，给她记过处分。

王桂花无所谓，花容照旧绽放，她觉得自己是原有工作单位的人，跟那些农村来的工作队队员身份上有优越感，自己又不会进步去讨当什么领导，工作队结束大不了再回原单位县供销社，上她的班，过她的小日子，当她的人见人美的站柜台员。

于是，她解脱似的变了态度，极少参加什么体力活的出勤，工作队队员以身作则带好头，对她来说就是走走看看。

生产队生产上的事她不想去指手画脚，全交给蔫头巴脑的那个生产队长去管，生产搞得好不好关系不大，对田间地头干活的村里人，她如果在场，高兴就说上两句表扬的话，不高兴就笑眯眯地说上三言两语。大家见了她，说客气好听的话多了去。

人家还是真怕工作队的，没人敢说她这个美人什么不好听的话，更敬重她是个吃商品粮在城里有头有脸工作的人。她就这么自尊着了，过好她当工作队队员的日子。

第二十四章

在那几天里，于弘毅下到各个公社水利兵团点了解具体情况，虽然都在一个集中的工地上，有分工不同的队伍，但现场他到他们中间去了，他所了解到的问题和思考解决问题的方法找到了对应的门路，因而信心大增。

前面所说的枫林水利兵团的事已到了要解决的时间，他们分工的水利工程进度已由先前的超前完成任务到现在掉到后面一名。这其中的原因是枫林公社水利兵团的领导早先迫于于弘毅的压力和批评，取消了他们水利工地计量劳动奖励办法，人们干活的积极性一夜之间都垮掉了。

记得当时在工作现场开了一场总结汇报会，各公社兵团的领导都做了总结性发言，说成绩找差距。枫林的领导喜洋洋地说着他们所取得成绩的，集中到关键的一点便是对完成任务的每个人进行奖励，三天一小奖，六天一大奖，搞的是以物质奖为主，精神奖为辅（只发奖状），评上奖励的如发肥皂、衣服、鞋子等生活用品，或者是油、糖、饼干等生活食品。

奇怪的是枫林公社水利兵团的领导说完后，并没有得到现场领导们过多的赞赏目光，相反更多是嫉妒神情。于弘毅自觉得看到了问题所在，他知道，整个雨林县，穷的公社大队占百分之八十以上，难于靠什么物质奖励来提高人们大干快上的积极性，他说："你们枫林公社兵团气粗来自财大，有底子想干什么都容易，你们想想看，别人有你们这样的实力吗？说到底你们靠的是物质刺激，不搞精神奖励是站不住脚的，脱离了物质刺激这一套，你们试试看，人家没法服你们的。"

枫林的领导们也不服，他们好不容易做出的成绩却不被认可，着实叫人想不通。现在枫林的水利工地上是个公社副书记在当一把手，他叫许原，这年轻人大约三十一岁，他在这次水利大会战中敢打敢拼，冲锋在前，脱颖而出，曾经因有过一天挑二百二十担土的纪录而闻名整个水利工地，那天他说他最想得到的是有一块五花猪肉，就着三大碗干饭吃下。他被于弘毅发现后，火速提拔到那个领导岗位上。枫林那一套奖励办法就是他的首创，事实证明行之有效，极大地调动了枫林人的大干积极性，为枫林水利兵团争来了名声。

许原问："于书记，你说的精神奖励如何理解？"

于弘毅说："我们大家同在一个工地上，在条件极其困难的情况下，如何干是个值得研究的问题，没有条件讲物质而讲精神奉献，谁做得好，做得符合我们社会主义大干快上的思想，那是有目共睹的。我不反对你们枫林的经验和做法，只是不注重提倡而已，因为你们的做法无法做到全面推广。下面我想请大家听一听藤岭公社的做法和经验，他们为我们水利工地的大干快上提供了又一不同的做法和经验。我认为，他们的做法是值得我们大家学习的。"

　　藤岭公社水利兵团的带队人是公社的一把手黄天华，有人猜他亲自带队上水利工地，是因为这个溪子河水利工地是县里于弘毅亲自抓的点，并且县书记同样蹲点在这个工地上。尽管于弘毅并未要求所有上水利工地兵团的公社领导都必须是一把手带队，但管理这个工地上的工作不管有多么艰苦和困难，黄天华都选择了亲自带队过来，担起责任，他必须在县书记面前展示他的工作能力和水平，这是个不能错过的机会。

　　黄天华站起来，欠了一下身体，他此时一定想起他带队参加在县里开四级干部会议的场景，那时上台做检讨并受到县里处分的事，放眼于弘毅坐在大家前面的位置，不免带着谦虚的话说："谢过于书记的表扬，谢谢大家的鼓励和支持。"他很快转过话头，像流水一般介绍起他们藤岭水利兵团的经验和业绩，懂得挑重点来说，语气里带着骄人的味道，"我们对工地上的人进行了区分和订立标准，一般情况而言，有以下几种人：第一种是出勤不出力、消极怠工的；第二种是干活偷奸耍滑，拣轻避重的；第三种是头上长角，爱顶牛，撒尿不看人，不服领导的；第四种是打架斗殴的；第五种是害怕艰苦困难，从工地逃跑的等，初步总结有七种人。对这七种人，我们采取谈心帮助、学习提高等形式进行帮扶，自水利工地开工建设以来，我们一共开一百一十场学习教育大会，大大小小地帮扶谈心不计其数。通过开展这样的各种教育形式，极大地提高了人们的思想觉悟，大大地促进了我们工地大干快上的决心，工程进度也不断刷新纪录……"

　　黄天华的话，不知为啥没激起热烈的反响，只见下面一片沉寂。

　　人们可能注意到了，许原所领导的枫林公社水利兵团，在这次开会过后的十天半个月里，取消了物质奖励的方法，他的团队似乎在一夜之间就无声无息地发生了很多变化，工程进度从第一掉到第十，并且接二连三地出问题。工地上开始有人逃跑，藤岭公社黄天华总结的情况比原先更多了，有的人还开始带头挑事。许原一脸无奈，他百思不得其解。

于弘毅目前还未了解这些情况的发生，他决定第二天上午，在工地的蓝天白云的沐浴下召开一场全体水利兵团人员的攻坚克难决胜大会，他要发表重要讲话，为所有战斗在艰苦水利工地的人们再次鼓劲加油。

这样的大会必须经常开，开成万众一心牢记使命的大会，从而也是一场精神上坚定体现的誓师大会。

像这样的誓师大会，水利兵团在县里集中出征时在广场开过一次。那种誓言大干社会主义的大会让群情激奋，热血沸腾；那种喷薄而出的坚定决心和排除万难的坚强斗志，鼓舞起人们去夺取更大胜利的精神，至今不是雄心还永在吗？

雨林县正在经历一场前无古人后无来者的建设高潮，有条件要上，没条件创造条件也要上，任何悲观和无所作为的想法都是前进路上的绊脚石。

于弘毅不会忘记，这一切的精神鼓舞就是他们夺取胜利的根本保证。

晚霞如血，在人山人海的水利工地中，于弘毅在胸中酝酿着第二天开大会的主讲内容，似乎这内容已胸有成竹。

他想起看过的电影《列宁在一九一八》，革命导师那无可复制的演讲鼓动才能，那无与伦比的伟大号召，列宁挥手身体向前，人山人海前方一片山摇地动。

于弘毅边走边无意识地伸手学了一下，仿佛前方不见回响，只是人潮如涌。

24

自从上次"精脚嫂"的事情后，她对王桂花的看法发生了很大变化。原本认为争来王桂花搞三同，指望她得到什么益处，而王桂花不但不保护她，还把她揪出去献丑，认为王桂花不把她当回事。"精脚嫂"她心里感到很不满。

此后心生芥蒂，先是想借口把王桂花赶到别家去住，后细思量不妥，赶走她就等于丢掉了她那一笔合算的伙食费，说不准有什么事会用得着她呢。就算要赶走她出这口怨气，也得让王桂花自己提出，而且不得罪她。

赶走王桂花这念头打消不过两天，"精脚嫂"在伙食上做了小动作，改掉过去贴心尽可能给王桂花吃好点的温情，宁愿全家人跟着王桂花天天喝稀的咸吃菜萝卜干，直把王桂花吃到见了饭反胃就想吐。

王桂花忍受着，明知道"精脚嫂"故意这样整她，就不客气地问："你不能煮顿干饭并配点鲜菜给我吃吗？没见你卖菜了，你种的鲜菜呢？"

"精脚嫂"躲闪着说："我没拿你的伙食费粮票去买粮买菜，留着女儿上学用，自留地不让多种点菜，种了也不给拿去卖，我怕人家再拿我去整。你我就将就点吧，就那点菜，人吃了，喂猪喂鸡都不够，这也是没办法的事。"

但事实并非如她所说。她恼着气，给了王桂花不软不硬的一将，就是暗地里怪王桂花在自己有难时不去救她。王桂花觉得再这么吃下去，"精脚嫂"家的人岂不跟着她一起受罪，别搞出什么病来。

王桂花琢磨过，她怎么忘了自己是有工资的人，就毫不犹豫跑到大队供销点，叫那代销员给她在村里买只鸡，她要叫上张奇乐一起痛痛快快地吃喝一回，补补身体。

代销员小茵跟王桂花同供销系统，认识她不好拒绝，说现在各生产队家家户户正在自报家禽畜的自养情况，鸡不好买到，那我从家里暗自给你抓一只。

此后，大队供销点经常成为她和张奇乐加菜打牙祭的落脚点。

此事最容易被人知晓。等传到了陈祥广耳朵里就变为了不可取的吃喝作风，变成了害怕吃苦，搞享受主义的表现，这会在群众中造成不良影响，给工作队抹黑。认为王桂花不跟群众同甘苦，跑来农村享受，想撤了她的工作队队员身份。陈祥广责令王桂花和张奇乐写检讨书，让他们等着接受处理，他会前会后老爱拿王桂花说事。

王桂花拒绝陈祥广的指责，顶住批评，我行我素。张奇乐私下大骂，谁不知他陈祥广跟他三同户陈越道经常大吃大喝，真是伪君子！

王桂花说："听六队大草坡村的讲，陈越道是猎户，不干集体活进山打猎，杀野生动物，陈祥广不说他，反倒当他的保护人，支书陈焕人说的都不管用，他什么玩意儿，有什么资格说我？再说我，你看我不告他！"

王桂花还悄悄说："有件事你不一定知道，陈祥广为县城家里要结婚的小儿子打家具，他叫陈越道上山给他砍木材，偷砍国家林木，用牛上山驮回，就屯在陈越道茅草屋边上，准备工作队结束才拉回县城。他村的那个队员老龙早就知道，拍他的马屁不说，晚上还帮着他们卸木材。看那木材，一大车都装不完。"

张奇乐哈哈大笑地说："我村里的么狗子早就告诉我这事，还讨好地问我，想不想要木材打造结婚家具，他可以帮我上山去砍树。我要什么家具呢？真好笑。这里的社员群众谁不上山砍树盖房屋搞家具，司空见惯了，陈组长他有权叫人上山帮他砍树，那是以权谋私，还不是破坏森林，你敢告他啊。"

王桂花啐他："你坏，一路货色，滚开！"

张奇乐把与王桂花合写了一半的检讨书撕个粉碎，一边撒尿像飘树叶样洒进尿桶里，高兴之余和王桂花酒照喝，肉照吃，一醉方休。

陈祥广见王桂花极少汇报水利工地上的问题，怀疑王桂花这个水利工地监管员可能当老好人监管不到位，他又加派了他所住六队的工作队老龙上工地，说是加强监管的力量，以保证流柴河的这水利工程年末完工。

老龙可是一个认真负责的人。单对工地上挑土一项，他板着脸，瞪圆双眼目不转睛，对工地上人们挑的每一担土，装的土满不满他都格外注意，进而把所记录的名单告诉发牌子的张奇乐，什么队什么人要扣他的挑土牌子数量，扣多扣少任由他讲；对那些挑土簸箕偏小、土装得少的人，让他们要回去换上跟别人一样大的簸箕，否则扣挑担的数量等。这种管理他做得一丝不苟，把每个水利挑土的人搞得提心吊胆。

张奇乐不一定听老龙的，有些时候把他说的当耳边风。都是工作队的人，老龙面上不敢说张奇乐啥，但是久了觉得自己的监管威信受到了极大的影响，就跑到陈祥广那告状，谁知道陈祥广烦死了，倒批评他没本事，自己人搞不团结。

因为坡岭一队是这个水利工程灌溉稻田受益最大的村子，张奇乐驻村一队自是热情很高，他派出他生产队上工地的劳力是最强最多的，尽管生产队的明年农闲备耕受到很多影响，也在所不惜。因此在这点上，他颇受陈祥广的表扬。

再说一队的阿老屁和么狗子想躲没法躲开，张奇乐盯着他俩上水利工地，他俩也肯定躲不掉挑土的重活。这是张奇乐有意让他们吃苦的做法，他真的想改造这两个家伙。

阿老屁第二天想了个鬼点子，他找遍全村的角落，借到手三只小簸箕，一只大簸箕，阿老屁自己挑一对小的，剩一大一小的交由么狗子去挑土。

么狗子簸箕大小不一，挑土的姿态不平衡尽出洋相，立马引起老龙的注意。他追过去大声喝住他们，声色俱厉地喝道："你们这懒汉，跑这玩啊？"随即声音更大了，"簸箕挑小的，挑那点土不够你埋脚趾缝，搞什么鬼！两担土不如人家一担，我罚你俩的担土量两担只等于一担！"

张奇乐在不远处冷眼看着，不理老龙说的，牌子一担对一担照发给他们。他对老龙说："不是说他俩是我村的就同情他们，而是他俩刚开始就这个挑土能力，先小后大，你着急什么？你说扣量不算。"

老龙说的不算数，被张奇乐否了，这并不影响他的情绪。他照旧没停下监管的职责，满场飞不怕累，最终又发现了一个人们至今都不太注意的问题。

那就是草子村八队的地主崽庞朝东，提前完成了一天的挑土任务，离下午六点半收工还有一个小时，他悠然地和坐在树荫下几个同样完成任务的人扎堆聊天，影响别人干活。庞朝东干完自己的挑土活，还帮助同村的甘春子挑土完成她的额度任务，他俩干活时说说笑笑，竟然大胆在那不要脸地秀起恋爱。

向来绷紧着坏人就在那眼前那一根弦的老龙看在眼里，急在心头，如此重大的发现让他激动不已，特别这是在别人熟视无睹的视线里发现的问题。

他竭尽想象力，把这事给陈祥广汇报，同时提出立即组成挑土突击队，给这些人分派比其他社员更多的额度任务。这个做法不算新，大队长符家干曾试过，后面都因符家干太忙不在场而不了了之。

陈祥广连声说好，坚持挖潜力，再加创意，早出晚归时间卡死六点半，晚上再叫这些突击队加一班，或者所有人都一起加班加点，大干快上。他总结起来就成了"两个六点半，中午不休息，晚上加一班"的革命加拼命精神。

老龙为自己的这一提议得到领导的表扬而时时兴奋不已。一天傍晚，见工地没人在陈祥广身边，他随即张开难见的笑脸说："陈队长，我最大的希望就是工作队结束后，能分配给我一份进县城的工作，到时全靠你的照顾哦。"他不失时机地红着脸说，"听说工作队今后有指标分配，你看……"

陈祥广自知能力有限，懒得理他，深吸一口烟说："好好干，组织上会考虑的。"

听到这话，老龙即刻顺手丢给陈祥广一包银球香烟，那是他刚在大队供销点讨好人买的，他说他不抽烟。陈祥广丢还给他，他说他喜欢抽丰收和大前门，让老龙少费心。

符家干近来少上工地，他听从陈祥广的指挥，领导民兵分派两队人马，工作队员配合，遇上赶集日，一队人马派去通往藤岭镇的必经路口，盘查堵截没经过生产队队长和工作队批准的私自赶集的社员；一队人马赶进早晚的村子现场，社员群众出工前和收工后，直接现场清查核对、登记超标的自留地和自养的禽畜。

符家干他们这天走进八队草子园村，我去了水利工地晚间未收工回村子。进村的路上符家干正遇着上午正准备赶牛出棚子的陈年仔。

他看左右没人，悄然凑上符家干的耳根说："大队长你们是来检查的吧？我们村最大的种养户是'尖嘴户'纪月，你们该去查她家。还有我知道庞其躲在哪，你们想不想抓他？

什么时候想抓他我带你们去，但要给点奖赏。"

符家干满脸的轻蔑，真想踢他，做点好事就想要奖赏。

但符家干与他有过买公鸡吃的交道，就似信非信。符家干拿出草子园村上报给大队和工作组的一纸自查数字，对照看了纪月情况说："不对吗？纪月家养猪一头，合规，自留地面积超标一分，养鸡养鸭没超标……"

这些上报数字是我和庞成地看过的。为保护村民，我们大多做了不少假的上报内容。

陈年仔立即反驳道："不对，我知道你们规定的标准，自留地一分，鸭两只，鸡三到四只……她家多少只鸡我不清楚，可是鸭子一共五只，超标三只，刚才我看到还在水田里游哩。那些鸭子肥咧。"

符家干嘀咕："这个老王和庞成地搞什么鬼？走，先从纪月家开始，你带我们上纪月家。"

陈年仔不敢。他说："我怕那个尖嘴，我带你们上她的自留地可以，指给你们看我就走开。"

大概走过村边的一个小坡坎，到了一处离村很近的水田旁，纪月家的自留地连着另一村民的自留地，这片地紧挨一条小水沟，便于用溪水浇菜。自留地内种满了青翠欲滴的瓜菜，最多的是空心菜、韭菜和地瓜叶，其次是卷心菜、椰子菜、菠菜、茄子等，搭成的简易木架子上挂着葫芦瓜。

符家干问："是前面还是后面那块？就是前面这块大的吧，你看地上堆了不少草木灰，这些肥不交生产队，就留着自留地用，一看就不是什么好人，想发家致富哪。"

陈年仔点头，赶紧缩头扭屁股就溜走了。

符家干叫人拉开长卷尺，丈量出一分地的面积，面积外的瓜菜他做往下砍的手势。

说干就干，那些随来的几个民兵，立马动手拔起园子周边篱笆上的竹子柴棍，人手一根，举起棍子朝生机勃勃的瓜菜下狠手抽打，踢塌瓜架子，踢滚椰子菜，踩踏滚落地上的茄子和葫芦瓜等。

棍子在他们手里呼呼挥舞，左一棍右一棍，上下翻飞各一棍，跟练功似的，劲头十足，那些超出面积外的蔬菜瓜果在他们面前全烂成纷飞的落叶残片，一地瓜果踏烂如泥。

纪月收工回来，听人说她家瓜菜正在遭毁，没顾得上问清是人是牛毁的，她二话不说提上长柄砍刀，气冲冲地赶往菜地。

一看是符大队长带的队伍，先是心被一咬，明白了什么，后怒火喷涌，禁不住举刀上去便砍。

"你们砍我的菜，我砍你们的头，我不活了。"纪月气势汹汹冲上前一刀砍空，那是仅存的一丝畏惧让她理智出手一砍，吓得所有人连连后退。

符家干脚跟浮动，强作胆壮，他决不能带头害怕一个小女人的撒泼，他喊："纪月你冷静冷静，胆大行凶啊？把刀放下！"随即加重语气，"放下刀！有话好好说。"

纪月丢下刀，人瘫痪地上，止不住号啕得惊天动地："我一家全指望那点菜活命啊，天杀地杀的，你们为什么偏偏只搞败我家的……队长家种的比我多了去呢……"

哭诉声随风翻动，地上的烂菜叶滚来飘去，飘叶散茎几小片粘上她淌满泪水的脸，很快收住的绝望哭声像被什么埋住了。

我正好从水利工地收工回，听说后即刻赶过去。

符家干略加客气的样子，指地上的纪月对我说："对她这种人就要不留情，虚报作假，明明养五只鸭，只报两只想蒙骗过关，你们要监督她把那三只处理掉，首先由她达标做出典型，由坏样变好样。"

200

我不知道此刻我的脸是啥样，是白的多还是红的多，手心攥出了汗。他这是连带将我的军，意指我和队长可能是在造假虚报，我说："你就不能通知一下，让纪月自个儿先处理，做个表率都行，何必这么破坏掉，好可惜这些瓜菜。"

"同志，不叫破坏，叫铲除，坚决铲除！"符家干纠正我说，"杀鸡给人（猴）看，做个样子，以下超标的人知道了可以自己来动手，不然我们还要上门同样这般处理。"

"全大队这事不少，你可要忙死咯。"符家干的冷血令气氛紧张，我脸色很难看地说："以后这种事最好等我工作队队员和队长到场，别不把我们放眼里，不当回事，什么东西！"我不吐不快。

符家干回道："那是，是的。谁敢不把你们当回事？我不过代表大队先带个头，哪点做不好你就说，大家都要坚决执行大队和工作组的方针指示，目标是相同的，别误会。"

"代表这代表那，我还代表县呢，这村里的事不跟我们打招呼就私下去干，你啥意思？你这是想让我难堪对不？下次别说我顶你不留情面！"我生气，不管他什么大队长，他管得着我？本意其实是想出口恶气。

汪黄同志喜欢凑热闹，不请自来，而且还带着几只同党，看出符家干他们不像是受欢迎的人，围上来，等我到场时，就狐假虎威，先是吠上几声难听的话，单等符家干他们开撤，一时间加大了狂吠他们的力度。

第二十五章

溪子河水利工地召开了全体近万人员的大会，场面壮观，大地山河阳光普照。俄国革命导师列宁当初出席的那种室内大会，只是集会性质不同，那时不用高音量喇叭讲话，领导人讲话发言凭着一副洪亮的嗓音，居高临下的手势，就能让所有在场的人都屏声静气地听到他的号召，听懂他的教诲，能使人们沿着他指引的方向前进，这是何等的力量！

于弘毅认为他的大会讲话也应该必须朝这方面去努力，当然只能学一学导师的讲话形象和魅力，尽管这是高不可攀比的，但可以从点滴学起。

他的讲话通过高音喇叭传出，开始讲话的内容无法看出人们的反响，尽管他用了不少激扬的话语，想鼓动起人们高昂的热情和信心，但会场仍然一派安静，大会讲话震撼效果是在他的那番紧贴现实的讲话内容出来时，很快发生了根本性的转变和响应。这种响应同样令他兴奋。

他体会到了一种与伟人同样的感觉，那感觉整个带着他飞向天空，天空是那么辽阔，人生太有意义了，一切的困难险阻都是可以战胜的！

"我们县委已做出决定，鉴于我县水利兵团建设队伍和农村基本路线教育工作队，这两支主力军队伍，对我县社会主义大干快上所做出的巨大努力贡献，从今往后，县里所有工厂企业和在建的工厂，招工招干和进厂工作人员一概从你们之中招收，你们之中涌现出来的优秀分子以及榜样人物，将被选拔到各级领导班子中来，你们将是我们县的未来和希望。同志们，我们县将在大干社会主义的大道上为人类做出更大的贡献！我们将从胜利走向更大的胜利！

"我们的事业前所未有，让那些怕苦怕死怕难，逃避大干社会主义的人在我们面前发抖吧！让那些妄图阻挠我们前进步伐的可怜虫哭泣去吧……"

会场先是一阵骚动，进而像是缓过神来似的响起几次掌声，像雷阵雨前的狂风掠过地面噼里啪啦地抛下几串串爆炸水珠，继而大雨倾盆，引爆随后响起激烈的哗哗掌声。

雷动的人们开始振臂高呼："坚决打好攻坚战！""大干社会主义！""誓死夺取伟大的胜利"……

于弘毅要的这个讲话效果出来了，他挥动双手，示意大家安静，他那激昂的声音再次响起："兵团战士们，你们的面前还有不少困难，你们还要不断努力，我们要鼓起百倍的干劲，夺取溪子河水利会战的最后胜利。"

他的讲话在雷鸣般的掌声中结束。

25

明天又是一个赶集日。

坡岭大队通往藤岭镇赶集的路上，民兵们拦下挑着半担子青菜去卖的庞多叶和几个青年人，他们都没有村里队长和工作队队员签发的盖章通行字条。

民兵们谁都认得庞多叶，不是因为她长得俊或是有什么了不起，而是知道她是八队草子园村庞成地队长的女儿，谁能拦住她，放她过又没有凭据，只好差人跑步去请示大队长符家干。

符家干没闲着，很认真地对待这事。他到场后先把那些旁边没赶集凭据的青年驱赶回村："你们回去，水利工地正缺人手干活，不要一天到晚游手好闲只想去镇上玩。回吧，回啊。"

不让去赶集，批评他们游手好闲，那些小青年不敢在符家干面前说啥，气得背过身子，暗地里笑声咒骂他多管闲事。

民兵们跟着往回赶人，每个人都做出抓人的样子。

青年们一哄跑开。

庞多叶看着挑眉道:"喂,我今天这担菜如果烂了,你们谁负责?"口气不小!

没人敢接话,符家干和颜悦色地说:"算你厉害行不?你回去叫你爸写个条子不就行了,当干部队长的家人就更应带好头。"

庞多叶硬声回道:"我爸驶牛耕田去了,不在家,哪像你们有这不中用的功夫闲着,专干这吃饭不拉屎的事!我这头带得不好吗?"

听庞多叶说话,符家干怯了三分,他不想惹这个小女人,说:"那工作队老王不是住你家吗?让他写个字盖个章给你很难吗?"

庞多叶声音高了好几倍,说:"难,就是难,怎么了?知道我爸是队长,没那闲功写什么条子,你大队长当场给我写不就行了。"

这话口气更大更冲。她说完,挑起担子不管不顾便走人。

符家干这会儿眼前可能浮现出我和庞成地的形象,他摇头,没叹气,不再说什么,也不再叫民兵拦庞多叶。

就在这时,一阵唢呐声音从坡岭田仔村二队方向飘来,欢快而悠扬。

一民兵兴奋地说:"田仔村二队今天嫁女,迎亲队伍正在出村,有戏看了。"

拦不拦、盘查不盘查迎亲队伍一时又成了问题。符家干看出了民兵他们巴头巴脑相觑,想请示他的疑惑相,加上他刚到碰不愉快又丢面子的事,无名火窜起,骂道:"我有那么坏吗?人家迎亲喜事,过生日,你们想拦着查,有什么好查好问的?没见过鸟过生日吧?少见多怪,笨蛋!该放行的就得放行。"

他知道这种事容易犯众怒,怕又收不了拦下的场子。

　　迎亲队伍十多个人，走出村子一里路，后面跟着挑了一担鲜菜的"精脚嫂"。自上次被批评，她已是个有了名声的人，认得她的人不少，她这回是害怕路上设卡被盘查，万一那担菜给扣下就惨了。所以，她在挑菜路上等着，打算装成给迎亲队伍送菜的，混在其中。

　　队伍热热闹闹地走出村子，她开始后悔，忘记没叫王桂花写个批准她赶集的字据，有了条子保险多好。前面设卡拦人的事早就传出，当她把这种可能被拦下的担忧说给迎亲队伍的人时，大家一时没了主意，队伍只好暂停，七嘴八舌地议论起来。

　　有的说散了，化整为零通过；有的说抄后山小路走，绕过去。"精脚嫂"拍手提醒说："别怕，别怕，有办法了。我们先等着，你们队伍派个人去水利工地请我村的工作队队员王桂花来，准没事。"其实最怕的是她。

　　"精脚嫂"的提醒很及时，派个人去搬王桂花事不宜迟，为万全考虑，队伍中马上有人去了，而且是拼了命跑步去。

　　王桂花从工地下来少说也要走多半个小时，迎亲队伍就在那忍着太阳足足晒了这个时间，直把人晒得头晕脑昏，也不敢往前走半步。等人们远远地看见王桂花像个仙女从云端姗姗来迟，迎亲队伍中的新娘子似见着了救命恩人，也不管王桂花认不认得她，大声啼哭起来："桂花姐，桂花姐你怎么才来呀……"

　　迎亲队伍这才大胆地经过查岗路口，那些民兵个个站着傻笑，有的直朝新娘飞眼，没有人上前盘问，有的口中喊道："鸟过生日咯，今晚过瘾啊咧！"

　　迎亲队伍的人没想到这么顺利，他们像惊弓之鸟般无声无息地一路小跑通过。

　　符家干没注意王桂花断后"保驾护航"，有意与这支队伍保持一段距离。当他看到挑一担菜掺在队伍之中的"精脚嫂"从他面前躲闪低头擦过时，他眼光锐利正好逮住她，口中阴沉地叫道："慢，慢，这不是'精脚嫂'吗？"

"精脚嫂"打了个激激灵，双腿一软，放下菜担子。

"别以为混在其中就能过关，你种的菜不少啊，谁批准上市条子拿来。"符家干站着不动，示意他人上前盘查。

"精脚嫂"吓得不说话，有所忧虑地调头回望，王桂花脸蛋红扑扑地缓慢走过来，她摘下头上地新草帽子，擦干脸上的汗，不紧不慢地说："我家嫂子这担菜是她自行处理超标菜园子的菜，还没处理完，我支持她的自觉行动。"

符家干拉调子说："不用解释，那为什么不给她写个放行条？"

王桂花脸色顿时不悦，说："我很早就上工地，不知道她今天要卖菜，你想让我现在补这条子吗？"

符家干不动声色地说："是不是处理的菜我要核对，好了，今天让'精脚嫂'走，往后没条子不行。"

王桂花来了气，说："你看我家'精脚嫂'好欺负是不？你信不过我？我人就是条子！怎么？想查我什么？"

符家干怕了，走开说："谁敢查你工作队。"

"精脚嫂"这回有人撑腰，胆壮腿硬，朝地上扑地吐了一口水，她心里暖暖的不急着走，说："桂花，嫂子等会儿割肉回家，你要回家吃饭。"

一个星期后的上午，也就是我交给陈祥广他要的那份材料的第三天，他在工地上又随手交给我一张统计数据。他说："我把你写的材料呈报公社工作团并直接呈送县里的于弘毅书记了。于书记他对我们大队的工作很赞同，指示要好好总结，增加更多的内容，准备作为先进经验加以推广学习。"

我故意问："达不到榜样水平？"

他说："快了，我们要不断增加内容，一直在行动。这个新增内容很好啊，是我叫叶金妙统计出来的，你拿去加工一下。"

我看了看，那方格纸上写的不过是叶金妙最近统计的数据：

坡岭大队狠扫资尾巴，大铲除资草行动胜利数据。自留地（社员群众又叫三边地，田边、沟边、村边开荒地）情况。

产除资自留地，一队 5.4 亩，二队 4.4 亩，三队 4.2 亩，四队 7.1 亩……六队 5.4 亩……八队 5.1 亩……

大清查抓资鸡，一队十五只……八队十只……

下面接着写的是鸭鹅羊猪，没有牛（集体的）。

真是难为了这个叶金妙，她这是找谁要的数据，造假水平太低太大胆了。我八队草子园哪有超标这么多自留地，超养的鸡有十只……谁统计的？谁报上的？

符家干才查过我村"尖嘴户"纪月家，怎么就有了我们全村的行动数据，全大队的数据都出来了，显然，这是陈祥广想要的并由叶金妙造出的数据。只有一些是属实的，那就是各村都有所动了，只是搞起的动静大和小而已。

我无法在陈祥广面前说三道四，说白了是不敢，但说了也是白说。

陈祥广肯定看出我的疑惑心情，他做出一副严肃面孔，说："我们要把这项工作继续干到底，工作队要首先带头做好三同户的工作，你住的三同户如存在超标的事，要赶紧处理，做出样子，带好头，要不我们何以面对群众的质问？"

有群众质问？不可能，这是他的口头禅。

对他的这番要求，往下的工作里，幸好我现在换了三同户，住在陈年仔家。陈年仔这个穷光蛋家，一分自留地没种，更没养什么鸡鸭鹅，是个连老鼠都找不到吃食的家，我可是省了那所谓"超标"的心。

我也不愿去点数队长庞成地家有多少面积的自留地，有多少只鸡鸭鹅，要求当队长的带头处理这种事，等于没事找事自找苦头吃。但纪月家超标的那三只鸭，因为符家干盯上了，我必须叫她尽快处理掉。

有意思的是王桂花，她担心符家干可能针对她和"精脚嫂"，要上门查实情况。这回她听从陈祥广的指示，"精脚嫂"家超标的三只鸡，她如数出钱买下，拿到大队供销点那朋友住处，与张奇乐慢慢享受三天两头吃鸡的幸福。

她有一回还悄悄叫上我，我高兴得手舞足蹈，一整宿惦记着第二天这顿鸡餐。

我们听说了，不少村在处理这个问题上，都是敷衍了事，虚报一通，只有一回的检查匆匆走过场，工作队队员或是生产队队长提前通知村里人，超标的一律藏匿好自己的东西。有的人把猪羊赶进床底下，有的把鸡鸭鹅锁在房子里或赶去村子一旁的山林里，社员因自留地分布在离村子不远不同的地方，多出的自留地张三的说成是与王五合种的，应付上头检查的名堂五花八门，往往叫人啼笑皆非。

大队流柴河水利工地在采取的各种各样的大干快上精神鼓舞下，工程竣工就在眼前。这个小水利工程灌溉受益最大的是张奇乐和王桂花以及全大队大半以上的生产队，这些生产队派出劳力的积极性越来越高。

我已经在工地身先士卒地干了将近二十多天，这是最后的一天，我计划将不再上工地，而是回村里狠抓落实明年早造备耕。

午饭时间，打开饭盒，那是陈年仔妻子为我莄饭汤装的半盒子干饭，他们则天天在家喝稀的饭汤。中午饭要便于携带，能吃上干饭的待遇，是上工地他一家对我的好心特别照顾。

干饭上放一小撮萝卜梗叶，是那种黑乎乎的酸菜，从腌酸菜的坛罐里随手抓出的，我上工地多少天就已经吃了多少天。久而久之，刚一闻到那股酸味，喉咙忍不住哇地吐出满口酸水，胃像被刺了狠狠的一刀。额头的大汗珠不停地冒，工地呼呼地吹着冷飕飕的风，浑身衣服很快被虚汗渗透，空胃的疼痛使我全身抽搐，眼前发黑，我在中午饭那一刻，虚弱到差点倒下。

我清楚，这段时间太苦了，天天早出晚归，与工地其他人一样，两个六点半，中午不休息地奋战着。别人挑多少土，我挑的土也争取完成任务，特别是最近的十多天，晚上还挑灯夜战到 10 点半，社员群众中有不少人病倒，有的怕苦就找理由躲避开了，各村上工地的人已经轮换了几茬人，我们村只有我和庞朝东、甘春子要坚持到最后。庞朝东和甘春子是我要求他们留下的。

庞朝东在挑土的人流中最惹眼。因为他是突击队的人，为了不受老龙的指摘，为了表现积极出色，他每一次叠挑四担土的数量总是比别人多，完成任务总是提前。自己的指标干完，间或又去帮甘春子完成挑土任务。

我跟他来来往往挑土擦肩而过，看他肩上沉重的白茶木扁担弯成一张弓，两头挂着的四簸箕土一颤一跳，绷紧发出嘎吱嘎吱的响声，仿佛来自他双腿骨关节的承重，又像响自他的心脏。人大汗淋漓，憋得涨红了脸，真担心他长久下去那绷紧的弦瞬间断开，那结果将是多么可怕。

我在工地上，每天干活很是饥饿和苦累，肚子欲望冲动让我如一条要冲出寻找吃的饿狗，但又碍于无脸走开，看到有的社员带着蒸熟的地瓜作加餐，我干吞涎水，太巴望他开口给我一半充饥，可就是没盼到这种机会。

加班晚上回到家已是夜里 11 点半，披星戴月的苦累，我有时随便喝两口陈年仔给我留下的冷饭汤，有时我连饭汤都不喝，和衣倒头便睡，失眠症像鬼如影随形很快附身。

一晚深夜，我的蚊帐被拱开，伸进个狗头吓我一大跳。汪黄同志的确经常在给我值班，我拧亮手电照它，它不停地向我示意地面。再看地上，放着一只肥硕如小猫的死老鼠。

咦，好大的死老鼠，还流着血，我不接地看着它，用眼神问汪黄去哪咬的？

此番想过，那被咬的老鼠装死苏醒，拖血逃离。汪黄同志追上又咬又甩，老鼠此回发出致命的最后惨叫。

看到躺在地上的老鼠，心想这么干净高级的老鼠为什么不可以吃，我以前完全没想到这一点，想到的只是觉得老鼠不是人的肉食动物，它是世界上最脏最可恶的东西。眼下这老鼠肥得流油，我却变得瘦骨突出，这个黑夜里升起的念头使我在饥饿的驱使下蠢蠢欲动，把老鼠煮着吃不如烤着吃，烤着吃现在还可以生火取暖，边烤边取暖边吃是多么幸福啊。

我这是第一次偷吃老鼠。黑夜里就着陈年仔家火灶的熊熊烈火，带血的老鼠被我送进灶膛，如同庄重的火葬，已经等不及烤而是烧了，弥漫的烧鼠味在灶上散发着，鼠毛烧没了，鼠皮接着发焦，想象的香喷喷的烤鼠肉很快就实现了。

不管它出炉时多么烫手，我迫不及待地撕下一条后腿，吃得满嘴的血水肉腥。吃完的速度出奇地快，连那两对老鼠爪和粗尾巴上的皮肉我都不放过。可能是没有勇气睁眼看自己的吃相，不管什么滋味，闭着眼睛啃光它。

我啃着嚼着，两行热泪默然涌出，顺腮滚落。

汪黄同志在旁边，发出一叫，似是让我别忘了它的，可是晚了，我十分歉意地看着地上的鼠骨和小坨的带血内脏。我记着跟汪黄同志说："这是我们之间的秘密，千万别让人知道，我定会补偿你。"

我最终躺倒在工地上休息，疼痛的肚子已吃不下中午的饭，我曾经找过大队的赤脚医生告诉我，我犯的是肠胃溃疡，跟长时间饮食不当有关。

她给我开的药吃了，仍然不见好转。幸好是我准备离开工地的最后一天，我为自己能坚持到这天而高兴，尽管脸色苍白如纸，尽管人没突然倒下，但看着阳光坚硬地照射着在水利工地穿梭的人流，看着即将完工的流柴河上游的堤坝，寒风吹拂旱季里缓缓蓄起的河水，在阳光中闪出片片光芒，开始哗哗响尝试着溢出打开的堤坝圆孔泄洪闸口，我脸上平添了一抹胜利的微笑。

庞朝东这时过来看望我，他眼神疲惫，神态崩垮，他说他也快撑不住了，我们回家吧。

张奇乐吃惊地跑过来，先是关切的眼神，后无不幸灾乐祸，风凉话吐满地，什么假积极，入团入党啦，马上要当典型，成榜样，当领导，我看你快没命了！当你的没命英雄去吧！说完，他的眼圈红了，我的眼也红了，不想再说什么。王桂花嗔怪张奇乐讲屁话，她说今晚上她那，给我煮鸡汤吃鸡肉补身体。

一股暖流涌遍我的全身。我的好同伴，好姐姐，我爱你们！

我知道庞朝东他在工地被老龙编入了突击队。甘春子当时也差点被编进去，我指责老龙，让他别乱来。

突击队的人总共有十一个人，每个人每天比别人挑土量增加三分之一，这是老龙现场随意定出的指标，他说已经请示过陈组长，得到了他的同意。他规定当天完成不了指标的

211

不准回家，第二天叠加。他还说视情况而言，如有可能再增加任务。

上述指标和再增加任务之说，纯属他个人的信口胡说，我认为他太过分了，就让他来挑一挑土，试试看。因为我体会得到这个指标完成的艰难，我向他提出异议，那样把他们往死里整，累坏了人怎么办。

他轻松地笑笑，说："我这是为工程进度着想，他们这些人就应比我们社员群众出更多的力，不会累死人。就说你们村的那个庞朝东，像头牛，天天有使不完的力，别人挑一担来回，他则叠着挑两担，还帮助甘春子完成指标任务，你说他们会累死吗？"

原来如此，我猜他这是妒忌加吃醋，故意借口整人，不整人，他不痛快。

我试着问他："你在家娶媳妇没有？没有吧，你是不是也看上人家甘春子了？"老龙嘿嘿笑，摆手否定。

我又认真平静地问："甘春子好看不？"他不好意思地点头。我觉得他可笑。

真想吐他口水："你以为你是工作队就了不起呀，老龙，知道什么叫癞蛤蟆想吃天鹅肉不？你连癞蛤蟆都不是。"

他讪笑，又追问我他是什么，我答："臭虫！"

这话讲完的十多天，也就是我病倒离开工地的后两天，庞朝东因挑土过多，扁担突然折断，肩头沉重的担土使扁担失去平衡砸下去了，把他的腰给扭了。伤势是否严重，没人知道，但他像被废了武功的人，站直腰的姿势都不行。

老龙不相信他伤得这么重，说这是他害怕劳苦，想逃避劳动装出来的，强迫他说什么都要完成当天的任务，不然，罚扣当天所有工分。这是甘春子事后跟我说的。

当场甘春子愤怒至极点。她无言无语地拾起庞朝东的担子，决心咬牙为庞朝东完成当天的挑土任务。几次累到挑土摔倒又站起来，仍然坚持着把庞朝东当天的任务完成。

负责发放挑土牌子的张奇乐见其不平，他对挑完土过来拿牌子的甘春子说："春子别担心，你挑一担我就给你两担的牌子，拿着！"甘春子感激地对他苦笑，把多出的那张牌子交还张奇乐。

直至一弯新月挂上树梢，地面的月夜幕被缓缓拉成了惨白，他们才最后离开工地，这对恋人相互搀扶着回家。

我在知情的第二天，换下庞朝东和甘春子，换别的人接着上工地。

第二十六章

"咚咚呛，咚咚呛……"进入溪子河水利工地的大道上走来一行队伍，远看带头的人敲锣打鼓，跟在后面的人肩膀上都挑着沉甸甸的担子。大路上值班岗的人上前查看，挑担子队伍中还有人赶着一头老水牛，有两对人肩头上一前一后扛着两头猪；所有人挑的二十多副担子里，满满的是大米、鸡鸭蛋和各种蔬菜。

这些东西看来是送到水利工地的，走在队伍最前面的一个人，竟然走路腿有点瘸。这人是谁？

等他带队伍走近工地指挥部，在里面值守的秘书小卢认出了他是东响公社新石实大队支书石光亮。这人可是雨林县最具头名的大干社会主义的榜样人，为全县人民学习的榜样。

他前次因工作劳累过度中风，落下了瘸脚的毛病。他所领导的新石实大队，十多年中带领群众在溪子河兴修水坝水利，屡干屡败，百折不挠的奋斗精神已成为全县流传的美谈。

小卢给他整理过先进事迹材料，是于弘毅一手把他和他的大队树立为全县最闪亮的学习榜样，并把溪子河水利工程当作县里成立水利建设兵团首个战役来打。

他人没进工棚，便不停地嚷嚷叫："于书记，于书记，我代表全大队的社员群众来支援你们！我们来慰问你们！感谢你们啊！"

于弘毅在工地参加劳动，他不在指挥部工棚里，小卢打开广播通知他。

石光亮在溪子河水利工程关键时候代表大队群众，带物质上工地慰问和支持县水利兵团的建设，物质不多，但这是莫大的精神支持和积极的影响。赶回指挥部的于弘毅心里同时有一股力量流过，人民群众多么热情，有他们的支持，天塌下来都不怕！

于弘毅握着石光亮的手说："感谢你的支持！你总是有这样的一股好精神，不愧是我们县大干社会主义的榜样人。"他请石光亮及随同来送礼的社员群众一起和工地的所有人加菜喝酒吃饭。大家一起加油。

这期间，于弘毅和石光亮并肩走出指挥部工棚，面对着沸腾的工地，于弘毅说："我打算调你去黄岑公社工作，你这两天就准备赴任。"

石光亮不敢相信自己的耳朵听，吃惊不小地说："我一个农民，有水平去黄岑公社工作吗？干什么啊？"

于弘毅用不可置疑神色说："这是组织上的考虑，我们就是需要用你这样一些一线的大干社会主义的带头人。你与县委的工作保持一致，能干好大队的工作，为什么就不能领导好一个公社？我们的各级干部都是这么来的，你要有信心当好黄岑的带头人！我相信你！"

一个星期里，还在枫林洋农田整治中，带领黄岑公社群众开荒造田的林中玲书记，接到县组织部免职的通知，接替他工作的石光亮上前跟他握手交接，老林气得转身便走。负责蹲点枫林洋片区的县委副书记陈然说："老林你别急，这事我要问一问于弘毅。"

林中玲满脸的委屈和不解，说："别问了，没用。"他很后悔，当初不该听从公社领导讨论，未经批准，就把溪子河县水利兵团的属于黄岑公社的一部分人员撤回来开荒，他真没想到，这么快就被免职了。难道他被免职就是因为这件事吗？没人想去弄清楚。

又过了几天，接任黄岑公社书记的石光亮把原先撤回的溪子河水利工地的黄岑公社水利兵团人员，调出枫林洋农田整治开荒区，全部一个不少地重新回到溪子河水利工地。

石光亮亲自组织并带着队伍重返溪子河水利工地，到了工地还不失时机地放响一挂挂炮仗，他这是做给所有工地上的人看的。他这刚上任的举动，于弘毅嘴上不说，他脸上的表情都说清楚了。

26

镇上赶集的当天，钟欢美带着我签名的通行条子，还没走到市口，在公社大门，她看见不少人在那静坐，其中成群结队挑箩筐的一组人不是坡岭大队的人，吵嚷喧闹说是等候公社发放救济粮。她不认识这些人，可是看见不少熟悉的本大队村里的人在那围观，跟着起哄，她上前去问原因，那些人说谁家里不同样缺粮，跟着闹兴许也可分着点吃的。

她虽然属于这种情境，但不敢随流，她今天来市镇的目的是给营养不良多病、身体越发虚弱的孩子买点吃的，为了这，她从队里预支的那点钱拿到手已有些日子，抽空请假赶紧去镇上看能否买点什么。

她转完个来回，问这问那，跟人家讨价还价，手中的钱捏出了汗，仅够买回三两当油引子的白肉和一串小咸鱼干。

她的满足溢于言表，回到家不等婆婆动手做饭，她先给孩子煮上一小碗咸鱼碎肉粥。

那孩儿一天到晚虚弱昏睡。刚闻到粥的飘香味，一种从未闻过的极具嗅觉诱惑力的味道唤醒他，一反常态地在她怀里伸胳膊蹬腿力度大增，哭闹着要吃要喝。

粥太热，钟欢美放在灶台凉一会儿。说时迟，那时快，像是个黑影儿闪过缝隙的功夫，粥被哐当打翻在地，她定睛看清，那是陈年仔家的大黑猫，抢烫粥喝不成踩翻了粥碗。

钟欢美认得这只臭名昭著的幽灵猫，皮毛似宝黑狸色，偷吃抢拿村人东西早就路人皆知，受害者几欲灭了它，无奈它鬼怪精灵地躲避，只能责打上主人门头，又总是不了了之。人们怀疑陈年仔把它训练成这样子，却拿不到他和猫共享偷盗果实的证据。据说大到人养的鸡，小到树上的鸟及小动物，它都能叼回家。

钟欢美几乎气晕过去，她随手操起柴棍，想打它棍子早就找不着目标。她抱着孩子冲出门外亦不见那猫的影子，便怒气冲冲追去陈年仔家，到门口啥也没瞅见，又不敢闯进去寻找，只好懊恼返回伙房。

回了暗淡的伙房，她无意中则踩着一只吱吱叫的老鼠。那老鼠在她光着的脚趾头上狠狠地咬了一口，吓得她一棍子打下去，没打着老鼠，她连人带孩子摔倒地上，脚趾流血不止。

她索性抱着孩子大哭起来，声音悲不忍听："生树啊生树，我这日子难过啊……"地上的一小滩洒粥和滚灰的裂碗，那些个窜出哄抢食粥的老鼠，个个惊慌逃散去。

她抹干泪水站起来，把孩子放地上，重新拿起那大半个裂碗，把地上的粥刮回碗里，那孩子等着吃哩。

我从工地回村子里已经躺了两天两夜，吃了点药，身体恢复好多了。庞多叶过来看望我，前天摘了个熟木瓜给我，她说这东西吃了对肚子好，说是木瓜能治胃病。

温婉时光再次出现在今早上，她端着一碗放了油菜肉末子的稀粥过来给我吃，现在能喝上这样一碗粥，对我来说太不容易了，一瓯饭的温情顿时让我心头比粥还热，不知为啥竟红了眼圈，别过头去，就想哭。

我说："多叶，谢谢你对我的关心，没你这份心和关心我的人，我想我快不行了。"我也不知何时这么悲观了。

我们温柔对视着不想移开视线，她随即又陷入一种悲情之中，她也红了眼睛，转脸一边说："过两天那边来人要接走我了，王哥，往后你保重，要照顾好自己。"

我真不想她这么快就嫁出去，不过说快也不快，庞成地对这事操持久了。

我问："夫家是哪的？"

我现在能想的就是希望她能嫁个好人家。她没回答我，默默地走出房子。

第二天，天亮得很慢，我起得早，阳光散照在村庄的大小路上，淡淡薄雾中，鸟儿比平时叫得更加嘹亮，它们缭绕在清晨中的声音，随鸟影子飞向更深更多的山林田地。

我此时心情欢愉，自从上了工地，我就没去过"深田窟"，沿熟悉的山路，很快便走到了那地方。

去前听庞成地讲，这次由庞其亲自在那养的冬季红萍初获成功，他对庞其的支持和信任多了，作为明年早造压田的基肥，队里已将部分红萍捞起压萍。照此下去，庞其讲他养的红萍，草子园村八队的所有主要稻田都可作一到两次的增补压萍肥田。

真是令人振奋的消息，我队红萍养植终于后来居上，这是说到做到的决心体现，也是我及时正确调整人员得出的结果。

我站在高坡上，任冷风拂面，望着"深田窟"的湖水沼泽，雾云飘动时隐时现，到处都升腾起团团袅袅的水蒸气，那水温中有流动的温泉，几大片温泉水面上是密密麻麻铺盖着的红萍。

温泉水养红萍，庞其水平不低，他不愧是名副其实的农院老师。

不一会儿，水面上一片香蕉舟穿出，水波荡漾，那是庞其用野香蕉杆制作的小船，平时就靠这船在水面上漂浮养护红萍，上面是蹲着划桨的庞其。在山明水秀的意境中，他已认出是我，向我招手，小船悠悠靠岸。

我以为庞其在这如诗如画的青山绿水中会活得多么的自在和幸福，而这时看到他出现时，我的初步好印象荡然无存，心中不由地为他抽紧。

还没有多长时间吧，他原先一副斯文样没了，几乎变成了个野人。没理过的毛发白发比黑发多，又长又脏，零乱地遮掩着脸颊，清瘦的黑脸庞胡须飘逸，下身的长裤子从膝盖处剪除去裤腿，露出一对冷风中瘦小的光脚黑杆腿，只是上身的那条脏乎乎的中山装上尚插着一支钢笔，多少显示出他不同的身份。

不难想象，他独自在这，过的是怎样的一种生活，为生产队养萍，他的付出无法不让人感动。

"庞老师，你辛苦了！我代表……"我脱口而出，又觉得叫他庞老师变顺口了，又一时没想好代表什么，代表生产队？能代表吗，代表工作队吗？代表不了，那代表个人……没意义吧。什么时候学来的这口气，自己顿时觉得别扭。

我和庞其上了船，直接到水面上去看红萍。我问他："这里的水有深有浅？"

他说："是的，沼泽加低度温泉，有的地方深不可测，用竹竿撑船够不着底。"

我说："危险呀，你懂游水吗？"他没有回答我，一边用竹竿划拢水面上的红萍，一边说起这"深田窟"的由来和它的好处，用它来发展集体水养殖业，用它今后搞旅游等，我听着感觉他眼光看得远，如听新鲜的故事。

他还说，这地方的东边方向有十多支小河小沟连着流柴河的上游支流，地形自然复杂，山林水系发达，资源丰富。听着他说，我不免又增加了对这环境的敬畏，产生不同的联想。

我身上带着几个陈年仔老婆为我准备的地瓜，权当是午饭。中午没返回村里，又直接去了生产队那大片的优质水稻种植田洋，叫做山田畴的地方。

这几十亩连片的水稻田洋，既是草子园村人不可失去的安身立命的饭碗，也是他们每年为国家交公粮的可靠保证。

我觉得这地方经过下一步的努力，一定如陈祥广所说的会做成知名的榜样，不敢说做成全县的榜样，至少要做成藤岭公社的榜样并迎接年终大评比大检查。

望着山田畴的广阔天地，它是最具备榜样条件的田地。田间地头上堆放的一堆堆，一坟坟绿肥墩，或排列组合或围绕圈子，我下定决心要按照县里工作队布置的标准去实现这一目标。

这目标之一是，山田畴明年早造插秧前评比标准要做到"三光"，一光是田埂光，田埂修理整容笔直，做到不留下一根草；二光是水田内光，田地深耕翻晒完；三光是基肥下田光，村里蓄肥、田头的堆肥要下足。

这个高要求的落实，必须得到庞成地的支持和认可。

我于当晚与他商量，文化室里记工分的人来来去去，他毫无商量余地就给我一个难看。他说："田埂不留一根草，那是要把田埂挖掉？"我说："不用不用，用田泥巴把田埂草糊上就行，标准好看。"我同样搞不清上头是如何制定出这标准来的。

他讥笑着说："田埂留下一根草就影响水稻的生长了？花工夫去玩泥巴，你是吃饱了撑的，没事找事做！"

话粗理不糙，这个骂让我脸红不已，在场的几个社员抿着嘴笑，庞成春说："有什么好笑的？老王叫按标准干肯定有好处，干净光溜溜的稻田土埂，到时咱村被评上公社的榜样，岂不光彩！"会计庞成春这是为我打圆场。

庞成地听着更是上火："光彩？光彩能当饭吃吗？你知道有多少条田埂，得花多少人工去干？只是为了好看，评上榜样啊？干这没用的事！再说基肥下田，村里积下的那点人牛狗粪，全下稻田完了，坡上作物去哪拿肥种？不懂做农还瞎指挥！"

他的这番轰炸，我都不知如何反驳他。

庞成地骂完，接下我说的那"两光标准"，庞成地接着说上嘴："犁田晒田，不用说我们做农人一年到头会去干，用不着你们来教我，积绿肥当基肥，直接下田压青不就得了，你说用得着要垒那整整齐齐的肥坟堆吗？做样子出来给谁看，简直就是胡说八道！"

庞成春说："队长的话太绝对了，绿肥要先沤熟，堆肥过程就是沤，这过程不可少，上面要求是对的。"

庞成地说："沤什么沤！直接下田压青就不是沤？省去那

220

堆肥花样工有哪不好？说实话，我看他们仅推广了养红萍这件好事。"庞成地终于服了养红萍的事。

庞成春说："你先前不也是反对养萍，说这新东西不靠谱，现在说好了？"

但不管他们说什么，我都坚持要按这个标准实行，他反对这么干，不派工，我来派，看他如何能难倒我。

第二十七章

当天里，溪子河水利工地全体加菜，附近的新石实大队给工地送来了肉蛋菜，消息传出，人心欢喜，给刚开完鼓劲大会的所有人又增加了一件喜事，所有人太想吃上一顿这样的好饭好菜了。

欢欢喜喜开饭时，新石实大队分派在水利兵团工地上一个女青年突然大声说："你们吃得下，我吃不下！你们吃得香，我吃不香！你们知不知道，这些饭菜都是我们大队的父老乡亲从牙缝里挤出来给你们送来吃的？生产队集体养的鸡鸭生的蛋，养的猪牛，他们舍不得吃，也不卖给个人和供销社，心甘情愿送来给我们吃……而我在家很多乡亲，他们天天只有稀饭喝，我的爹娘和一家子人，还不知道口粮够不够吃到稻谷上场呢……他们为什么这么做，他们是希望早日把水利建好，人人都有好日子过；他们都因有一个好带头人，宁愿自己人苦死累死，也要把农村社会主义建设好！"

谁也没料到她这时讲这话，喜日子为什么要讲这话？一番话把在场的人听得沉默不语，有几个人端着香饭菜躲开，说："你装着不吃也行，要不把你那份分给我们吃，我们给你唱赞歌。我们大队的领导没有你们石光亮书记的高境界，自己的社员群众都缺吃少喝的，反把东西……也有人说，单懂说这话，多给我们送吃的来，我们下次评你先进，工程结束让你去县里进厂当工人。"

"闭上你的臭嘴。光知道吃！"那女青年骂完急忙端她的饭菜走开。有个男声在背后追着她，"你别走啊，把你的给我吃了，我爱你！"

……

在工地开饭的晚餐时间里，工地指挥部的广播里还播出一篇鼓舞人心的表扬通讯稿，稿件内容早就在县广播站向全县播出，在县里掀起了人们关注的热潮。近期有关这方面内容的报道在全县广泛传播，不少消息还上了地区的日报和广播电台。这篇稿子内容就是写全县人民为支持溪子河水利工程的上马，响应县里的号召，捐钱捐物的壮举。没钱也可捐能卖废品的物，搞得县里一家有背景的废品收购站在那段时间里生意红红火火。

其中有个例子令人感动万分、无法忘怀：新石实大队有个叫蒙金娃的老太婆，她把自己准备百年后的寿材（备用棺材）卖给急用的人，带着钱，一步一抖地赶去亲手捐献给水利工地。她说自己死后就埋在水库的山上，看着这儿的山水带福给这里的人。

不久，经打听这老人是石光亮他的老母亲，石光亮当黄岑公社领导后，当人们问起这件感动人的事，他不失时机地说："我这领导的家不带头行吗？实话跟你讲，大家都没钱捐，我村还有人宁愿自个儿的家搬空了，捐出桌椅板凳给水利工地。至于我母亲捐棺材引起反响的事，听说县里有几个老人知道后，有的人学榜样，把自己准备百年的棺材寿衣都捐出去了，你看这是什么精神？我们要大力宣传这种精神！"

石光亮这番话最先经当地的农村通讯员传到县里的日报记者站，人家记者立刻上门采访他，又是发消息又是写长篇通讯，搞得县里新闻采访组的工作成了落后一步的被动局面。

27

第二天，我不管他队长同不同意，起了个大早，指名道姓派六个人跟我一起去修理田头、净光田埂的活。削光田埂是跟泥巴打交道，不但要细，而且又累又脏。我之所以要过去一起干，为的是盯着这种事，也是为了拿出统一标准，同时按标准加以验收。要说统一标准是啥样，上面也没有制定出来，反正稻田埂必须光溜溜一个样吧。

削光田埂的活分两道工序，先用镰刀割去稻田边的坡坎和田埂上的杂草小灌木，再下水田里就近取田泥涂糊田埂的草根草头，直到田泥全覆盖住原田埂，田埂的形象变成条条四通八达的笔直光亮的黑泥路，绕着成块成片的水田，构成一幅大地间山水美的田园。

钟欢美是派出六人中的一个，她在离我不远处的田埂上割草。谁都没有明确安排任务，按说谁割草的那段田埂，谁负责糊抹田泥，她今天就没带铲子或锄头等糊抹泥工具，这是不打算干那又脏又累的糊抹泥活了。

天气那么冷，光脚踩进冰冷泥水中，挖起泥糊抹田埂，这种活的感受不言而喻。她不想干，谁又想干？

我自以为是，看不惯她的怕苦挑活作风，指着她割过草的田埂上前问她："欢美嫂，你这是准备留给谁干的活儿？为什么不抹泥啊？"

她明白我的问话，不紧不慢地回道："谁想干就干呗。"

我认为她大胆顶我，也许关系到面子和威信问题，我可是从来没有在劳动现场当面批评过谁，顿时来了气："就你精，你怕干的活谁给你干啊？我可把话说死了，你今天不把你自己割草的那段田埂糊泥，今天你的工分全扣！"

她马上意识到顶错了人，那是工作队老王，顶谁不好，别顶工作队，随便爱揪着你的事，让你吃不完兜着走。她服了软说："老王，不是那样想，我自己的活还不是自己干吗？自己不干又有谁来帮我干哟，命苦咧。"

她磨磨蹭蹭地放下手中的割草镰刀，慢慢吞吞地卷起裤腿，脚滑进寒冷水田里的那一刻，我偷眼瞥见她脸上的痛苦表情。这表情先是闭着眼睛，后才是挤眉咧嘴，像是缩肩还吸了一口冷气。

她平时不都干过这种下水田的农活，不像是故意做给我看的。她此刻的表情，给我的冲击印象深刻。直到离开村子的很长时间，每次想起这事，心里总是无法安定。

她没有带挖泥工具，又卷起袖子，揸开双手指缓缓插进水田，冷水没过双肘，弯腰脸贴近水面，从水下捧起黑乎乎的一坨泥，往田埂上"啪"地甩上去，泥水四溅，再用手把泥巴三两下地抹在田埂上。

如此这般的动作循环反复，她整个人像泡在泥水中。其他人都带着工具，带锄的则慢悠悠挖泥上田埂，带铲的至多站在水里小心朝田埂挖挑泥水，根本不用一双手当工具，不像她，整个人都干成了泥人。

我担心她长久下去会弄出病来，叫道："欢美嫂，你不能这么干下去了，今天天冷回家吧，明儿记着带工具来。"

她不再理我，在那一直干到太阳下山收工回家。

次日光田埂的人就少了钟欢美，而在水田里多了庞成地犁田的几个人。

庞成地不理我，他埋头驾驭着他的牛犁田，那头叫黑子的水牛到了他手里，不敢有半点的懈怠，拉犁很冲。临近晌午要歇会儿，他松懈精神准备上坎休息，那牛似领会了，累了也停了下来，庞成地冷不丁啪地抽一下牛鞭，说道："这是干实活，没叫你停！"

黑子往前猛一地拱，我在一边听得认真，上前搭腔道："队长，谁不是干实活，别拿牛出气。"

我主动走近他，故作给他呈笑脸，顺口问道："钟欢美今天向你请假了？她为什么不出工？"

庞成地头都没抬，他说："工是你派的，人出不出工我不知道，你自己问去。"

钟欢美她肯定怄气了。我说："她这人怎么这样，怕苦不想干就说一声，我另派人。"

庞成地停犁卸牛，吐气说道："她今早上我那哭，被老鼠咬的脚趾说是下田入水感染肿了，她干你安排的这种活，锄头铁锹工具也没有一件，她老公不在后，工具全给人偷拿了，又没钱买新的工具，家中没了个男人，麻烦的事多了去。"

他又叹了口气，又说："做农人怕得了苦吗？她这家多事，命舛。"

我一时不知道说什么好，心里总不是个滋味。

联想上这光田埂的活，多少让人沮丧，花费那么大的功夫，难道仅仅为了好看争榜样，管用不管用另说。庞成春晚上告诉我，庞成地背后骂声不断，把田埂糊泥成那样，下雨淋湿泥不是就被冲没了？吃饱了玩泥巴，人走田埂巡田，弄不好会滑倒呢，干的尽不是人干的事！

阳光灿烂暖烘烘，风送来的丝丝冷意却无比干燥，田野舒展的萧色赶走地面仅存的那点潮，山坡上的层层草木枯相连向远方，一只坡尾鸟从陂陀土草处跳空而起，发出连串的凄叫。

晚饭后我上钟欢美家看她望她。钟欢美一直在伙房里给小儿子喂粥，不管她如何逗这小崽，他就是不吃。见我进来，她客气地给我个笑脸，并未示意让我找地方坐下。我好生尴尬。

她婆婆近期听说生了病，早就睡去了，一个女人白天要干活，又要照顾这一老一少，她的艰难日子过得可想而知。

我看她打赤脚的脚板真的有点红肿，抱着儿子来回走动，嘴里不停地哄儿子吃饭。她怀中的小儿打挺干瘦小身，紧闭小嘴巴东躲西扭，就是不吃她喂到嘴边的一勺羹粥。我问孩子为什么不吃。她说今天粥里没放小咸鱼干，就不肯吃了。我又问为什么，话出口就觉得我这为什么问得有点多余。

她苦笑道："粥里没小鱼干少了可口味，宁死也不吃了，哎，哪有那么多小鱼干天天吃。"我一时不知说什么了。

她无奈地摇头："小祖宗，你这是找死啊。"她转身抱着儿子去漆黑伙房墙角，伸手在一小陶罐中掏，抓出几条小咸鱼干说，"不是妈舍不得给你吃，就剩这几小条了，你看看，吃完就没了，咱忍着点，明天再吃好吗？"

她放下孩子，把那几条小鱼干用稻草绑了，往伙房火灶边的钩子挂上，不管我的存在，抱起孩子又给他喂粥。

说来也怪，她来回这么个举动，小咸鱼干挂上去后，只点着小灯的整个黑屋里，就有了暗淡灯火中浮动的一股子腥咸香味，这气息味道实在是无法言喻的慰藉，钻透肺腑，好像使我都咽了一下口水。那孩子马上变乖，张大眼睛，母亲让他看着那几乎看不清的挂钩上的小鱼干一边吃粥，粥里没鱼味，但空气中有了，他变很顺从，服帖地吃着母亲喂的粥。

看着眼前的这一幕，我顿时莫名地难受，鼻子发酸，生

226

怕被她瞧见我的表情。我掏出身上事先准备的 10 元，压在灶台的小灯下，说让她拿去看一看伤脚，说完就逃走了。这可是我半个月农场发的知青工资。

村里第二天接近午间收工时，来了一队骑着单车的人，人们早就知道，这是队长庞成地嫁女，一行骑行人今天是来迎亲的。没配吹鼓手，只摇着嘀铃嘀铃响的单车铃就进了村子，直奔庞成地的家院门，鞭炮声这才劈劈啪啪地响起。

渐渐的，村巷子里来了不少看热闹的人，他们涌向庞成地队长的家。过个把钟头，准备妥当的人从屋子里出来了，又响一挂鞭炮。

第一个走出院子门的是个男人，他一套内开四兜土灰色新中山装显然不合身，袖口和裤腿超长，脚上的胶鞋给遮没了只露出个鞋头，五大三粗的派头，粗眉三角眼满脸横肉，老气如五十岁的人。

庞多叶跟在后面，她穿着新白色的确良衬衫，搭配浅灰裤子和黑塑料凉鞋，梳两条小辫子。走出院门口，那男的推单车，仅用一只胳膊像夹个物件般把单瘦的庞多叶抱上单车的后座。那时间，来了一股子狠劲的穿巷子风，风吹动庞多叶哭红双眼背后的那对小辫子，她不再哭了，怕被人看见，就闭上了双眼。

那男的定是新郎官了，踩的这辆车子是红棉牌双杠的，较新色，后跟随的五辆同牌子的车子较旧，就这么个接新娘的阵势，就引起村人的红眼。

"会嫁哦，这男的有钱咧，听说是县城食品公司的杀猪爹，老婆刚死个把月，不过就是老一点，女儿都嫁人了。"

"老怕什么？去县城享受有猪肉吃，人家可是下了大钱的，听说光送礼金就够庞力超娶老婆了，队长就要这个条件，对方满口答应。"

"媒婆手长，队长会找女婿咧，可惜多叶有点惨，水灵灵的姑娘嫁个宰猪的，山捻花插在猪屎顶上。"

我确实来不及也想不出送个什么给庞多叶当纪念。那种念想就此结束。我去光田埂中午收工回来，惆怅了半天，连走出去说句祝福的话都没有，我不知道自己该如何去面对。

随后响起送行的鞭炮声，人们的话语里更多的是"嫁出去的女泼出去的水"的叹息。早嫁迟嫁都是个嫁，嫁好嫁坏谁都看不准，看命了。

一溜小孩子追着自行车，蹦蹦跳跳地唱起无名歌谣："坡岭坡岭，田在坡上挂，水在沟底流，十年有九旱，无雨烫死禾，有女不嫁坡岭人，十人就有九人饿……"

庞成地没有送行，望着渐行渐远的响铃串串的车队，女儿弱小的身影蜷缩在那辆车子后架上不停晃动，他眼睛慢慢潮了。庞力超喜形于色，他为什么喜，这回有钱娶媳妇，他当然该喜了。他送出车队很远，听见了风送来庞多叶的话："哥，快些娶媳妇，回去吧，要照顾好爹。"

我在那晚陷入了失眠，眼泪不知不觉涌出，这眼泪不知为啥再也忍不住了。

十二月的河道山坡上，遍地开满了白茫茫的茅草花，缕缕清风漫舞出白色的波浪潮卷，在这阳光和煦的日子里，传来了流柴河大队水利工地胜利竣工的大好消息。喜讯传遍坡岭的山水田园。

第二十八章

风吹风烈，通过大半年的艰苦奋战，溪子河水利工程终于在冬季烈风劲吹的一个中午，填下最后一担土而宣告大坝胜利合拢。

于弘毅和近万人的水利兵团人员，见证了雨林县水利建设这激动人心的时刻，这是雨林县农业水利史上的第一页辉煌开篇。工地上所有的人都沉浸在一片欢欣鼓舞之中，不少人流下了激动的泪水，溪子河的水终于按着雨林县人的意愿，滚滚流向前方，奔向广阔的田野，带去了人们的祝福和希望。

鞭炮声在响，接着锣鼓声音也响起，报喜的工地广播放出激奋人心的歌曲，天地间不断地释放出人们兴奋之情："祝贺啊，请告诉全县人民，通告全县的山山水水……"在那一刻，一个站在高坡上的年轻身体突然倒地，那个影子是慢慢倒下的，就如一个电影里的慢镜头。没有引起人们的注意。

人们无法忘记，在随后的多年里，雨林县农业水利建设和农田地整治高潮迭起，一个个大小水库出平湖，一片片农田展示在天地之间，一条条水利灌溉沟渠通向广阔的农田和村庄，从此在山水林园留下了历史不可磨灭的功绩。

28

汪黄同志近期表现不尽如人意，心思全放在找母狗上。庞力超和陈年仔为了进一步拉进我和他俩的感情，近日背着我准备一顿大餐，这大餐就是派出大黑猫和汪黄同志捉的老鼠，要摆鼠肉宴。

他俩过去经常做公道（聚餐），喝酒就鼠肉，这是就地取材，既灭了鼠，又赶口福，也是没肉找肉吃的最经济最直接的办法。

陈年仔暗地唆使大黑猫出手，他咬着一只用木头做的木刻鼠，趴地上不停地学猫叫，叫声犹如卡着喉咙，发出喔喔音，猫接听到声音，专注地长久瞄他，像捉老鼠般诡异踏步，蹿他跟前一把夺过他嘴中的木鼠跑了。

没人相信猫能训出样子，猫是世界上与人最亲近的动物之一，也是最不听人训的动物，没人能把猫训出来。可能陈年仔家的这只猫与别的猫不同，是猫是狸还是什么杂种的东西说不准。听说是他一次放牛从山林里捡回来的东西。

陈年仔长期训出大黑猫的绝招，鬼知道他是如何训出来的。

大黑猫捉老鼠去了，陈年仔等着晚上它带回的猎物。

庞力超带上阿宁，唤来汪黄同志，沿村巷子嗅老鼠洞，转柴火垛、边角旮旯和肮脏地寻鼠窝，展开一次全面的捕鼠行动。

汪黄同志一路上三心二意地寻着各地角落，带着庞力超和阿宁直奔地主婆文子心家。到了家门口，汪黄同志不敢进去，在门处踱步，摇尾巴。它还记得前次地主婆屋里的硕鼠，那些家伙肥啊，更记得在暗处朝他打出的地主婆的长棍子。

庞力超喊："进去啊。"

阿宁对庞力超说："你这狗不是捕鼠高手吗？它不进去谁能抓到鼠。地主婆住的里面阴森森的。"

汪黄同志越看越害怕，哪敢进去，生怕地主婆又从里面一棍再打出来。

汪黄同志犹豫一阵，突然想起与村里那只赤花母狗的约定，今天早上在村外土墩芭蕉头相会的事，它突然调头就跑开。

庞力超接连喊："你怎么搞的，叫你抓个老鼠你都不干，看我不打死你。"他追过去。

汪黄同志逃得更欢了，一会儿就跑得没了影儿。

庞力超很纳闷，平时叫它抓老鼠挺卖力的，今天会不会又找老王干什么去了，这条光吃不听话的死狗！

阿宁担心地说："等会儿它把老王引来，知道我们不出工干活，抓老鼠吃，会挨说的。"

庞力超说："有什么好怕的，这不是捉鼠玩，我们要请老王一起吃鼠肉。他现在住在陈年仔家，都不知道肉是啥味了。"

他俩就这么说着，执意要唤回汪黄同志去抓老鼠，追踪汪黄同志的脚步加快。但是一时哪里都没找到汪黄同志。

陈年仔的大黑猫在一天的时间里为他叼回个把肥田鼠和一只白鹭鸟，它在黄昏时去巡视生产队的稻种仓库，在那曾经发现过出没的鼠迹，知道那会撞上好运气，可能会遇到汪黄同志所抓过的那些出奇硕鼠。

那时大黑猫伏在那一动不动，墙角前跳过个黑影，这黑影正是地主婆家的那只叫老福的硕鼠，虽然它背上掉了点毛，显得行动迟缓，但大黑猫不敢贸然动手，它从来就没碰到过这么大的鼠。

老福鼠率领一帮大小鼠霸占了生产队的稻种仓库，经常往地主婆家的花梨木米缸内搬谷子。大黑猫跟踪着它，几次犹豫想扑上去。跟到家门口，再也不能迟疑了，一扑猛口咬下，硕鼠吱吱反抗，惊动坐门口犯困的地主婆。她看见猫和硕鼠难解难分的搏斗，不由分说一棍子呼地打过去，没打中，吓得大黑猫屁滚尿流。

过了一天，吃晚饭时，陈年仔突然端上一大碗黑乎乎的东西，我已猜出是什么，有意问清楚。

他甜笑，夹一块放进嘴里嚼，含糊地说："香鼠肉。"他故意加个香字，我为之一动。因为香，我无法不动心思。

"都是我们家那只猫的功劳。"他说。

我说："还有队长家的汪黄同志吧。"

"你都知道了。"他说，"那狗真不如我的猫，我的这只猫，陈大、陈小两小子吃的肉全靠它呢，都不知吃了多少鼠肉粥。"

我想这年头，老鼠那么多，也不全是坏事，它偷吃我们的粮食，我们吃它的肉，扯平了。他的笑脸是那么真。

我的面子比天大，就说："我不吃那东西，留给孩子吃。"

他收不住脸上的惊讶表情，说："我看见你那晚吃过烧鼠肉，喜欢吃我才给你准备这肉，平时呀，老王，很对不起，没什么给你吃的。"

我装了。他没说我偷偷吃鼠肉是怕我难堪，其实，想起那晚深夜饿极，汪黄同志雪中送炭，捕鼠于床前，在他的灶里偷烧鼠肉吃，同在屋内的他能不察觉吗。

庞力超和阿宁过来了，庞力超手里端着一大海碗他家自酿的木薯酒，见了我，庞力超说："老王，只能就鼠肉我们醉一醉。"真心的请我。

我还是接受不下这份心意，陈年仔说："你坐下，我给你说个秘密。"

"你今天要不跟我们一起吃鼠肉，我就不给你说这事。"

"啥事你说说看。"我坐下来说。

我相信他这人喜欢了解秘密，可能还喜欢打小报告。上次纪月家多养的三只超标鸭子，经了解正是他告诉符家干的，也是他带人指认纪月家的自留地。也许这是纪月记恨他的原因。

庞力超仰头喝下一大口酒，嘟嘟囔囔地说："有屁快放，我今天要跟老王一醉生死。"

陈年仔说："我家大黑猫在地主婆家的米桶里，捉拿到一只从未见过的大老鼠。这次我见它脖子上有个带血的小口子，未见它带回什么猎物，我就猜它在外面可能抓到什么东西而藏着享用，就悄悄跟踪它进了地主婆的家，偶然发现这只同样受伤的大老鼠正好躲在她家的米桶里。米桶里好多稻谷，屋内柴火堆里全是老鼠，双方再次搏斗，我上前助力，一棍子就打死了这老鼠，地主婆喊着要跟我拼命。我说灭鼠人人动手，你为什么反对呀，她说老鼠是她养的，不能打。我说她米桶里的稻谷是老鼠从生产队偷来的稻种，她跟老鼠一样坏。后来他儿子庞朝东听到声音就跑过来劝走我。"

庞力超说："我还以为是什么事呢，屁事别耽误我们喝酒。"

陈年仔很认真地说："屁事？她养老鼠偷生产队的稻种就是搞破坏，没安好心。"

我马上说他："你相信人能养老鼠偷稻谷么？别听那地主婆乱说。"

陈年仔说："不乱说，长年偷下去，生产队要损失多少稻种，人都没吃的，老鼠倒吃肥了，说不好地主婆也跟着老鼠吃偷回的谷子呐。"

我揶揄他："你真会猜，生产队要表扬你这个重大发现，补漏洞。你先别乱说出去哦，等我查清再说。"

我稳住他，知道这事不好传出去，传出去地主婆和她儿子庞朝东会吃不完兜着走，说不好会引起大问题，那就不好收场了。

我们说着，门外这时风风火火地进来一个人，谁都没想到是钟欢美。她手中提着根棍子，嘴中不停地讲："打死这个鬼，专偷我家的鱼。"

陈年仔扶拐站直的速度极快，慌张地说："你……你，你要打什么鬼，我家哪……哪有什么鬼？"

钟欢美看了看我，说："正好老王也在这，给评评这理，你知道我家舍不得吃的那点小咸鱼干挂钩上，又让他家的这鬼猫给偷了，你说还让不让人活？"

所有人挪眼看陈年仔。

陈年仔不置可否，他表情很无辜地对钟欢美说："没看见什么咸鱼干哦，你看见我那猫偷的？不可能，不可能！它不吃什么咸鱼干，咸得要死，它不吃的总是叼回来……"

钟欢美抢过话头："全村的东西都是你那该死的猫偷的，谁不知道？我家的咸鱼干绝对是那鬼猫偷走的。"

陈年仔认为没看到就乱怪他的猫，大吼道："你没看见就乱咬人，滚！你想干什么？"

钟欢美说："你这个'地不平'，不是它偷那是谁偷的？你赔我！要不我打死它，为民除害。"

陈年仔举起拐棍，指着她说："你敢！"

双方就差没打起来。我当场拿下陈年仔的拐棍，对钟欢美说："欢美嫂你先回，这事好弄清，你别急。"

钟欢美呜哇地哭了，边哭边说："我为什么那么苦啊！就那点小孩吃的都偷没了。"她抹着泪水走回去，肿脚趾让她走路也显得不利索。

我记得今早上，包我在内全家人喝的是咸鱼粥，我怨我自己，当时就忘了问陈年仔是不是他买的鱼干，还跟着一起吃了，现在认定是大黑猫干的是没错了。

一般来说，他家做什么我就吃什么。陈年仔这般死不承认，他做过分了，大黑猫抓老鼠时偷了人家的小鱼干叼回家，他应该是知道的，不把小鱼干还给钟欢美，反拿来吃了，就他能干得出来这种不道德的事。

我掏出两元钱交给他，说："你去买些咸鱼还给钟欢美，人家的小孩子就指望那点东西，你都吃得下？"

陈年仔嘿嘿笑："我家小崽就不指望吃吗？还是老王心好。"

听这话，我恼怒地端起地上的木薯酒，灌下一口，往嘴里丢进一块鼠肉说："我再说一遍，你要不还人家小鱼干，别怪我对你不客气！"

庞力超说："算了，老王说得对，她家小孩长不好，弄不好生树哥回来找你算账。来，开心点，大家喝。"

当晚，钟欢美的家里传出她的哭声，时断时续到下半夜，入夜静谧的半个村子都能听得到。听其哭声音，那山村的黑夜显得越发深沉，山村人家这一宿同样难睡好个囫囵觉了。

这声音可能惹烦了庞成地，他起身下床过去看个究竟。

钟欢美抱着孩子在怀里摇，哭红的眼睛微肿，她衷肠吐尽："孩子你醒醒，吃点东西。"抱在怀里的那孩子一动不动，庞成地过来见了直叹气："我以为出了什么事，值得你那么哭。"

钟欢美擤了鼻涕翁声说："队长你不知道这孩子两天两夜不肯吃点东西，你看他都快不行了。"

庞成地说："孩子是病了，快抱去大队医疗站看看，没你这么当妈的，就懂哭。"

钟欢美说："不是啊，他没了那小咸鱼干的味，就不肯吃饭，孩子怕是宁愿偶死……"她接着数落起陈年仔，"这该死的'地不平'，就连那点孩子养命的鱼干都偷走了。"

庞成地说："有这事？"

钟欢美说："千真万确。我现在也没钱再买啊，队长，你说这孩子怎么办？我口粮剩不多了，往下的日子……生树、

235

生树，快回来吧。"

她喊起丈夫庞生树的名字，声音故意拉长："生……树……啊，我母子要死了，你快点回来啊！"

面对她的一把鼻涕一把泪，庞成地不愿再待下去。他小声说："公社分配队里一个返销粮指标，谁都想要，我原想给五保户西婆……那就先给你吧，反正队里是没钱预支你了，你已预支过两次；要实在没钱去买这个指标粮，你卖掉指标也行，别让人知道了。"说完便离开了钟欢美的家往回走。

今夜那门口外的天色，更像是被撕碎的一片片的黑布，老是在他的眼前晃悠，庞成地无法看清下脚走回家的路，但这不要紧，他尽管往前走就是了，就到家了。

第二十九章

一辆县医院的救护车加速行驶在往县城的山路上，车上的于弘毅双眼紧闭。刚给于弘毅看过病的男医生不停低头问："于书记好点了吗？"

于弘毅微微点头，小声说："不要紧，我这身体有必要离开工地吗？"

男医生说："你身体非常虚弱，可能是疲劳过度造成的昏迷，还必须回县医院做个全面检查。"

小卢秘书说："于书记在工程大坝合龙前一个星期，没睡过一天觉，还天天在工地上检查工作，参加苦干劳动，他是累倒的。"

男医生不禁感叹："这领导当得……"

住进医院的当天下午，小卢告知冯小华过来陪护于弘毅。

就在这个时候，怕影响到于弘毅的休息，小卢再三考虑，最后他匆匆带来一个报告：县城发生了一桩重大的打砸事件。事件冲击波很大，搞得县机关人心惶惶，人们到处议论纷纷。

事件的事实是县领导冯贵的家给一伙人砸了，这伙人接着砸劳动局前局长邢祖旺的家。家中被砸了个稀巴烂。

他们打砸的人数众多，有组织，打砸目标明确，只打砸目标的室内物品，不打人，不抢东西，公安部门已派出警力控制住局面。

对小卢的报告，于弘毅听出了事件的原委，他问："事出原因是不是县里工厂招工的问题？"

小卢答："是的。主要讲县里招工人，他们没有得到招工指标安排，是不公不正的人造成的；他们气焰很嚣张。"

小卢说："县公安局已调查掌握，来人多是不明真相的社会青年，这里面带头的听说不少是从我们县水利兵团工地跑回家的人。"

于弘毅说："你马上通知公安局，现在不得抓人激化矛盾，扩大打击面，尽快通知公安局李局长和对方派出代表到我这来对话！"他觉得事不宜迟，自己必须直接面对事态的发展，掌控形势，以免出现破坏社会安定团结的局面。

这无形中把医院当成了双方谈话的地点。但是，这个地点的选定，对所有人来说都是一件有利的选择。

当于弘毅穿着条形医护服，出现在医院安排的小会见室里时，对一个精神显出疲惫的病人，毫无居高临下姿态的领导人，对方派出的两个谈话代表一股子的戒备气全松懈了。他们换成关切的目光问："于书记你这是怎么了，怎么病进了医院？"

于弘毅没坐稳时，就手指着对方其中一个谈话代表说："你先别说你叫啥名，我认出你就是枫林公社水利兵团的一个副团长对吧？如果没记错，叫林进。对了，在工地上，咱们可是有一回比试过挑土的，你小子先前表现不错嘛，公社领导对你看法挺好，你后来为什么从工地不告而别了？为了县水利的事业，不能少了你这样的水利干将。你们如果把水利工程全丢给我和大家，要累死我的，你看，把我都累倒住进医院了。你看看，当时我们的人没抓住你这逃兵，反让你跑这来带头挑事，你这不是给我们县委添乱嘛？"

于弘毅没有给对方接着立即回话的机会，而是一口气把话讲长。这让对方不好意思起来，说："于书记好记性，连我这逃兵你都记得。"

于弦毅当然记得他。

在溪子河水利工地，自从枫林公社水利兵团经过那次总结汇报会，往后取消了工地物质奖励方法，转为学习和搞藤岭公社水利兵团的精神胜利法，工地面貌发生了变化，工程进度掉了下去。身为枫林公社水利兵团民工代表、副团长的林进是反应最激烈的一个领导，他带头挑事，消极怠工，串联工地上的人，要求恢复原先的物质奖励方法，要不然就不干了。枫林公社水利兵团领导层坚决不让步，把林进撤职，林进最终从工地带走一帮人，直到去县城因招工问题而带头闹事。

于弘毅这时笑呵呵地说："全水利兵团的人，跟我见过面讲过话的人，我都记得住你们。我记得你们，就是雨林县的人民记着你们。"于弘毅又指着随林进一同当代表的那个青年说，"你我没见过，是哪个公社的？"

对方回答，语气有些胆怯犹疑："我是黄岑公社水利兵团的，啥都不是。"

"不会啥都不是。"于弘毅说道，"你们都是有才干的人，要不大家如何选你当谈判代表？当头！对不？但可惜，你们的才干要花在与县委一条心上，劲往一处使，那样我们的事业才能兴旺起来。"

对方急忙说："我们当过兵，胆子大，能办事，所以大家就推荐我出来当代表。"

于弘毅话锋一转说："不管是谁，只要你对雨林县人民做出了贡献，雨林县人民就不会忘记你们！"

于弘毅注意始终掌控着对话的场面，这已经不是什么平等对话的会见，绕来绕去，轻松的见面话就这么无拘无束地扯着，愉快谈话氛围持续进行，似乎都觉得不是来这对话的正题，又都不好意思主动着去涉及这个话的内容。于弘毅只字不先提县里这次的打砸事件。

长时间聊着，对方这时倒沉不住气了。

林进忍不住了，说出他们带领人打砸的事，强调做这事的缘由，避过不谈结果的违法危害性。

于弘毅这才接过话题，但他没有当面对这事进行更多更深入的反驳和分析，他打算找机会再对这事进行反思，话归正题处，他先给这两位代表如实做出答复。

他告诉他们，对县里企业这次大范围招工出现的种种问题，纠正工作早就在进行之中，说到目前两点并强调县委能做的一是全县所有的招工指标全部由基层评选出，二是产生的招工对象将百分之九十来自县的路线教育工作队和水利建设兵团人员。因为他们为雨林县的农业大干快上和大发展做出了极大贡献。

双方最后几乎都没有进行交锋的意愿和机会了，于弘毅适时间："这是我代表县委给你们的答复，你们满意吗？如果不满意我们还有交谈沟通的时间和机会，但决不允许再次出现打砸抢的事件。"

对方代表面面相觑，一个点头，一个不置可否。

于弘毅态度十分明确，态度更加强势起来，他说："既然你们默许了我说的话，那你们必须无条件尽快结束这种闹事的行为，我们不能让过去的这种风气继续存在，全县人民也坚决不答应你们的这一作为，请相信县委会做出让全县人民满意的结果。"

这无疑成了一种不容讨论的忠告。

公安局局长因去现场处理这事耽误了时间，等他赶到会谈的医院，两位代表已走了。

于弘毅疲倦地靠在椅子上休息。他仍打起精神，沉吟半晌对赶到的局长说："这事必须彻查，绝不手软，对相关带头者要追究责任，决不允许打砸抢之风在我县蔓延。没有稳定的社会环境，我们如何搞建设？在这种事上，我们县委的态度是坚决和明确的，你公安部门必须严格执法，给全县人民一个满意的交代。"

公安局局长揣着明白有意请示他："这事如何处理您可有具体意见？"

"糊涂！"于弘毅一脸正色地说。

局长这句话马上勾起于弘毅在校时的那些回忆，让人记忆犹新，相距并不遥远。于是，他怀着一种救赎感说："时代已进步，再次出现的这类问题为人民所不允许，从稳定大局看，我们责任重大，你难道不知道如何面对了么？"

局长还想说些什么，于弘毅闭上眼睛不再说话。

在一边的小卢示意他回去，于书记需要休息。

29

坡岭大队的早造备耕进入收尾时，腾岭公社和工作团组织了一次空前规模的检查评比，陈祥广组长了解到我所在的草子园村的早造备耕在全大队可能是最好的，就把我村和大草坡村的生产队往上报，当成坡岭大队现场受检查评比单位。

我等这个时刻的到来，前期准备的工作可说是做到了用心良苦。

从种养红萍压田肥，到割绿叶沤肥垒包堆坟，再到收集肥料、修整标准田埂和耕耙田等一系列准备生产工作，好像都是为了这个检查，为盼望明年早造的高产丰收。这可不单是我个人的想法。

那天，庞成地找我，说快过年了，纪月家养着一头老养不肥的老猪，她家急着等用钱，明年供小孩上县城读书，猪如平价卖给公社食品站没几个钱，不如卖给我们村里自己杀，大家一年到头辛苦，分点肉好过年。

我未加任何考虑，高高兴兴地点头同意。乡亲们好不容易盼得有一回肉过大年，个个很快知道了这喜事，不管在哪见了我，都比平时多了张笑脸，好像这过年的肉是我分配给他们的。

第三天，公社和工作团检查评比组一行人检查到草子园村，看检查组的来头，就知道这次上面的重视程度，不夺取明年早造的亩产超万斤的丰收目标，决不罢手收兵。

藤岭公社书记黄天华和工作团两领导全来了，大队陈焕人支书和陈祥广一并陪同，我和庞成地带路，直奔我们村"山田畴"田地那几十亩榜样田洋。

哦，那真是一片给我增光添彩并寄托着美好期望的田地，也是草子园村所有社员群众的福地。

庞其闻讯不请自来，早就在田边等着检查组，他脸上比任何时候都精神着，今天破天荒把唯一仅有的一套中山装也穿在身上。

大片的"山田畴"田地被整理得像一幅呆板的习作画面，

所有的田坎清理得干干净净，条条田埂抹着黑田泥，明媚阳光的普照下显得笔直、闪闪光溜，寸草不长；方块成形的水田里已翻压过两次红萍基肥，接下插稻秧前，再把田坡边上沤熟的绿肥堆下田埋压，这早造的前期生产功夫，算是符合上边要求，肯定做到位了。

今天黄天华不像有检查走过场的态度，他边认真看，边很仔细地问，并直接问了一些生产上准备的事，譬如说，早造育秧的肥料拿什么做基肥，庞成地说已准备好牛骨头灰和草木灰（传统育苗优质肥）。他点头，又问准备种什么稻种，为什么要种这类稻，种子备够了没有之类的问题。庞成地一一作答。

他细到这份上，内行到家了，跟检查的内容能说没关联吗？说白了也有关联，不仅仅是看着走过场，他就爱问这些你没有多少准备的事。这回没人小看他了，他俨然成为一个内行的农业领导。

当他把眼光移到水田上，这才问了个正题："田里压过了几回红萍肥？"

没等庞成地作答，跟随的庞其赶忙接上话答道："已埋压过两遍红萍。"

他话锋一转，鸡蛋里挑骨头般地问："说说看，如何证明你说的这田里压过二回红萍的话属实？"

在场人的惊讶目光全被吸引过来，没人想到他会这么问，大家一时眼神各异。

庞其临场不乱。他从容地走进水田里，空手挖出一把黑田泥，捧在手中说："黄书记好认真内行，我们哪敢做假，各位可从田泥的形态，气味，红萍的腐烂程度等方面做出判断。你看，这是第二次间隔半个月刚埋下的红萍，没完全烂完，跟第一次埋下的完全不同。我们绝不为检查作假，种田是为自己吃饭，没必要做假。大家可近前来验证。"

我舒出了一口气。

真的假不了，庞其如此一说的可信度到底如何，现场没人能做出解释和反驳。没人吭气，反正黄天华不再问了，我在心里暗自欢喜，十分感谢庞其，他这个能为老师的人就是不同凡响！

高兴之下，我有意上前当众表扬一番庞其："庞其在我们村起的作用很大，他利用他的知识，为我们科学种田养红萍立了大功，村里养红萍曾经失败过，他一个人就担当起这个责任，而且做出了很大的贡献！这些红萍都是他一个人养的，我想给他记功。"

众人这才仔细看了看他，露出了些赞许的目光。

我刚松下一口气，黄天华径直走向田坎边上最尾的一墩沤绿肥堆，吩咐道："你们给我打开这个绿肥堆，我要看一看里面的内容。"

这么认真啊？眼尖到这程度，他不放过任何一项检查的内容，多少有点反常的意味，所有人不是没有看出来。但还是有人认为这不过是领导动一动真格而已，领导总是要动真格的嘛，不动真，领导怎么当？

我无奈地扛来事先准备好应付检查的锄头，交给人挖开他指定的那个土肥堆。这就叫哪壶不开提哪壶，他怎么那么精准，偏偏不开挖我想挖开的那些显眼的又大又高的土肥堆。

一锄两锄挖开，扒拉出来的就是土，哪见什么绿肥。三锄四锄五锄下去，那个竖立的土肥堆就塌开了。

一时间呈现在所有人面前挖开的土肥堆，实质内容就是一坟头那么大的干瘦褐色沙土，其中掺杂乱石子杂草。

"这就是你们的绿肥堆吗？"黄天华抓起一把土，严肃地问。现场的气氛哗然。

我真慌了手脚，不服气上前夺过别人手中的锄头说："跟我来，我村的肥堆不全是这样的。"往前走过十多步，我举锄对准那一行一个高大的土肥堆，挥锄狠下开挖，"你们看，这才是我们真实内容的绿肥堆。"

众人如看戏，举目看过来，地上挖开的绿肥堆果真名副其实，泥土中掺和着一团团已沤腐烂的绿叶杂枝草根，增腐度的少量白石灰混合着化肥过磷酸钙隐约可见，散发出一股温热的隐隐肥香。

不少人意味深长地笑了。也许还这么认为，当然不全是假肥堆，认为我们想应付检查，搞真真假假土肥堆是可以理解的，只怪我们不高明，运气不行。为了通过检查，不搞假那才是不正常呢。

我在心中暗自臭骂一通，这回真把自己害了，为什么就没料到会有假肥堆庞力超、阿宁两个混蛋，谁叫他们这么干，为了多拿计件工分（按肥堆个数记工分），搞假肥堆，真气死人！想要搞假就动点猪脑哇，害人不浅。我很自责，怪自己当初没加强重视，事到如今，只好看他们领导如何说了。

黄天华拍干净刚才捧土的手说："年轻人，好好找一找造假的原因，就不要找什么借口了。"

我脸上实在挂不住他批评的话，企图做点意思修补，就凑近黄天华身边低声说："这是极个别群众做的事，书记你看啊，这些土肥堆全是真的，不信我再开挖一个给你看。"

黄天华的眼神莫名其妙地转向支书陈焕人和陈祥广，根本不看我，就像冲着我和所有人说："你们敢保证下一个开挖的土肥堆没有假的？"

真是没有底气回答他的反问。如果开挖正好又是一个假的，岂不再次打脸！

我没底气回应黄天华的质问，其他人更别说了，来自自己对所有土肥堆的了解和态度，大家认为真真假假的土肥堆全立在那，其中必定还存在假造的土肥堆。具体哪一个是假的，或者更多个，我也不知道，真的假的只差几锄挖开便见分晓，我不敢做任何的保证。

黄天华阴脸走着，他往后似看非看陈焕人时却是浅浅的笑，那笑里不知是什么意味，抑或也有意滑眼看了陈祥广一下。他这时是不失时机地想他们的失意表情，而他们却不愿意去多看他一眼。

现场检查工作将很快结束，最后一站是坡岭大队的大草坡村六队，这个村正是支书陈焕人所在的村和陈祥广组长的驻队村子，事关坡岭领导的威信和面子，会有什么好的结果出现，谁都不好说。

不管你如何去想，检查工作都不会停下，所有的检查工作都在非常认真地进行，这是检查组带队的黄天华要求的。

十天后，藤岭公社全公社的检查工作结束。

一天里评比结果出来了，坡岭大队送上受检的两个生产队，草子园村八队和大草坡村六队，均被评为最差的队，差到什么程度，全公社排尾第二。

工作队张奇乐讥笑道："争来争去当老二就算客气你了。"

王桂花说："先进也好，落后也好，当老二当老一无所谓，关我们啥事？"

身为排尾老二的六队老龙，这下傻了眼，分析起原因来，他说出高水平的话："没给他们送东西吧，来检查你们都没请人家杀鸡喝酒撮一顿，完了，全完了，这下我进城工作的事肯定泡汤。"

我说："啥事跟你搞在一起就不会有好结果，晦气！"

检查组评出我们两个村本年度备耕落后老二的理由是：草子园村积土肥堆弄虚作假，造成极大的负面影响；大草坡村土肥堆没有发现有假，但红萍压田只压一次，谎报四次，也属作假，严重影响了早造产量目标的实现。

不知为啥，我们这两村还同时受全公社通报批评。黄天华说："为进一步教育全公社的干部群众，下一步看检讨态度，如果知错改错态度不端正，将立马降为落后排尾第一，同时树立为全公社今年的落后村，当反面典型。"

出这个结果打击太突然，陈祥广暴跳如雷，颜面丢尽。

他以为他以往所取得的成绩全让我们给炒煳了、丢尽了，破口道："搞假要有搞假的水平，没那水平你玩什么假？真见鬼，他黄天华为什么单对我们大队横挑鼻子竖挑眼，我不信别的大队就比我们好到哪去?! 他们就不搞假吗？如果没搞假，我愿倒立着走路给你们看。你们说是不是？"

他村的工作队员老龙讨好他说："陈组长，可能是你当初'治蝗虫'事件上得罪了黄天华，他恨你呢。"

陈祥广冷笑："你也知道这事？你懂什么！总有一天我把他那个位都撤了，他是个什么东西！"

我不是存心搞假，只是不可避免放任而已。我负有责任，我无言以对。

陈焕人说："不必怪谁，你们不知道咧。"他自责加剧，自言自语道，"要怪就怪我，都因上次去县里开大会，回公社开会时顶了他黄天华一回，就差没撤我的职了，他记恨我呢！"

我蒙了，不明白大家在检查结果出来后，把原因往别人身上推，没有找自己的原因，没有去做任何反思。我也有些像站着说话腰不累的样了。

俗话说，好事不出门，坏事传千里。兴许这话反过来说可能应验了我们村杀猪分肉过年的事。在村里大伙喜气洋洋分完猪肉的那几天，个别人还没抹干净嘴上的那点油色，就跑到外面去炫口气，说出村里杀猪分肉吃的事。

真是不懂啊，这不是什么值得炫耀之事，吃了要懂得抹嘴巴。吃肉不懂闭嘴抹嘴，私杀生猪走漏出去，吃不完让你兜着走。屋漏偏逢连夜雨。大队工作组接到群众的举报，让我去讲清这事，否则纪律处分。

上面有规定，农村人自养的生猪除上缴外，当下只能卖给公社食品站，食品站按一小肉份额返还给养殖户。私自宰杀生猪，违法！要追究相关人的。

我一时不了解事情的严重性，这回给摆斜了。

庞成地很后悔，他以为我是工作队，同意这么干，不会有啥事。还安慰我说没事。我相信他没有给我挖坑的意思。我也分得一斤猪肉，嘴上就更说不清了。

正在我左右为难之际，有一个人像救星般出现，这人是谁也没料到是庞其。他掏出一张纸，笑着说："老王别怕，我给你办了这个护身符。"

我问："什么护身符？"

庞其说："食品站给开出的假病猪证明。病猪可自行处理。"

我接着问："你什么时候去开的病猪证明？"

庞其："我提醒过庞成地队长杀猪的事，他叫我去办手续，就一包烟换得这张证明。"

如释重负，一股暖流冲进胸口，我的眼睛模糊了。

春节的脚步声加快来临，即将春暖花开的日子在绵绵细雨中透着冷意。山中一只布谷鸟从村庄的上空扑扇翅膀拖曳长尾，一头扎进那溪泉水田边的林子，林子里传出欢快的沙沙摇动，只等来年的第一声报春鸣叫。林中鸟儿飞来飞去，不时在树梢间跳跃，做好了和鸣的演奏大合唱的准备。

我上庞成地家里跟他商量明年早造下什么种子的问题。按上面要求，每个村都要有榜样田，口号喊出亩产万斤粮，奋斗目标不变。总之必须努力，能不能做到另当别论。

我雄心勃勃，在庞成地面前讲出决心，不干出个亩产万斤，也要搞出个亩产七八千斤。庞成地哈哈大笑："好了好了，我们这回只要种一造，就可以不种稻了，睡着吃上好几年，做农人啥时不再做这个梦，说不好让你给我们实现了。"他往地上吐一口痰，讥讽地据需道，"嘿，嘿，你来当我这队长多好啊，以前大跃进村村干过这事，现在全村人要跟你享福了哩。"

我知道他在嘲笑我，可我信心十足地说："从我们目前准备的条件来看，是有可能达到这个目标的，虽说达到万斤目标有点难，但我们有目标奋斗一下总可以的。"

庞成地说："行了行了，放一放你那亩产万斤的梦，你代我这队长做个决定，到底要种什么稻种？"他这是看我狂过了。

我心虚，没有仔细想过这事，但也是不太懂行。他又像是在有意考我，见我不吭声，就说："想太多没用，都不知道种什么种子，还谈什么万斤呀？我们村就存两个稻种，一是珍珠矮，二是'六六一'。"说完翻我的白眼看一边去。

我立马抓住他说："那就种产量高的吗？"

庞成地哼哼两声虎下脸说："不懂就别装了，珍珠矮和'六六一'各有特点，珍珠矮抗风性好，不吃肥，谷子结实，好存放；'六六一'谷子长，有重量，但不抗风，吃肥多，存放不如珍珠矮……"他脸上的鄙夷色加重，就想继续怼我下去。一番内行介绍，把我打成了哑巴。

我像抓住了什么，说："'六六一'谷子长有重量，说明它产量高吗，就种它了，它吃肥多怕什么，我们不是正好下足了基肥？田肥多了去。"

庞成地这下不说话，懒得再怼我，嘀咕道："种什么，如何种，你就别瞎操心好不好？！要不这队长让你来干行不？"

我脸一阵红，不知说啥好，像是又发现了什么说："你说的如何种说对了，到时插秧，秧距间是不是可以种密点，产量会高点……"

庞成地摇头笑："又乱来！胡说八道！"

我不服他说的，忽然想起那个农学院的庞其，也许跑去问一问他，这个问题会问准点子上。我认为农学的老师啥都懂，而且一定比我懂得多。

庞其正在生火做饭，对我迫不及待的请教，不客气地说："真的不能乱来，农田'八字方针'你知道了？'土、肥、水、种、密、保、管、工'样样有规，不可乱。"老师就是老师，啥都有一套。我自己都不好意思猜我此时的神情了。

好等慢等，一个冷风吹拂的早上，庞成地派人去生产队小仓库挑稻种出来浸泡，仓库门檐下摆着几口高大至人胸口的灰陶缸，那是生产队常年用来浸泡稻种的。挑稻种的社员挑水的挑水，挑稻谷的挑稻谷，正在往有半缸水的缸内倒进稻种，稻种吸水唑唑冒泡，干泡湿的稻种正散发出稻谷香，吸引来几只不知是谁家的走地鸡。

我赶过去问："这稻种叫什么？"一人答："珍珠矮。"

我略带惊讶地自语道："不是说好种产量高的'六六一'吗？"

另一人听了答："老王你不知道，用'六六一'煮的稀饭，过了中午就发馊，我们没有顿顿干饭吃，却不能顿顿都吃发馊的稀饭，庞队长说了，今年珍珠矮和'六六一'各种一半，'六六一'到时拿去交公购粮……"

他的话把我说得面红耳赤，为什么这样，我一时半会儿没想明白，我没想骂庞成地，但想到我那所谓的万亩产量梦将破灭，我感觉很可笑，很无奈，从而还声声叹息，他们说得没错，我这是自作聪明吧。

似乎我的期望过于迫切，在转眼中，早造夏收来了。

这是一年里最重要的收获季。我的草子园村榜样田"山田畴"，水稻亩产横空打响，亩产达六百多斤，零头省略不好意思说。

这虽然是草子园村历史上最高的水稻亩产产量，也许村里人谁都看到了这个辛辛苦苦换来的大丰收，但在我所在的藤岭公社工作队里，评选水稻产量先进榜样队时，我村仍然被评为落后村单位。这种落后的样子，很像一个人没照过镜子，自以为俊得不得了，照过镜子才发觉原来不是这样的。那种失望，那种失落叹息让人久久不可自拔！

我无法去追问什么，为什么我村的生产这么努力了，成果比往年都大，不但成不了榜样，还被评为落后单位，难道是别的先进生产队亩产都比我们村的产量高了？也许我们跟其他队比不是最好的，不是最好的就一定是落后的了？这样的事又有谁能看得明白说得清楚，也许这都不重要了！

得知评选结果的当天，庞成地像啥事也没发生过，反而脸挂笑意。我没好气问他："你好像很高兴我评上落后分子吧？"

他嘴脸全笑，笑到那黄牙露出来，说道："有什么好愁的？老王，大喜咧，我们村今年夏收大丰收，全年大家有饭吃饱了，这都是你的功劳啊！"

我绷着个脸说："你什么时候学会拍马屁的？我有啥功劳，少给我来这套。"

他笑得更欢，似有意笑我是被评上落后队的队员，他安慰我说："老王，不用去跟他们争那些不中用的评这评那，评上了又没得什么好处，名声不能当饭吃。咱丰收了，咱自乐，不跟他们计较，不看他们的脸色。"

我心里迈不过那道坎，嘟囔道："我真不想干了，唉，没意思。"

庞成地第一次走近我身边，拍了拍我肩膀说："泄啥气呢，大家都感谢你这个工作队队员。你干得不错，上面不说你好，我们谁不认可你？好了，今晚咱父子喝一杯，庆祝庆祝！记得不？我前次比赛耕田得的一块肉还在盐罐里，今晚我们就着酒把它吃了！吃好精神足，我们准备送公粮咯！"

是的，接下要完成送公购粮的任务，但愿不会又来个什么评比吧。我想这种事是可能跑不掉，上面往往会抓住这样的时机，来个什么哪个生产队送的公粮完成任务又快又及时，卖的爱国余粮又多又好，支持国家建设风格高等评比活动，搞得每一刻都跟着转无法闲着，大力宣传起来，又显得相形见绌。总之，没个完的时候，没工夫叹息。

想起庞成地队长那块来之不易的肉，一块那么久舍不得吃的肉，一块很久前我就想尝到的肉，庞成地竟然留到今天，让我跟他一起来享用。这是什么日子值得庆祝？我们全村人早造丰收的日子！

他自称我是他儿子了，这让我心中不由得热上加热，真的，我这时差点掉下泪来。

我亲爱的村子，我亲爱的村民，我的梦我的希望，你来得快去得也快啊！我驻村的日子就要结束了。

第三十章

溪子河水利工地胜利竣工的消息早就传回县城，于弘毅这天正好带着县的一个检查组，在枫林公社验收枫林农田洋的整治成果。这里是陈然副书记负责抓的点。为了体现县领导班子人员蹲点抓出的成果的真实性，所在蹲点负责人采取回避交叉验收制，这是于弘毅想出的点子。如抓学校教育基地（学工学农点）的领导去验收工业领导抓的点（化肥厂和糖厂扩建）。于弘毅的溪子河水利工地由陈然带队去验收，他指示说，工程竣工庆功大会放在水利大坝上进行，县讲话的领导人由陈然出席并由他讲话。

如此安排，表面上看有"功成不必在我的"意思，实际上却是让陈然自己体会去！是不是有打陈然的脸的成分在里面就不好说了。就连陈然的讲话稿都是于弘毅亲自主笔，由小卢秘书送达，小卢秘书同时对陈然讲，于书记同时交代由他在水利庆功大会上宣读全县此次进厂招工人员的名单。这些名单从下到上都走个合理程序，受到了严明监督。陈然虽看出了这种安排的意思，但他不好说什么，也只好照办。

这是人们在热议溪子河水利工程胜利建成后的招工，总结评选先进，论功行赏的做法，无所谓好和不好。但这些已经提前由水利兵团评选出来的招工人员名单，将会把水利庆功大会开成一个人心欢欣鼓舞的大会，一个团结的大会，一个奋斗的大会，一个继续争取更大胜利的大会。

此刻的于弘毅，面对着经过农田整治的枫林田洋，他对身边一起参与验收的人说，雨林县人民没有什么困难不可战胜，他觉得陈然也干得不错！

枫林田洋等待实地验收的人员忙上忙下，他们在田边临时搭了个彩旗飘飘的接待场地，人刚走过来，忙给验收组人员端茶，有的还给他们发草帽。整个现场负责人是枫林公社书记，他人春风满面迎上于弘毅。他识趣地只字未提陈然反复交代他要做好接待工作的指示，弯腰握手久久不愿松开。

他说："于书记，我日夜盼着您来检查工作啊，终于迎来您了！"

于弘毅也笑了："我就知道你会送上这好听的。"

他靠前亲热道："听您指示，我先汇报工作行吗？"

于弘毅没点头，他说："边走边谈边看，走吧，不坐了。"

30

公祖遁是雨林县藤岭公社坡岭人，他就是我所在草子园村的巫师庞源恒的尊称。公祖即是祖宗神灵的别称，当地人都是这么叫的。

在那样一个日子里，大概谁也没想到那天的一个朗朗乾坤下，说得准确点就是朝阳最初闪亮登上山顶的那一刻，他瞬间在流柴河坡岭大队的水利工地山上的坟堆旁边，离奇神秘地人间蒸发了。他为何逃遁了？

公祖遁此次逃掉不知死活，倒奇闻不断，当时负责监管他的人，日后听人议论起他，都显出惶惶然的样子。

对公祖遁庞源恒本人，当地人有两重意思的理解，一半意思为看不见的祖宗神明显灵痕迹，大多村民又引申是公祖巡视，理解为各种节日里神巡视踏界，公祖遁必作为活神被村民请出。情形为鸣锣开道，人扛木辕红轿的公祖神木刻雕像，巡踏过村庄、田洋、场院、房子、猪圈、鸡窝……将会消灾除魔，保平安，好运连生。当然这很不可信。另一半是传闻他懂逃逸术，能躲得无影无踪。

草子园村庞姓为大姓。村里尚有陈、钟、吴三姓，不过只占二百多人口的三分之一。公祖遁庞源恒现在村里源字辈中，属岁数最大资格最老。他鹰钩鼻，黄眼眸子，像猫眼，天生的鬼师相。

因为生源字辈的吾字辈都死光去，而源字辈中比他岁数大的竟然跟着也一个不留地死完了。村人说，都是庞源恒生来做活人公祖，当命头克死自己人。

按村里庞姓宗族辈分算，吾生源，源生成，成生力，力生仕……一辈生一辈，传到庞源恒辈分这年，他不过四十岁，走在村头场面上，四十五岁已显驼背的生产队长庞成地见了他，属晚一辈，得先点头叫他二爹（他出生排行老二），要么称呼他为源恒二爹、公祖二爹。

庞成地的儿子庞力超为孙辈，碰上面更要远远地叫他为二公。因为庞力超他们是族内祖孙辈分，假设庞源恒比庞力超年轻再多，这种情况不是没有，庞力超都得这么称呼庞源恒为二爹。这称呼才算大小有序，体现尊长敬辈。

草子园村在坡岭不算大村子，出了个公祖遁这样的所谓大仙，也不是一下从地下冒出来的。

他父辈就是个算命的先生，这叫子承父业。他从小被爹带出门，识字断事见识少不了父亲长年累月的教导。

庞父只给别人算来算去，没注意算准他自己将在那年那月那天走山路，不慎摔断髋骨，用草药无法治愈而衰竭死去。

公祖遁与村人抬杠捆绑着家父的棺材，因家父未来得及寻找自己墓地，在家人的哭号声中，最终由他认定的一块风水宝地将家父埋了。

也许有家穷舍不得请人的原因，从丧葬始，施安葬道法的事都是他自己来做，他说阴间家父还没走远，就在身边，面对面教导着他呢。这不算惊世骇俗，但可说是大胆犯了家神算不了家事的忌讳。这忌听说有意为之,他没名头就敢承得住,犯得声名鹊起。但是这些仅仅都是传闻,多不可信。

他接过家父一个破旧的罗经盘,一本翻烂残缺的大多看得一知半解的《易经》,年纪不大便开始了行走江湖,也就是给人看看建宅立坟树碑风水,施道做法丧葬,红白喜事择日良辰。

逐渐越往后走江湖,还能这么游走下去,除了为父传授的经验,多仰仗他进深山黎村三年拜师,跟着学美孚纹脸黎头巫师教出的本事。

从那以后他还能给人抓药看病,集郎中和巫师于一身。

前年的一件事,又让他名传十里八乡。

这时的藤岭镇,阳光万丈的镇上横幅悬挂,张贴标语。公社忙着迎接最高指示下达,百里欢庆。一老巫婆悄悄溜出公社领导黄天华在镇上的家后门,送她出门的是面色忧郁的黄天华妻子向子艳。

巫婆说:"看来,我必须给你把咱公社厉害的公祖遁请来才行了,你要在你老公面前多美言几句,别怪罪我哦。你女儿不是害那种男痴病,说不定有啥魔附身,我怕看不好了,请公祖遁才行。"

向子艳和黄天华的女儿从寄宿的县中读书归家,就一病不起。她日久口口声声威胁母亲总想去死。人们当时不懂这种病,现在人们才知道她那时得的是忧郁症。

镇卫生院的医生来看了好几回也没看出什么病,开了点药草草了事,人不见其有好转。

邻居无意间给出主意,不妨寻巫查看,看哪儿犯了煞。

向子艳像是背着黄天华,怀着试试看的心态,私下悄然请来了个巫婆给女儿看病。那巫婆几番装神弄鬼,没治好病不说,反而把女儿吓得半死,病情加重,夜里胡话不断,镇医生又来看过，吃了些安神药也不管用。

天下有大把说不通的事。无奈之下，向子艳不好露面干这种事，只好再听巫婆一回，由她去请出全公社有名的公祖遁庞源恒。

其实这可能算巫人请巫师了，但谁也没这闲情能耐，去区分他们哪个是这师那师，只是看坊间口口相传个名声大小而已。至少公祖遁是被这巫婆看着比她有本事的巫师了。

民间吃这行饭的像大粪里挑谷粒，人不多，不是谁想干就干的，藤岭公社方圆几十里山山水水大大小小的村落内，就那么些个人，谁都知道谁几斤几两。

公祖遁一听讲是公社黄天华女儿的事，他不事农活纤细的手指稍微点了点膝盖，那对猫黄眼眯上很久没睁开，阴着口气说："干什么吃不好，你不看看现在是什么光景？人家可是公社书记，帮他家女儿搞这种事吃力不讨好，不怕吃不完兜着走？"

"除妖驱邪，治病救人，大恩大德的事怕什么？"老巫婆翻着白眼，像个吊死鬼，一字不漏地背诵她几天一夜里才记住的随时备用的几个词。

公祖遁鹰钩鼻喷哼两下说："谁听你这鬼话，别忘了你这是搞封建迷信，胆敢搞到大领导家里，找死啊？"

老巫婆听完麻秆般的小腿不停地筛糠，哇的一声扑身说："你不出面去救场，我这把老骨头算完了，治不好她女儿的病，她老公黄天华知道了不会放过我的。哎呀，千错万错，就不应接手这大名公祖遁都怕得要死的活儿啊。"她死皮赖脸的抹起挤不出泪的眼。

公祖遁不住冷笑，还看不出你这老妖婆的激将法伎俩？

公祖遁不是怕看不好黄天华女儿的病，而是不想在这时招惹藤岭镇上说一不二人的是非。前些很长的日子里，风头上他已经很久不给人看事了，只是给人抓点草药看个头痛脑热、光吃不屙或泻个不停的小病，俨然变成了个只看病不行巫的人。但细想，去还是不去，这事也不难，他认为一个年纪轻轻的女孩子，会有什么疑难杂症病治不好？他有了信心，公祖遁出乎老巫婆意料地答应下这件事。

为避人耳目，第二天晚饭后，天黑时，问好瞅准黄天华出门不在家的时机，公祖遁潜入了女孩子的家门，把早就等在那的老巫婆乐得一喜。

这事难说黄天华不知道，难说他不是装着走开，向子艳不必瞒着当领导的丈夫去做这种类装神弄鬼的事。

当时缺电，镇上的电灯只亮一个小时，她拉亮家里电灯的同时，点亮一盏高顶套玻璃煤油灯备用。

黄天华的家在镇上是三进街老房子，前铺后屋，俗称竹筒屋，从铺面前沿室内廊道一眼望到底。他们随着手拿把盏冒一尾黑烟灯的向子艳，走进长深的二进屋，推开室内过道一排茶褐色光滑板隔着的中间小门，拉亮电灯后，方见木床上盖着漂亮格子毛巾被蒙头躺着个人，死气沉沉的屋子里，满是中药的残留味。

向子艳上前坐在床头，柔声道："菊儿，起来吧，妈给你请了个大师。"

不见回应，母亲慢慢掀开被子卷角，一下就露出一张十六七岁姑娘惨白色的圆脸蛋，那脸的眼紧闭着，似有泪的痕迹。

老巫婆怕因她引起刺激，主动退出去。

母亲搬出墙边椅子，让公祖遁坐下。她说："女儿自从县中学归来逾数月，整天以泪洗面，不思茶饭，眼看人天天憔悴，如此下去怎么办呀？不管谁问什么，她就是缄口不言……"

母亲痛爱地抚摸女儿的额头，接着看着公祖遁，问道："师父，你看她是不是犯上鬼神妖惑了？"

公祖遁举手示意她打住，慢话道："哎哎，不可乱提什么鬼神之话，有我在，谁敢兴风作怪？咱不兴说这个啊。"

他皱眉提神，往前细查看姑娘的面相和状况。她女儿照旧闭目无语，面容枯槁，床头井然摆着两堆课本和在校的作业簿。公祖遁眼中忽一闪，兴趣来了，上前翻看那些作业本子，详细页页过目，这些本子内划着老师批的钢笔红钩及页尾好的评语，大多满分。

他自言自语："你女儿学习不错啊。"坐回椅子后他才问姑娘母亲，"她高中没毕业吧？"

母亲答："高中差一个月毕业。"

又问："为啥不读完？"

母亲答："不知学校为啥停课，说通通回家下乡务农。"

再问："在家其间，可见男生来探视或有书信往来？"

母亲急了："没有，我家闺女没有这种事。"

公祖遁哦吟半天，眯着双眼，一副若无所思的形态站起身子，示意她母亲把他坐的椅子移靠床前，叫姑娘伸出一只手来。

他问过她的生辰八字，选号脉测。宋代《清波杂志》载"太素脉"，可通过摸手脉推断人的吉凶祸福、病患祸灾。

这一手的掌握，均由读书行业比他多的家父传授。为什么要这样号脉，向子艳当然不会提问，时间在分分秒秒中停滞，公祖遁欲言又止的为难神色让向子艳看出来了，她说："师父有话尽管说，我们不怕。"

他已初步判断出姑娘的病根。这是个认死理，无书可读而宁愿放下一切的女孩子，身体本无大碍只是虚弱，病是心病。无书可读，何去何从，人生前途渺茫，才会郁结于心啊。

百病好治，心病难疗，解铃还须系铃人，有这系铃人吗？当下坐看眼起团团雾水，谁都透不过去，他公祖遁本事再大也不例外。他斟酌着如何说出的一些话，特别是他现在面对的病人是有背景的。

公祖遁坚信他断出了姑娘的病根，于是很快跌入两难的脑洞，算过从哪说出的话都有些难。譬如告诉姑娘从此无书可读无学校可去，必加重她忧郁寡欢直至一死的绝心；又如跟她说有书可读，有学可去，可以的时间又是何年何月何日，时间又不能太久，拖久了对她不利，也不能胡说。

这姑娘是地道的读书小才女一个，可不是一般人的小女，真难测算啊。

他收回号脉手，时间消失加快，额头冒出层层细汗，汗在变为第一珠汗水滴下前，口干的现象过早出现，他还没这么为难过呢，这是怎么了？他嘱咐向子艳去给他倒杯茶水，不知是借机拖时间作思考，还是真渴了。

向子艳转身出门的那一刻，公祖遁弯腰伏身在仍然倔强闭眼的姑娘耳边。不知他说了几句什么话，那姑娘忽然就睁开了眼睛，竟然顺从地按他说的去做，侧躺身子从床头撕下一张作业本的纸，随手拿一支带橡胶擦的铅笔交给了公祖遁。

大概没有多少人能猜准公祖遁此时给姑娘说了什么，能有这么神奇，能让她顺从听话。母亲端杯茶水进来，第一次发现女儿竟然不再闭着眼睛，而是安详地看着她了，她惊喜交加一下就愣住了。

此时电灯突然熄灭，公祖遁借着微弱的煤油灯光，将那张作业本撕下的纸压床头上，装模作样，龙飞凤舞地写着字。

这个时候她母子两人屏住呼吸，仿佛神嘱她们不能多问什么话，她们的脸上洋溢着几许的期待。

公祖遁写写停停，窗外的夜风缓缓地吹拂着。偶尔传进屋瓦脊端的是猫在黑夜的几声迫切呼唤，紧接着，忽然间整条街的狗吠与嘈杂声由远而近，感觉好像奔这里而来。

公祖遁写好字，似意识到了什么，快速把纸折叠几层，交到姑娘手里，急急忙忙地说道："我走后你们才可看这纸上写的字，不可再问话，然后仰头疾步跨出了房门。"

向子艳来不及反应，呆了一会儿这才想起酬谢一事，追出去早不见其影子，夜色如黑漆。

她折回时，迫不及待叫女儿快些打开那张纸。那张纸就像是她娘儿俩最后一根救命稻草。她把油灯移到床头，照亮了她们母子激动的脸庞和那些歪歪扭扭的铅笔字。

"姑娘脉象有登科喜。读书考学的事仍国家作为，非我草民能做主，目前虽不能为之，可能是半年或一年半载必有难得的机会出现，这个机会是为小女和众多青年人准备的。小女要耐心等待不可灰心，灰心必错过这些机会，现要加紧温习功课，到时一定喜上心头！小女有读书天才，断不可停了。另给小女留安神药几幅，到时可派人到我舍下取回服用。"

"啊！妈！师父说半年，我想是半年呀，你知道了吧？半年后我定能考上大学……"姑娘一手抓紧那张纸，掀掉毛巾被，跳地上搂着母亲大喊大叫，一蹦两跳，憾得母亲喜极而泣。她们此时几近喜悦关口，门外猛然闯进个酒气冲天的人，这人正是黄天华，他吐着气问道："人呢？"

向子艳惊愕道："你这是干啥？叫你别回嘛！"

黄天华瞪起眼睛："干啥？哼！别回？我要抓他搞封建迷信装神弄鬼的现场。"

弄给谁看呢？这事明摆着向子艳事先就跟他讲过了，如果说，当领导带头装神弄鬼怕传出有影响，那事先完全可以不做便是，为什么要等到做完了才来抓人……

向子艳开始后悔，她不该把这事先跟丈夫说了才去做，

他不是答应过的吗？他这当领导怕什么鬼，把这家和女儿都
当成了什么。

她愤怒地吼道："你滚！我女儿现在没事了。"

黄天华说："滚？这些人都不是什么好东西，差点害死了
菊儿，你还执迷不悟，那老巫婆我老早想抓她了，她在外面
站岗放哨我叫民兵给绑了。老巫头公祖遁跑得了和尚跑不了
庙。"听了他的话向子艳想明白了，他这虚伪，故意做给别人
看呢。

向子艳这时才听清了门铺外老巫婆的喊叫声："菊儿她
妈……菊儿她妈，你出来跟他们说说，我是做好事的啊，抓
我冤咯。别抓我！别抓我啊！"

民兵们大声吼着："死到临头叫什么叫"？接着是拖走她
的推搡和叫唤。

这事过去十天，坡岭大队刚从县下来的工作队主持召开
会，研究在流柴河上游支流拦河筑坝事宜，准备全面解决坡
岭的水利灌溉和发电问题。

会上坡岭大队支书陈焕人和工作队组长陈祥广发生激烈
争论。

陈祥广说全县都在大干快上，我们坡岭不能落下，要向
县内的典型榜样新石实大队学习，有条件要上，没条件创造
条件也要上。

陈焕人反对他的意见，要实事求是，坡岭学不了别人，
没有能力修这个水坝。陈祥广批评陈焕人不跟县里保持一致，
太保守，没作为，不配当带头人。陈焕人顶他，也不客气，
说他是为了个人工作成绩而不顾坡岭人死活，硬搞劳民伤财
的事。

这会开得气氛紧张，两人争得面红耳赤，认识没法统一。

参会的人好像只在听他俩在会上斗嘴。陈祥广最终失态，忍不住拍了桌子。

他用习惯性的口吻说："我们工作队是代表县里来工作的，坡岭大队的事我说了算，在座的各位必须适应以后的工作安排。我说的就是县委领导的精神，有意见也要先执行。"

陈焕人没法再说下去，生气提前离开大队部会场，大队长符家干是会上唯一发声支持陈祥广的干部。他伸手指着走出会场的陈焕人，眼睛却在看着陈祥广说："你看你看……他这是什么态度？他不配当这个领导！"

直到这时，所有参加会议的大小队干部才闹明白，陈祥广工作队来坡岭，不为解决他们目前因旱灾粮食减产而可能出现的饥荒，不去多争取一点国家返销粮，不给他们带来什么欢欣鼓舞的利益和消息，反而让他们去搞什么长远宏图、不顾眼前现实的拦河筑坝水利工程。大家都不知道这样搞到底对不对。

干部们在下面议论纷纷。出现这种局面，陈祥广有所预料在先，他一句"越是困难越要大干！越不干越没希望！"的话，把在座的人全压静了。

腊石第四生产队的队长硬嘴，管你什么工作队，说："饭都不知有没有吃饱，搞什么破水坝嘛。"

陈祥广严正地批评他："你是属于那种思想落后的干部，要改哦，不然你没资格再当队长。只有落后的干部，没有落后的群众！"

"我才不哭着当那个啥也没有的队长呢。赚苦不说，没少挨人骂。"

"你这种落后的干部，群众不骂你才怪。"

会后，陈祥广留下工作队队员布置工作上要求，全面接管生产队的指挥权，三天后各队派出壮劳力，必须坚决打响流柴河的水利筑坝会战。

这时，陈焕人走在去流柴河上游的路上，他要再去看一看陈祥广执意要修拦河坝的那个地方。

坡岭大队动工搞这个水利，简直是疯了，动起的后果不知要拖累坡岭到什么时候，坡岭真的吃不下这样的工程，没这能耐。他的这个想法坚定不移。

时近中午，强烈的太阳被一团从东山峰那飘来的乌云遮住了大半个脸，空中凉起一股风，由于持续干旱，河岸上的晚造稻早已经收割完，白茫茫成片残留的直立稻秆茬下是龟裂的田地，热气蒸腾，只见觅食的谷山雀成群结队地叽叽喳喳，此起彼伏惊飞在被它们轮回不知多少次了的稻田上方。

河枯水了，河床边留下明显几米深的洪涨水浸线，水线以下贴岸有死去的杂草和干枯的树头，同时暴露出嶙峋的岸岩。河岸上起伏的望天田如果不来场电闪雷鸣的降雨，明年春耕将成大问题。

面对这情景，他又有所怀疑起自己反对修堤坝的态度。

正想着这事，迎面的山道上不知什么时候走来个人，像飘忽不定的影子，等他定睛看清楚，那影子像飞似的已绕过他，到了身后的不远处。

他不相信这是魅影，心事重的人进山常有这种感觉。坡岭旱灾造成水稻严重减产，社员群众口粮紧张，饥荒逼近，群众向他反映，近来不时有人进山偷挖山上村民分散种的木薯和地瓜。

他喝道："干什么的，是谁？你过来！"

那人可能也看到他，躲不过去了，突然在他的眼前冒出。

"哦，恒源二爹呀。"陈焕人与他年纪相仿，他尊重公祖遁，仍按乡俗称呼他，"你这是干什么去？"

"嘿嘿，陈支书……我上山采些草药……"

263

"采草药怎么弄得浑身泥土？"

"我挖了些茅草根，顺带弄点木薯做药。"他怕陈焕人会看他到底挖了些啥药，实话实说。

"木薯能做药吗？你别骗我。"陈焕人这才注意起他手里还提着一把小四角耙子，"你挖了谁家的木薯要先给人家吱一声，免得人说闲话。"

他成了偷薯贼。公祖遁想不到做这事会遇见陈焕人，出门前怎么就没算一算，他难堪到极点不知说啥好。

陈焕人给回他面子，毕竟他庞恒源二爹做的事远近有好口碑，还是个本乡人见人敬的有名人物。陈焕人真的不能不敬他三分："二爹不必上心。我想请教你个小小的问题，工作队想在流柴河上游修个水坝，从风水和山水天意上看，现在修这坝合适不？能不能修得好？"

他的表情愁绪万端，话变沉重："我们大队没能力做这个事，就算拼死去做代价大啊！县里的新石实大队修的河坝最后不都垮了，你不会不知道吧？工作组不听这套，我想阻止这事也阻止不了，你给想想个办法。"

这种大事都跑去问公祖遁这类人，陈焕人这支书是如何当的嘛！

陈焕人没必要给二爹讲清不能修水坝的真实原因，不知是啥心态，恐怕是过于忧虑找不到办法，反而借风水之类问题去试问二爹这类人。

筑坝蓄水修水利问风水鬼神，支书什么时候信了这种事，还想阻止修建水坝。公祖遁哪能不晓得这事事关重大。他至少与生俱来有眼观六路耳听八方的本事，坡岭没有一件事能逃过他的眼睛，可他稍加一想，握在手中的那些东西差些拿不稳掉地上。

这分明是天大的事，这陈支书这是看得起他还是把他往火坑里引？他能回答这事吗？一连串的想法突突冒出，公祖遁原本精算的脑瓜子变得不够用了。

陈焕人紧盯着他的脸摆严肃，不知不觉透出支书的熙指口气："我知道你在想什么，不管怎么说，作为本乡人，到了这个时候，干你们这行的，都要为本乡群众着想出点力。"

陈焕人的话说出了高度，不像是随意说出的话，看得出他是真的想问。

公祖遁退一步明知故问："想让我干什么？支书你明说。"

陈焕人说："还用我教你吗？你懂，是到了用你的本事做点正经事了，别怕，给我说说这件事，如出什么事我给你扛着。"

没人知道陈焕人为什么会出此招数，大概是想以此招来阻止拦河筑坝的事，但是他并没有想过有没有用。估计他无法想通，也拿不出更好的办法，只得不管不顾了，也像是想蛊惑人心而晕了头。

山上开荒的那些零星薯地，公祖遁真搞不清是谁种下的。

实说他挖这木薯不是为了自己饱腹，确实是治便秘中的一味药。第五生产队几家孩子饿慌了肚子，跑到山上乱吃太多的野果，已经很多天拉不出屎，憋得嗷嗷叫，闹得家里人团团转，都说孩子们中了山邪。

当天，他们每家在公祖遁那领到一贴用粽叶包着的草药，外加包一大截木薯，煮着吃。

平时公祖遁给人的草药全剁碎，不让你识别出是何类品种草药，每幅药不管多少，只收五分到一角钱，实在不方便的也可不要钱先拿药。外出施法运算看风水，一般随主人给出，不作计较。因此，便有人颂他是活菩萨、老神师。

没人能阻挡流柴河水利工程如期动工，坡岭大队就此打响了一场声势浩大的拦河蓄水小水利工程攻坚战，全大队十二个生产队抽调一百多个青壮劳力上工地。

筑坝从就近一旁的山岭脚下取土石方。人们盼望着建成拦水坝，一举解决坡岭农业干旱、水利灌溉和发电问题。

上工地的社员一律自备扁担、簸箕、锄头和铁铲等干活工具，早去晚归，自带午餐。筑坝全凭手挖肩扛人工进行，挖土石方的和一队队挑土方的相结合，组成了沸腾的工程场面；工地一派尘土飞扬，热火朝天。

陈祥广天天待在这个水利工地，他要求所有工作队队员必须带头上工地并参加劳动，他自己就做出榜样。休息时，他指着工地挥手抒发感慨，对我们说："你们看，这就是大干社会主义，用事实证明没有做不成的事，让那些保守不思进取的人见鬼去吧！坡岭将在我们的手中奔向更加美好的明天。"

符家干紧跟着他的屁股附和道："你说得太对了，怕这怕那能做成什么事？陈焕人就是这类人，他连工地这么大的事都不来看一眼……"

正说着话，黄昏临近收工时，有人突然指着西侧的山脊说："你们快看，那天空怎么那样红啊？快看，快看！"众人纷纷抬头，远眺山顶落日中的昏灰天空像缺了个大洞，几缕夕照闪剑般射下，整个天空先现出阴云的大理石灰，再幻化出浅红，然后是牛血般的深红，渐渐玫瑰红最终笼罩天边。周围透光的森林神奇地反射出团团的红雾，红色雾霭纷纷涌涌，呈现出鬼魅般缥缈的浮动气氛，令人不禁感到十分惊奇。

骤然吹起的穿山风，有头没尾宛若山林空响的万箭穿过，空气中原本的闷热被扫得一干二净，顷刻间充满了阴冷。太阳落山前的飕飕冷风，使在场所有干了一天活的人，准备收工的疲惫的男男女女，浑身汗臭的背脊上打出个冷战，不少人说，鬼天气，见鬼了。

"我刚才钻进林子里解手，发现地上有小树枝插着好些红纸条，上面写'挖山犯山鬼，堵水龙吃人'，你们看，我捡回来了，没敢拿来擦屁股。"说这话的是大草坡村的一个姓陈名增和的生产队队长，恰好他家上小学的十二岁小孩子正患着一种怪病，反反复复没法治好，他也害怕这纸做了蛊会上身，所以就随手捡回来交给大队领导。

符家干见后很警觉，二话不说，从他手中接过红纸条，对身边的几个青年人说："你们上周边山岭再搜一搜，看还能找到什么，我看是有人想搞破坏。"

这时的工地周边山上，日薄西山，那几个青年人去了敷衍一趟便返回，没带手电筒照明，有两个人的脚上踩了一坨屎，一个双裤脚挂屎，臭味袭人，他们骂骂咧咧地说啥也没找着。

返回家的路上，符家干总在思索着这事是谁干的，谁会干这事，为什么会出现这种事。他的那根弦绷了起来，比任何人都紧。他和随行的陈祥广商量，不管是神是鬼必须尽快抓到这个写红纸条的人。不然，工地的人心将被这人给破坏。

很快，他突然一拍脑袋，明天上工地找这事的线索，可先叫大队治保主任调查一下，那些平时躲山里大小便的人，看在山林里有没有发现什么可疑的人。又一想，这办法也不太灵，这一百多人挨个去询问，每个都去排查，那要查到猴年马月呀。他脑子一团乱糟糟的，也没想出好点子。

支书陈焕人是大草坡村人，陈祥广作为工作队组长被陈焕人安排住在本村里，大草坡村又是坡岭的大村子，按劳力比，他们是抽调上水利工地的劳力最多的生产队。

坡岭十二个生产队，全大队一百多人上工地，让大草坡村六队的生产队长陈增和派出二十多人的主要劳力上去，顿时使本村的生产劳动力安排困难重重，社员中埋怨他的话多了，骂的也不少，从而年底抗旱备耕明年早造生产受到了极大影响。

但迫于陈祥广的压力，陈增和不得已而为之，其想法和态度与陈焕人不谋而合。搞什么水利，把生产队的生产全落下了，加上他儿子的病一直没治好，他想打退堂鼓的心思越来越重。

在水利工地干了一天的累活，回到家已经是掌灯时。

他老婆急忙迎出院子一把扯住他说："小声点，公祖遁在给儿子看病咧。"

陈增和几步跨入厅堂，八仙桌面上只点亮了一盏孤闪的小煤油灯，公祖遁盘坐在地上，闭目口中不停地在吟诵着什么，阴沉的场面让陈增和心虚。他不曾见过这种场面，从来没想过要花钱去请什么巫师来给儿子治病。

为儿子的病，他曾带他去县城医院看过，花光了全家那点社队分红并欠了一笔借债，病也没治好。后听说儿子得的是一种肠子里藏不住东西的病，吃什么拉什么，瘦得只剩一副骨架子，人都快拉死了。

当下没钱治病，哪都不去看了，儿子多靠大队的赤脚医生给点药牵着命。这是一种什么奇难怪病谁也讲不清。

唯一议论得最多的是鬼魔要掳走他儿子。听说人家公社领导黄天华的女儿被鬼闹，多少能人去看都没治好，最终还是公祖遁出面才给治好的，公祖遁真的厉害啊。那他为什么没去请本乡的大名公祖遁来看一看？但是陈增和他不信这些东西，死马当活马医也不干。

这下公祖遁不请自来，完全出乎他的预料。谁叫他来的？难道他已算出我家有难自个儿找上门的？尽管知道公祖遁上门看病不收或少收什么费用。

他已经穷得叮当响，可是人家县医院都治不好的病，一个捉鬼算命抓几副草药的江湖佬就能治好他儿子的病？

他叹了一口气，反正是没钱给这些人了，死马当活马医吧，心里又一时生出一缕感念之情。

厅堂的八仙桌子下，公祖遁布置着上面画满别人看不懂的白色挡帘子，他在外面做完了道法，点上一炷香，钻进桌帘子后一直在嘀咕着什么。

话音说完，隔间房内突然传出陈增和儿子的叫唤："阿妈，拉了拉了……"似有拉长的痛苦哼哼声，然后是一串的噼里啪啦响。

那是陈增和儿子坐木屎盆上拉肚子。母亲长叹着进房子去。早不拉晚不拉，偏在这点上拉。母亲不停地怨着。

大概半个小时后，公祖遁从里面伏卧撑钻出来，扑通倒地，滚来滚去，挣扎像快断气的死样。陈增和吓得恐慌，上前扶他，他举手哼道："走开走开，没事没事。"

就这样，公祖遁回去后给陈增和的儿子开了些捣碎的草药，并一再嘱咐他给儿子煎服，并表示吃这个药会慢慢好起来，重要的是要慢慢养着。陈增和听了后就照着公祖遁说的去做。

次日，往水利工地派完工，第一天陈增和没去。第二天人员减少了两个，第三天又减少了一个，到后来，大草坡村在水利工地的劳力只剩下区区两个人。

别的村子看在眼里，有样学样，也逐渐减少派去水利工地的劳力。他们认为各村劳力本来就紧张，大草坡村还借口备耕人手不够，于是便纷纷效仿。今天说人病了来不了，明天说犁田耙地备耕实在派不出人。要不就村里留着主劳力，凑人头只派出老弱病残者上工地，总之寻找各种各样的借口，减少往工地派工。上工地的人劳力了，一时没引起领导的重视，筑坝进度严重滞后，明显出现冷清的场面。

这种工地冷清局面的缓慢出现使陈祥广立刻清醒。符家干痛心疾首地说："完了完了，任由发展下去，水坝搞不成肯定完蛋。"

问题的严重性引发了一系列的思考，尽管还搞不清这种局面出现的主客观原因，可是联系到山上出现的红字帖，还有近期部分社员群众中的流言蜚语，什么挖山破墓坏了风水，那天突然出现的红彤彤反常天象就说明了不吉利，堵水龙那是要闯祸难的。

大家认为支书和工作队组长所在的大草坡村都打退堂鼓了他们又能干什么。工地形势越来越不如意。如此一来，陈祥广无不进行深刻的反思，他认为他们没抓好阶级斗争这根弦，他们只顾埋头抓生产忘记了方向，敌人如烂芭蕉，人在心不死，存心要破坏他们的水利建设。

陈祥广对符家干说："怎么搞的？查那红字帖的事成了公鸡下蛋啊，久查不破，坏了我们的大事，敌人都笑我们了，你必须尽快给我查出背后原因，尽快抓紧水利建设。"

符家干乐了，他说："我早就知道有人在故意搞鬼。"

他的那根弦日日夜夜绷紧着，还自称他的眼睛是最雪亮的。符家干拍手道："放心好了，我和治保主任一定布下网线，查他个屁股朝天。那天我们工地休息时有个妇女在山上转悠，她发现个影子闪过，以为有人偷看她，稍加迟疑躲避，便看清了这人是那个装神弄鬼的公祖遁庞源恒。他逃不过我们的手心。地上放的红字贴，我想他个人没那么大的胆，他为什么要做这事，他背后肯定有人。所以我没动他，让他再表演，就是为了引蛇出洞。"

陈祥广满意度倍增，但他说："别等了，水利工地等不起，马上行动。"

自此，公祖遁被严密盯上。他的一举一动尽在符家干派生出的眼睛的监视之下。奇怪的是左算右算，能说会掐的公祖遁竟然警觉度不够高，没算出有人在时刻监视他，如影随形。其实，他再怎么能算也是白算，不可能真的遁去。

公祖遁这天听人说陈焕人发烧感冒了，他有治感冒的秘方，为避开人的眼睛，所以挑了晚间吃完饭的时间，给陈焕人家里送药去，同时想顺便说个话。

他家草子园村八队到大草坡村六队的陈焕人家并不远，只走了十来分钟。进了门，陈焕人正发着高烧，有气无力地跟他说话："我好后悔，叫你干那事不好，现在造成工地那样的局面不是我想看到的。当然，主要不是你的原因，水利工地出现这样的局面是我预想到的。当初他们怎么就不听我的劝，咱雨林县新石实大队修坝垮坝的教训你是知道的，不赶在明年春天山洪暴发之前建好堤坝，弄不好要落局，劳民伤财啊，你现在要给我算个办法，补救补救……"

陈焕人病得很重，说话喘粗气时断时续。

公祖遁听他说这话心头不是滋味，又怕又担心，放下药，反笑他道："你真是病了，这次病得不轻呢！啥事等病好了再说。"

陈焕人默然惨笑，没有说话。

门外，陈焕人家养的大黑狗只吠一声便停住，公祖遁问："你家的狗？"陈焕人点头。公祖遁自言自语："叫一声就停，说明开始没看清，后来看清了便不再叫。你家可能要来熟人，不方便多说，我走了。"

说走就走，警觉的公祖遁快速离开，不走陈焕人的正门，特意摸黑从他伙房后面的猪圈边上出去。

不管走多远，相传夜间摸黑出行，是公祖遁被坊间称赞的大本事之一。传他夜月行山村道，狗都见不着他，更别说人了，他刚才就像没脚的魂飘进陈焕人的家，大黑狗没叫也没发现他，出行山村小道上的盘夜蛇同样无法咬着他。人说他行走飞快，脚不沾地。

过了片刻，两支可能是三节干电池的手电筒，一时间刷地射出两道刺瞎人眼的银光，光芒射中那飘忽的黑影，亮闪闪的让一个黑影现形。

"我们已等你多时，怎么这么快就把坏事办完了？"符家干得意万分地说，"我们有的是耐心等你出来。"他一手叉腰，一手提一捆麻绳，绳头在他指尖上甩来跳去，脚在地上踱来踱去。

他身后一字排开十多个背枪的青年民兵，符家干继续说："我是想一起抓你们的现场，但留点面子给咱的领导吧。真怕你遁形溜了，我在前门放人看着，逗狗吠，多来人把这后门挡实，算我运气好吧，怎么就守对了。哈哈，你是不是还遁个形给我看看，我们的枪子不怕鬼，可不长眼呢。"

公祖遁就这样现场被抓住，就看他还能不能遁形。

符家干真真切切地怕他突然遁形消失，所以准备了一条新麻绳。据说泡过猪尿水的麻绳绑鬼就跑不掉，他真的拿去泡了半天，叫民兵道："你们上去把他绑紧点，我看他如何飞了！"

民兵们不知为啥没个人敢向前挪步，谁都看不清谁的表情，谁都不愿第一个去接符家干手中猪尿湿臭的麻绳。

面对公祖遁，一般人谁愿意壮胆上去绑他？犯不着去惹他呢。

"都发什么怵？有什么好怕的！"符家干和治保主任哈哈笑着故作轻松，那笑声里全世界都听得出有装的味道，但掩不住有那一点点发虚。他们两个见叫不动人，只好一前一后上去亲自绑公祖遁，符家干手抖，骂骂咧咧地打结好几次没穿准麻绳圈子。

从被抓到把公祖遁像牵牛一样牵回大队部审问，一路上民兵严密簇拥看护，生怕他突然消失了。

公祖遁不说一句话，不作任何争辩，他知道说什么都没用。

大队部的办公室换了个大火的电灯泡，但今晚偏偏没送电过来，属常态化了。陈祥广叫人点上几盏大的煤油角灯，再燃上几支明亮的火把，门口让民兵把守着，他和符家干弹冠相庆，开始轮流审讯公祖遁。

陈增和队长在山上捡回并有人看到的红字帖证据，放在办公的那张桌子上。

陈祥广单刀直入，问他为什么要在山上搞封建迷信破坏水利建设。

事已至此，公祖遁没看他，也不回话。陈祥广以为绑着他不好问话，学着古人善待俘虏的模样，叫人给公祖遁松绑，讨好的话跟上出口："谁叫他们绑你的？"

符家干喊："松绑干吗？别别别，那样他会掉跑。"

陈祥广说："胡说什么！"

没有天罗地网，现场是抓不住他的。符家干邀功似的说着刚才抓获公祖遁的经过，迫不及待地问起了他们感兴趣的内容和目的："听说是陈焕人叫你这么干的？你刚才在他家都说了什么？别以为我们不知道，是不是预谋要搞更大的破坏？你若说出来，跟你一点关系也没有，如果不说……"

松了绑的公祖遁只管揉他发麻的双手臂，有时干脆闭上眼睛。

符家干火了，拍桌子道："死猪不怕开水烫，你敬酒不吃吃罚酒是吧？"他拿起地上的臭麻绳要动粗。

陈祥广制止他，说："不能这样搞，乡里乡亲的，低头不见抬头见，有话好好说。老庞，哦不，二爹你坐下再说，不急。"

急或不急都没用，他们或许一时忘了公祖遁是什么人。陈祥广的宽容话讲得很累，符家干骂公祖遁就是茅坑的烂石，又臭又硬！认为对这种人绝不能心慈手软，要来狠的。

他们这么一来二去，仍然拿不下公祖遁，就只好暂时草草收场。

晚上想了整宿，第二天陈祥广忽然想通了公祖遁的事。

他不再逼公祖遁坦白交代问题，他坦不坦白都不重要了，怀疑陈焕人指使公祖遁干这的事也不那么重要了，不过仅仅是个怀疑而已。陈焕人虽然反对修建这个水利，但不至于去同流合污搞破坏，毕竟他是有身份的人。必须承认，陈焕人还是坡岭的一把手，出了问题，他这个工作组组长也脱不了干系。想到此，他像找到了解决问题的关键所在。

通过昨晚亲自审查，他已看出公祖遁这家伙不是容易开口的人，使手段未必就能达到让他开口的目的，弄不好让陈焕人知道认为是在有意挖他整他，没有证据，闹起来就不好收场。

自此，他不能再拖时间往下审了，当务之急，要紧的是要加快水利工程的建设速度，利用这个反面教材，教育广大社员群众，调动起人们大干快上的积极性。

他为自己一时想通这个问题兴奋不已，抽手拿起一根烟点上，慢条斯理地指示道："老符，你把全大队的消极怠工之人和公祖遁一个不漏地集中到水利工地干活，马上在水利工地那召开现场动员大会。"

不管怎么说，符家干对审公祖遁的问题就是不死心，没审出他想要的东西，太令人失望了。如果利用这次抓住公祖遁的机会，审出陈焕人的问题，把陈焕人整掉，那支书的位置不就是他的了？他觉得很可惜，心里时时惦记着这件事。

他为此心生一计，俯身近陈祥广的耳边说："公祖遁不交代问题，那就先把他和那些消极怠工的拉到工地，让他们去挖山上那些墓碑石围，用来填压堤坝，一来可起加固堤坝的作用，二来折磨得他受不了就会说出我们想要的实话。"

他对想出这一手妙招得意扬扬，陈祥广当然看出符家干肚子里的小九九，愣着眨眼半天，迟疑地问："挖墓碑和掘坟墓没两样，你不怕报应？这事能这么干么？"

符家干拍胸说："有什么好怕的！不打不骂他公祖遁，就算是对他仁义了，我就想用这事逼他，不信他公祖遁不从实招来！"

这天，水利工地迎来了空前的盛况，盛况比开工的那一天还要大，还要有气派。工地经过一番整合和准备，红旗猎猎，坡岭大队所有的社员群众被要求悉数到场，人头攒动，人们要争先目睹一场史无前例的动员大会。

许多人都期待会中那精彩无比的每一幕，是能让人热血沸腾大受鼓舞的，是激发起无与伦比的大干快上积极性的。

通过这样的大会，眼前就会不断地涌现出奇迹，堤坝在人们你追我赶、鼓足干劲力争上游中日益增高，一天一个样，天上地下无比灿烂。直到堤坝完工，哗哗啦啦的流水奔腾进渠道，灌溉干渴的稻田庄稼，这是世界上多么美好的时刻啊！

令人信服并想不到的是，此时的陈焕人，经过病中的冷静思考，仿佛也终于想通了他面临的这一切。这真是大势所趋、人心所向的时刻到来了。

他开始暗自检讨因自己先前的做法而造成工程的被动，

对此深感不安。他不应就这么看着堤坝修建一直陷入危机之中，社员群众已经投入了那么多人力物力，责任感让他不能再袖手旁观了。这是他病中得出的最初心的体会。

尽管这堤坝还没到建成的那一天，尽管陈祥广和符家干说要向公社党委和工作团上报陈焕人的所作所为（仅怀疑他跟公祖遁的关系），想要撤他的职，但是他作为坡岭的一把手，还是要齐心尽力地促成水利工程这件事。

想过了，心情好病也好多了，而且带着虚弱的身体去过问大队水利工程的这件事，操上了心自不待说。

他首先让他所在的村子大草坡全体社员一个不漏地参加工地的动员会，带好头；他严厉批评他所在的村六队队长陈增和没有大局胸怀，要他百分之百派够人数上工地，而且必须是壮劳力，工地如再需劳力，要做到一个都不少。他的吩咐零容忍，如若不听从工地的调配和指挥，那就请陈增和辞职，他村里不缺当生产队队长的人。

这分明是下了死命令。

他对其他的生产队同样要采取这个措施。谁都没有想到，陈焕人的态度此刻来了个一百八十度的转变。

陈焕人和陈祥广的话这时也能说到一起。团结就是力量。他俩此刻肩并肩地站在动员会现场的台中央，谈笑风生。

面对不断涌来的社员群众，符家干上蹿下跳地指挥着会场地秩序。陈焕人显得病恹恹的，他强打起精神，想让人看到他是多么热情地出席这个大会，他还绝对是坡岭大队的一把手，并和广大社员群众永远站在一起。

人们翘首以待，就在这个大型动员会即将召开时，有人急急忙忙来报，公祖遁跑了！不，他遁形溜了。

但是这也并不是什么大问题。这个大会主要的目的是提高大家水利建设的积极性，避免消极怠工现象的再次出现。

让人们加油鼓起干劲，争取早日将大队的水利工程建设完成。

最后动员大会顺利地召开并圆满落下了帷幕。大会中也强调部署了每天水利工程的具体任务，大家都显得斗志昂扬，陈焕人和陈祥广也相信之前的消极怠工与无故旷工的现象将不会再出现。

公祖遁的消失从此变成了个谜，有关他的小道消息很多，从未间断。

在后来的日子里，听说坡岭邻近村庄一队的社员吴进财丢失了一只小羊，怀疑被偷了，报给当地公安也没找回。丢羊的人想请公祖遁来弄清这事，可是到哪去找他？吴进财不知在哪打听到公祖遁正在山岭那边的一个村庄里，正在帮一个生产队找回一头丢失的耕牛。

据传公祖遁他是施展起入神千里眼，竟然知道牛在什么方向，顺着他说的去找竟然也找着了，问他是什么原因，牛是不是被人偷走的，他一概不作答。不过千里眼属实为无稽之谈，多半是他了解牛的一些生活习性。

喊公祖遁名字最多的是藤岭公社黄天华的女儿，他给她算过半年后必有读书机会出现，这机会算得不准，没来，她失望之极就疯了。在藤岭镇上她常常跑家门外，遇生人便问："你看到公祖遁了吗？他在哪？"可怜这女子丢人现眼没个完，总被母亲拉回家，她扯着嗓子哭喊："妈呀，妈啊！快去叫大师来救我吧！"

坡岭的水利拦河坝在花月临近春节后修建成，坝身上铺满从山上挖来的墓石碑。人们还没来得及热热闹闹地庆祝一番，一场轰轰烈烈的春雨下下来，暴发了一场特大山洪，洪水滚滚，势不可挡地扑向流柴河的坝身。

人们在欢呼一年到头旱情解除的同时，流柴河拦河坝却在一夜间被洪水冲垮，只留下一个被挖空的倒塌山体和河水中的一条阴深沉堤，从此再没人想走近沉堤，有关沉堤的各种传闻也从来没间断。

第三十一章

冯贵家中被一帮人砸坏是在上午，这伙人砸完了他家，接着又去砸被撤职的劳动局局长邢祖旺的家，显然，那伙人是有备而来的。

当时冯贵在县化肥厂检查工作，老伴恰好去市场买菜，听说家里出事后才赶回来。他住的地方是在县委大院内二十世纪五十年代建起来的单家独户的大套间平顶房屋，围着小院子。类似这般的住户都是县委的老领导，他们才能享受这种待遇。

那些人不知如何打听到他的住处，直奔他家而来，砸锁踢门入内，野蛮地打砸完房屋内外的门窗，包括室内的家什。等公安民警得到报警赶到，为时已晚，现场那伙人早已跑掉。

冯贵赶回时面对一片狼藉的房屋和老伴的哭声，检查房子内被砸和完好的物品，没有一样东西丢失，箱子柜子完好。他指着在场的民警大发雷霆："你们是干什么吃的？连县领导的住处都保护不好，人民要你们有何用？叫你们局长过来！"

冯贵一家的床同时被砸坏，当晚连睡觉的地方都没有了，冯小华便把父母亲安排到县招待所暂住。于弘毅身体已无大碍，他说工作太忙便不再住院，回招待所住。他们像招待所的住宿客人。

在招待所的院子内，冯贵因招工问题闹大了事不愿见于弘毅的面，冯小华这回天天都跟家人住在招待所里，她在于弘毅的房子里的时间也变得更长了。

那晚，她端着一小盅加了滋补中药的炖鸡汤进了于弘毅房间，她说给他补补身子。于弘毅心头滚过热流，他从来没有像现在这样关注起冯小华。

她红润的脸在灯光中越发楚楚动人，苗条的身姿在他面前游动，平时穿着的白色的确良衬衫，今晚如薄纱般显得愈加透明。以往于弘毅没有这么近距离地看到过姑娘的身体，此时本能冲动的异样感觉在那一瞬间激活，血涌心跳。

自从他来县里工作后，她就以服务员的身份爱他，关心着他，利用工作之便成了最亲近他的人，身边知暖知热的人。而生活中不同的是他从未主动向这个姑娘打开过自己的心扉，难道他认为她是看上自己的职位才如此表现的吗？他自己对这个问题没用更多的时间去思考，更多的时候，他只把她当成一个自己身边称职的工作人员来看。

爱情是什么？他像是第一次被逼到了情溪边上，那是没有时间去追寻和思考的爱情水流，他过去曾想过，曾经悄悄动心过与他交往的个别女人，但都因为种种原因不了了之。他反过来检讨起自己的情感，一切生活都是为了奋斗的事业，为了想象中的光明前途。于是他麻木地压抑着、掩饰沉睡着个人生活，反而觉得总是遇不上一个让他不顾一切怦然心动的女人，也许这就是革命者需要的生活。

冯小华上前不由分说地拿下于弘毅手中正在看的文件，端起温热的鸡汤，她亲自喂他。一次一小口地喂汤，粉红的樱桃嘴像要接吻似的吹口汤匙，举动那么不容拒绝，香气便扑向于弘毅的脸，连带姑娘身上发出的女儿香，几乎要把于弘毅浸泡了。

他不由自主地伸手去抱她，她羞涩地扭腰，浑身哆嗦，推了他一把："于哥，趁热先喝完汤……"

于是于弘毅放开她，接过她手中端着的鸡汤和汤匙，很快便喝完了。

冯小华拿起空了的汤碗立刻羞涩地跑出了他的屋子。

第二天早上，冯小华对昨夜于弘毅正眼看她而高兴得又唱又跳，她送早餐到房间里，随手交给于弘毅一张招工表。

她说："我姐姐上山下乡在乡下，原先父亲冯贵管这事，批了个指标给她，招工回城进糖厂工作，现在县里统一取消了父亲批下的那些招工指标，姐姐给退回了。"

于弘毅看了看已填好的招工表问："你的意思是想让我重新批指标给你姐？"

冯小华答："正是。"

于弘毅又问："那你父亲不能那么做的事，我能接着做吗？"

冯小华脸红，仰看于弘毅为难地说："那你这大领导说咋办？总不能叫我姐重新回乡下丢脸吧！"

于弘毅说："这事怎么就丢脸了？我们干部子女不能带头搞特殊，要么在乡下扎根干一辈子革命，要么让你姐报名参加县水利兵团，参加即将开始的开荒大会战，我保证如果她表现积极，一定有机会招工回城的。这样回城不是更好吗？"

冯小华伏在桌子上放声大哭，她有太多的想不到。

31

前些年，坡岭大队的陈焕人几乎把大队的领导位子一个人全当完了。他是一把手，不仅兼着大队长、民兵营长的职务，治保主任刚病死没找到合适人选，他都要顶上这方面的工作，连妇女主任躺倒不干了，他都推不掉那些职责。村里的一新婚夫妇性格不合，离婚的事闹到他那，也让其评判拿主意。眉毛胡子一把抓，一年到头开会又多，这任务那任务，应付这些事陈焕人感觉很累，真想把肩头这些担子交出去。

那时候坡岭大队腊石村四队的符家干，渴望把自己大队民兵副营长的职位扶正，他尤其想接过大队民兵营长或治保主任的担子，然后进一步想拿到大队长的职位。

符家干这年二十三岁，十八岁当坡岭大队的民兵副营长，脑瓜子活泛，办事灵活，接民兵营长或治保主任的担子非他莫属的心思一天比一天强烈，可是他向陈焕人先明说后又多次暗示仍不管用。

陈焕人了解他，他急陈焕人不急，不想把这幅担子轻易地就交给他。原因陈焕人没琢磨透，就是觉得符家干不踏实，他想继续考察考察。

前次两人去公社开护林民兵会，路过那条雨后水涨起的溪流，平时溪流清澈见底，可看到沟底嶙峋的岩石沙砾，水流不过脚踝，眼下的涨水没过腿膝关节，就是水流湍急了些而已，蹚水过去不成问题。

他俩走到那，符家干不由分说就背起陈焕人下水走，陈焕人直喊不用，说他自己能走。符家干不听，双手把他托紧在背上，任由陈焕人挣脱晃动。忽然，符家干一个趔趄倒下，两人即刻淹在水中。

他仍紧紧把他背着，陈焕人呛了一口水就挣脱了，并气恼："说，这水不算啥，叫你别背嘛，万一人滑了砸在溪石上咋办？"

符家干说："我想背你过去，谁知道摔了呢。"

符家干背陈焕人可能是想讨好他，反而弄巧成拙，陈焕人觉得他有点假，水浅不急，用得着背吗？还怀疑他故意摔倒。

他不久便知道，治保主任的位子陈焕人想让德高望重的人坐，他不沾边，而且不愿把民兵营长的位子交给他还有个原因，陈焕人把符家干与大队的另一个民兵副营长陈小楞做了比较。

陈小楞比符家干大一岁，陈焕人村里的堂弟，退伍回村已两年，未成家。人老实巴交，忠诚，愣头青，叫干什么没二话，执行大队的任务不打折扣。陈焕人就喜欢这种好使唤、没多少心眼的人。

两天前，陈焕人派陈小楞带领大队二十多个民兵，到山里的一块地去抢种橡胶。所谓抢种，就在一个"抢"字上。

抢种这近百亩的橡胶在山地位置，连接着农垦兵团青绿农场十五连分不清的地界，是坡岭大队和青绿农场的争议地。十五连是青绿农场新建的知青连队，由原场老工人领导，带一帮从广州来的知青在这地上开荒，准备种上橡胶。

在新开出来的争议地上，知青们先后挖好种植橡胶的穴位。这消息随即被符家干打探到，他向陈焕人出主意，表示这地是争议地，凭什么就让他们农场开荒占了，我们要先下手为强，抢种下橡胶造成既定事实，争回这块地。

符家干在这事上并非想为坡岭大队立头功，他隐约觉得争回这块地绝非易事，谁出头都不会有好的结果，但他却自告奋勇地多次向陈焕人请缨，由他带民兵去干。他想，只要陈焕人同意了，他才做出姿态想出原因，换由陈小楞带队去干。

谁知这想法正中陈焕人下怀，慎重起见他没有立即答应，他确实首先想到了陈小楞，也因陈小楞是他看好的人，还认为这不是什么难办的事，先试一试，有机会就让陈小楞去干，让他先出点成绩来。

不久便定下了陈小楞带队。符家干眨眼高兴，却让人看他不乐意的神情，嘴上不说，心里直磕。觉得陈焕人向着陈小楞，那就由他干去，这回有戏看了。

等入夜深沉，陈小楞带的坡岭民兵队伍就在那块山地种上了胶苗。

因为是慌里慌张抢种，他们像贼一样在黑灯瞎火中偷偷摸摸，借月光的亮，沿山地新开垦的环山行梯田胶穴位，两人一组，一人放胶苗，一人回填土，犹如打仗埋地雷般种下他们带来的橡胶苗。最终尚存大部分的山地胶穴位没种完，天边已初现一片亮光。

这些橡胶苗是符家干对纠纷地产生想法，提前以大队名义，巧言向青绿农场其他老连队讨要的赞助。

符家干向青绿农场讨要的橡胶苗，真由陈焕人派陈小楞带人去抢种，如此让陈小楞立个头功，民兵营长的位子总在符家干的心里七上八下。而面对已种上标记性的环山行橡胶苗，陈小楞的高兴就是完成了任务。他没想到什么民兵营长的位子，特别得意，站在高坡上，披着朝霞对大伙儿说："这块地自古就是我们坡岭的，不属于他们兵团农场，坡岭胜利了！"

就在他打着手势，准备撤回去时，清早山沟那边来了五六个扛锄头拿砍山刀的开荒知青，他们发现有人在他们开垦的土地上种了橡胶，便来看看是怎么回事。

陈小楞自然上前做一番声明，大家围成一团。

"凭什么说是你们农村的土地，土地是国家的。"知青说。

"我们祖宗的山林，你们农场的土地边界在沟的那边。"陈小楞说。

"笑话，讲什么祖宗，国家才是你们的祖宗。"

闹起来了就无法冷静下去。你一言我一语，谁也无法说服谁，说变成了吵，吵不多时又变成了喊，但是谁的声音大谁都不怕。

一知青推了陈小楞一把："你以为你们人多我们就怕你呀？敢来抢我们的地盘种胶，好久不打架，爷我手痒。"接着就是一记冲拳打到陈小楞的肩膀。

陈小楞这下的愣劲头可用上派场了："你是什么东西？臭小子敢动手打人，我怕你是儿子。"他高喊："收拾他们！"

他带来的民兵一拥而上，双方丢下手中工具相互指责、指点，推搡乱成一团。陈小楞仗着人多，越往下越是怒骂喊打，兵团农场知青这边的人寡不敌众，不得不溃散逃跑。

纠纷双方算克制，没有出现动用锄头、砍山刀工具伤人的后果，但那先动手的知青还是被拳头殴得不轻，他死扛硬拼，鼻青脸肿，鼻血直流，最后一个才跑掉逃脱。

陈小楞高高兴兴地叫人收拾现场，收缴对方掉在地上的锄头砍山刀，喜气洋洋地打道回村子。

纠纷的消息传开，村民中不少人认为他当了一回英雄，为村子争回了土地。他没少听表扬，欣欣喜喜然。他给那村原先谈的姑娘家，带去一把纠纷现场知青丢下的"金鸡牌"新锄头，当战利品相送。看到的人嘴杂，说："没钱送就送锄头，把姑娘挖回家，他不傻不愣。"

可是姑娘家的爹妈不认同，把他的锄头扔出门外，人家不缺这刨食苦命的东西，叫他拎钱粮再来上门。

不过这天，陈焕人在大队部里把陈小楞唤来，指着丢在地板上收缴来的几把零乱的锄头砍山钩刀，拍桌子对陈小楞说话，骂声不断，那砍山钩刀不时闪着瘆人的寒光。

"叫你带人夜里种橡胶，种完就走，打人干什么？这刀要伤了人命，你吃得了吗？"

"他们先动手，我们是被逼还手。"

"还手打人，还把人家的工具收缴，你好神气哦。"

这时符家干不请自来，他笑得比平时更好看，进门伸出顶呱呱的拇指说："小楞兄干得好，别说我们农民好欺负，领导你说是不是？"

陈焕人白了他一眼，烦他火上浇油："出了事你高兴啊？"

"我有什么好高兴的，小楞哥确实完成了任务，闹起来被迫还手嘛，对不对？"他同情小楞，很认真地说。

符家干看着陈焕人的脸说话，他停不住话头："不过话说回来，美中不足的是没有把胶苗种完，如果那片地上全抢种上橡胶，我们这边争回土地的分量就更多了。"

难不成先下手为强就能既成事实？没那么简单吧。现在闹了起来，都打了人家的人。陈焕人想着这事不说话，幸好这事没搞大到难收拾的场面，他一时厘不清头绪，这事的曲折是非以及下一步的思路他还没想通。

符家干靠上去小声说："我们胶苗还剩不少，我再去弄点，叫小楞再次带队去种完成，补补过就好，如果小楞不想干了，那我去。"

"土地问题惹上了对方的纠纷麻烦，你现在又主动想去？"陈焕人不相信他说的，他脸露为难，"打了人，没收人家的工具，再去抢种行不行啊？"

符家干神情轻松随意地说："没什么大不了的事，到时向对方道个歉，把工具还回人家不就结了？不过，橡胶苗继续在夜里悄悄补种完成，这一手不能放弃。"

他兴趣满满，又鼓动陈焕人说："这叫打归打做归做策略，明里暗里计较，不跟他们兵团农场搞一手，我们的地就没了。"

这话直接把陈焕人说到蒙，也把他说到心动。

陈焕人好像认可了这事说到底就是跟农垦那边过招。陈焕人头脑也并非完全发昏，地界不明，先占先得，还不是在人家开好的纠纷地上去抢种，他又拿不定了主意，说等等看。

当时，确实因土地界线不明，个别地方社场队之间纠纷时有发生，坡岭人对此也有所闻，没想到的是坡岭也出现了这种情况。

在接下去时间里，最让坡岭人关心和不安的，是农垦场子那边竟然没有任何反映，事态安静到一点风声都没有，像风吹树枝般过去了。

坡岭人反而自己沉不住气，四处打听，一会儿听说村子这边打了人，农场要来抓人；一会儿又说农场不当回事，小事一桩，大家可以坐下来协商解决，但就是不见其派人主动上门解决问题。人家不主动，坡岭人更不会主动。坡岭人终于松了口气，认为不过如此，做了又如何？我们的山林土地你们侵占没理了吧？我们不作为不争取哪能争回自己的东西。

时间在焦虑和希望的等待中，就这么悄无声息地过去了十天半个月。看来，全大队的人就数符家干最惦记这件事，就算乡村所有人都不上心这事，对这事失去了兴趣，他却三天两头地跑到农场找人打听这件事。他可能知道得更多，时不时给陈焕人通报消息，有时说让陈焕人放心，他正在暗中跟踪着对方的信息，没风吹草动说明对方认这个事了。这事就这么过去了。

在某天的夜里，他唤上陈小楞，潜回那片山里的纠纷地探望实况。

夜色朦胧，静寂中他们行走在山坡梯层地上，看清了前次陈小楞带领人抢种下的橡胶苗还在。但由于天气炎热，橡胶苗又是随意种下的，已经枯死了不少，坡地一株株孤零零的胶苗像见着久别的主人，在山风吹拂时可怜地摇动几片小叶子。

陈小楞说："没啥动静，好啊，我以为他们要把咱种的胶苗给清除拔掉，夺回这块地。"

符家干说："对，不来看不知道，他们不占理，默认了。不如我们继续种完这块地？"

陈小楞说："好，回去我找陈焕人支书说一声，说干就干。"

符家干说："小楞你干好了，我支持你，为大队立一功，今后民兵营长的位子就是你干，你没看出这是陈焕人的意思？"

陈小楞咧嘴："符营长别夸我，我不行，你行。"陈小楞提前叫符家干为营长，那是心服的表现。

几天后，陈焕人很快同意陈小楞的请示，又带队伍过去那片山地抢种橡胶。

也是在这月色朦胧山林沉睡的午夜，也是在那个时间点他们到达抢种地。他带领抢种的所有人摸黑过来，不过这次来抢种的人更多，比上次多了一倍，带了更多的橡胶苗，就连符家干也答应他随后会赶去。但陈小楞一直没见着他来。

当所有人就着夜色种下第一株胶苗时，开荒橡胶地东面的防风林子边先亮起几柱明晃晃的手电光，紧接着南西北也一起亮起几十支手电光，有人喊了："放下工具，站住！别跑。"喊声不大，很有威慑力。

坡岭抢种胶苗的人就这样被突然包围了。

三更半夜他们谁也没想到会出现这样的局面。坡岭人认为地是他们的，他们没有惊慌。估计对方兵团农场来了躲他们多好多的人，看着黑压压的人一圈圈地向他们围上来，那气势轰然压倒对方，仿佛要把现场抢种的人一网打尽。

他们有戴割胶头灯的，有打手电筒的，最威风的是他们不少人中有不少青年人着清一色的绿军装，肩上背着半自动步枪，有的手握冲锋枪，大多是兵团农场武装连的人员。他们的所有灯光横扫抢种橡胶的坡岭人，十分亮眼，亮到坡岭不少人的眼睛都睁不开，他们想跑也跑不掉，更没有人敢说奋起抗争的事。

他们全给镇住了，很难再发生意外的事。

对方走出像个当头的人，穿着军装，走到他们面前后停下，这个年轻人开始用高调子说话："坡岭的乡亲们，我们不想这样，也不会威胁你们，这样是为了避免事态的进一步扩大。你们这样一而再地抢种，不利于事情的解决，我们兵团农场将很快跟当地公社和县里协商解决这个土地的纠纷问题。你们现在就回去吧，不要再来做这种偷偷摸摸的蠢事，这种做法是不能解决问题的。"

紧张的气氛如风吹过般缓解，大家都松了口气，坡岭这边的人开始收拾工具，陆续撤走，难免有人愤愤不平，大声骂的有之，小声音议论的则加快跑回的步伐。

但有一个人走不了，他就是陈小楞。他被指认扣下，因为他那天带人来抢种胶苗打了人，是个当头的，对方要带回兵团农场保卫处审查处理他。

坡岭人完全想不到他们会这样抓人。这一下很让坡岭人想不通，简直措手不及，现场人人自危也没人敢说上一句话，生怕同时被抓走。

扣下陈小楞的消息传回，惊动坡岭上下村庄。有人说召集民兵营去跟他们干，但立刻被在座的大队民兵退伍兵反驳："瞎嚷嚷什么？你们知道兵团农场他们多厉害不？他们有武装连，上百人，领导是现役军人，装备步枪、冲锋枪，还有迫击炮，只要一炮就轰死基干民兵那几条破步枪。说句不好听的，我们民兵营连游击队都不如……"

"说这屁话干什么？没个说有用话的人，想打仗啊？找死。"陈焕人喝住议论，想拍桌子定个调子，但这个调子又着实难定。下一步应该如何，他们是否会拿陈小楞当人质，逼坡岭人上门做承诺，还是有什么别的想法，是否赶快向上级公社请示，陈焕人转来转去拿不定主意，继而抱怨起符家干，随即眼仁光放大，脑袋瓜更大了许多。

符家干说："我最担心小楞兄弟被他们扣着没什么好果子吃，弄不好被打个半死，眼下最要紧的是先把人捞回，再从长计议。"

他懂得察言观色，暗地里猜着陈焕人的心思，上前亲近他说："要不您老大驾光临一趟捞人，老大出场，一个顶百，保证没问题，啥事你才能当场拍板啊。"

陈焕人这就拍办公桌子了，"啪"的一下不是很响，手有些发麻。"我白拍桌子没用，你是干什么吃的？当初就你的主意最多。"

符家干讨好地对他说："那倒也是，谁不知道我们这边你当的家，兵团农场太强势，他们根本不把我们放眼里，去谈万一把您也扣下……"

这话点了陈焕人的脉，他更火了，厉声说："敢扣我？想啥没屁用，都是你的好主意，你不去捞人谁去？赶紧的，就你去。"

符家干忍不住回了一句："对，怕啥？咱不是也有一个营的民兵作后盾吗？"

大队部门外，陈小楞的恋爱对象正站着，眼圈发红，她对符家干投去期待的眼神。捞回陈小楞是个当务之急。

符家干此时稍显轻松，走回家都起哼调子，他学杨子荣骑马状，挥鞭打虎上山那出戏。他回家跟老婆说一声，吃过晚饭再去陈焕人家里跟他道别，去捞人真的非他莫属了。

他人一进陈焕人的家门，陈焕人不耐烦地斜了他一眼，刚想问他怎么还没去，话没出口就被他那模样吓了一跳，问：

"你这是去坐监牢吗，背个背包干啥？"

符家干装得很像样，立即惨态一副，说："这不，万一我不答应他们兵团农场的条件，他们扣下我好有个睡觉的包袱，到时你可要给我家里说一声，我符家干好不容易要生了呀，我如果出事，你不能不管哦，知道不？"

陈焕人想拍桌子，没桌子，只好拍自己的屁股，说："都啥时候了，还不快去！还在浪费时间！路上天黑，带灯啊。你怕什么？我们有公社有县的支持，力量比他们大得多呢。"陈焕人没忘记给他打气。

符家干临难受命，危急时刻，连夜勇闯青绿兵团农场捞人，这可能将成为他日后对人夸嘴并且津津乐道的口碑。

打手电走了多半个小时就到了农场。对符家干声言代表坡岭大队到来解决问题的当晚，兵团农场领导没有及时铺红地毯热情迎接，却也是给了他想解决问题的面子。

他们安排他睡农场招待所最舒服的单间，他身上的背包一刻也没离开身边。招待所的服务员笑他说："你是贵宾，还怕没地方睡觉？带背包干啥？"

他说："啥叫贵宾？你猜我背包里是啥？"接着他把背包弄出"轰"的一声。

服务员想了半天才明白那"轰"的声音是什么，想他可能是坏人，包里不知装的什么武器，怕自己应付不来，就慌慌张张跑去报告给场保卫处。

保卫处处长于弘毅是个穿没有领章帽徽军装的年轻人，同时他的身份还是兵团某师六团农垦青绿农场的副场长、武装连的副连长，他就是那晚带队去包围坡岭人因土地纠纷抢种橡胶的领头。

他知道符家干，告诉服务员不必惊慌，量他没那胆，那不过是大话、玩笑话。

这次抢种事件发生后，符家干暗中跑农场了解事态的情况，曾私下与于弘毅见过一面，双方通了气，他应是知道农场这边态度的，包括预先要扣人的事。他为什么会怂恿陈小楞再次去抢种，只有他自己心里清楚是怎么回事。

第二天，于弘毅跟符家干在场招待所一同吃早餐，他这才问起陈小楞关押在哪及他的情况。

于弘毅笑说："你到现在才关心起陈小楞，据说我们这边的青年人，有先动手打人的责任，所以我给陈小楞好吃好喝，没追究他什么。他就住在保卫处，单等你们领导过来表个态，协商解决纠纷地的事。"

符家干说："你们这是抓人质逼我方上门讲条件？"

于弘毅说："没那意思，就是想你们调整一下态度，有土地纠纷不能那样搞抢种，这不是解决问题的方法。"

符家干说："那怎么搞？"

于弘毅说："大家都别乱来，等公社和县里以及我方的上级单位共同来解决。你是代表，今天我们双方签个保证书，保持现状，等问题的最终解决，你现在可以把陈小楞领回去。"

符家干没想到事情这么容易就解决了，他高兴得学着陈焕人拍餐桌，说："太好了，谢谢！"激动得还想去握于弘毅的手。

于弘毅不动声色地躲开他的手，说："我要感谢你及时通报你们那边抢种的事，你这'内奸'当得好，防止了不良的后果继续发生。你想想，为了争这片地，夜里慌张胡乱地种下胶苗定会影响存活率，又不放基肥，今后也不利于胶苗的生长，这种事不能再做了。"他的笑容令符家干很难堪。

符家干清楚自己都做了什么，他看了看周边吃早餐的人，大口咬了个肉餐包，满嘴流油，然后悄声说："我给你们当'内奸'的事就放肚子里烂掉吧。"

于弘毅只是笑笑。吃过早餐当天，符家干经于弘毅同意带回陈小楞，先到大队报到。

上午，他叫人去大队供销站买了一挂长鞭炮，噼里啪啦往喜庆里放，消息早就传开，引得不少人过来看热闹。

人们都说还是符家干能耐大、本事强，陈焕人都不敢出面做的事，他一人单枪匹马就把人捞回，陈小楞没伤到一丝一毫可算命大。

陈焕人接到消息急匆匆地赶来，正好踏着炮仗产生的滚滚硝烟迈进大队部，他当然要听听符家干的一番报告。

这回是符家干接着拍桌子了，像拍惊堂木一般响，吸引住屋内人和窗外围观人的眼球，大家无不聚精会神地听他讲那惊心动魄的捞人记。"哎呀呀，不容易，不容易。"他直摇头。

"夜里赶往他们农场，我跟他们交涉，他们逼我签协议书，承认地是属于农场的，不签就不放人，而且连我也要扣下，直到我方同意签字为止。

"最后我只同意签个无关要紧的保证书，他们就答应放人，这事情就得到了圆满解决。哎哟，想想多不容易啊！"

……

他越说越激动，从坐着说到站起来。

陈焕人听着一言不发，完了淡淡地说："你辛苦了，做得好，你看看，我派你去没错嘛，你值得表扬！"

第二天下午，刚被捞回来的陈小楞意外接到陈焕人的通知，让他去参加公社武装部的民兵集训，搞年中射击比赛。陈焕人说，他只要拿到名次就行。

陈小楞好事不忘符家干，于是就跑去找家在腊石四队的符家干，多少为感激符家干这次把他捞回来。他说："家干营长你去吧，打枪我不如你准，这次公社比赛，老陈说如果能拿到高名次，可送县里参加比武，披红戴花荣光无比，说不好可调到公社人武部当吃商品粮的教官呢。"

符家干是有这个把握的。早年民兵练习打抢他最积极，参加过公社的多次民兵比赛，不是拿第一，就是拿第二，陈小楞名次排上，但不如他高。

小时候他跟陈小楞就打赌过多次，拿弹弓打鸡头玩，谁一弓打中鸡头算赢，如被鸡主查获，输的就得承担打鸡的责任。多次做这般事，只有一次被发现抓获，陈小楞家里不仅赔了鸡，还被老爹抽个半死。

后来陈小楞逃学不打鸡了，借口村中水果树上有鸟，其实就打村前村后树上的水果。什么木瓜呀，黄皮呀，荔枝龙眼呀，更多的时候还真是打树上的小鸟。有时遇房顶上的兴奋怪叫的猫，间或动不动就多管闲事吠人的村狗，都是他们弹弓练玩的对象。

这些多少属移动的靶子，他同时练就了他们日后民兵巡山护林、值班守敌、训练打靶、保护庄稼，猎杀偷食庄稼的野猪的点滴功夫。

符家干对陈小楞说的想了好久才表态，他对陈小楞说："领导叫你去你就去，他又没叫我，你去吧，要有信心拿高名次。"接着又说，"我村那边种山里的一片水稻，近日野猪偷食稻谷厉害，我想今晚我们两人过去巡一巡，找机会你想去练练枪吗？"

陈小楞求之不得地说："符营长什么时候都想着我，那还用说，打它一只野猪回来，就有酒喝了。"

当晚夜深，两人各背一支民兵半自动步枪，带着几发子弹，挂着打猎头灯，悄无声息地进山。

那片山沟的水稻田周边全是荆棘灌木草丛，原先那条踏出的小山路已被野芒乱藤侵占大半，接近那里时，不能开灯，也不能弄响动静，朝逆风方向，两人几乎是披荆踏草摸黑行进。

符家干在前，陈小楞在后。两人正走着，陈小楞突然大叫一声："哎哟，哎呀……"

符家干不敢发声，他立刻掉过头来，拧亮头灯看陈小楞已倒地上，左脚踩中捕兽夹子，被夹住了。

这种触动机关就迅速咬合的铁夹子，有两排弯形钢齿尖利无比，是镇上随处售卖的捕兽夹。村民在山里时常埋设下夹子，大多用来夹获地上爬行走动的野生动物。但凡被夹住都难逃命，要么解不开伤重至死，要么挣扎断肢方可逃生。

慌乱中，符家干帮陈小楞解开夹子，夹子夹中他的脚踝上方，深入骨头，血流如注。他痛苦呻吟，符家干马上背起他赶回大队医疗所。连夜叫来赤脚医生给他包扎，赤脚医生说："幸亏啊，要是半夜一个人在山里被夹，你就死定了。"

到底是谁在那里埋设下的夹子，难道是想夹水田里偷吃稻谷的野猪？夹子是旧的，但埋设痕迹却是新的。陈小楞如是说。

在山野林子里下夹子，偶尔会有人和畜被夹，这事见怪不怪。但为什么这么凑巧？也许是巧合。

陈小楞的恋爱对象乱说，怀疑这是符家干所为。"他想着你的好事呢，不是他下夹子还会是谁？"

陈小楞狠狠地瞪了她一眼，让她闭嘴。

陈焕人此时查不清这事，就只好先放下，通知换符家干去参加公社集训比赛。符家干头都不回，生气地说："不去不去，你爱叫谁叫谁。"

陈焕人这下没拍桌子的欲望，他说："没人说你什么呀，说什么的都有，你能堵人嘴吗？你不去谁能去？你那晚要不及时背回他，麻烦就大了。"

几天后，符家干在公社民兵射击比赛中获第一名，前去参加全县比赛已毫无悬念。

陈小楞伤势感染越来越重，脚红肿得可怕，到了必须送去公社医院治疗的境地。符家干积极安排几个民兵硬是把他抬去了，医院也没吓唬他，说来晚了弄不好会截肢致残。

他的对象也不来看他了。

他逢人便说："符家干两次为我做的事，我从心里感谢符家干。他当民兵营长的能力比我强多了，祝他取得更好的成绩。"

陈焕人到公社医院看望陈小楞，陈小楞不忘为符家干说好话，对任何人提出一切质疑的是是非非，陈小楞坚决不同意。

回家的路上，陈焕人想，太累了，得尽快把民兵营长的担子交给符家干，治保主任的位子还没找到理想人，先让他兼着。他这人还行吧，不如大队长的职位也让他去干吧。

第三十二章

年终，县常委会召开总结会，领导们对雨林县一年来的工作进行了总结。

按于弘毅的要求，总结会对雨林县取得的成绩逐项进行评议。虽然多数领导认为，取得的这些成果最大的是溪子河水利工程的建成，但是主管农口的陈然却发表了不同的意见。

他说他这是全面看问题得出的见解，他反对把每项成果拿来做谁大谁小的对比并加以评议。举例子说，难道建成县化肥厂和扩建县糖厂所取得的成绩就比溪子河水利工程建成小吗？他尚且没有把自己蹲点的枫林公社农田整治成果拿出来作对比说理。他说这是不可比的，拿来作对比是不科学的，接下的意思他认为不说大家都会理解了。

冯贵常委经他这么一提，像听出了陈然接下的意思，激动得摇扇子说："我认为陈然同志说得对，成绩应归集体领导，不该评谁大谁小。"

主管教育口的那常委早就听出了陈然的话中话，他支持于弘毅评议成果的意见，反而看不惯陈然的用心，话直指陈然说："陈然同志的枫林农田整治不是不存在问题，他当初极力主张全县农田都这么做，并没有考虑我们是穷县，花那么多人力和钱财，去搞田洋田块。把田埂弄得笔直，一草不长，整齐划一美如画的标准榜样农田，你们说有必要吗？这不是劳民伤财的形式主义是什么？至于好多好少，哪好，哪不行，这些成果就应拿出来评一评吗？"

陈然坐不住了，他反唇相讥道："难道说你们的学校这几年学工学农搞什么榜样学农基地，放着学生的课不上，分任务，下命令，叫学生像农民一样去到处积肥，大种什么高产甘蔗，就没有问题吗？"他想再说下去，于弘毅打手势示意他停下，不能这么比。

于弘毅他已意识到必须转移议题，不能把这会开成争吵不清的会。他说："我赞赏大家畅所欲言，对这个问题的讨论下面如有时间，还可发表不同意见。"然后他做出工作总结，他说，"现在我想把明年的重点工作设想说说。"

"一是为配合明年省区农业学习参观指导团现场会放在我县召开，我决定县水利兵团和基本路线教育工作团这两支队伍再次集中，转战黄岑山区的万亩梯田开荒大会战。我已跟黄岑公社的石光亮书记打过招呼，让他们做好规划，提前集中力量打先锋。届时我们将用气壮山河、改天换地的场面和精神，迎接各地领导和同志们的到来，用大干苦干的实际行动，回答什么叫社会主义的大干快上大农业，社会主义农业是靠我们拼命干出来的；大家相互学习交流，共同打造出一个全新的雨林县。二是……"

于弘毅慷慨激昂的讲话把会场很快带入一种看似沉静的气氛之中。

32

坡岭草子园村因养红萍肥田出名，上边不仅准备树其为学习的榜样，还要在那召开现场经验推介会。

这天，镇上边来了五六个干部，他们头戴草帽，顶着日晒风吹，风风火火地骑着一色新旧的自行车，像电影里出现的敌后武工队，朝草子园村奔去。走路过来陪同的有坡岭大队和工作队的领导，他们这是提前到草子园村检查布置工作。

没承想，偶然出现的一件事情，让草子园村的修路，摆在了重要的位置上。

那些骑行的人中，偏偏是带队的两位正副领导，有一位是公社的副书记，一位是公社工作团的副团长，一前一后，骑行在坑坑洼洼、遍布杂草和荆藤的路面上，不慎被绊，连人带车摔倒。一人的脸皮被蓬勃伸张的荆刺条划破，一人的手肘多处划出血，另一人同时也被划伤。

大家马上形成一致意见，这路要是不修，还开什么现场会！

这是什么破路，不修不行啊！后面来开现场会的人如何走这种路？

那些来检查工作的领导撤走时，由此强调草子园村要做好准备工作，修路是重中之重的任务，通往村子的这条路必须保证领导的小车和推介会代表的车能顺利开过去。

原路很古老了，是唯一走出村子的路，也是一条长久走出来的人行道，杂草灌木和荆棘丛生。就那么长一公里多一点的路，从村头弯弯曲延伸向外连接着一条大道，小车通过都很困难，还没有大车来过村里。

路两边的坡地里全是村里人种的各种经济作物，如橡胶、槟榔和胡椒，还有水果林子，以及林荫底下的棕子丛叶和南药益智等。东一块，西一围的，有的围上杂乱的栅栏。近路两侧中间留着咿咿呀呀叫的木轮牛车和哗哗响的驮木爬犁，路上是骑行碾烂杂草灌木而留下的深深车辙印迹，如来场不声不响的小雨，路面又是坑坑注注和泥泞不堪的状况。

自从走出这条路以来，草子园村的人没有人认真想过要修路，更多的时候没去想修路的原因，村里人走这种路早就习以为常。再过半个月要开会了，村子修路竟然行动不起来。

为修路村里提前开过会，前天派村里人去修路没人愿意干。谁都懂，修路难的原因在那摆着，谁都不想挑明了去挑头做。

村领导庞成地说破了嘴皮也不管用，这条破路也不知道该如何修！走不死人烦死人。村里的工作队队员老王，急得像热锅上的蚂蚁，就想骂人。骂谁呀，找不到人，活该骂自个儿去。

当晚间，在村文化室记工分，庞成地叫住本村老青年庞三立："三立，我跟你说过了啊，修路加宽必须砍你家的树，你自己把你家那几棵母生树砍了行吗？"

"我不砍。"

"怎么不砍？"

"我的树爱啥时砍就啥时砍，不盖房屋砍树干啥？看谁敢砍我的树！"

……

庞成地说不通庞三立，人干了一天的活早就累了，变得无精打采。倦意不时袭上来，夜头打起的哈欠接连不断。他干坐在个破旧椅子上茫然地看着来来去去记工分的人。

照明的煤油灯拉着又长又臭的烟溜子，青年仔阿宁随即给他递了一支丰收牌香烟。他不会抽烟，可还是接过去了，努嘴含着，火柴唰地给点上。胡乱吐了口烟圈后，他说："你明天去修路好不？"

"不干，不干。"

"年轻人有力有气，为啥不干？"

"叫你家力超哥去干我就去。"

"咊，他……"

当这村队长太窝囊，简直毫无能力可言。他已安排叫过的人，没有一个是服从他这次派工去修路的，庞成地想困了脑袋，想不出该叫谁去好了。他太困了，就回去睡觉了。

第二天靠路边上的小块槟榔园里，一人躬着腰在除草。庞成地肩扛犁具，见其心里一动，高兴地嘟囔道："我怎么就忘了他呢。"

他放下犁，不声不响地走过去，从他后背腰间别着的刀篓中抽出那把砍山钩刀，举起刀就去砍最靠近路的一棵槟榔树。

庞成地快速地一刀砍下，说："老庞叔，修路你得帮村里带个头，对不住了，先砍你家碍路的槟榔。"

"哇，你发癫了，我去你的！"庞成地突如其来的举动激怒了老庞叔，他不明白庞成地的行为，他冲上前夺刀。却不料用力过猛，被推倒的庞成地四脚朝天，紧抓住刀，嘴里不停噭道："庞叔莫发火，我想你来干最合适了，答应了啊？"

"答应个鬼，什么事？"

"你知道的，修路、砍树……"

老庞叔是庞成地的亲叔，两人年纪相差不大。在村里老庞叔以脾气大、爱管闲事出名，他看不惯的就敢说，动辄不说这便说那，得罪的人自然不少。恨他的人全世界最恨他，不恨他的人还总夸他做得好，又恨又爱他的人，骂他像个老不死的。

平时村里人下田干活，别人没干好的活儿或他看不顺眼的事，不好说的他全给说了。特别是惹着那些个小伙子，冲着听说他学过些功夫，人家不管他是什么倚老长辈，想趁机揍他一回解气，气头上没找到什么借口，争不过两句话，就拉架势上去就跟他比画。

那次接近中午，他犁田归来，山坡边上发现庞力超怕越来越毒的日晒，躲避林子里跷脚纳凉。庞力超今天已是挑轻活出工的人——拔花生。这种活一般由妇女老人来干。

他路过林子，看庞力超整个上午拔的花生垅不过几行而已，而且没堆好，乱丢一地。他就冲着林子里的庞力超喊话："喂！你这个出勤不出力的家伙，拔花生跑去睡觉啊？昨晚又没做什么好事吧？懒到屁股要生虫了！"

"去你的，你管得着吗？"很快，庞力超跳起身说。

庞力超是庞成地的儿子，也许不仅仅因为老庞叔是他叔公，被他多次这么说三道四，已经积下不少的怨火。他实在是发毛了，壮着胆不搭话，学着其他人样，闷头愣脑地冲出林子，过去就要跟他动手比画。"喂什么喂？叔公你看好了，我试试你的功夫……"他想借机出口气。

庞力超一掌朝他脸扫过去，老庞叔并不躲避，举手一挡，软手肘像击着一截黑木格，痛到发麻。庞力超不服不信他老庞叔小时跟人学过三拳两脚，再次朝他抢巴掌。老庞叔接过他的手，钢劲一捏，那力超叫得哇哇直咧嘴。

"懒鬼，去你的！"老庞叔甩开庞力超的手，故意拍手嘿嘿笑。

以往几个与他交上手的年轻人，都同样没占到什么便宜。想趁机揍他一下的解恨的心机往往落空。而他平日并不在意跟这些不知深浅的臭小子玩一手，当年他也是这么玩过来玩过去的。

往后，人们不仅认为他老庞叔是个爱挑刺的讨厌鬼，爱管闲事的毛病没法治。如做了什么不好的事或可能被议论的事，还生怕被他知道和发现，实在无法掖着躲避的，只好自认倒霉遇上了鬼。同时还真信他有功夫不惧怕别人的拳头。

那次夏收挑稻谷，从收割的稻田到晒谷场往返几里地，挑一担稻谷下来，人会累得汗流浃背满脸通红。

又是这个庞力超，六月天出工，他晚上玩了半夜的扑克牌，第二天顶着烤人的艳阳挑担谷子，眼中时有金星星闪冒，人像条被累到吐长舌头的狗。一看他挑的稻谷，两边担子里的金黄谷子只装个大半筐，挑起如醉汉摇来晃去。

这哪像个正经干活样！

成片成熟的稻田里，收割的、脱粒的、挑稻谷的一派繁忙。庞力超活该没瞧见老庞叔浑身泥水，正在那边田头里踩打谷机脱穗，他深一脚浅一脚地挑担子径直走过，老庞叔斜睨了他的这个架势就发毛，就管不住嘴，粗声道："你最好回家睡了，你看你，我都难受死了，丢人现眼。"

庞力超恼羞成怒地说："关你什么事，你想干啥？"

老庞叔说："白痴一个，当个年轻人，有脸挑不满担子吗？你看有谁像你这样子，还不如我这个老人呢。"

"喂，叔公，你想比挑谷子是吧？"庞力超逮准时机，发起挑战，他记着上次吃亏了的比试的仇，说，"你敢吗，若我输了随你处理，如你老输了咋办？"

老庞叔呵呵两声，轻描淡写地努嘴说："说你还不服了？臭小子，随你啊。"他那张老脸沾满稻屑和泥水，显得随意稳当。

庞力超欺他年纪大。他看庞力超幼稚张狂。旁边一个挑谷子的青年阿宁说："别看力超此时的软模样，可要让他真赌起来会使出吃奶的劲，完全变成了另外一种人。青年哥们就是这般的形态。"

他们青年哥平时面对艰苦的农活，苦闷无聊来事，爱玩各种游戏，比如玩抛水上石片的点数，打玻子、摔跤，甚至饿了玩喝水比赛等。输了的认罚，花样不少，除了罚去偷鸡摸狗吃喝外，还搞装狗叫。

老庞叔不吃这套，想教服一番所有的年轻仔，哪把他们青年哥力超等人放眼里，说："比吧，没啥了不起，你看我如何教训他们这些不知天高地厚的家伙。"

不过满满的挑十多担子谷子的往返较量，不出一个多小时地来回折腾，不说两人都累成了什么样，单说老庞叔真的比输了。

老庞叔输成一副狼狈相。他脱下斗笠帽，白发银须零乱拉碴，鼻尖热得发红，浑身淌着臭汗水，喘不过气来。可悲的是吃老忘了老。

庞力超顶烈日不戴草帽，拼了命，一双红爆眼，暗自松懈了一股子狠气，躲着笑得阴险。他赢得东倒西歪差点趴下。

"嘿嘿，输了吧，叫你一声老叔公再罚你。"

"随你！"老庞叔丧气无奈。

庞力超得逞了，他真想手舞足蹈，好似唤来新怨旧仇地说："我揍烂你的臭嘴巴！看你拿什么爱管闲事。"他盯着老庞叔的眼睛，"打别处不管用，给您老面子，只打一拳嘴巴上好不？就一拳。"明显带着侮辱的口气。

老庞叔沉下猪肝色的脸："你……"不知是怕这一拳，还是担心嘴巴抑或是面子，可是谁不怕这样受罚的拳头？

晒谷场上此时想抢吃稻谷的鸡比人多，正午阳光火辣辣的，烘燎发烫令人头皮发麻，满场干晒的金灿灿稻谷挥发出炽热的阵阵稻谷清香味。

负责看护晒场的五保户老西婆昏昏欲睡，像鸡啄谷子般坐在一旁的龙眼树荫下打瞌睡。东张西望的鸡逮着她打盹的时机，不时轮番四处顽皮蹿动，偷吃晒场上的谷子。

庞成地跟着挑谷子过来，及时驱赶偷吃谷子的鸡。他开始乐见他们的较劲比赛，玩玩也不妨事。后面看他们来真格的，便注意起两人的较劲结果，在心里直骂老庞叔不服老，跟年轻人闹这没大没小的事干啥呢。

凡挑到场倒出筐的稻谷，已让老西婆摊平日晒。

那两人在晒谷场边上僵持着，庞力超笑嘻嘻道："趁现在没人看到，留点面子给您老，你要害怕就闭上眼，我一定小心打咧，开打了啊？"

他故意做出要打的手势。

老庞叔轻易参与比试，后果没想到会输，他这是爱跟年轻人斗着玩，抱赢惯了的心态。这回面子丢大了，活了大半生未曾这么难堪，这一拳真要下来的结局他越想越不妙，登时一身逼出更多的虚汗来。

庞成地站在场子那边看着清楚，庞力超这小子似真要打，他手指庞力超吼道："你打试试，没大没小了是吧？比着玩玩就算了，你个浑小子！"

他走近老庞叔身边，说："我说您吃老不晓老，跟年轻人闹什么呢，快歇去，歇了啊。"

两边骂是为了解困场面，两边都无话可说。

庞成地为老庞叔解了局，老庞叔心里一下妥了，可面子上没放下，知道了庞成地在场，庞力超不敢造次，他声音突然大了起来："你打啊，我这硬嘴不怕打，还怕你浑小子这一拳？"他得乖不饶人。

庞力超悻悻然嘀咕："算你走运，敢再说我，您老等着下回吃拳。"

这话飞不远，只是他自个儿听清。

也许，有人会说老庞叔只敢管自家亲戚的事，对厉害的人可能不敢说。否则保不准人家撕了他那张臭嘴，就像那天生的斗鸡突嘴，闲着了就要死，老男人搞成了个爱叨絮别人闲事的老太婆。村里有些人确实是这么认为的。

后来，不认同这个说法的人多了起来，渐渐发现不是这样的。

首先是村中的纪月。老庞叔这嘴又惹了她纪月家中的闲事，村里谁也不想去惹纪月的那张嘴。

老庞叔邪了门，他不是不了解纪月，而是认为惹了她那又如何，她又不能把他吃了。像她这般的女人，没人惹得起，说不好哪天逼急了上房揭瓦。

"你家公公找我说呢，说你一年到头没给他吃一口肉。"老庞叔和纪月拔田草，躬着腰屁股反向移动，刚好挪到一起，他说得很认真。

纪月愣在那，拔田草低下的头从下往上慢慢提。家丑外露，也不知是哪个臭嘴吐的。她回道："你不知道，老不死的吃多少才叫吃一口？"

"到底给肉吃没有？"老庞叔竟然刨根问底，那口气就如纪月她家老公问话。

纪月愠起脸说："哎哟，我家穷，半年不知肉啥味，有吃没吃谁来管，哪像你们家天天闻肉香。"

老庞叔说："你这是什么鬼话，谁家天天肉香了？我知道，这个家是你当的家，有吃没吃要首先孝敬照顾好老人，做榜样给后生看，谁不老去呢。"

纪月的脸变火烧云，她甩了一把田泥巴草，上了田埂后说："你说的是人话吗？谁说我不孝敬老人？哪有什么肉吃？你管得着吗？不会说话，当心我拿泥胡你那臭嘴！"他立马挨了她的连珠炮。

老庞叔摇头叹息，哪能再说上话。

全村人都知道，老庞叔这是张胆着去捅纪月的马蜂窝，明摆着没什么好处，可他就是憋不住，他这是犯了哪门子的病吧。

于是，仅这无关痛痒小小的一件事，以往曾经被老庞叔说三道四的人，并且无不讨厌他的人，个个一听说他给纪月数落了一通，像给马蜂咬了他，那个把时间里大家幸灾乐祸的情绪特别不一样。就连村领导加亲戚的庞成地，对这事都一时失去了是非的心态，跟儿子庞力超晚饭中闲聊纪月这事，他呵呵笑不说话，停半天后说的话是："这种事，真服了他敢去说纪月。"

庞成地心里此时必定记着老庞叔平时对他的不客气，某些时候不客气地说道往往让他下不了台。那次村里为备播早造稻秧苗，在分派人去烧制牛骨头肥料的分工时，庞成地借口照顾残疾的陈年仔，让这近水楼台先得月，能沾上油水的活儿分派给了陈年仔去干。

老庞叔认为庞成地跟陈年仔商量好了，等到他儿子庞力超去监督的时候，两人都好捞一把油水。而且后来你看这事多半是真的，每户分到的牛筋和牛肉少了很多。他认为庞成地不该那样做。在人不多的田间地头，他忍不住竟然又问了话。

"听说你儿子跟陈年仔偷吃了不少牛骨上的肉，还有牛骨汤……你这是照顾他吧？"老庞叔本来想拐弯抹角地说，却还是说直了嘴。

突如其来劈头的问话使庞成地没了躲闪，他骂道，"你可别乱说，他家那么困难，照顾他一下有什么错？"

"唔，那牛骨汤还掺了很多水？"

"胡说八道什么！"

……

凡此种种事多了。

老庞叔没挨庞力超那一拳，就算欠了庞成地的一大人情，说大了就是大，说小了或是应该的，那也可以，他是他的亲叔。

两天后，老庞叔欣然接下庞成地分派给他的修路任务，没有皱眉为难，只说他一人干不完那活。

庞成地放下了八层的心，回他话："你只负责砍树，修路平整清杂全村人来干。"

老庞叔续他的话问："你为什么不自己带头干，当领导还怕得罪人？"

庞成地躲闪不了他的问题，话说得七拐八弯："我派过人了，一个都叫不动。我一人出面干也行，但人家看我成啥样的领导了，如碰个麻烦问题，连个说回旋话的人都没了。"

老庞叔听不出庞成地的理由多么充分，他倒是看出了他不想带头干的真实心态。他想，他要不出这个定被人骂人恨的头，确实是不好再找谁了。干吧，为村里修路，也不是什么坏事。

老庞叔他到底还惦记起村里评选"模范户"的事，如果他今年评不上，他去年被评上的牌子就得摘下来送给别的被评上的人家。

于是，他试着问庞成地，庞成地心中也没底，今年还评不评、谁能评上都不好说，庞成地多少有当领导的城府。

老庞叔那宿几乎没想多少，也没跟来红嫂做什么商量，就把这事想好了，修路义不容辞，他就这么干。

这时间里，庞成地深知这修路的事有多难，难点在哪也清清楚楚，他不愿意冲锋在前，当村干部的头，得罪过的人还少吗？不能事事都由自己打头阵，能不出面的尽量不出面，这下打着灯笼找人来干，非他老庞叔莫属了。

可是，他多少担心着老庞叔干不好这事，进而最终许诺出空头支票，补好听的话给老庞叔。"你干好了我报给上边，敲锣打鼓给你披红戴花，今年还给你评先进模范，该照顾的少不了……"

几句话说到了老庞叔的心坎上，把老庞叔宠得不好意思，他抠鼻，不等庞成地说完，他就说："我有什么好照顾，不稀罕，不看路那些东西。"说着就是一副话不由衷的样了。

其实他只是嘴上说说而已，事实证明心里不知想着几分。

去年年终，上面给村子一个"模范户"挂牌的评选指标，评上者的家庭光荣自不待说，家人亦可优先享受各种农村青年招工、上大学和参军等的照顾。

谁会不动心呢？

那年春天，老庞叔娶寡妇前，寡妇和前夫生的女儿已长大，年前正随嫁母亲过来一起生活。老庞叔无儿无女像白捡来个宝贝女儿，视同己出，痴想着他家被评上"模范户"，争取有机会让姑娘招工进城过上个好日子，往后养老也有个好依靠。

谁都不知道，这是他的一大心愿。

轮到"模范户"评选投票那阵子，票少的不计，老庞叔这户得人选票排在第二名，另一户是村的会计庞成春，典型的老好人，他家得票第一。

民主投票完了要集中。选上谁家这事，最终由庞成地来定夺。

庞成地试探着问老庞叔："庞叔，这事如给了你，不地道，人家会说我不公的闲话。"

老庞叔说："那你给了对方，人家就说你公正地道了是不？我敢说敢做得罪的人不少，都是为了村里好，举亲不避嫌，况且手指向内弯，我哪点比他差？"

"好了不说，就定你。"庞成地觉得他说得在理，也了解他把这事看得不小，都实实在在地往心里去。他与早看出了他那点私心。

庞成地又在心里把老庞叔贬了一回。

老庞叔五十岁时才娶到那个中年寡妇。寡妇人家都叫她来红嫂，结果是人生红事来得少，来的白事就让她衰肠欲断。丈夫病死后第三年，她经媒撮合，从沿海改嫁到山里的老庞叔家，由此十分珍惜并疼爱新家的老庞叔。

老庞叔说了好久了，想解馋喝酒吃肉。没钱买肉，她悄悄把下蛋的老母鸡杀给他吃。她怕他又甩了她。

老庞叔跟谁都难得一笑，关了门总爱笑着逗她。寡妇嗔怪他是个老不死的，擂他的背，揪他的耳朵，就如按摩揉背般舒服，老庞叔反而更爱听她的话了。

来红嫂多养了几只下蛋的鸡，总想办法给老庞叔煎他爱吃的韭菜炒鸡蛋。老庞叔乐得小酌一杯红薯酒醉上心坎，她贴着他，盘绕脑后的高发髻松散开，撩着他的脸颊和鬓角，她柔情似水地说："你以后就别管人家的闲事好不好吗？我总为你提心吊胆哩。"

老庞叔微醺，慢吞吞地说："我什么都答应你，但是这个做不到，我看着不顺眼的人和事就难受得要死，不说也会死。"

都是一个死字的结尾，凭这性子，来红嫂无法不顺着老庞叔，不敢再说半个字。

天刚发亮，老庞叔就磨他那把山钩刀和砍斧，直到眯起眉骨突出的眼审视它的亮晃晃。接着又拿出锉子，来回磨他那久未使用锈旧的手拉锯，来红嫂伺候他吃早饭，问："你这是上山砍柴？"

"砍什么柴？修路砍树。"老庞叔说。

来红嫂问："什么时候叫你一人修路，那要砍谁家的树？人家同意了？"

"少啰唆，同不同意都得砍，村里修路大过天呢。"老庞叔说着放下碗和筷子，抹嘴起身，打了喷嚏，朝村口走去，他走得兴冲冲。

他在村口用脚量出要修的路的宽度，抽刀砍下树枝，钉在地上定位。今天日头灿烂，在修路范围内首先要砍的树是村里庞三立家的。

这个庞三立，有人议论他一根筋拐不过弯，想讨老婆过日子，人家嫌他没房屋不肯与他谈婚论嫁。他不作让步，坚持让人家先嫁过来再给对方造房子，说不出为啥，到底还是穷的原因。穷有穷的精明，那精明同样被人看穿。他家里两兄弟，大哥成家分出去过了，他跟父母住着间破烂房子，说了几个远近女的，都因没房屋住告吹。

那天一定下由老庞叔修路的事，庞成地就跟庞三立打过招呼，修路必须先砍他家的树，同意不同意都得砍，修路为大家，村里有困难，穷，没啥好赔的，也拿不出补偿的钱和物。

几棵成材的大母生树，长得顶天立地，树围粗大如人的头颅，小的也有人的腿那么粗，这是当地人造房子用的传统木料。听说这些树是庞三立他们家准备留着庞三立起房子娶媳妇用的。

来红嫂不放心老庞叔说的村子修路大过天的话，她顺着给他提上一壶开水，加点盐在水中，随后跟着去了村口砍树那地。

红彤彤的太阳升上半杆子树那么高，像悬个火球在头上，刺目的光线使她的眼前一片光影。她用手遮住眉头，走出村巷子，逆光看到村口两个影子影影绰绰，似在吵架，声音一大一小。

来红嫂躲闪进墙角又看又听。

"怎么就不先砍你家的槟榔？你家的槟榔也挡着路。哦哟，留着你的，砍别人的呀？"庞三立说这话没头没尾。

"瞎说。先从村口开始，路修到哪儿，该砍的就得砍。"老庞叔说着转头，懒得多说，提着砍斧先把一棵母生树咚咚地砍上几斧头。

庞三立跳脚说："我叫你别砍，说砍就砍，谁赔啊？谁说了我都不同意，你个老鬼，我盖不成房子，定找你算账！"

"修路砍树为大家，有什么好赔的？叫大伙儿赔你呀？你这人思想不行。是不是找不到老婆也要怨我？"

"不怨你怨谁？你等着瞧。"他后腰背篓里同样插着把砍山钩刀，猛然抽出，下意识地摆手上，他想吓唬吓唬老庞叔。看着老庞叔根本不理睬他，自顾动手砍树，他越看越生气，既不敢上去给他一刀，也不敢上去拦他老庞叔，气急败坏，憋着一肚子走了。

"瞧什么瞧！想干啥？你有本事把我家的槟榔砍了。"老庞叔鼓气对着庞三立背后扔话，那话响嗡嗡地追着钻进庞三立的耳朵。他朝手心吐了口水，一斧又一斧砍得更起劲。

来红嫂吓得掉头跑，肯定要出事了，她赶紧去找庞成地。

风送出老庞叔砍树的阵阵斧头声，一股子野莽气追着来红嫂的屁股和担惊受怕的心，直到她听不见。

她是听不见斧头砍树的声音了，稍停下歇口气，腿却一直在打战。走过几道田埂，在山坡犁地的庞成地这才被来红嫂寻着，她跑得上气不接下气地喊："出事了，出事了，队长你快去看哪……"

修路两边的地均为村庄原本各家的祖宗地。虽说这些地已收归集体，但原地上所种的东西，收益仍归原种植者各家所有。

老庞叔那片槟榔园子距离庞三立家的母生树有几百米，路左边中间，相隔纪月家十多年前种的一小片老龙眼树和黄皮树果林，林底间密密麻麻还种着一丛丛的棕叶子。老庞叔家槟榔园的槟榔已是老槟榔树，同样为十多年前所种。槟榔细细条条，杆杆高耸入天，由于众所周知的各种原因，他无意也不敢用心照看这些槟榔，因此缺少管理长势很差，所产槟榔除了被人偷的，年收益尚不够老庞叔买些油盐度日子。但至少有了这个补贴，他吃饭的日子才不会更加困难紧巴。

庞三立直奔老庞叔的槟榔园子。面对来势汹汹的庞三立，无风吹动的槟榔园子本来如死去般的寂静，他像带来了一阵风，片刻间，槟榔叶片摇动起来，发出有些惊恐般的声音，几只没看清的鸟吓得从林子刷啦啦地起飞。

庞三立怒从胆边生，抢刀砍槟榔，一刀比一刀狠，脸上的青筋直暴，眼睛都快蹦出来了。"我叫你砍我的树，我砍你的槟榔，咱扯平了。"他砍得很欢快，毫不在乎吃力的样子。

这时，村里有大人小孩子赶出来看热闹。一棵槟榔树被砍倒，激起的欢呼声音传出很远。

老庞叔这边也有人在围观他砍树。因为树材结实，不像槟榔那树容易砍倒，每砍一斧他都发出"嘿"的吃力吭哧声音，砍下的树碎屑横飞、劈头盖脸。他砍得气喘吁吁、满头大汗。

村里观看人的表情显得迫不及待，想要看树快快倒下轰然响的刺激，着急的走近来指手画脚。"朝那边再来几斧树就倒了，快朝那边砍啊。"

"滚开，危险！"

"又不是砍你家的树，那么用劲。"

"修路砍树不赔，庞三立惨了。"

……

庞成地和来红嫂满头大汗珠地赶到老庞叔砍树的村口，老庞叔还没砍倒那棵树，他挥斧的劲道越来越吃力迟缓，每一斧砍下的"嘿"声拉得很长很小。他没有停下手中的斧，专心在砍树，终于，那树在一片起哄声中轰然倒下。

烟尘腾飞中，庞成地急切问老庞叔："没事吧？"

老庞叔掸掉身上的树屑碎，抹把汗说："能有什么事。"

"手砍吃力，给你派个人拉锯子好不？"庞成地关心他，觉得他一个人力不从心。

"我问力超了，他不干这得罪人的事。"

"那你看叫谁合适？"

"没人想干这活儿。"

正说着，来红嫂跑得东倒西歪，朝他俩奔过来，差点脚软倒下，跨步敦地上说："不好了，不好了，三立在砍咱家的槟榔！"

"大呼小叫的干啥咧，天没垮。"老庞叔不看他媳妇说。

"说好的，他三立脑袋坏了，你放心，我找他去。"庞成地急了。

老庞叔说："不用，不用，我故意让他砍，一是消了他的气，二是无形中帮修路干活，加快修路进度，还不好找这砍树的人呢，嘿嘿。"他竟然笑庞三立中了他的激将法。

庞成地一下就明白了他的用意，说："真有你的。"他跟着舒出一口气。

来红嫂一下瘫在地上，扭着个紧紧张张的脸，出了口大气说："他如果把我家那片槟榔全砍了怎么办呢？我的天！"她急得哭了。

夏末，一场电闪雷鸣的大雨下完，雨水浇凉了辽阔的田野和绿色环抱的村庄。天边蒸腾的暑气中出现一抹横跨越出山岗的彩虹，已收割完的片片稻田空空荡荡的，干涸硬脚的田里浸泡着一层清亮澄澈、倒映着蓝天的汪汪水，遍野草木土腥香飘浮，这时可随意放牧的农闲水牛在田埂上埋头吃草，牛背牛脚边上伴着几只雪白的鹭鸟，一派田园牧歌。

这个时候的村子割完了稻子，大多村民从田里转到干脚的山坡上，拔花生，收挖红薯、木薯、帝薯，砍甘蔗等，最忙的活儿是人们热火朝天地往镇粮所送公粮。送公粮是此时村子必须完成的头等大事。

以村里派活儿，仍然在水田忙的只有那几个放养晚造红萍的人，他们养殖的红萍，要为上边开的现场会精心做准备。

修路同样是大事，加上送公粮的头等大事，农闲又变成了农忙。

为现场会修路的人手肯定少不了，庞成地准备往镇上送两天公粮便派人修路搞平整。

那天庞三立砍倒了老庞叔家的三十多棵槟榔，几乎占了他所有槟榔的一半。事实上如修路所需，他家碍着路，要砍的槟榔至多砍十棵八棵就行。

庞三立的报复行动，并没有引起人们的多大震动，说什么的都有。

来红嫂当即赶到场看，被庞三立砍倒的大片槟榔东倒西歪惨不忍睹，更多的是树干被拦腰砍断。她掩面哭哭啼啼地说："这可怎么办？我家的油盐全让这鬼给破没了啊！老鬼啊，你干啥不好，偏去砍人家的树……"她呜咽着难以停下。

老庞叔随后过来，这是他料想中的事，他扶她回家，神色漠然，傻笑了几下，来红嫂还听见他说："真有力，砍吧，砍吧，修路为大家，替我动手，多好啊！"

来红嫂迁怒于他，挣开他的手，骂骂咧咧，不停抹泪，吞不下那口怨气。当天晚间，她跑到驻村工作队队员老王那告状。

从驻村起，老王自是非常关注修路的事，哪能不知道庞三立乱砍槟榔这事的发生。

此时，他沉下脸问哭着的来红嫂："庞三立砍你家的槟榔是吧？我看他吃了豹子胆，我定把他抓起来！"

接着转头问庞成地："庞三立就是那个鹅头鹅脑的家伙对不？肯定不是个东西！"

庞成地没吱声，沉默了半天自说自话："修路嘛，难免伤这伤那。"

老王的声音提高了许多："这哪是什么伤这伤那，这叫随意搞破坏，决不能让这种人破坏我们的修路。上边把我们当榜样，在我们村开红萍现场会，那是我们的光荣，路如修不成，现场会就无法召开，你我得担责任。哼，我正在找这种人，他倒送上门来了！"

老王一口气说个没完，他并不在乎庞成地如何想。

老庞叔砍完了庞三立家母生树的第三天，庞三立砍倒老庞叔槟榔的同一天，刚好是工作队进村后不久的日子，庞三立被老王点名带去镇上办学习班。

不管谁说拉去还是抓去办班，用"带"字总是比"抓"好听点。人家老王可是没说拉人去或说抓人去办班的话，他这点好，就是说话学会讲场合。

那天天气出奇的好，阳光照在庞三立的脸上红红光光的，庞三立像个体面的英雄，看不见他有一丝一毫的害怕和反抗。他穿的衣服是条白色的确良衬衫，上面沾染着点点大小不一的污渍，而且卷起裤腿光着个大脚。

这条白色衬衫是一年前他为相亲，赶镇集市在供销柜台买的，有人说那衣服他穿很帅。他也没钱再添新衣，除了干活时不穿，他平时就经常穿着。村里的姑娘觉得，他一年到头好似就穿这条衣服，喜欢有意走过她们的身边，不知不觉飘过很重的狐臭和汗酸混合味。

老王这是明摆着把庞三立带去镇上集中办各种人物学习班，时间为十天半个月，边干活边学习反省。全村都知道了这事，不少人说："你看，工作队就是权力大。"

村中小孩子说："三立哥被抓去劳改了，劳改有饭吃饱不？"大人骂说别乱讲，着又不是劳改。

办班完了要交伙食费才放人回家，交不起的多罚劳动日，哪有劳改是自己交伙食费的。孩子们想不清这事，接着问："办班有干饭有肉吃不？"

大人回答不上这话，就说："那你叫老王把你带去呀，保你天天有吃不完的肉。"孩子看出大人在说谎，哪能天天有吃不完的肉？没说完就撒腿跑了。

从村里带走庞立三前，老王问："用不用绑着你去呀？你会不会半路跑了？"

他说："我跑哪去？你想干什么都可以。"一副不以为然的做派。

老王讥诮他："哦哟，你装那架势像英雄上刑场哦。"

　　庞三立无奈，苦苦地装出轻松的神情，立刻记起在镇上看过一次的露天电影《红灯记》，试做了个《红灯记》中李玉和喝壮行酒的亮相动作，说："谢谢妈！临行喝妈一碗酒……"干呕拉高调子，后面的词句没记着就没法唱下去。

　　他白发苍苍的老妈，就在家门口看着他被带走，然后追出家门沙哑地叫："儿子啊，绑着去今后谁还嫁你啊？我求你了老王，不要绑他！我给你跪下，饶了他吧，他不懂事咧。"

　　老王心尖立马凉软，泛些酸楚的东西，他有点看不下去了，他催促庞三立："快走快走，你磨蹭什么？我要是绑你绳子，他就像抓壮丁呀！"

　　看热闹的人中，来红嫂冷不丁地冲上来，她拨开凑近的大人和小孩子，说道："三立兄弟，这不是我……不是我啊，对不起。"

　　她的眼眶红了好长时间，直到抹出浊泪。

　　庞三立没用正眼看她，只哼了哼，什么话也没说。

　　当时，天上飘浮着一朵朵很大的云彩，云朵很大，挂在天空中像一幅幅动物画。小孩子中不知是谁指着其中一幅说："快看哪，天狗咬牛尾巴，像不像？像不像？"

　　抓庞三立去办班这件事在坡岭那片村庄影响很大，大家认为这下谁也不敢顶风犯事，村子就更加平静了，连鸡鸭狗叫声音也少了许多。

　　虽然其他村子也有个别人，因各种事这样被工作队带去办班，但没人像庞三立那样顽固不化，脑子塞不进学习内容，学习班没结束人就私自溜回来。

　　镇上领导下指示说："我们不派人捉他了，村里要对他进行教育指导，帮他端正态度和思想。"

　　老王去大队开会，表情木然地接到上边的指示，心里觉得很没劲，再开对庞三立进行教育指导有什么用。一个正在找还没找到老婆的家伙，已经贡献了几棵树修路，没必要再做这些了。

老王他懒得再操心这事，装忙乎，回村后忘了个一干二净。

修路的事一天都没有耽搁。天气总是那么好，凉爽的风习习而吹，明媚的阳光洒满山间地头，似乎天气好的时光出现就是让人们快点去干活。

庞成地这回轻松派出五六个青壮劳力，修路搞清杂平整。前面修路砍树得罪人的障碍，正被老庞叔在前面带动清除，老庞叔这下该砍纪月家的水果林了。

村里已没人再找借口不去修路。庞成地早上就带着那几个人在路口搞平整，他发现地上只剩下几个被火堆烧黑的母生树头，没了那些庞三立家砍倒的母生树。心里不禁疑惑树材到哪去了？会不会是被人偷走卖了，要是那样岂不加害了庞三立。

他迟疑着想去问老庞叔，但上下转了个遍，没见他的影子。

这时纪月家的那片果林子里，天不亮她就已经守在那。她不时走来走去，深情而又心碎地看着她家的这片园子。

路几乎是从她的这片不大不小只有几亩地的林子中间穿过，修路几乎要砍完三分之二的果林子。往实里说，她家修路这回受到的损失算是全村最大的了。

她接到庞成地的告知，今天老庞叔要画线砍到她家的果林。她家果林下面确实种着大片的粽子叶，到时连同大多的粽叶都要统统清除。

端午节临近，包粽子要粽叶，她的林下粽子叶和采摘的那点南药益智以及水果树，常年可为她家带来一笔不大不小的收入。

虽然今年结果很多的龙眼和荔枝尚未成熟，但过几天那果园里黄澄澄的黄皮果就可采摘上市了。她做梦都希望不动她家的果林子，村路为什么就不可修得弯些小些呢，最好是避开了，让她依赖的这点收入不受损失不是很好吗？绕一绕不行吗？世界上的路不是有弯有直有小的吗。路弯弯人昌昌，路直直人不宜，不知她这是哪学来的歪理，而且到处乱说。

路通财通没错，但并不是路弯财弯。走弯路的人会变得聪明发达，走直路的人会越来越笨。她说这是她当民办教师的父亲说的。她逢村中人便向他们解释其中的道理，寻求支持。

首先在队长庞成地那就无法得到明确的支持。庞成地认为那不行，好好的路为什么要修弯，走直路哪点不比走弯路好，借开现场会的东风，为全村人的好出行，把路修直加宽是大道理。

工作队老王那就更别说了，把路能修直加宽的，却修成了小路和弯路，他如何向上交代？牺牲个人的利益，为现场会为集体这是必须的。要与任何妨碍修路的行为做坚决的斗争，谁敢当拦路虎谁就是我们批判的对象。

纪月知道找庞成地和工作队老王也是白找，弄不好挨批评是肯定的，看来谁都挡不住修直路大路的趋势。

但她不能就这么轻易地拱手让出。不是还有个老庞叔可以争取吗？一想到老庞叔这死老脑筋，纪月的心又凉了半截。

纪月喜滋滋地绕着她家的果园子，先尝鲜，顺手拉低一枝黄皮枝条上的一串黄色果子，摘出一颗黄熟的果子往嘴里送，甜中带点酸，她满意地微笑，决定这两天就采摘些上市去卖。她盼望着今年的收成会比去年更大，看那荔枝、龙眼和黄皮挂果的景象，憧憬的心情格外地欢畅。这一切似乎因修路又将成为泡影，接下来的日子可想而知。她越想心里越堵得慌。

庞成地带人在村口修路搞平整，看老庞叔不在，那些地上砍倒的庞三立家的树材到底哪去了，他嘀咕等待了好一阵，便传话叫人去找老庞叔。

事情得从这条路接大道的那头说起。村小路和大路间有条类似公路沟的小水沟，无雨是干沟，有雨成小溪。

老庞叔心怀积极主动，好事做到底。加快修路进度的想法一经产生，未经与任何人商量，他天不亮便用牛和驮木爬犁把庞三立家砍倒的树拖到小沟边，准备锯段架小桥。这样一来可以快速清除这躺倒在路上挡道的树，二来用这树修桥可加快进度。

这会儿他正忙得不可开交，他想他会让人们感到吃惊，他会听到人们的赞扬声。

黎明前，这是退去黑夜初现曙光的时刻。他拖木的悄然动静，让走出果园子的纪月首先发现。她犹豫了片刻，诡秘地抿抿嘴，跟了过去。在准备卸下爬犁上最后一棵木头时，纪月像晨雾中的魂影飘忽到老庞叔跟前。

老庞叔稍加一怔，说："见鬼了，这么早你来干啥？"

纪月笑脸相迎，说："帮个手，你自己太艰苦。"

老庞叔绷脸摸不着头说，"又见鬼了，你来帮我干活？"

"我知道你拿三立家的木头修桥，没人敢帮你，可我不怕。"纪月不由分说，上前就动手给爬犁上的原木解绳子，她忙手忙脚的动作，使老庞叔顿时茫然失措，不知如何说起。

她没有了话，只顾动手解绳子，后面接下竟然匆忙去用力推下压在爬犁上的原木。第一次力量太小只推动了一下，老庞叔慌忙说："我来，走开，这不是女人干的。"话音未了，她"哎哟"地大叫一声，手如被咬，甩手突然跌坐在地上，嚷嚷道："压着手指了，痛死我了。"老庞叔被吓得不轻，赶忙上前扶起她，慌慌张张地抓起她的手拉近眼前看个究竟，没见其流血。

就在这时，有个声音阴阳怪气地在他们的旁边响起："哈哈，哎哟，搂搂抱抱哦，玩亲亲手哪。"这是庞三立的声音。他从镇上办班逃回来后，一夜之间忽然发现自己被砍的树不见了，跟踪追查到这个现场。

"白砍了我的树不算，还偷着拿来架桥。老鬼头，拿我的树装你的面子做好事，哼！"

老庞叔嘴口有说不清的感觉，他有冲上去揍庞三立的冲动，却只捏紧了一下拳头。纪月笑嘻嘻的，她不知是啥意思，没有立即去撕庞三立的嘴巴。

一大清早天气开始闷热，有雨山戴帽，无雨云拦腰。山村周边的一个高山峰，果然云雾绕顶，如再刮起一阵子由湿热到凉爽的风，谁都盼望来场雨的愿望就实现了。不少下地干活的人不经意抬头望天，被躲避在那块翻腾云彩里喷射出的太阳光线狠狠地刺到眼睛，于是骂道："这是什么鬼天气，快来场雨吧！"

老王一早参加村口的修路平整，庞成地已经知道老庞叔把庞三立的树拉去修桥的事，心想这老家伙，这么弄总要先说一声嘛。他担心会闹出什么事来，问老王："你看这事……"

老王干工不疼力，总想带出个好样子，全身汗珠淋淋，不加思量挥挥手说："没啥大不了的事，为修路做贡献那也是应该的嘛。"

"这个庞三立，办班逃回家怎么没见他出工干活？"老王想借故抓庞三立无故不出工干活的把柄，让他老实，不再闹那几根母生树材的事。

在外逃的庞三立似乎听到了什么，哭丧着脸，执意告状老庞叔把他的木头偷去修桥。他晚间便在庞成地家里堵着老王和庞成地告状。

谁说庞三立他鹅头呆脑，他懂得用"偷"字，老庞叔确实是未经商量偷着把他砍倒的木头拉去架桥。庞三立还说："你们领导不知道吧？砍了我的树不说，还把我的木材拉去修路桥，你们知道了就不会让他这么干，他这是假积极，用别人的东西贴自己的面……"

老王坐在客厅里的椅子上，那椅子断了一条腿。用砖头顶着椅子的断腿，他慢悠悠地抬起头，放下手中那本现时大名作家浩然的《艳阳天》小说。

庞三立没地方坐便站着，八仙桌上的煤油灯中一丝暗淡的光线打上他惨白的脸，老王心想他擅自跑回来还没找他算账呢。

他看着庞三立那张渴望同情的可怜相说："你的事，你知道我顶着多大的压力，我让你的事完了就完了，公家修路要你那几根烂木头算什么！你计较什么呢？"

庞三立扑通一声跪下，说："那不是烂木头，母生树造房子到哪去找？我今后拿什么盖房子？如何找老婆？求你们了……"

庞成地这时过来说："三立，站起来，求什么求？你想什么时间盖房屋，我派人上山给你砍树就是。"

庞三立不肯，说："山上木头没我这木头好，你们修路派人去山上砍不就有了，为什么要霸占我的木头修路？"

庞成地说："这不是要开现场会，修路时间紧吗，别讲什么霸占之类难听的话！"

庞三立默然，身上没穿那条白色的的确良衬衫，而是换了一条皱巴巴的灰衣，一看便知道好久不曾换洗过。他眼珠

321

子转动了几下，突然说："你说那个老鬼多坏，在修桥那勾搭纪月，干那见不得人的事，让我看到。"

这句话在客厅炸开后，他转身就跑，留下几丝难闻的气味。

庞成地心头不悦，世间他最不想听这种话，骂道："闲棍捅闲洞，你管那么多干什么！"

老王忍不住笑，他指责庞成地："话难听死了，正经点。"

在修路的时间里，村子好像每天都有新闻闹出，刚刚传出老庞叔跟纪月在修桥那见不得人的事，大家认定那是纪月为拉拢老庞叔不砍或少砍她家的果树而使出的招数。人们在想许多当然，为什么老庞叔和纪月会做这等事，同时也在等着看笑话。那笑话不外乎是来红嫂要拿老庞叔是问，闹出鸡飞狗跳，背后要口诛意伐纪月。

这个事还没开始发酵，人们等待的笑话非但没有出现，反而走漏出一件匪夷所思的闲话。人们感到不可思议。那个时间里，有传闻就正常，没传闻寂寞难耐可就不正常了。

传闻先出自庞三立之口，他说老庞叔跟纪月经常乱搞，越搞越滥，搞到最后连他老婆来红嫂不但不反对，反而做出表示支持的举动。

哪有老婆支持老公在外乱搞的？有人相信他们可能乱搞，但最后的这点没人会相信。所以，就有人表示不相信这种不合情理的东西，认为这是作践人的污蔑，并做出同情或愤慨的姿态问来红嫂："这造谣太过分了，你说是吧来红嫂？"

当时谁都不曾想到来红嫂会这样答话："只要老庞不去砍纪月的果树，他俩怎么样我都不反对。"来红嫂直接以很自信的样子抬着头说。

问的人惊愕完了，就服了，想想也就闭了嘴不再问了。

传闻变绯闻后，老庞叔耳朵里没再装下这些绯闻，他接下就去砍纪月的果林子，一砍一整日，已经砍倒几棵生硬的大荔枝树，即将成熟的荔枝果子掉了满地。

这举动对那些传闻看似不攻自破。

自破是自破了，放任这传闻沸沸扬扬的纪月，她失望至极。她确实上老庞叔家说过情，独自找过老庞叔几次，好话说了不少，就是没啥好送，看那情形送了东西也不起作用，那家伙就是个油盐不进的老不死。

无中生有的传闻对老庞叔不起作用，她只好用上了最后的赤膊上阵。老庞叔砍她家的果树，她跑上前抱紧老庞叔砍的她家的那棵果树，仰天长嚎："你砍呀，你砍死我吧！"

老庞叔猝不及防地停下，扶着长斧喘气。

尽管纪月的哭声很大成分是装出来，尽管他可以把纪月拉开，继续砍她的树，但他却在突然间觉得他手中的斧头一下变得越来越沉，他试图举起来的念头顿时打消。

纪月一把鼻涕一把泪逐渐加剧的悲情，在他生硬的心头浇上了瓢凉水，那悲伤状不再有装出来的东西。他转念了，上前劝说："别哭别哭，我见不得人哭，不砍就是了，我去架路桥。"他深深叹了口气，有气无力地走了。

是的，他自个儿走了。纪月望着他的背影，咧嘴哽咽，她不小心哭成了真凄惨，止不住地抽泣，双肩抖动。

老庞叔转而去架他的小路桥。他确实找不到人帮他锯断庞三立家的母生树。他自个儿锯断木头，每拉回手锯，他脸上的污垢就越沾越多，停下手喘息的时间就越来越长，使劲扭曲的脸长时间无法还原。

收工回家的来红嫂见状，又怕又恨地说："你这是不要命了的辛苦，为了啥？你要有个三长两短，不活了，我还能活吗？"

白天仍然闷热，村周围的树上果子累累，果子成熟季加剧来临。垂挂的荔枝圆果子由纯青转淡红，木瓜和黄皮果，青绿间转换成垂头耸立的黄美色，惹来不知名的昆虫在枝头果实间嗡嗡喧嚣。

这夜，庞三立在家里破例请庞力超一起喝木薯酒，不醉不方休。庞三立端酒碗连连叹气，越喝越不对劲，竟呜呜地边哭边喝。

好友庞力超明知故问，问他为啥哭成这样。庞三立说他憋屈死了，他要哭成个死人，哭了喝了才畅快！庞力超猜他为那母生树的事，无法过那坎，但想他还是疼命的，不会去做死事。

他们就着一小盘配酒的炒花生，庞力超撮一粒丢进嘴，没庞三立喝得猛，清醒着说清醒的话。"嗨，三立哥，别那么想，不就是几棵树，满山都是，你啥时想盖房子，我帮你去砍！"

庞三立听不进去他说的话，咕噜咕噜地灌酒，发硬含糊的舌头哭着骂老庞叔："他要不是你叔公……我砍……砍死他老鬼头，你，你这回要帮帮我。"

"啥意思？"庞力超抿了一口酒，没放下的酒碗端在半空，发怔的看庞三立用手抹了回额头眼角，说，"咱之间没说的，你的事就是我的事。"

一阵无名的夜山风突然呼呼地吹，刮过他俩喝酒的老茅草伙房的顶端，折腾得盖顶烂茅草唏唏响动，茅房骨架子像要倒下咿咿呀呀地响起来。庞力超吃惊地放下手中的酒碗，说："三立哥，房屋没事吧？"

庞三立听翻了个白眼，说："有……有啥事，烂草房倒了好，喝！"

这一天太阳落山前，纪月抢时间在她的小果园子里摘下满满当当的一篮子黄皮果，摘完了走回家，她不想让人看到，果子上盖实乱草。第二天天未亮，避开人的目光，她提了果子上腾岭镇卖去。

果子并不好卖。她躲避在市场的角落里吆喝几声，掏进掏出地盘算着手中的那点卖果子的钱，如何再卖得五毛钱，今天就可割回一斤猪肉。心想事成，总算等来了个精神饱满的青年人，他只想买两毛钱的果子尝尝。纪月说："小兄弟，这是刚上市的果子，篮子里剩下的全给你，你就给个八九毛钱吧，一同送朋友吃，图个好，吃个新鲜。"

小兄弟贪便宜，同意了。正好，皆是欢喜成交。

纪月赶回村里，一个上午时间过去了大半，她舍不下队里那点活的工分，急急忙忙扛起锄头，赶紧去了大家除草剥甘蔗叶的坡上参加干活。

中午，村里的狗躲在树荫或屋檐下伸长舌头避暑，见了生人都懒得搭理。

这个时候没人想出门，纳凉午休昏昏欲睡。纪月认为这时间正好没人，怕万一碰着人，她用芋头叶子包着刚从镇上买回的一斤肉（已割下三两白肉留着自己榨油），勒紧衣襟，揣进怀中，生怕被别人发现。

出门前，她那病快快的老公从里间骂出难听的话："拿肉去送'同娱爹'（情夫）啊？求你了，留点给我吃咯！"

纪月回道："你不吃肉死不了，别人吃了肉咱家就死不了。"

她出门一溜二转，进了庞成地的家门。

庞成地刚丢下饭碗，正在伙房里休息。她一进门把庞成地吓了一跳，见她斗笠扣着的面色通红。他怕得要死，更加无措，想着她肯定闹着来了，这是料到的事，我这干部当得何苦哟。

可是接着的场面没骂声，很可笑的模样，那肉早已滑落到肚脐处，人就像怀崽般鼓着肚子，她麻利地伸手掏出肉，往灶台上放好。

这不是她的做派，她什么时候给过人东西，什么时候服软过，这女人……庞成地有些蒙了，立刻清醒地问："你哪来的钱？送肉做啥，给你家那几口留着吃嘛。"

"你跟老王尝一下，我摘树果子换的肉，小意思。"

"哎哟纪月，你有话就说，乡里乡亲的，送肉干啥咧？坐下说。"

纪月仍旧站着，低头看着脚下，渐渐红脸憋成了紫红，哇地一下放声哭了出来。

这一哭就止不住了。庞成地不用猜，她想说什么他知道得已是八九不离十，他小声地说："哭啥咧，让人听见多不好。"

纪月很想让更多的人听见，让别人知道她有多亏，这事多么不合理。

她更不理不顾了，她哭诉道："你们修路砍我的果园子，我受到的损失最多，真是倒八辈子霉。为什么就不可以把路修弯点少砍点树呢？为什么就不可以等我的果子全熟了摘了卖了，粽子叶采了再修路呢……"她不停地数落着，哭着，擤鼻涕，抹衣角，表达她内心的委屈。

午休的老王在客厅一直听到她的哭诉，就走过来睁圆眼对她说："你怎么闹都没用。"他没半点客气话。一连问了她几个问题：你知道这路修了对村里有多重要吗？你知道为什么要修这路吗？你知道路为什么这么赶着修吗？

老王的话比她的话多了一个为什么，可能还有许多个为什么，老王没有说完。

她这才没再哭了，视线很安静地看着门外，眼泪时不时往下掉。

庞成地安慰她说："回吧，你也不容易，有机会我想办法给你弄点补偿，路是一定要修的，现场会必须准时开，谁也挡不住。"说完，他又叹了口气道，"该砍多少树你也别计较了啊，指望什么都没用，只能指望集体好，大家才好。"

她终于起身回了，临走时撂下一句话："记着你说的话，要不我迟早死给你们看！"

听她这话，老王有些不高兴地说："怎么说？威胁干部来了？要死要活随你！"很快又说，"你把肉拿走，别来搞这套影响我们干部的事。"

她拭去脸上的泪痕，抹了抹衣角，从容地整理了下衣服，回头瞪着老王说："这肉不是给你的，关你什么事？"庞成地嘴角抽动，有话没说出声。

这时庞力超从外面回来，饿着肚子的样子，纪月同他擦肩而过。

他想去灶台找红薯吃，见灶台上放着一块肉，好不惊喜。今晚有肉吃了！

当晚饭点，庞力超不管不问稀罕的肉哪来的，他切下一些子肉，和着自留地里的几把青菜，香喷喷地炒了一盘子菜上桌。

这是很长很长的日子里不曾吃过的好菜肴了，老王在这家搞"三同"，他也记不清这种日子有多长了。老王当晚吃饭时并不拒绝去夹盘子里的肉，而且次数不少。庞成地坐对面故意别过脸去不看他，想说句什么，但欲言又止，莫名仰嘴咳了了声音，喷了点饭。

庞力超夹口菜，问："爸，你没吃急吧？"庞力超觉得老王今天的饭吃得比平常慢，说不上是不是故意的，他突然也呛咳一声，庞成地就笑了。这种肉和菜炒在一起，吃不吃由你，吃多吃少谁管你！你不吃别人就把它吃完，不会留下一丁点。

村里人没想到，那天下午在修小桥的路沟里发生了件大事。

庞三立赶驮木牛爬犁到路沟边上，就算这些树木已被锯断当不了盖房屋的檩子，他也要抢回他的母生树木。

庞力超喝了庞三立的酒嘴软，被他唤上，随他一起来做帮手，想抢回他的木材。这些木头大半已经被老庞叔锯断，多数架上了路沟，尚没用工字马钉钉紧实并盖上土层。

庞三立和庞立超一人一边抬起架路沟上的一根木头，搬上木爬犁。

有人发现了他俩的行动，忙跑回村叫人。

老庞叔是第一个赶到现场的人。他边跑边喊："拆不得！拆不得呀！住手！"

他的喊叫声音最先飞到现场，现场迎接他的是一条又黑又硬的木棍子。砍刀在庞三立的腰背篓里随着他移动的脚步晃动，撞击发出的扑扑响，像是提醒主人尽快派上用场。

庞三立举起事先准备好的一根荔枝棍，那棍子硬得像根铁条，呼地抢起，怒气冲冲指着老庞叔说："你砍了我家的树，这仇迟早要报，我拿回我的木头，我不怕你，快滚开！要不我不客气！"

庞力超劝道："叔公，硬来不行咧！让他拿回自己的木头算了。"

老庞叔不管不顾地冲上前，那棍子横着打向他的胳膊，他只歪了头没低下身，肩膀上挨了重重的一棍子。人没摔倒，他不听庞力超的劝阻，迎着庞三立再次冲上去抓他。庞三立后退几步，举棍子狠狠抢向老庞叔的腿，一棍打空；老庞叔躲过第一棍，第二棍打来时闪不及，正中他的腿杆子，把他痛得直叫。

那一闪身，他摔倒了，头不偏不倚地重重撞向公路沟的原木上，人立即就了翻白眼，一动不动了。

见这情景，庞力超吓了一跳，忙喊："叔，你的功夫哪去了？三立哥，还不快救人！"

驮木的爬犁成了尽快抢救驮人的好工具。两人团团转，把垂头软身的老庞叔像抬具死人般搬上爬犁，老庞叔在爬犁上昏昏沉沉地只说了一句话："力超，别让三立拆桥！"这是他清醒时的话。

他俩把老庞叔拉到大队医疗所。

赤脚医生查看头脑的伤势，头上流了点血，血干结乱白发，淤起个像鸡蛋那么大的血包，说不清有多重的脑震荡。赤脚医生是大队支书陈焕人家的姑娘，她给老庞叔包扎头伤，庞力超问用不用送镇医院，她说送去看当然最好。

处于昏迷状态的老庞叔听到这话突然醒了，艰难地挥手说："回家，回家，没钱那么花……"

刚把人送到老庞叔家里，来红嫂顿时吓瘫双腿，她手足无措，只一个劲地咒骂，揪心揪肚怨个不停。"天啊，人被你们害死了！"

老庞叔可真怪，到了家里反而说起胡话，一会儿说"那树要拿来盖房屋多好……咱家姑娘进城工作咯，吃工资的啊"。一会儿又说清醒话："三立，三立，我不怪你，都怪庞叔要……要修桥。你屈就屈点啦！树，老庞叔上山给你砍。"

庞三立没敢一起送老庞叔回家，他在大队医疗所转身逃开了。

老王这回无论如何都要把庞三立抓起来。他在众人面前卷胳膊袖子，声音很大。然后说还要把他送镇上去接着办学习班，一直办到他头变白。

　　老王与庞成地紧急就这事进行最认真最空前的讨论。一些他们认为很丢人、很重大的问题，譬如到底用不用绑他等。开教育会只在村里开，别搞到大队去。在小范围治病救人就行的问题上，他们终于取得了一致意见。

　　他们的讨论从平淡的口气开始，双方都摆出理智，尽量克制着某些莫名激动的情绪。尽是些特别认真、细致的态度。

　　庞成地认为庞三立还没找老婆，你把人家又绑又教育，这不是存心把人整臭吗？先不说砍他家的树怎样。

　　老王说那么做仅仅是个形式而已，没有这个形式又如何触及他的灵魂深处，教育一大片，反正他这人搞成这样子现在谁不知道？都快成为茅坑里的石头又臭又硬。

　　两人就这么斗嘴，在吃饭时也斗，往往弄到场面很不愉快。

　　老王暗自坚持先把庞三立抓了再说。

　　老王自己带了阿宁和几个村里的青年上门绑庞三立，但是那些人走到半路就全跑开了，他破口大骂也唤不回他们。

　　到了庞三立家门口，只剩下老王一人，三立他娘的苦瓜脸皱纹似乎比往常更皱了，她堵在门口，抖声抖气地说："老王你吃了吧？三立不在，你把我绑去，我顶他行不？"

　　老王转头快步退走，放了个很响的屁，好远才松了口气，生怕他娘如果因此突然倒地，或跟在后面唠唠叨叨就不好办了。

　　此后，村里很快集中起大半的劳力，砍树的砍树，架桥的架桥，清杂平整的清杂平整，路的两边还挖了深浅不一的排水小路沟，回土填高路面。一条平平整整、宽敞明亮的出村道路就这样呈现在人们的面前。

　　红萍现场会如期在草子园村召开。

那天上边的来了不少领导，有的还开着破旧的吉普车，别处村干部来的多数是走路，听说还邀请外县一些来参观取经的农村干部，他们大都坐着满满的一手扶拖拉机，像挤满一车的冬瓜；有的骑单车过来，上边对能把车子直接开进村里十分满意，赞扬声不断。

现场会取得了圆满成功，草子园村的榜样经验将得到全面推广。

现场会结束后的日子过得飞快。

年底那一天，冬季无边无际的阳光柔柔和和地沐浴着村子，照着道路清清朗朗地焕发美色。那条已经修好的出村路对走过的人不再有新鲜的感觉，好像人们不再提修路的事，路面上早就过多地长满各种野草，还爬上长短不一的青藤，路两边的树枝没日没夜地向路中间伸展，仿佛学着野草的气势执意要把路面覆盖。

接到上边通知，村里当晚举行投票选举"模范户"，少有人懂得为什么只让老庞叔和纪月作为投票对象。结果纪月的票数多出老庞叔两个点，这两个点后面听说是庞成地和老王投给她的。庞成地和老王同意往上报纪月为明年本村的"模范户"。这就叫此一时彼一时。

为什么是纪月而不是老庞叔？庞成地和老王当然就这个问题进行过短时间的商量，一句话，他们达成了共识。为什么会达成这个所谓的共识，答案却无解。

听说，打从纪月被评上村里"模范户"的日子里，过完年底那天，就吵着去要摘老庞叔家的"模范户"牌子。尽管这个小牌子是木刻的，老庞叔年终重新评选前就给牌子的字描过红油漆，他可能没想好这牌子会在哪一天被人摘走。摘牌要由庞成地出面主持并亲自动手，但是纪月就是急，那牌子被她争到手了，一天不挂在她家门口上，她放不下这心。

这时的老庞叔在家里，他脑袋被木头撞了，瘀愈恢复还算好，但有些时候受到某些东西的刺激会动不动说胡话。村人说他脑袋里十根筋，可能撞断了一到两根，要么就是被撞前早就乱了一根筋，不然他怎么那样爱管闲事，来红嫂听着不以为然。如果争议说撞断了一半的筋，全乱了，他成了傻子，被来红嫂听着，准会跟那人顶撞一通。

年底的好事不断，十分激动人心。草子园村做出了榜样，老王和庞成地得到上边的表扬，发了奖状。同时上报纪月"模范户"的事，上边已经同意批下来。

年底还有一条爆炸性的招工消息最激动人心，全村子议论纷纷，这是多少年才等到一回的好事，终于看到了结果。

明年初，县化肥厂招工，农村有计划招工的名额，凭草子园村养红萍鹊起的名声，招工一个人的指标及时下达到村里。

纪月家"模范户"的牌子刚从老庞叔那摘下来并挂在她家门上，那几个红色鲜艳的字显得格外醒目。

摘牌的那天上午，庞成地和老王选在村子里的人都出工的时候，村子人空了，少了去围观的人，也少了议论。

有人想象着摘牌这天老庞叔的脑子如果乱了，不知会闹出什么事来。

但事情并不像人们想的那样，恰好这时间老庞叔在家，来红嫂干活去了，他要出门，腰背篓里晃动着砍山刀。他抬头见了庞成地和老王一前一后地上门摘牌，那两人此时见了他话不知从何说起，脸上的表情笑似哭着，心虚得不由自主地吓退好几步。庞成地不敢发话，仅指了指他家门上的牌子。

老庞叔莫名其妙地摊开双手，发出几声狂笑，喘气快速起伏，空气中也被震动起来，响声吓到房顶上的一只老猫，它猛地在瓦行间乱窜，差点摔倒。

庞成地发现老庞叔的眼睛这时就如牌子上的字一样红。谁也搞不清他到底是正常着，还是哪根脑筋又乱了。

后来，没人再关心老庞叔有没有想法，就算有想法也没用，许多人在一刹那忽然觉得那牌子不是挂上去就完了，它的含金量和作用这很大哩！有了这红字招牌，纪月家的姑娘被招工肯定是优先的了。

纪月每天甜滋滋地望着那牌子，觉得自家姑娘这下要进城拿工资吃商品粮了，家里被砍的那些果树也值了，谁也不能夺去她这牌子！

老庞叔当天吃饭时张嘴就流口水，吃进嘴里的饭也会流出来。来红嫂给他擦干净，他张嘴含糊不清地问："咱家姑娘进城上班去了？"显然在讲胡话。

来红嫂甩掉手中擦嘴的毛巾，满脸顿时泪水哗哗地滚下，那泪水像憋了许多日子，满盈了才决堤。

此时来红嫂猛然想起庞三立至今外逃未归家。她家老母天天坐在门口喊他回家吃饭，老太太不哭不怨，吃饭前就这么干喊一嗓子："三立哦，晚了，回家吃饭咯……"这会儿又在断断续续喊，庞三立家离来红嫂家并不远，来红嫂每天能听清她的喊声，那嘶喊就如喊给她听，喊到大伙儿天天听着烦，连小孩子逗趣都学着那音调喊嗓子。

喊叫声音直钻来红嫂的心窝口，她拾起饭桌上的毛巾，给自己擦泪水，边擦脸边说："我去把路沟桥的木头拆了，还给庞三立。"

"拆……好啊，什……什么？"老庞叔老关不紧自己的嘴，可能脑子又乱了，话说得不清不楚。

来红嫂不管他，依然是止不住脸上滚落的泪珠子。出门前，她擦干泪痕，整理了头发，利利索索的样子迈出门槛。

老庞叔摇头晃脑，然后狠拍了几下脑门，晕得他天昏地转，似乎清醒了许多，他跳起身去追来红嫂，嘴里不停地骂骂咧咧："你敢拆路桥？看我怎样收拾你！"

第三十三章

黄岑公社为县里准备开荒万亩山区梯田前期准备工作，做到了全公社紧急动员。他们动员到每个生产队的深度是家家户户抽调劳力，一个仅有一万一千多人口的山区公社，一下就抽调出三千多个人上开荒工地。

石光亮从新石实大队被提拔为黄岑公社书记以来，他配合县里的中心目标工作，总是坚定不移、竭尽全力，他所做出的成绩深受于弘毅表扬。这进一步说明了于弘毅选对了干部，用对了能干事的人，上下除了好评如潮，也有许多不同的声音。

于弘毅对主管县宣传口的领导讲，县里必须树起这样的典型人物，在全县范围内以榜样的力量掀起比学赶帮的高潮。县宣传部闻风而动，报道组以"身残志坚，大干社会主义的带头人"连续造势推出石光亮的系列报道，这些报道已被行政区日报刊登，省报亦少见地少量转载，并派来记者追踪采访。

石光亮身残了，报道说的身残就是那次正开会中风倒下，经治疗仅留下嘴巴歪了点的样子。

一时间，石光亮的名字连同雨林县大干社会主义农业的事迹传开去，人们知道的雨林县，只知道有个石光亮，比知道于弘毅的多得多，县领导于弘毅的名字未必就比石光亮响亮，石光亮榜样红人的形象大放光芒。至于下一步石光亮这人的前景，可能已看好他升任县领导某个职位，这也不是没有谱的乱猜。

某天，县里某单位一个《某某日报》的通讯员，他为鼓吹石光亮立下了汗马功劳，专注看好石光亮，采写过他不少上报纸的"豆腐块"的小故事小花絮。凭这层关系，他找石光亮，赞同他是个了不起人物，觉得面子大了，让他帮忙找于弘毅说情，给他在农村的弟弟批个进县工厂工作的指标。这可能是让石光亮还人情了。

这事自然是得不到石光亮的帮忙，石光亮怎么能去干这种事？石光亮不但不帮忙，还把这件事捅给采访他的省日报记者，当成自己先进事例加以宣扬。

这位通讯员像是被他帮过的人打了个响亮嘴儿，愤慨羞愧难当。

至此，这位通讯员改变了态度，跑到石光亮所在的新石实大队和黄岑公社大搞内部调查报告，内容全是当时我们认为的负面的东西，挖出的事是否属实，一件件都写得具体存在，有据可查。譬如石光亮工作作风独断专行，为名图利，某年某月某日某造水稻量产，某大队水稻亩产业绩造假，虚报业绩；又譬如黄岑有多少个生产队粮食不过关，有多少人多少家庭面临饥荒的威胁，还发生了罕见的饿死人事件（五保户），有的村社员群众靠吃野菜充饥……尤其针对这些年连续抽调大量劳力，群众自备生活生产劳动条件搞的各类大小会战，有的村子不派工去的，公社则派出民兵上门抓人，有的人只好躲避上山，已严重影响到所在生产队的生产生活，人人自危，群众苦不堪言。

这些诸如此类所谓的调查内容，虽然只在石光亮的所在家乡新石实大队和黄岑公社的范围内，但何尝不是人们视而不说的事，或许也是全县普遍存在的问题。

写这种调查报告，这个通讯员号称是怀着实事求是的精神去搞的个人调研，写出的稿子不仅往几个报社寄出，而且还大胆刻意寄给雨林县县委。

通讯员并没有收到他想看到的反响，他在寄出调查报告的十天半个月后，被县委宣传部叫去教育了一番。"就你能写会挖是不？为什么放着我们县那么多的英雄人物、榜样人物的感人事迹不去歌颂、不去书写，反而去找我们做得不够好，而正在改进的工作进行歪曲污蔑，还去挖什么社会的阴暗面，社会有那么多阴暗的面吗？我们看首先是你这人阴暗了，才把社会看阴暗的，你没资格当什么报社通讯员了，你回去好好写个检讨来……"

于弘毅就收到了这些反映问题的稿子，看过后他说："这是我们搞大农业应付出的代价，就如打仗总会死人，不必大惊小怪。让别人说去吧，我们大干苦干的决心不变，任何人都无法阻挡我们前进的步伐。"他把些这稿件丢进了垃圾桶里。

这次配合县的万亩开荒大会战，在全县的开荒大兵团开进来之前，黄岑公社派上工地人员的前锋行动就已经紧锣密鼓地展开，他们为县开荒兵团搭建住宿临时工棚，打井修路……黄岑公社在石光亮的带领下，提前住进工地，他的嘴天一亮就像雄鸡报晓一样，不住地召唤这批评那，原先累坏中风的嘴，似乎变得更歪了，不停地对工地所有情况做具体指示，弄得他身边的干部人人都害怕他的出现。有的人气他，暗地里给他取外号，叫他"歪嘴鸟"。

他时常艰难地爬上一个个山头，习惯性做出经典动作，一手叉腰，一手指点江山，对身边的干部说："于书记带领我们夺取大农业的伟大胜利，雨林县一穷二白的面貌将彻底改变。"然后又说，"你们去把这里的规划图拿来展开，你们当干部的首先要知道，这里种什么，那里干什么，不然你们如何带领广大社员群众大干快上？"

一个月后的一天中午，从灿烂的阳光中开来二十几辆客车，车开到黄岑公社的那山那水那一望不到边的大开荒工地。县开荒大兵团所有人站在不同地方的山头上，像战争中攻下山上敌人的据点，有的挥舞红旗，举起砍刀锄头等砍山工具，向从车上下来的"全省农业学习参观指导团"的代表们发出欢呼：

"向代表们学习！""向代表们致敬！""大干社会主义！"

山呼水应。

于弘毅带领县领导班子成员，在代表们下车的地方欢迎他们的到来。某县的一个代表刚走下车，看样子不过是公社领导人的样子，看着眼前的景象，不住地发出赞叹："这么干。厉害啊！"然后摇头："学不上，我们学不了！"

此时此刻，石光亮激动得流下泪水，一边鼓掌，一边催促身边的人说："快鼓掌！快鼓掌！"然后把嘴憋得更歪了，振臂高呼："向首长们学习！""向首长们致敬！"远山近水无不响应。

代表们很快被眼前的景象吸引。一片片葱绿的山坡雨林已被人们奋力削去砍倒，如随手乱剃的光头，山头上部分新开垦出来的梯田袒露出它鳞次栉比、层层叠叠的景象；周边山头的树木已砍光，以前掩蔽在山林密叶内时隐时现的几条大小瀑布暴露在阳光下，随着人们的欢呼，已听到它们越来越小的水声；起伏的山岭不由自主地山摇地动，广阔的山野沉浮在一次次热烈的喧闹之中。

33

更早的时候，农村的工作队进村，只说某工作队，叫法不同，但性质大同小异，都是要建设社会主义新农村，使农民群众过上好日子。

记得那年秋末，我们所有驻村的工作组，都参加了那几天几夜各村的单项验收工作，这项验收鸡窝鸭寮猪圈的工作之所以放在夜里进行，是因为白天家禽不归窝。

陈祥广组长亲自带队，村干部配合验收，我们工作组上报经验材料的题目就叫"村庄环境文明建设奏凯歌"。他再三强调要写好这篇材料并及时上报。

夜间对各家各户干验收这种事，闹出的动静不小，也发生了不少笑话。例如有的鸡窝必须钻进去看清楚，我们队员轮流钻，那个痛苦一点都不好笑。组员张奇乐弄得全身脏臭，气不过地说："组长，我们又不是《半夜鸡叫》的周扒皮，你不能老叫我们钻鸡窝，你领导也要带头钻呀。"陈组长说身份不同，哪能让领导干一样的事，进而没给他好脸色。

陈祥广组长来自某县的某局，听说他的职位原是一把手。我们刚组成一个工作组时，只知道他从县局级不断被降到最小的股级，局里有一新设的股名叫害虫股，他从局长降到副局，直至害虫股的股长。好难听的股名，听着就如欺负人骂人。

其实我们都不知道他犯的是什么错误，可能一再犯错，坊间闲人偶尔传他绰号是"红脸鸡头"，有人猜可能是作风问题。他脸色红润，没人敢当着他的面这么叫他的绰号，局里十多个股长中他变成最赋闲的一个，办公桌椅从摆在最好的地方，到摆在墙角后缀着蛛网的地方，挤进去仅够个屁股坐下。这当然是在他被撤职后的事了。

我听人说过他的不少事。

办公桌椅被摆到角落后，常见他不来坐班，新领导又不好意思管他，后干脆不明不白地撤了他那张桌椅，空出给大家办公的空间。

他那么一个处境，恰好县要抽机关人员组成工作队下乡，局内被第一个点名的就是他。

对他来说，这是明显的轻蔑，是赶他下乡吃苦受惩罚的意思。不过，这正中他的下怀，他一百个愿意去吃这个苦。县里没有把他的问题看死，犯错不要紧，要给人改正的机会，对这些有农村工作经验的干部，并不妨碍用他当上手下有十二名组员的工作队组长。

工作队自从进坡岭村后，他的工作创举，从治理环境入手，清理农民养鸡等家禽超标开始，取得的各种成绩，打造出的经验，一时成为全公社工作队学习的榜样。

知道了解关心他的人都说，人家犯错了并没有被一棍子打死，能干的方面还真不少，用人就得这样。

他召开村庄全体班子和所有工作队队员都参加的会议，布置全面工作，用他的话来说，万事难开头，先踢出头一脚。这一脚就是调查研究摸坡岭大队的底，找出问题所在，对症下药。

结果这一摸底，他很快发现了别人无法注意到的问题，必须先从治理农村环境入手，而环境文明卫生首当其冲。做好了这一项工作，就能使之彰显工作队到农村后，村庄的面貌已焕然一新。

又有人说他是做给上面检查的人看的，他认为比没做好。人家又议论说先解决农民吃饱肚子比这好，他说不能光顾吃，要先治窝后治坡。

我们所有人不得不服组长的领导能力，他这一出手，或者说出脚，真的踢在坡岭工作的点子上了。

原先的坡岭大队十二个自然村不太集中，分散在方圆几里地的山水林地之间，两千多人口居住在大小不同的村庄，是地处偏僻丘陵山区的大队。不说别的，单就村庄环境卫生问题，关系最大的就是把农户的养殖问题提到桌面上来，村庄里那些各家各户散养的家禽牲畜狗猫，随处屙屎撒尿，房前屋后巷子污水横流，对农村居住卫生环境影响最大。还有什么垃圾、随地大小便和排污等问题，陈组长觉得抓住了问题的所在，先易后难，先治面子后治肚子。

我们所有人无不为陈组长的能力水平叫好，在叫好的同时，我不知为什么会想到用鸡飞狗跳来形容他的这头一脚，而且不慎说出口让他知道了。他笑呵呵地说："我们内部说说不妨，我要的就是鸡飞狗跳，没鸡飞狗跳能把面上的事做好吗？大乱达到大治，然后我们有的放矢，这就是踢在点子上的证明。"

我驻队的草子园村，那个村子跟别的村没什么大的区别，两百多人口，四十一户人家，家家户户就靠种那么点水稻田和山坡地养家糊口、生儿育女，贫穷落后那是一定的。

我进村一段时间后，由家禽而关注到鸡，偶尔听村民说起这村子因鸡出了些传闻，而这些传闻为外人所知的并不多。

大概是人们认为传闻所说的鸡就是鸡肉多么鲜美好吃，就是今天说的走地鸡，跟圈养的有天壤差别；散养的土鸡好像不是本地的品种就不行了，要不就是林子里相当于纯天然养的野鸡等。鸡还会有什么传闻，太司空见惯，不过如此而已。

但他们原来说的传闻是这村子的公鸡会飞，古灵精怪，还有这里的人认为吃公鸡能走桃花运，能上头官运，壮阳大补，跟多子多福关系最大。遗憾的是跟发财不沾边，因为公鸡总是爱在找到好事时咕咕叫，极尽本能和手段，拿虫子等食物吸引母鸡，地道的破财相。

当然了，想发财不必求公鸡而求关公老爷，虽然这点不太好欠完美，可凡事难求全，只求大好也可。村里不知从什么时候起，因为害怕别人来村里把公鸡偷去吃，而失去鸡的传宗接代、报时打鸣和他们需要时祈盼的大好，因此，传闻也就不能传出去。

而这开始时跟我们的工作没半点关系，没人去关注这些传闻，我对这些传闻嗤之以鼻，吃饱了撑的才去想这些东西，进而觉得这传闻和习俗属于不健康不好的思想，在我们看来是要批判和杜绝的观念。

我们的调查摸底工作进展非常顺利。从大的方面讲，村里有多少人口，劳动力状况，集体有多少田地，多少生产资料，如何进行生产等。我们不知开了多少大小会，走访了多少人，深入到田间地头，跟广大群众同甘共苦，了解民情社情村情。所以，我们的调查摸底工作做到了家，充分了解和掌握了我们面临的问题。

陈祥广组长和大队领导在听取我们的汇报时，对我们的工作成果进行了深入的讨论，高标准严要求，尤其是陈组长说："我们所有的工作虽然成绩不小，但存在遗漏的问题也不少，往上报的调查总结材料里，我们忽视了一项非常内容，有的村子虽然摸了一下这方面的情况，但很不全、很不扎实、很不认真。而这项内容别以为表面看是小问题，有的就根本没去摸，它关系重大啊！这是关系到我们能否顺利建设社会主义新农村。同志们，我们要引起注意啊。"

他说的非常内容就是他踢出的头一脚，就是村村家家户户的那些养殖底子。他们到底养了多少家禽，养有多少只牲畜，渔业、牧业，是不是养得太多了，各家的猫狗也可以算在内，我们都必须一个不漏地了解掌握，为接下来立标准、定指标做准备。

他还补充说："你们是不是还应该了解村里散养的家禽牲畜，有多少在偷吃庄稼破坏作物，对这种破坏生产、损害群众利益的，不能任其下去了。"

"你们没看到村子的公共卫生环境吗？鸡鸭鹅猪狗乱窜，垃圾屎尿臭遍地，都放不下脚走路了。不摸清这个底子，又如何关心群众的生活？如何讲居住环境的卫生文明？进而如何完成'三鸟'和'生猪'派购任务？如何坚持坚定正确的方向和道路？"

我这才隐约觉得，陈组长这里边的意义多了。我不注意做好这方面摸底子的事，竟当着在座所有人的面戏谑道："人家鸡狗猪我们都想管，那他们家的老鼠苍蝇蟑螂管不管？也是养的。"

随即有人哈哈大笑起来："蚊子不是养的，你可以不管。"

陈祖长收敛笑容，拉下脸说："不可说怪话，可笑吗？这是个关系重大的问题，你们开什么玩笑，正经点。"

陈祖长这时特别点到了我所在草子园村，批评我村在这方面做得最差，连个统计数据都没有，别的村多少都报了个数，但显得马虎敷衍，准不准确他要进一步核查。

他说，这严重影响了他上报这方面工作的信心，严重拖了坡岭大队的后腿，严重拖延了运动高潮的到来。他的三个严重加起来，再来一句："你村要痛定思痛，两样选择等着你们。要么当后来居上，闯出先进，做榜样，村村想你村学习；要么当落后典型教材，等着被一一去解剖，吸取教训。"

这就可能够得上当典型了，我算看清了。

我还是想当先进榜样的，陈组长不可能不给我机会。我如是落后典型，不管是村的还是大队级的，假如被层层提升，那就完了，影响陈组长的工作就不用说了，对全大队对全体工作组影响可就大了，说不好会被一些人的唾沫淹死。那不是做个自我检讨就完事的，个人今后前途自不待说。我加深了这些体会。

只是，这些工作要想做扎实，就要到现场去落实摸鸡、点鸭、指猪等的活儿，说容易，做起来烦琐仔细，不可能只开个全村社员大会，要求大家自报自查便了事。如果有人想隐瞒或是漏报，被人举报或是核查出来，那问题又来了。

我找到庞成地队长，问他如何进行。他说："你们真是吃饱了撑的，计划生育你们管着，我们养个鸡鸭你们也要管着上报。"

我说："废话少说，你看是不是这样，一家一户来，而且是等晚间这些东西归巢后一一清点。"

"啥叫巢？又不是鸟。"他说，"你真会想哦，窝里的可数，不归窝的呢？到时别怪报上的不准确。"

我问他："还有不归巢的？"

他咧嘴啧啧，咕哝道："你懂什么！"

我说："我是知道得不多，队长你要带头，先从你家开始清点，干部要带头。"

庞成地家三口人，有一儿一女，老婆已去世多年。清点他家，以及后面的各家各户，为示公正和负责，我必须带上一两人登门，亲力亲为此事。

这种晚间黑灯瞎火钻鸡窝、踏猪圈、探鸭寮的事，犹如电影《半夜鸡叫》的地主周扒皮干的勾当。先带个好头，闯进队长家房屋内的鸡窝，我拧亮手电筒，蹲着把头靠向他家那个鸡窝的小门，顺着手电光往里瞧，来真格清点不含糊。

他家的鸡窝就是个用木棍子钉起来的长方形笼子，上头压个稻草圈做的箩筐，筐内有只母鸡正在抱窝。置放在柴屋角落的鸡窝，旁边挨着一个撒尿用的木桶，早来守候新鲜鸡屎的几只老鼠一呼啦溜了。

我冲着呛鼻的鸡屎尿臊味，伸手进鸡窝扒拉，大声念："母鸡一只，小公鸡两只，三只小母鸡，大阉鸡一只。总共七只鸡，阿宁，快记清楚。"

庞成地给我派了个村里的青年当助手，他叫阿宁，是他儿子庞力超的好伙伴。他站一边负责在纸上登记，反问道："母鸡算不算上头抱窝的这只？"

我憋着吸进一口臭气说："你没长眼吗？"

他又问："那些抱窝的鸡蛋算不算鸡？它明后天就孵出窝呢？"

我感觉他在跟我来鸡生蛋、蛋生鸡的绕口令，便没好气骂道："笨蛋，什么时候出窝什么时候才算。"但还是忍不住伸手去提起那只抱窝的母鸡，想瞧一瞧它到底孵着多少个鸡蛋，是否已有破壳的小鸡。

那只被提起的母鸡，扑棱着嗷嗷叫的瞬间，鸡身携污飞撒，没想到我的手上头发上很快爬满了小到看不见的咬人鸡蚤。我今晚注定惨了，浑身不知会被鸡蚤咬起多少又痛又痒的红疙瘩。

走出队长的家门，队长教训阿宁："你妈怀你时是一个人还是两个人？"

阿宁回答："两个人。"这话没错。

队长撵他说："滚，小混蛋！存心掏鸡窝来了，下一家鸡鸭寮由你来点拨，让鸡蚤咬死你！"

队长恼他多事。可不是吗，刚才我嗅够了臭，呛死了，全身还沾了鸡蚤。我问队长："你家有没有不归巢的鸭之类，养在外头的？"

是明知故问，说"之类"就包括鹅呀什么的。队长明白了我的意思，说："我家还有不归窝的鸟，你想清点？"说完，他苦笑。又去看他家的猪圈，空的，已经很久没养了。他说："拿什么养，人都吃不饱。"

我说："养羊嘛，羊吃草。"

他装正经："养山上啊，山上草多。真的假的？山上有野的，都是我养的。哈哈哈。"

我们接着去纪月家。所有人都听说纪月她家养的家禽全村最多，也不知道是真是假，平时没人会上她家去清点到底养了多少东西，我们这是带着任务正儿八经第一次上门给她家搞清点来了。

纪月长得干瘦，嘴巴比较厉害，老公病怏怏的，算半个劳力，只生了个女儿，婆婆早死了，有个生病公公像他儿子，朽得只算是个吃口，但这家人在纪月的担当拾掇下，日子勉强跳过了挨饿的坡坎。

她对我们夜晚的到来并不觉得意外，也许她已耳闻要查此事。

屋里射出灯光，拉长她整个身影，半个瘦脸被抹亮，她冷冷地指着院子的墙角说："我家的在那，三更半夜看鸡鸭寮，好像做贼。"

庞成地队长说："少讲两句，谁想半夜看鸡鸭寮，这是上面的任务嘛。"

阿宁说："纪月嫂，你怕人家查你呀？"

纪月说："我又没偷没抢，怕什么？你来看鸡窝，是想往后偷鸡不成？"

庞成地用脚踢阿宁："贫嘴，点鸡去。"

今晚正月十八，纪月家院子内月光来迟，我们来得也晚，刚伸手不见五指。月亮缓慢浮起半轮柠檬黄头，那院子即刻银灰普照，恍惚中能看到了纪月她家的鸡鸭寮。

在小院子里，我们的一束手电光打照过去，同时惊动起地上几声嘎嘎的鸭叫。她家那鸡鸭寮不过是七八根棍子搭在院子的石头墙角上的棚窝，上盖树枝稻草，顶上同时睡着几只大小的鸡。走近时先是鸭子的惊叫躲避，把鸡一下挤向角落，阿宁伸手去捉起一只小公鸡，它拍着翅膀嗷嗷直叫，鸡鸭寮内的鸡鸭就都大叫地四散逃开。

突然的鸭鸡嘈杂叫声，在宁静的村夜中显得格外响亮，村狗儿警觉地追讨来声，立刻响起一阵报警似的狂吠，这就是当时各村各户前前后后清查鸡鸭寮，夜晚不断传出的鸡鸣狗吠的现象。那夜月的远近村子，显得此起彼伏、不同寻常的热闹。不知缘由的人，还以为夜里有贼偷鸡摸狗哩。

庞成地骂阿宁："叫你点拨都不懂，谁叫你抓鸡了？"

纪月讥笑："他见鸡就想偷呗。"这话有点冲着我们来。她心里有气呢。

我说："这下好了，夜里鸡跑散了，如何清点？"

阿宁想补救，他拿过我的手电筒，照着地上跑开的鸡一只只点起来，我负责登记。阿宁说："我点数，要数量就行了吧？"

庞成地说："那不行，到时你怎么知道她家的鸡有多少只能吃，多少只不能吃，小的、母鸡不行，阉鸡不过期的也不行……"

我也说不行，他就念起来："小鸡角崽一只，小鸡纳崽三只，鸡青年一只……"

我说："不准确，重来。统一叫小母鸡小公鸡大阉鸡小阉鸡，不按你们当地人的叫法统计。"

庞成地说："刚才在窝顶上的是几只？都吓飞不见影了。"他转身问纪月，"你家不是还有大阉鸡吗？去年我家的鸡跟你一起叫阉鸡爹上门阉的，如没记错的话，我一只你三只啊。"

纪月绷着脸说："我家穷，没钱，早卖掉了，不像队长家，留着过年过节有鸡杀，我家养鸡却不知鸡是何味。"

我想，这养鸡赚钱的门路不是人人都行的，真担心纪月这路子走不下去了。

庞成地不大信她，说："你的那三只鸡圈肥在家鸡笼里，想拿去自由市场卖吧？"

纪月说："明人不做暗事，我没必要藏着掖着，卖又怎样？"

庞成地说："下半年节假期要上交'三鸟'和生猪，我想分派你家多点完成任务，你倒把鸡卖了，到时的派购任务不好办。"

纪月说："派购任务多少不关我的事，凭什么叫我多出任务？"

庞成地说："你家养的比别人多呀。"

纪月说："多的是人家的本事，你们就红眼了？我不拼着多养点，油盐酱哪来？家里那些光吃不干的嘴不都挂起了？"

庞成地说："你这私心太重，多养多交应多做贡献，派购上交的任务也不是白送，为公吃点亏你就受不了啊？"

纪月声音更高了："你别给我跑狗叫，统一派购公价那点钱，不如我在市场上卖的一个零头，不是白送是什么？"

从窝棚顶上吓得逃走的几只鸡，阿宁拿着手电一一追查，确定为四只。他说这回准确了，鸡青年一只，老鸡母一只，鸡中（看似下过蛋的鸡）一只，小鸡纳崽一只。

又犯乱七八糟的鸡称呼，我让他重新按我的要求说，他说来说去都难改口。纪月家的鸡总共十一只，鸭四只，猪一头，我在每只鸡的数量后加括号注明属性。"鸭就不分公鸭母鸭了吧。"但阿宁故意多嘴，说，"母鸭要留着下蛋，不能杀。"可谓较真到家。

月光越来越亮堂，银辉铺地，空气中多了夜的湿润气息，院子恢复了它应有的平静。这个户外院子没多大，但收拾得干干净净，没有鸡鸭屎的臭味，没有了外人带来的吵闹，屋内只听见纪月家人酣睡发出的呼噜声音，悄然融入月光中。

我深吸了一口气，心里总平静不下来，像做了一件偷鸡摸狗的事，夜里去打碎鸡鸭猪狗的梦，岂不是也在搅乱人的梦吗。

那晚只清点了庞成地和纪月两户人家，全村还剩三十九户。

庞成地对我说真话："后面的好统计了，其中两户人家里不养一只东西，五保户西婆家就不提了。陈年仔这家也是，穷到叮当响，只养了一只不给东西吃，靠偷吃活着的大怪猫。有的家只养只老母鸡下蛋卖钱，多数人家只养三四只鸡，多为散养，连个鸡窝都没有，我家算是中上的了。忘了说鹅，只有一户养了两只，一公一母的鹅，生鹅崽来卖，那鹅谷子吃得多，与人争口粮，养不起。至于山上养羊啊，塘内养鱼的就别提了。穷呢，人也懒，人穷志短。养猪的还有几户人，猪没吃的瘦得很，全村想找个肥的都难。一户养的是头老母猪，就是放外散养。养老母猪的是庞源恒，人家就叫他'公祖遁'，他的事不好说，一时半会儿说不清，你以后慢慢就知道了。牛是生产队集体的，没人能单个养……"

因为进村后不太注这些事，听完庞成地的介绍，我不禁叹了口气，他那句"穷呢，人也懒，人穷志短"老在我耳边回响。

到第四天，清点工作接近尾声，夜里拿着各家各户登记的本子，我翻完几页，突然发现一个有趣的问题，没有一家是养大公鸡的。我每天早上明显都听得到公鸡的鸣叫，而且不止一只，全村东南西北至少三四只在打鸣。

我始终跟着各家登记统计现场，为什么就没见一家养大公鸡的？也不见其鸡。如果没人养，村里的母鸡如何传宗接代，这些打鸣的公鸡来自哪里？记起前面提到的传闻，我带着好奇去问庞成地。

庞成地可能对这事怄着气，又是那句话："我不知道，你慢慢会知道的。"

我说："你不说，我们村那些天天叫的公鸡是无主的了？它们不偷吃生产队村边的稻谷吗？那我叫人全抓了处理掉，上报就算是我们村完成的任务。"

庞成地装糊涂地问："你这是啥意思？"

我说："明摆着，我们村隐藏着这些鸡不上报，如果有人举报，不但说我们弄虚作假，到时还要追责任的。再说……"

庞成地打断我的话说："这点小事没人管你，你怕个毛？谁会来查你这点吃饱了没事干的烂事，怕这怕那，你就不怕我村里的鸡绝了种？"

我只好依了他，确实不过是个小事而已。

几天后，我村清查工作结束上报给大队。没想到陈组长指示，第二天将各村上报的数据和情况统统张榜公布，具体到家家户户的养殖情况，同时发动群众，欢迎举报弄虚作假的，对检举揭发的事实，一经查实，予以奖励。

陈祥广组长任何时候都不忘发动群众，走群众路线而无往不胜。

最让所有人感到震惊的是，同时还附加张榜公布的一张公告，规定各家各户能养多少只鸡鸭鹅猪羊等。譬如，鸡不管大小只能养四只，鸭两只，猪一头，羊三只……不准散养，一律圈养。凡原多养并散养在外的要在限定时间内宰杀或公价卖给公社供销社，拒绝执行的，经核实，大队将统一组织人扑杀。

消息传出引起轰动，要说关心这事的人不在少数。而最关心的应算是我们村的陈年仔，这也是后来陈年仔自己告诉我的。

那天他看完公告，兴奋得扭屁股跳舞，哼起"大海航行靠舵手……"这些张榜的内容跟他没啥关系，他家没养一只这些东西，属纯粹的无鸡无鸭无鹅等的无产者，唯一吸引他的是"奖励"二字。

为确定无误，他指问旁边围着看公告的人，这红纸黑字上写的是不是"奖励"两字，有没有写错。人家十分肯定地点头。

他踮了一下单边脚跟，便挂着一瘸一拐的步子去大队部找陈祥广，问："陈组长，你公告上边说的奖励是什么？"

陈组长吸了口烟，斜了他一眼，慢条斯理地说："你是谁？哦，是草子园村的瘸脚崽陈年仔吧，我听大队长符家干说起过你，你发现了什么问题？说来听听。"

"庞成地队长叫我来看的。"陈年仔先说明来头，是代表村里，不是个人行为，踮了脚靠前，陷脸说，"我给你说啊……"

他们小声地交流了起来，陈祥广不住地点头道："你就按我说的去做，同时回去跟你村的工作队队员老王打个招呼，叫他来见我。"

到了快吃午饭的时间，我急匆匆地走进大队部，大队长符家干正在那跟陈祥广讨论着什么。陈祥广见了我拍手道："好了好了，这回我们的上报材料内容充实精彩了，你们村那鸡的事可做文章，坏事变好事，我主张你个人写个体会，我给你推荐给公社工作团，肯定能上县里的简报。你村可能成为这方面的榜样，只是个争取的问题。"

他一下就把我搞蒙了，飞快地思量了一会儿，我也装样子不明白，问这说那。陈祖长非但没批评我，反而要求我好好总结一下，不是不可能搞出个典型事例来。他说这是一种工作上的新思路，要深挖内容的意义。

陈年仔通知我去大队时，我就问清了他，庞成地还说是小事没事，这回没事的事被陈年仔捅了出去，他为了拿奖来事了，真是怕什么来什么。

我来时抱着被批评的心理准备，到头来反倒得到陈祥广的鼓励，陈组长这水平，非一般人能比啊。同时我也知道了陈年仔单独见陈组长的事。

陈年仔见其公告上没有我们村的公鸡上榜，揭发者可有奖，这对他真是千载难逢的机会，他找陈祥广做了证实。

村里的这些大公鸡，别人是否注意不得而知，不再需要时，谁会去理这些不分季节天神般的，累死累活、万死不辞的家伙。

陈年仔就不同了。他跟别人的不同之处在于，一年四季都在关注着这些公鸡的存在，不单欣赏公鸡的神态，更喜欢看它们互相争夺领地时的打架场面，并且他不吝言地随时都对公鸡发出他的赞美。

再说现在的坡岭大队长符家干，小时他俩是彼此的好玩伴，他在当这村干部之前，就曾经暗下尝试之心，叫陈年仔给他买只公鸡，指定要草子园本村的正宗公鸡。

你看，什么叫名声传闻正宗，这叫产地独此一家。陈年仔在村里为符家干找公鸡，怕符家干白吃不算数不给钱，他就专挑了村里一只快死的，老病残的没人管的掉毛公鸡，一偷一抓到手，杀了悄悄送上门，还不忘伸手向符家干拿事先约定的鸡钱。

没人知道符家干是如何吃了那只公鸡的。不久他真的当上了大队长，但自从吃了这只公鸡，屁股上不明不白地长了个红毒疮，像鸡冠那么红，害得他躺在家里一个月出不了门，坐不能坐，睡不能睡。

陈年仔得意扬扬地找到符家干说："以前吃公鸡的好处我就不说了，向来有公鸡当头的说法，你看灵了吧？听说旧社会大草坡村那谁谁，当个什么小官就经常炖公鸡吃，官越做越大，知道不？我村有人拍他的马屁，随叫随送，差点就吃绝了我村的公鸡。"

符家干认定都是吃那老公鸡惹的祸，脸没处搁，瞅瞅没人，指着陈年仔厉声咬牙说："再乱说我撕了你嘴巴。"

陈年仔吐舌头笑嘻嘻地说："领导，要不再搞只大点的炖一炖，下回当个更大的官，我也好沾光。便宜啦，就收您五块钱一只。"他嬉皮笑脸地晃动五个手指头，少也不能少四个手指头。

符家干无法再忍他，干声大吼："快滚！看到你我就不是人！"

村里到底有多少只没登记在册的公鸡，不关注的人是无法说出准确数字的，就算是庞成地队长也说不准。他仅是平时根据公鸡在村的不同方向打鸣做出的判断，这种判断只能说是不准的乱猜。

陈年仔对我夸口，他说他对此再清楚不过了，没人能比他知晓这些公鸡，到底有多少只他先不告诉我。每一只公鸡的叫声如何，它经常在哪叫，长得怎样，是从哪来的他都一清二楚。

这厮原来如此厉害，完全出乎我的料想。

他讨好地对我说："嘻嘻，想不想给你弄一只试一试？吃公鸡嘛，机会不多，得好运多。"兴奋之中他接着说，"陈组长亲口对我说了，这些公鸡是瞒报超标的，要统统干掉，大队没啥奖品，干掉的鸡就是奖品，谁干掉就奖给谁。我觉得够意思了。"

"你想得美，这事要找队长说了再定。"我说，"你这人不如鸡。"

"我当然比不过公鸡呢。队长那你就别找了，有公告，陈组长说了算，你们敢找他去?"他啥时懂得祭出领导压人了。

我只好找庞成地，他一脸无奈，不说话。

我说："你说咋办? 总要有个主意吧。那个陈年仔疯了，干的好事，就这样让他胡来?"

庞成地摇头，想不到他说："你们才胡来! 他是穷疯了，就算说出去了，陈年仔不这么干，上边不也要组织人来干吗?"

我问："那些公鸡真的没主，没人养的? 从哪来的?"

庞成地这时叹了口气，表示说来话长，他说的大概意思是这样："从往至今，我村没人想养公鸡，认为那是只为全村人养的鸡，吃里爬外，白养的; 公鸡也不好吃，没事谁去吃什么公鸡，那鸡又不好卖，不好上交派购，一般不刻意去养。谁都想着别人养，自己不养，反正自家的母鸡总会有公鸡给配种。各家出生养的小公鸡到了一定时限，就叫人上门或挑到镇上阉成价值高的大阉鸡，个别错过生长阉期的小公鸡 (阉了容易死)，就随它长成大公鸡了。但家家粮食都不多，久而久之不想浪费紧张的粮食养它，要不干脆都赶出家门，反正不供给它吃的也不会饿死，随它逍遥快乐去。"

还真的别说，这些成为大家公鸡的鸡，能活下来的则练成了鸡精。

它们经常出没在村的周边或村庄的房前屋后，它们居无定所，食无定处，各只坚守地盘不让步，争夺时打打杀杀时常发生，并跟所有村人都若即若离。人们不太关心它们原是谁的鸡，只认为是本村的公鸡，有时看它跟随自家母鸡太紧的面子上，也随它进自家鸡窝借宿或多少让它共同进食。

公鸡野惯了，放浪形骸还时常被人拿来跟母鸡做比较，漠视它的价值，失去有主庇护的身份，它们也偶尔会受到人的伤害。这时它们宁愿自由自在地流浪在外吃百家饭，也不再关心原主人是谁，更不再认新主人，甚至把被主人赶走、遗弃和伤害的怨恨发展成对人保持距离和警惕的习惯。

我们所有人这回都毫无办法了，不是兴高采烈而是充满好奇，想看陈年仔如何采取行动，看他一个"地不平"的人，如何能捉到那些活蹦乱跳如鬼精灵般的大公鸡。对陈年仔偏要干这犯不上众怒却是不得全村人心的事，大家都在等着看他的好戏。但要说陈年仔准备拿着大队和陈组长的鸡毛当令箭，名正言顺大张旗鼓地捉一通公鸡，这你就低估了他。

他才不敢高调做这事，这是有其原因和顾虑的，并非所有人都想到了。他反复想好了行动策略，最终采取神不知鬼不觉的方式进行。不过第二天我们很快就知道了，他抓那只公鸡时还被纪月给发现了。

陈年仔捉那些公鸡的那天，是在一个黑灯瞎火的夜里，挑的是月黑风高的时间。

他预先找到需要吃公鸡的货主，那人是坡岭大队第四生产队腊石村的光棍汉老齐，就是那个叫符子齐的人。这人生来就没齐过，十岁那年就跟同龄小孩打架斗殴，十五岁因偷东西被打折了一只手，母亲却偏要给他取个有齐字的名字。他信陈年仔给他说的吃公鸡的传闻，如吃公鸡可走桃花运等，特别是了解到同村的符家干大队长吃了公鸡才当上官的秘密，他自此天天就想吃个草子园村的公鸡，走走桃花运或能讨到个老婆。

如此选中要捉的第一只大公鸡，陈年仔老早为了加以区分村里的这类公鸡，就给这只公鸡取名叫"独脚英雄"。这有些给自个儿抹脸的意蕴。纪月这女人背地里曾经骂他不如叫"毒脚仔"。

这只"独脚英雄"公鸡不是浪得虚名，它的那片地盘靠的是一辈子打打杀杀的坚守。原本两脚长的营养和力量只供一只脚受用，那支独脚上的杀手铜越长越长，如锋利弯刀似的后肢趾常常令对手闻风丧胆，曾杀伤过挑战的对手，叫"鸡半堂"的那只公鸡，至今对方还落下倾斜身子走路的毛病，从而减少了前来滋事挑衅想抢地盘的窥视者。

由于早年在一次被盗的过程中，它因挣扎断腿而逃生，落下了独脚，反而让"独脚英雄"练就了靠双翅行走如飞的功夫。不久前它真是一只不同凡响的公鸡。

可惜现如今年老体衰，它的地盘在不断缩小，叫声也不如先前那么洪亮悠远了，听来有些低沉，尾音拉得不够长，像是使不上力气。

陈年仔一听这声音就想笑，就知道它是哪一只，在哪个位置，就想去看看它的戏。

它的地盘在村的北边，核心地带不算是村里最好的位置。那地方杂草丛生，长着一片高高低低的果林，有酸掉牙的掉满地的黄杨桃，有五六月份成熟季没人采摘、摔烂一地而酸腐的菠萝蜜，苍飞虫蠕，还有不少掉地的酸黄皮和荔枝，靠着这些地下和地上引来的各种蚁虫就够它吃上一个季节。

因它的地盘还靠近村民纪月家的自留地，也经常到那菜园子偷吃菜。纪月看着它带着自家的母鸡，看在需要给母鸡配种的份上，至多骂几句赶走它便了事。尽管这只公鸡原是她家的，但已被她赶出家门吃百家饭。

那晚，"独脚英雄"在那地方，黄昏前发出了一天里最后一次的鸣叫，也因此把它的夜宿行踪大概位置暴露给了陈年仔。他窃喜，拍着屁股跳舞。

陈年仔从光棍汉符子齐那借了一支手电筒，同时带了两样东西，一根长竹竿，一张破渔网。

天刚擦黑，他便摸进那片果林子，在林子的东边角的几棵果树上，手电灯光搜索起来。不一会儿，他在一棵长得并不高大的墨绿色叶子的黄皮树上发现了"独脚英雄"，它栖息在一根长满树叶的枝杈上面。

他在它睡的树枝条下铺好了渔网，一手打着手电，顺着灯光柱子，一手朝黑乎乎的目标举起竹竿，心中默念"一、二、三"，狠狠地一竿子用力捅上去。

公鸡被突如其来的竹竿戳中，还没来得及振翅跳逃，就如石头般坠落而下，掉在了地面的渔网上。

他迅速收网，网把鸡给缠牢了。公鸡奋力挣扎也无济于事。于是，它用尽最后的气力，发出了划破夜空的惊天动地般的呼救。

也许担心惊扰起人们的注意，怕公鸡挣脱逃了，陈年仔接连举起竹竿子，两竿子用力打下去，将公鸡打哑。公鸡哑了，可是不远处却传来了纪月的大声喊叫："抓鸡贼咯！"全村的狗跟着一声声狂吠。

这时，一道手电筒光朦胧地打在陈年仔的身上，纪月手持木棒追了过来，她喊得破锣般响，喊到陈年仔两腿发软，两耳朵发虚。陈年仔觉得不妙，提神用那点不是偷鸡贼的理由和勇气也对着喊过去："纪月，纪月！你喊叫什么？是我……"

"哟嗬，你是谁呀？半夜三更来抓鸡，不是贼是什么？"纪月鄙夷地怒嗔回话。

此时三三两两赶来几个人，看到这情景说："你这是干什么，半夜偷鸡来了？"

陈年仔有口说不清："我是，我这是……"他看势头越来越不妙，慌慌张张去提起那只奄奄一息的"独脚英雄"说，"我这是公事公办，你们不知道？"

纪月手电光照着陈年仔的脸，拍着自己的瘦腿吼道："放下！放下！这鸡什么时候是你的了？我不告你偷鸡就便宜你了，问问大家，这鸡是不是我的？偷鸡贼！公事公办个鬼。"

纪月及时认回自家的公鸡，看着纪月手中的木棒，陈年仔没敢再去争辩鸡的事。"我这不叫偷鸡啊……"

鸡确实是纪月早年错过阉期，而后赶出家门的公鸡。这鸡被贼偷过一次没偷成，这次是无法躲过这劫了。只要有机会，鸡主适时都会认走自己的鸡，这正是陈年仔眼下不想声张而夜里采取行动的担忧。

第二天下午，陈年仔满脸沮丧，一幅挨打受骂的样子出现在陈祥广组长的面前。陈祥广说："啥也别说了，我都知道了，老王给我汇报过，你回吧，原有奖品不变，我叫符家干派人配合你的行动，继续大胆放手干！我和大队支持你！"

陈祥广还对我说："将以此为突破口，全面展开布告上的工作，你村一定要走在坡岭其他村的前头。"

陈年仔似乎在陈组长那吸取了鼓舞和胆量，这下还带来大队长符家干给他分派的两个外村的青年助手。腊石村四队的符子齐不落一回地也跟过来，他想现场帮上手，随时取走陈年仔的奖品，以免像上次那样落空。

陈年仔吸取教训，不再偷偷摸摸干这抓鸡的事，他这下不仅得到了上边的当作工作为突破口的支持，还带来真抓实干的人力物力。手下有人，多了几张破渔网和长短竹竿。

他准备趁热打铁大干一场，一举拿下那些奖品鸡。

我们村的人这回全知道了陈年仔的厉害，他要干的这件事没人再去拦他。

"看你们谁还敢说我是贼，我在天黑时捉公鸡却故意说成是半夜三更像贼一样；我现在是奉命行事没什么好顾虑的，你们谁敢再说三道四，下一个目标就是你们家的鸡！"他踩了几下那条不太听使唤的瘸腿说，脑子不停地转，决定马上着手抓第二只公鸡。

我们当然也看得出来，他这是光天化日去干了。

他此刻比任何人都信心满满，志在必得。帮他抓鸡的人全部到齐后，工具已备好，几张围捕鸡的胶丝破渔网即将展开，那会是手到擒来的抓鸡行动，一网打尽得痛痛快快的，公鸡们将上天无门入地无缝。

当然首先是针对另外一只大公鸡的，暂且先这么讲这只鸡的荣誉和美称吧，村民实际上说这只公鸡为那个不中用的"鸡半堂"。

啥叫"鸡半堂"？大公鸡的美称作"鸡中堂"。只算个半堂，又叫"鸡半堂"，成因是受阉过程中没挑干净而留下的后遗症。公鸡这时既不是鸡太监的大阉鸡，也不完全是个正牌的大公鸡，成了"鸡半堂"。

首先是打鸣上让人啼笑皆非。"鸡半堂"梗起粗硬的鸡脖子，叫声是憋破嗓子眼的那种，极像搪塞应付的打鸣，短促且急切，听着不顺，没有人家正牌大公鸡那种好听的抑扬顿挫、嘹亮悦耳地拉长的打鸣调子。

每一天稍不留神，村民往往会听不见它的司晨，从而怨言不断。

另外，它走路的那副德性，装腔作势出个大公鸡的昂然气势，一步是一步，就是倾斜着身子像要倒不倒的模样，很让人忍俊不禁。

现在它真是一只不可思议的"鸡半堂"。

"鸡半堂"跟前面的"独脚英雄"决斗时留下的斜身子走路的毛病，确实影响了它的形象和斗志，更别说有多少行走如飞追赶母鸡的本事了，母鸡们见其都躲得远远的，它的地盘渐渐名存实亡且不断缩小。对常来它原地盘上大摇大摆侵扰的另一只大公鸡，它只好低下了原来高昂的头，就势躲避。因此，它现在至多在它原主人小溪边上的自留地周围活动，吃一吃自留地小粪池内的虫子，间或偷吃菜园子的菜和旁边稻田内的稻谷……

陈年仔带着人，直奔"鸡半堂"的领地。

明媚的阳光中，"鸡半堂"在当天发出最后一次鸣叫后，陈年仔看见它站在自留地那小粪池的边上，身边仅跟着一只本村大名鼎鼎的巫师庞源恒家的老母鸡。

这母鸡自从跟了"鸡半堂"就从未孵出个小鸡仔。庞源恒家的这只母鸡其实变成了名副其实的只会下蛋，抱不出窝崽的老母鸡。这完全怪"鸡半堂"就没错。

符子齐问："就抓那只走路歪东歪西的东西吗？怎么长成那样，难看死了。"

陈年仔说："你不知道啊，别看它长得难看，雄得很，长相天生的。"

符子齐挽袖子踢腿，说："那就好！"

陈年仔好不容易当回领导，迅速指挥那两青年撒网围捕"鸡半堂"。符子齐和陈年仔组成一对，拉开一张网，朝那合拢过去。

鸡被多张网包围了。随着围观的人越来越多，网鸡的包围圈越来越小，议论的嘈杂声音热烈起来："又不是抓鱼，张网有屁用，要我啊，追上去一手就搞定。"这是人家反讽他瘸脚。

"抓了好，这家伙不中用。"

"快飞走呀。"

"飞起来，再不飞就完蛋了，鸡半堂！"还是有人同情它的。

"鸡半堂"终究飞不起来，它没学会那飞的本领。它被网围赶近小粪池，连去触网挣扎一回逃跑的勇气都没有，自个儿吓得掉进小粪池里。活该，它太让人失望了！我们所有人都为没出现那捉鸡精彩的场面而感到遗憾。

当它被陈年仔从小粪池里用棍子打捞起来时，人家连手都不想沾它的臭，它实实在在得变成了一只无路可逃、被逼掉进粪池的臭屎鸡。

符子齐捂着鼻子嚷嚷道："年仔，我不要了，不要了，臭屎鸡那能吃吗？"

陈年仔说："你不要是不？买鸡定金的钱我不退了。你不吃，我巴不得送陈组长吃。谁吃了这只鸡，保证想啥有啥。"

我们不再听到人们对陈年仔捉鸡合法性的议论，他现在的行动是奉命进行清除超标鸡之类的前奏，已经属于全大队这方面工作的突破口，就算做得不是轰轰烈烈，但说得上是旗开得胜了。

我就算不积极响应，派出人手配合，也不能有反对的举动。我骂陈年仔："你乱说什么啊？我们组长是吃你这'鸡半堂'的人吗？你自己留着吃臭鸡去。"

"给谁吃都不好，那是我家的鸡。"这时说这话的人可能在场的大多数人会料到了。只见那人阴着个褶皱脸，白发丝垂频，黑衫佝腰，站在不远处的榄仁树下望着我们这边。她是村中巫师庞源恒的老婆，长得就像白嫩相的巫师庞源恒他妈。没人想附和她说话。

这老女人近前一说话，众人说话声音顿时小了许多：

"我家前年阉过的这只公鸡，不料阉时失手让这畜生带伤跑了……这鸡本不该受罪，人更吃不得。"

"为啥吃不得？你以为装神弄鬼的我们就怕你了？我告你啊，胆敢再来说三道四，搞封建迷信，我叫陈组长批评你！"陈年仔壮着胆说了硬话。

符子齐凑上前看鸡，唠叨个没完："咦，这鸡还能吃吗，谁敢吃？"

不好再说下去，明摆着陈年仔犯难了，这只奖品公鸡说不定成了烫手山芋。他咬咬牙，一不做，二不休，干脆把鸡捆了带走，根本不把那老妇人放眼里。

他对符子齐说："下一只要捉的公鸡你就没福气吃咯，哼！你不吃了，我给人家留下了咧。"陈年仔说的人家是谁，没人知道。

我问："你要再去哪抓鸡？别乱来哦。"

陈年仔诡秘地笑着说："你跟来说说两句好话嘛，你这工作队队员袖手旁观，干什么吃的？帮个忙咯。"

他居然管起我来了。"我就是盯着你别乱来。"我说。

陈年仔此时的样子很牛，忽然仰天炸着嗓子吼住了所有人的说话声音："你们都给我静一静！听到了吗？全世界都静下来！"

这时远处传来一声嘹亮悠扬的鸡鸣，那激昂的声音犹如唤醒太阳晨起的号角，传扬出生机勃勃的气息。

我们都认真地听到了，人们所有能听到见到的公鸡打鸣声音中，绝对没这声音好听。有这声音的世界是那么美好。

这声音已经鸣唤了多次，可是没有多少人用心去聆听。陈年仔这次听得笑逐颜开，他一瘸一拐地一挥手，像个指挥作战的什么官，嘴上喊出点豪情："你们都听到了吧？跟我来！"

跟着一瘸一拐的他行进，我们的队伍后面的村狗都加进了人流的行列，路边的跑地鸡吓得扑腾翅膀乱窜。人行队伍鸡飞狗跳地从村的西边走向村的东边，我们全都成了看热闹不嫌事多的人。

陈年仔无不自豪地指前方，说："你们看，不出我所料，'东方大英雄'就在那。"他都记得住这些由他起名的公鸡。

顺着陈年仔指挥的手势，我们终于看到了平时并不怎么关注的这只大公鸡。众人看到了，不是只什么了不起的大公鸡，不过是只正在粪堆上找虫吃的公鸡而已嘛。

"东方大英雄"果真有大英雄本色，金黄色的羽毛流光溢彩，仿佛是炽热的阳光刻意铸成的闪亮形象，我从来没见过一只大公鸡这么雄伟漂亮，情不自禁地发出了一声声赞叹。

它站在高高的粪场堆顶上，昂着雄赳赳的鲜红鸡冠，俯视着领地的周边，下面地上散落着一群鸡，有大小母鸡、阉鸡、小公鸡，那只小公鸡正专心的练着稚嫩的嗓音，拿腔捏调地叫。所有的鸡就想笑这不成熟的声音，似乎全村的鸡都跑这来了。

它们在草垛和粪堆中扒食，鸡不时挥动的爪弹蹦起粪粒和草碎，混杂的牛粪干草味在空中飘浮，一派祥和的乡村景象。

这块地方是村里的鸡最喜欢来的。有生产队的晒谷场和相隔不远的大粪场，鸡食物源丰富的地方还有前后的草坡林子、甘蔗林、薯地和大片的水稻田，这儿全具备。

"东方大英雄"占据着这丰饶的地盘并不满足，它想一统全村，所以不时地去攻城略地，与"独脚英雄""鸡半堂"等发生过多场角斗，均全胜而归。它现在已经登上鸡王座，村子的所有地方爱去哪巡视就去哪。

这只鸡大王从大粪场黑乎乎的粪堆顶上走下来，如同山上缓缓移动下来的一团火球，行走的姿势那么从容，眼光是那么不可一世。

它对那么多人向它们的鸡群走过来的这场景，并不感到惊诧。

这个场所常见人来人往，更多时候是人们来这把肥挑去稻田。常见的是为生产队养牛的那个家伙陈年仔，他经常一瘸一拐地来这里，担着拾来的牛粪过秤交给队里。但今天不同往常的是，他带着头，有人拿网向它们鸡群围过来。

网围在收缩逼过来，越来越近，开始有鸡受到惊吓，奔逃时而撞网，时而乱跳叽叽喳喳乱作一团。

"东方大英雄"算看明白了，不管是否冲着它来，这些人来者不善，不是来挑粪的，是来抓鸡的！

它立即返身奔向粪堆顶端，不等我们所有人投去注意的目光，鸡王扇动起强劲的翅膀，纵身腾空一跃，竟然像一只火凤凰般飞起来了，飞走了！

在我们愣了半天后发出的一遍遍欢呼声中，鸡王在空中同样发出胜利逃脱的回应声，飞翔过无可奈何围捕它的落空网，滑翔于我们的头顶上空，俯身朝向村庄那边一棵遮天蔽日地大榕树。

天鸡啊！那一刻我们全惊呆了，只有陈年仔不以为然，他一反常态地哈哈大笑："我知道你会飞，飞吧，不飞就得死。"

等放走了那些撞网的鸡，拉网的两个青年问："追吗？"

陈年仔说："说什么傻话，你追得上那鸡啊？你们是看不到那鸡了，早飞不见影咯。"

两青年不信，他俩和符子齐一同追过去。我们面面相觑也不信，纷纷赶往大榕树底下，仰头往树上睁大小眼睛寻找那火红的影子。

　　大榕树枝叶繁茂碧绿，疏疏落落的小叶子之间投下斑驳的阳光，使树底那一张张或抬或侧或仰的脸全变形走样，眯眼的、张嘴巴的、歪脸的、做悟空眺望的，什么都没看见。

　　失望之余，一青年拾起一个小石子，朝树上毫无目标地掷过去，唰的一声响，小石子击打树枝弹跳，不偏不倚正打回他的头上，吓得所有人东逃西躲地跑开了。

　　我大吼一声："你们搞什么鬼？都走啦，回吧回吧。"

　　人们这才兴味索然地离去。

　　陈年仔捂着肚子直笑，笑出满嘴黄牙，笑到作呕喷臭气，笑到那条单立的腿一弯一弯的仿佛要折断。

　　我讥诮他："你怎么不爬上去捉它啊？"没别的，就是想不停地讥笑他。

　　陈年仔自顾自地边笑边说："老王，王领导，我说过它飞走了你们偏不信，它要不飞走，我以后还有这神鸡看吗？回了，走了啊！"

　　"安心回家咯！"陈年仔心满意足，一瘸一拐地提着那只臭烘烘的"鸡半堂"走到我身边。然后，他不阴不阳地悄声对着我的耳边说，"我们村扑杀鸡鸭鹅行动提前结束，你说对吗老王？王领导，我要给陈组长回话呢。"

　　我没反应过来，惊乍道："胡说，刚开始……"又恍然大悟，"你……哦……对对，胜利结束了！结束结束。"

　　我想起队长庞成地曾经说，这只大公鸡原是他家养的，长大快阉的那时刻就跑了不归家了。它可能知道它将会面临什么样的命运，鸡不能修成人，能修成飞天也厉害，人要修成那样就好了。

　　庞成地对今天的事不闻不问，作为队长，他今天没来看人捉鸡。对村子来说，捕捉公鸡关系到全村鸡的传宗接代问题，他会不会跟陈年仔已达成什么默契？跟上面布置的任务玩了一回猫捉老鼠的游戏。

这样结束与好，这些事不管有多大，我懒得去问个一清二楚。

这都是我装着不便问清的事了，反正我们的扑杀工作已经结束，别再跟我提起这事。

当晚，搞"三同"住在六队大草坡村猎户陈越道家的陈祥广组长，接待了陈年仔的来访。

陈年仔一本正经地给陈组长汇报他的扑杀行动，当面感谢陈组长让他有机会拿那些公鸡奖品。他同时没把话说死，说了按大队公告上的要求，草子园村已经把扑杀超标家禽的工作做得差不多了。

陈祥广连声说好，给陈年仔一通不痛不痒的表扬，并说大队开总结会要给他发奖状。

陈年仔谦逊得笑容绽放，回答陈组长的客气话吓了自己一跳，说奖状就免了，他家破破烂烂的，没地方挂，如有救济粮指标，就照顾他一下。

陈祥广说这事他记住了，他会给村工作队的老王和队长庞成地打招呼。

陈祥广送他出门时，他把门外已洗干净、尚散发着一丝臭味的"鸡半堂"送给陈组长。他说这公鸡好，炖吃了有好运，说大草坡村过去的过去有人吃了升官，却不敢讲这近期谁谁吃了浑身暴长毒疮差点要了命。陈祥广正满脸难为情，三同户陈越道从房子内冲出，看着蜷缩在门外角落的那只半死不活的鸡说："听说吃这东西好哦。"

陈越道犹豫着细瞅，最后低头伸手提鸡丢还给陈年仔，脸上尽是嫌弃的神情，说："这什么啊，别吃了屁股流脓哦，谁还吃这臭东西。"

陈年仔夜里提着鸡回家，那样子真像个偷鸡贼，伴着一瘸一拐的步子自言自语道："这么好的东西，你怎就不吃呢？吃鸡你就是狐狸了，不吃也罢，成了狐狸谁还怕你？"

后来听说陈年仔哼着小曲把鸡还给了庞源恒老婆放生，这鸡还能不能活难说，总之，他对那老妇人说了一大堆道歉的话。

他不敢吃那只成为奖品的"鸡半堂"，也不知能卖给谁，所以，索性就做回好人，把鸡还给主人。这种可能性是存在的吧。

由此，大队统一组成的扑杀清除小组没有去草子园村采取行动，草子园村所有的超标养的家禽得以幸免，没有遭受扑杀清除。

这是草子园村的一大幸事，大家都暗自感恩村领导庞成地和我，唯独没想到是拐脚陈年仔做的好事，骂他的人还真不少。

纪月知道了这事的经过，不知出于啥原因，同意不把她超标养的鸡鸭拿到自由市场去卖。在节日来的那天，代表村的派购指标，按公家价格上交她两只鸭一只鸡，汇同大队的人一起去慰问附近驻军连队。

好事接着来，陈组长真的认为我们村这方面的工作做得好，带了好头，他嘱我要写一篇这方面后进变先进的材料，报上去，让我等着有机会上台讲的时候用，传经送宝。

我绞尽脑汁想了几天几夜，提笔时炮制不出此时此地的心得体会，更写不出合乎要求的文字，只作罢，想着如果到时真要上台讲，再看情况而定，咱就用嘴临场编呗。

我村的这事算不算坏事暂时说不清，反正坡岭大队这方面总结经验的文章材料——"村庄环境文明建设奏凯歌"往上报，得到的反馈说什么的都有，可能已有人捅出些真相，其中就点到我村的弄虚作假。听说上面的个别领导批评陈祥广这么搞太过分了。

第三十四章

　　光阴流水，神祇光顾的一九七七年。雨林县在普及大寨县的高潮中年年捷报频传。于弘毅作为雨林县的代表，光荣出席了这年在京举行的第二次全国农业学大寨会议，雨林县普及大寨县榜样经验上了国家《某某日报》的头条，上升到全国学习的高度。他还是县委书记没变，不过职位前的"代"字取消了。

　　据传，地区和省里都有把他工作往上调动的打算。县里的同僚问起这事，他总是说，他爱雨林县的人民和这里的山山水水，不把这里建成人民幸福的天堂，他不会走。

　　这年的夏天似乎好消息不断，先是全县夏收粮食丰收产量创历史新高，县的万亩开荒梯田，配套雷公山水库水利工程胜利竣工，灌溉发电顺利进行；溪子河中型水库水利连续多年的灌溉发电，促进了受益的农村经济和生活的大发展；绝大多数公社和大队集体兴办各种经济场，并结合当地实际种植橡胶和槟榔等经济作物，有的则开办养猪场、鸡鸭养殖场，新开工的项目上报越来越多。各地来雨林县参观取经的人接二连三，各级领导隔三岔五也来走访，影响所及，就连远在非洲国家的农业考察团也来到雨林县学习，于弘毅整天应接不暇。

　　他组织起一个写作班子，全面总结雨林县的发展经验，编写书文，用各种形式宣传，大张旗鼓地展开。

　　各地那些来参观学习的人不断多了起来，县里专门组织起一班人马，上下工作就像接待旅游团的人，不停地带着那些人去有关地方参观学习，给来人介绍雨林县的发展经验，讲着激动人心、感人肺腑的故事。

秋天成熟的日子跟着又来了，大地的热气一直不愿退去。这天秘书小卢兴冲冲走到于弘毅面前，他说出的那几句话，一时让于弘毅突然间久久陷入沉思。

"于书记，我想请假离职一段时间。"

"有什么事？"

"有消息传，国家要恢复高考，我想专心复习一下功课。"

"高考……"

真如一声春雷。于弘毅的眼神愣在那里，那是小卢从来没见过的眼神。小卢害怕了，他以为他生气呢，或者是他认为这种事来得太突然了，瞬间冻结了他的思维。

小卢忙退走，于弘毅收回纷乱的思绪，摇了摇沉思的头，望着小卢的背影喊道："你回来。"然后说，"复习去吧。可能的话，给我到县中学老师那也弄点高中课本……别走漏风声，知道吧？"

小卢高兴得离地一跳，立正说："保证完成任务。"此刻，小卢说走就走，他的心情翻江倒海。

在这之前，他已从不同的渠道接收到了相同的信息，国家形势在变，上面在拨乱反正中一直在力推恢复全国高考。能上大学读书的初心，恒久不变，这是他人生道路上早已埋下的美梦，现在机会终于出现了，一切的一切都可以放下了。他刚才对小卢说的话，表面看像是顺带说出的，其实这是他在那一刻再次做出的人生重大抉择，连一丝的犹豫都没有。这个抉择地做出，他相信自己的命运跟国家的命运将结合得更加牢靠。

几乎在那一段时间，于弘毅准备参加高考，向上级的请示最终也得到上级组织的批准。

雨林县的人们直到初次恢复高考的那天，于弘毅出现在雨林县中学的一个高考场里，他们这才相信了自己的眼睛，那人不正是于弘毅书记吗？他连县委书记都不想当了。千真万确就是他！

有人议论，他也许就是想玩新鲜时髦，有那高考水平，好好当官前途大了去，图什么呢？已爬到了那职位，多不容易啊，读大学回来不就是为了当官，如今去读书到时回来就不好说了。

于弘毅对此报以沉默，县里其他领导不好问他详细情况，陈然副书记是第一个主动与他交谈起这事的。他不能不惦记着于弘毅的离开，不管这种离开是以什么样方式，这种离开对他来说就是难得的机会。

"于书记，我觉得你不必去读什么大学，你现有的水平不低了。"陈然很快就知道于弘毅在看书，想考大学。

"你这是真心话吗？陈然书记，我这是去做一次人生路上的加油，说不好今后还回来，我爱这个土地，爱这儿的人们。"

陈然听完不以为然，他脸上的笑容看得出有多层的含义。这种交流像点到为止，他说："我现在只希望稳稳当当做好工作，毫无所求。你想去读书的想法太突然了，要想清楚哦。"

"陈书记，我们是多年的老搭档，我很感谢你对我工作的支持，我们之间的工作配合得很好，说句心里话，我是有些舍不得走的。"于弘毅说了心里话。

"我们共同创造出的成绩大家都有目共睹，这雨林县离不开你呀。"陈然的口气难辨，随口说。

于弘毅直说："我走了，你难道不想接过我这副担子？你难道不希望我在上级组织面前对你的工作做个积极真实的评价？"于弘毅把想到的话及时说出。

也许这些话讲到了点子上，陈然说："非常感谢于书记。"

"今后不必再叫我于书记，太客气了，就叫小于或老于。"

"不能那么叫，你现在就是我们县的于书记。"

有关于弘毅将参加高考的事传出后，在这样一个年代和县城里，超出了大多数人的想象，也弄乱了一些人的惯性思维，这毫无争议地成了当地头等的大新闻。这时人们看他的眼神是异样且复杂的，县的记者们都犯了难，不知如何去采写他。县里的不少干部见了他，不管有什么想法，也不敢当面问及此事，大多数人不相信他会离开那个职位去考什么大学，如果考不上呢？当然了，毕竟敢问能问起这事的人不多，于弘毅没必要做什么回答。

但是真到了那一天，当地高考现场见着他的人却实实在在地记得他当时穿着什么样的衣服，是谁送他过来，是开车子送来的，还是他自己走路过来，走路的样子如何，见了旁边的熟人有没有打招呼，和所有普通人一样，是什么神情走进考场的。譬如胸前别没别笔这样的细节，他们的关注点是全面的，都记得一清二楚，说起来也头头是道，不乏生动有趣。这种议论在县城的茶楼酒馆里持续了好长时间，许多年后，每当有人提起这件事，仍然令人感慨不已。

好日子过得更快，高考录取通知发榜那天如期而至，快得像眯了一回眼睛。这是所有考生天天望眼欲穿的金榜题名时刻。

于弘毅的高考成绩全县第一，在全岛行政区也摘得七七年的高考桂冠。最超出所有人预料的是，于弘毅被北京大学录取，这个消息当初那才是爆炸性的。

赴京上大学读书的那天上午并不轻松。

依上级指示，县委在新的领导人接任于弘毅岗位之前，全面主持工作暂由陈然负责。陈然之前当即要求县里购进一辆新的北京吉普车。因原来那辆旧南京牌小车坏了没修好，那车接回时，刚配新车的老司机请示陈然，可否用新车送一趟老书记于弘毅。陈然说他正巧要用车赶去参加一个开工典礼，让司机转告于书记，对不住了，无法用车送别他。

于弘毅只好坐县汽车站的班车离开县城。这时，已是于弘毅妻子的冯小华腆着个大肚子，一同送丈夫去汽车站。冯小华气得直抹眼泪："弘毅，你说那个陈然是人吗？"

于弘毅抚摸妻子的脸，给她擦去泪痕，说："他工作要紧，我们不必找麻烦了。"也许冯小华的眼泪中还有与丈夫分别的痛，止也止不住。

去县汽车站的这段路程，由于县城没有出租车，是小卢为他们叫来的柴油三轮车解决的。那辆旧三轮车子没有顶篷盖，开动起来，车鸣如打炮，人坐上去日晒风吹眼睛都睁不开。

小卢在同时间也考上了区的师范专科学院，他的上学报道时间偏晚。

于弘毅和妻子就这么带着简单的行李，坐着三轮车慢慢经过县城嘈杂的那些旧街道。街上没人注意和认得出这就是原县委书记于弘毅。于弘毅想起那些历史上万人空巷、夹道欢送县官离任的场面，他脸上闪过一丝莫名的说不清的笑。他就这么个样子离开雨林县了，像一个普通人第二天出门远行。

雨林县的人民从此还记得起他吗？或许想送他一程的人不知道他今天就要离开雨林县，雨林县没有一个人来为他送行。也许他本意就不想有人来给他送行，于弘毅此时是如何的心情，没人知道。

　　他的眼睛有些发红，抹了一下，强装笑意对冯小华说是风吹的。他俩挤坐在三轮车上，道路不平坦，车子颠簸，冯小华几次抱紧于弘毅，像是生怕他离开。

　　到了车站道别前，于弘毅深深地吻了冯小华的脸和嘴，冯小华紧紧地搂住他不松手，终于禁不住失声痛哭，哭声毫无克制。这样的场面令人心碎。

　　面对即将分离的这一刻，丈夫弃官重新做回大龄读书人，上大学对她来说太不可思议了，太突然了，特别是去那上大学的地方，那是她做梦都想跟着她男人一起去的北京首都，她想着生下孩子后，一定跟着去。她任泪水不停地流。

　　于弘毅迈着坚定的步子最后一个登上班车。

　　车子开动后，没有更多的道别言语，他朝她深情地挥手，她的哭声追着于弘毅远去的车子。车站所有客人向她和他投出各种目光。这像是弥补了夹道欢送他的仪式。

　　冯贵心痛自家姑娘，他随后坐着那辆刚修好的南京吉普赶来。

　　他不是来给女婿于弘毅送行的，而是当爹的惦记着接回他最爱的闺女和即将出生的外孙。他早就后悔最初促成女儿的婚事，女儿生死一心都要嫁给这个雨林县当时最有权势的人。女儿到底是嫁对了还是嫁错了，他此时似乎都有了结论。

　　他这时对女儿说："他走得太远了，他可能飞得更高，咱可望而不可即，你要做好他回不来的思想准备。"

　　冯小华不满道："爸，就你会说，他到哪我就去哪！"

　　三个月后，冯小华诞下一个小男孩。冯小华坚持要等他爸回来才给他取名。

34

乡村的大小祠堂大都建在风水宝地上，选址讲究靠山和屏障，周边簇拥参天大树，古色古韵。看这个祠堂的原址，可能是座小祠堂，为琼涯中部地区坡岭草子园村和旁边大草坡村等三个村同姓人家聚族共有的祠堂。属这座祠堂的人口不超过一千人，受坡岭大队管辖。坡岭大队有十多个自然村，没有大祠堂，包括这祠堂在内只有三座散落在村前村后的中小祠堂，也许是小祠堂，就没法跟气势恢宏的别处大祠堂相比，所以，想象着它给人以薪火相传时的乡愁，忧伤地留下了许多落寞和萧然的感觉。

这些祠堂在所经过的风雨岁月中留下了不少记忆，已成为村民生活中不可分离和无法忘怀的重要组成部分。

来草子园村后不久，我也了解了草子园村祠堂的一些情况。

草子园村祠堂就建在村前东边的小土坡上。二十世纪七十年代初，我自从当了工作队队员驻村后，对这些农村祠堂的了解只是一知半解。这座祠堂那时就已经不存在了。

听说祠堂所在地都讲究风水，我确实不懂什么风水宝地，原址上看不出有什么靠山和参天大树（后经了解原有一大一小高山榕树被人放火烧死）。一条青石路连着它，离进村路口不远的小斜坡上祠堂正对着一口池塘，接上冒出的溪泉水，边上堆着一高一矮两座小土丘，说它堆着，是我听说这是靠人工堆成的。

未曾认真思量说起祠堂的事，村里的那个叫庞源恒的所谓有名先生就说了，那叫高墩矮墩，不是高矮小土堆，名曰"日月镇潭"。君不见站在祠厅堂门外，山墩可遮挡泉溪的出水口，只见水来不见水去，即可发财发丁，旺村旺族。

听他口气和满满的说道，稍不留意就遇上这类先生。我说："你懂的真不少，向你领教。"

他得意忘形地说："这儿的一草一木，一山一水，一形一地，都有它的门道，想听，我可给你说上一天一夜。"

只能说上一天一夜也不算什么。我当时这么想，跟我宣传这些近乎不靠谱的玩意儿，没意思。无知再加上我那时不虚心，不等他再给我解释什么，我就问："这祠堂怎么了？"

听出了不好好问的意味。他也没好气地说："反正烧了。"

我明知故问："怎么烧的？"

他从未卷起的衣袖口很宽，迎着轻风甩摆，边走边回话："不给你说了，我还不知道你想听？想听我先跟你说一样东西。"

庞源恒名声里里外外都不小，这一带十里八乡的人，信他的，有点那种大事小事总想着去找他问个原委。那个年代，我作为工作队队员，认为他不过是人们说的什么算命看风水的阴阳先生而已。对这种人，我是戴着有色眼镜看的。

这天，他给我说的那样东西就是原先村祠堂的红纹窗雕，光听这名，立刻使我来了兴趣。

红纹窗雕说是当时火烧祠堂后，他偷偷捡回家的。

他问我可见过这东西，我说不过个雕窗而已，也许不算什么稀罕物，以前人们盖好房子，有钱人家就搞这种窗，现在的老屋还有不少。他连连摆手，说跟我说的那窗没得比，不是那样的窗。

他凑近我说："最让人心跳的是，你站着看那窗雕会听到鸟叫泉鸣，身如游荡在绿林翠竹中，人若遇仙境。"

这有什么稀奇，我笑他拿无源无本的想象糊弄人。他接着说那窗神奇的地方不止这点，窗看你时，你看不见屋里面；你看窗时，屋里就清清楚楚。这些话我觉得迷信飘然。他看我不在意的神情，补充说道："不信我带你去看。"窗从祠堂请回来就放在他家的柴房里。

如此神奇物令我差点笑出声，若真是宝贝，怎么会丢在柴房里？

跟他走回去的路上，我有预感，美言这么神奇的东西还在吗？也许他把这物件当回事，我则认真想着它了，一个破柴房里，安能放得住如此不同凡响的红纹窗雕？他为什么要把红纹窗雕放在柴房内？

思绪很快飞扬起来，换个奇怪思维，说不准红纹窗雕可能听见了我们的议论，它在我们去柴房的路上摇身晃起，冲开压着它的草禾干柴，上下翻转抖落覆盖的碎屑粉灰，咣当一下撞开庞源恒家的柴房木棚门，刮风隐影去了。

的确巧得很，这事在一年前就已经发生过。不出我的预料，红纹窗雕早就不在柴房里了。

庞源恒那个专给死人选定风水墓穴的老婆，记得那年晚上下雨后，睡下不久就听到了红纹窗雕破门而出的响动。她预感到了什么，没叫醒庞源恒过去看个究竟，夫妻俩早就想通了，早晚会有这么一天，顺其自然，让那窗去该去的地方。庞源恒常常说起，这窗不属于个人，它原本的归宿是大众的场所，谁都收不稳它，强收着是祸是福不好说，坚信它早晚会有天走出他的柴房，而无需可惜打招呼。这也许是他把红纹窗雕放柴房的原因。

可我不信那红纹窗雕会自己不见了，这显然是迷信之言，定是有人暗中偷走了。

庞源恒为什么没把红纹窗雕收藏好，放睡房的床头护着，暗中享受它带来的福分？他在这一天神叨叨地告诉我，因为他觉得红纹窗雕原是祠众灵堂之物，自己福分太小享受不了，无运无财，岂敢有这独享的念头。

他在大火后救起这物件，那也是他知道并爱这窗的神奇，坚信火是烧不坏它的。果然，他死冒滚滚浓烟在大火灰烬中没找到它，最终发现它毫发无损地倒在祠堂的墙角，这才叫人一起把它请回家。

大火刚烧起，他说他听到了这窗的呼叫，不是所有人都能听得到，听得到的人都是跟窗有过关联的人。有过关联的人没有一个人敢跑到现场来救它，只有庞源恒来了，但那些关联着的人，他们有的听说窗雕没烧坏，落在庞源恒手里，也始终惦记着它的安危和去处。这东西在庞源恒手里他们一百个放心。

窗被烧时飞不走，有人说那是先人智慧的结晶，火势烧旺烧灼它便自动弹开从墙上脱落，滚向墙角阴凉处，躲避火的焚烧。绕窗复杂精致的附件设计就没那么幸运，全烧成炭了，特别是那些紧附其后的百叶窗棂也无法幸免。

这窗是祠里不多的窗户中极特别的窗，谁也搞不懂，祖先为什么只在祠堂的这面墙上打造这漂亮别致的圆窗，而且正对着来人的青石路上。闲人解释不了，听说来过不少乡村的各类先生，十个先生九本书，众说纷纭。有一先生无法说服身边的观看请教者，便在那窗前窗后转，细细揣度，一番绞尽脑汁后，顿时深得醒悟。

他装模作样的轻轻抚掌那窗，发出长长的感叹，啧啧称道："得了咧，此物是来自雨林深山千年的黄花梨树哇，为老佛爷慈禧太后打造卧榻用的就是此物神材啊！这窗就是当初挖出那棵剩下的千年黄花梨树头树根所打造成，真乃定神根也。你们不知道吧，为砍这树动用了几百个青壮年人，官府沿途不知派出多少人来护送这神木上京城。这些你们都没听说过吧？"

他吹牛把听的人搞得一愣一愣单的直咽口水。

他人问的奇窗困惑他没说出什么，倒让他编出一大堆有的没的东西，就像是他亲自参与过一样。

红纹窗雕本身确实来自热带珍奇的木黄花梨，清慈禧太后的卧榻是否为千年黄花梨所造，恐怕问大太监李莲英也未必清楚。

这窗被庞源恒在大火中寻得，几人轮流大汗淋淋扛回庞源恒家的路上，热得烫背，他说那是窗在哭。

在起火烧祠堂的那天上午，没有人敢到现场观看。阳光炽热灼人，大火烧至晌午，眼看祠尽房毁在即，大晴天的远天边，冷不丁炸响轰轰隆隆的两声一大一小的闷雷。顷刻间，乌云压顶，电闪雷鸣，那些往祠房续堆干柴，加浇煤油旺火，放火烧祠堂的镇上来的人怕被雷劈了，个个抱头鼠窜逃离放火现场，他们像是惹怒了上天。

大雨熄灭大火，燃烧戛然而止。祠堂的残骸孤烟飘长，门窗烧毁，立面墙和烤黑的房屋大柱子顽强地冲天稳立，阳光重现如金针刺向祠堂的残骸。而跟窗有过关联的人，电光石火扫过他们的大脑，此刻无不记起窗的种种往事。

日本人投降的前年，当时庞源恒还是个大孩子，一伙人在祠堂内玩得正欢，突然出现个浑身是血的人冲到他们的跟前，吓坏了他们。这人插好手中的驳壳枪，招呼他们别怕，自说他是琼纵抗日队伍的人，专打鬼子的，叫孩子们赶紧回家，鬼子正在追捕他。

庞源恒和孩子们帮着他关上祠堂的所有门，他带伤躲身进祠堂内。说来也怪，刚才祠堂门大开，从窗外看不见的祠堂里任何东西的红纹窗雕，此时里里外外全通透，阳光洒进祠堂斑驳陆离。这时机窗雕敞开着了，像是随时要欢迎什么人。

两个日本鬼子一路追杀过来，见其大门紧闭，急得团团转，只好靠上红纹窗雕往里瞅，探查动静。鬼子见里边肃然阴森森，一会儿看得清时似有鬼影在浮动，一会儿侧耳又听不清隐隐约约的响声，是风是人是鬼也不可知。

惊悚之下，他们拿起枪通过窗洞胡乱朝里边开枪。祠堂内顿时一阵子弹横飞，撞墙石的个别流弹竟然准确回击出窗雕口，还说不好是不是里边的人拼死往外回枪，打向在外开枪的鬼子，鬼子这才缩头撤走，临走前恼怒地朝祠堂大门开了几枪，门两边赫然木刻着"宗功祖德流芳远，子孝孙贤世泽长"的红字，被打穿了几个洞。

红纹窗雕当时竟然没受到枪祸之损。

事后村里人说日本鬼子该死了，果真带伤躲避进祠堂的这人，不久后带着琼纵的抗日队伍，把附近鬼子的炮楼给拔了，打死不少鬼子，缴获一挺歪把子机关枪和七八杆三八大盖枪，武装了自己的革命队伍。

中华人民共和国成立后，这人当了很大的领导，他给祠堂送来一块流光溢彩大牌匾，上书宋体"神窗护我民"大字。庞源恒决意把它挂在那窗显眼的地方。

这匾同样被起的大火烧了大半，有人看到"护我民"没了，"神窗"两字还在，不知被谁捡了去。

当然了，最让村里人记起有关这窗雕和庞源恒的还有许多奇事，有件事也流传了下来。

新中国成立前夕的一个秋日里，庞源恒他老爹是村里的族长，他召集村人在祠堂里审理一桩伤风败俗、辱祖败宗的通奸案。这事如果坐实，当事人女方，是谁先不提，将受到族规严厉处罚，把人装进猪笼里，压大石头沉入祠堂门前的水塘溺毙。

祠堂俨如公堂，那时祠堂的左厢房还是乡村的私塾。女方的老公指责女人肚子里的孩子不是他的，是她跟私塾老师相好乱搞出来的。可怜的女人极力辩解却无力无人听她的，于是族长下令装猪笼沉塘!

众人听从，捆起女人要装猪笼时，关键时刻，一旁年轻的庞源恒问了她老公一句话："你口口声声说她和相好的躲在祠堂乱搞，除了听说，请问你亲眼见过吗？"

对方答："见过。"问："在哪见的？"答："在祠堂里。"问："如何见着，哪天哪时？"答："就是那天那时，他们躲在祠堂，我从红纹窗雕看到的，怕丢脸我不敢吱声，没有说出去。"

庞源恒拂袖哈哈大笑："你真会编，我打小起就在祠堂里玩，窗雕我可熟悉了，那天那时祠堂大门打开，从窗雕早就什么都看不见了，不信我们来做个试验。"

众人一番如示说所做，欣然试过都对。窗雕似乎听从了女方和庞源恒的心愿，其中的奥秘仅为少数人所知。

族长跳起大骂男方："你还真是欠揍咧！你自己的孩子却不认，还污蔑别人。来人，给这小子几大板子！摁地上打！今后再来胡乱闹，同样沉你的塘！"

她老公被摁倒挨了几大板子，红纹窗雕救了这女人一命，那女人就说是庞源恒的恩，且她确实与那私塾先生之间没有什么。庞源恒告诉她是那窗的护佑。此后每年这个日子，她都来此给窗烧香上供。

我和庞源恒走去看红纹窗雕，庞源恒径直把我带去一家人的猪圈。

这不是村里"五保户"西婆家的猪圈吗？每季生产队里谷场晒稻谷，她都是晒谷场的护场人。她莫不就是那个被窗雕救了一命的女人？！

庞源恒看我满脸疑惑，他笑得很神秘，对我道出实话。

大火烧了祠堂后，西婆她也惦记着窗雕，就去看个结果，最终只捡回烧剩少半块的那"神窗"两字牌匾，接着打听到窗雕被庞源恒已请回家柴房中。

这下可好，她认为自己管定这窗雕，就能管定福分，不给庞源恒说一声，便摸黑在一个雨夜里把柴房中的窗雕偷回自家。那是一个很沉的窗，西婆一个人是如何从庞源恒那柴房里弄回她家的，至今西婆都不肯说出，仍然是个谜。

她重新修理了做饭的伙房屋，红纹窗雕就当立为窗户使用，天天给它上一炷香供着。说来很怪，窗雕从此极少透进光线，伙房内成天黑乎乎的，不久，她那得病的孩子病死，老公不久也相继去世。

长久里不问啥原因，害怕加慌张，她这时去求问庞源恒，苦做解释，这一问，事才有大解。

庞源恒说："我不介意你那时从我这拿走这窗，知道你迟早是要来找我的，此等窗岂是你一人独享物，快快交出另作他用吧。"

她还是舍不得这救命的东西，说："我拿它来建猪圈行吗？供着它保佑我养大肥猪，好让大家有肉吃，总行了吧？"

庞源恒想到西婆有招数，抬手点头，这猪圈脏是脏了点，没脏哪有净。"这正是我要说的意思，你终于明白了为大家，这就对了，行了。"

此后，她叫人修了个有窗雕立在其中的猪圈，真的每年就顺顺利利地养好一头肥猪，每当卖猪，全村人都能喜洋洋地吃上一些肉。这在当时就算是积了阴德，上了境界。

我迫不及待地走向臭烘烘的猪圈，想一睹红纹窗雕的闪亮容姿，在眼光与红纹窗雕相遇的那一刻，我不由自主地发出了一声感叹，这就是那窗雕吗？

它布满尘罳蛛网，老掉牙般的陈旧！只见其若隐若无的暗猩红显得特别狰狞，离我想象中的太远了，丢哪都像是掉彩的烂旧木窗一个。那领导叫人刻制的烧剩的鲜红"神窗"两字的牌匾，同时立在西婆的猪圈墙角，衬托作用变为了对比，它似乎看起来比窗雕更精神。

我失望地问庞源恒："你不是说站在它面前可感觉到鸟叫泉鸣、绿林翠竹的清风吗？"

庞源恒反问："你真的假的没有感觉、没看到吗？我都看到了呢，心静自然有了，你再走近点瞧瞧……"

"那你说的窗看人，还是人看窗又如何说起？"

他不愿回话，自个儿走开，像先前一般搁下一句话："你没开窍，说了没用。"

此后的此后，红纹窗雕不知如何上了有名的拍卖行，也不知是谁如何把它带上那儿的，那个起拍价大得离谱。如此的故事可能又重新开始了，红纹窗雕不是个人能收藏的，回归原地还是另有去处，不得而知，或许应问一问红纹窗雕的意愿，反正它原本属于众人，不知那些想得到它的人信不信。

我驻村后听人讲过多次，祠堂被大火燃烧时，恰巧下了会儿大雨，浇灭烧剩下的四根祠堂大柱子，这已足够让人惊奇不已。那些大圆柱子黑亮光滑，烟熏火燎后尚忽闪着丝丝耀眼光芒，底端托着青石雕座，在大火烧穿屋顶中如金刚身屹立不倒，挺直地指向蓝天白云。

大圆柱像是进口黑盐柚木做的，有说祖上没买过只产自南洋的这一木头，口气好像是祖上亲自告诉过他的，后又改口说可能是在琼雨林深山里的楠木、坡垒、子京、母生、陆均松……接连胡猜，村人干脆说："没多少人懂，你就说它绝对是海南黄花梨得了，多么珍贵哦，唯我们独有哦，火都烧不坏它哦。"

就算所有人都加入了这一议论，村里有一个人也不会说上半句有关这木柱子的话，他早懂得这是什么木头材质，借说是天上的祖宗告知他的，这祠堂柱子不能叫木柱子，出于敬意要讲为祠主腰骨，却不愿意告诉任何人，他只说了句话，大家再议论，说不好哪天柱子就没了。

这人又是庞源恒，他的话后来得到应验。没能被烧倒下的同时还有祠堂的墙壁，经过多年多场的大小台风和暴雨摧残，墙体部分随之垮了，成了一幅残垣断壁的景象。那些墙壁上的青石砖全是蛮腰的这才暴露出来，当年为什么要用这种蛮腰青石砖墙体造祠堂，我一时不得其解。

村里的庞源恒像鬼影似的，老是在我产生有关祠堂的疑问时及时出现在眼前。说他像鬼影，是我对他的偏见。那天，他见我在祠堂残垣断壁的原址内转悠，突然不知从我身后哪里冒出来，谦卑地张开脸迟疑地问："老王你这是……"

"你怎么知道我在这？"见他突然出现，我惊讶地问。

他说："你来这地方我就知道。"

我说："给你说也不妨，我想把这些倒在地上的青石砖拉去建村里的公共厕所，废旧利用！"

这回是我把他庞源恒吓了一跳，他连连摆手，说："使不得，做不得。"

"为何做不得？你这是啥意思？"我质问他。

庞源恒这时忽然变成了一条狗，温顺的狗，跟在我的身边，我们的腿绕着拣着摔满地的蛮腰青石砖缝走动，地面同时遍布祠堂屋顶掉下的大量瓦片灰渣，他的脚踩着瓦片既没破碎也没响声，而我下脚不知为啥那么重，踩得地面噼里啪啦响，灰雾腾起。他强装笑脸跟着我说："你看到祠内的四条大柱子没了吧？不是烧没了，而是……"

不用他说，祠内地上确实只剩下四墩孤零零的四方青石雕座，形象仍不失威严。

我早已有所耳闻，想知道这事的细节，看来不妨听他说说。他说的声音很细，好像有意防着更多的人听见。

他说，那是一个秋老虎天的下午，来了一牛车的壮汉，有七八个人。这些人纷纷跳下牛车，一跨进祠堂里就抛绳子捆柱子，欲将其拉倒，就地装车。四根柱子陆续倒下差点砸死人，没砸中人反把祠堂的一面残墙撞塌了，那响声轰轰隆隆、惊心动魄，像地震雷鸣。

惊天巨响偏偏把队长庞成地家的房屋震裂开一条不大不小的缝，老鼠乱窜上房阁，水缸裂开流满屋的水，家里的母鸡从此不肯抱窝，这年他家没鸡过年了。西婆家的那只猫被吓得流产，母猫遗弃小崽……

"等等，什么叫'偏偏'？你啥意思？"我打住他的话。

"队长家离着远呢，别人家没事，就他家出这事，不是偏偏是什么？"庞源恒说这话时眯着眼，像看透了什么，接说道，"也许是他的决定不顺柱子的意愿，同意人家来买这些柱子的缘故吧，生产队里穷得要死，想卖柱子换点钱买化肥，队里的水稻没肥施下，哪来饭吃……"

我觉得他在造谣。再说了，烧祠堂剩下的这些东西，能用的就用，能卖的就卖，丢着也是浪费，难道这祠堂还要重建不成？做梦去吧！他冷冷地说总有一天会重建的，他算准着呢。

他诡秘地笑着说："还有更神的呢。"

"那帮人累死累活好不容易把一根柱子弄上牛车，你说那头拉车的黑壮水牛如何表现？天哪，牛刚套上车辕子，牛车翻不过一道坡，牛就口吐白沫前双蹄往后一跪，车辕子猛地插进土里，赶车人朝牛背狠下鞭，抽烂了牛背，牛趴着就是不动。众人只好上去帮扶，牛狠命撑起身子，往前挪了十多步，继而倒下，这一倒，口中吐血，睁着一双鼓眼就死了。后来找来手扶拖拉机，突突突运走了两根柱子，其中一根半途掉地，摔沟里弄不出来，最后的一根连人带车翻进稻田，幸亏没伤着人。

"人拗不过天哩！那些人就是不好想想。他们接着把两根柱子拿去锯木场取材打家具，绝对是上上等的好木材啊。油锯子锯开柱子时卡得尖厉唑唑叫，刺穿人的耳膜，'嘭'的一响，油锯断，飞溅出小块锯齿，击中旁边一个大嘴小眼家伙的眼睛，那人满脸是血当场瞎了一只眼，事后变成'独眼牛'，当天他的耳朵从此听不见任何响声了。

"你猜这人是谁？就是那个出钱买祠堂柱子的镇上小家私厂厂长，外号叫'凿戾暴'。他脾气暴躁，好打骂看不顺眼的在他手下干活的人，打人时弯曲食指和中指，朝人头挥手一凿，一凿一个黑青包。小家私厂经营得半死不活。早听说，是他当年带让人放火烧了祠堂，还坐过牢。"

"难道这是报应？你是在提醒我吗？"我追问庞源恒。

他自顾说他的，神态显得高深莫测地说："你坚持要取这祠堂的石砖建厕所真的不行，建厕所一定要经我看风水选址知道不？不信的话你等着瞧。"

"有啥好瞧的？我们不信什么风水鬼神，别拿这乌七八糟的东西来吓唬人，你难道不知道没公共厕所，全村不少人都急死了，都在屙野屎。不仅公共卫生不好，肚子里拉出的东西都是宝，这得浪费多少肥料，队里的田太需要这些肥了啊，你知道吗？"我激动的口气让庞源恒不敢争议，只有躲开。

不出一个月，在我执意和队里没有经费的情况下，不用花一分钱买石材石灰，只派出人工，用祠堂的蛮腰青石砖，干砌成了四间露天男女厕所和一口干粪池。图靠近祠堂好搬运石砖和利用水源池塘的方便，我自作主张，厕所选址建成后引起了不少的非议。

庞源恒很快就长满一脑袋的理由，对天赌咒发誓，他就是宁愿憋死在家，也不上这个厕所。听这话是故意挑战我来了，我威胁他："你要不带头上厕所，我就把厕所挪到祠堂原址里，信不信啊？"

他服软了，说："别别别，我上我上，你一错再错，干这不要命的事，想折腾我等啊。"

全村孩子欢欢喜喜图新鲜，好玩时，有朝着积满雨水的露天粪池里扔石头杂物，打里面的老鼠，弄得污秽物四下飞溅；村鸡、野鼠贪食里面的污物偶尔掉下粪池淹死有之；多次偷吃粪坑屎的饿狗，不慎滑进粪坑池中，泡在臭烘烘的粪池里，挣扎不出嗷嗷直叫……这下不小心，倒搅起了个鸡犬不宁的日子。

粪池日晒雨淋，臭烘烘加成群蝇嗡嗡飞，村民们天天并不愿意马上走进去如厕，这方便人的地方就慢慢成了被人躲避进去的空厕所。

某日黄昏，这厕所外急匆匆地走进村里一姑娘。天暗得快，一股不知从哪刮来的山风呼呼地吹，厕所内前所未有地猛然传出长时间的鬼哭狼嚎般的凄声呜咽，阴声或长或尖……那蹲厕的姑娘吓破了胆，提着裤子连滚带爬地逃出来，边跑边大喊大叫。

消息传开，引来村庄里里外外的关注，一被关注，自此风吹草动的厕所传闻不断。从此不再有人上这厕所，厕所在烈日下，被暴晒成了一堆烂石堆，臭酸味没日没夜地散发，人们唯恐躲避不及，绕着走开。

我第一时间想到的是有人搞鬼，马上把庞源恒找来询问。庞源恒不阴不阳地说："不听我劝，我给你说过等着瞧吧？"

我一把揪住他的手袖："原来是你在装神弄鬼！"

他挣脱我的手说："你又错了，你想知道为啥是吧？我说了你可别整我？"

我半信半疑地表示他从实招来不会整他。

"首先厕所选址上不讲究风水不行，你在里边拉屎闻到臭烘烘的味儿没有？"

我争辩哪有不臭的拉屎坑。他说："不对，你选定的地方风水风向不对，厕所的必要设施没配备，说你不懂还不服！厕所鬼响声是风吹石砖发出的，蛮腰青石砖是祠的专用砖，砖腰体陷空，便利多填灰泥加固墙体，而你们干砌厕所不用灰泥，留下过多石墙缝，哪有风吹不响的道理。风拉琴给如厕的人听呢，多好啊，哪有什么鬼叫，有的话，早就被她的叫喊声吓跑了。"他说完后独自狂笑不止。

我深感内疚，他说得对，我这不是乱来吗？说不好哪天这些蛮腰青石砖会回归原位的，庞源恒这家伙难道不是早就这么想了？

每年正月到二三月，是我所在的村庄和周边广大乡村闹琼北庙会的日子，号称有千年历史的琼北庙会，大多又叫闹"军坡"，过"公期"。那是乡村民俗大狂欢，祈祷祖宗神灵保佑好岁月的日子，由于当时众所周知的原因，草子园村的祠堂被烧了，放祠堂内闹军坡过公期的器物全给烧没了，再说那时上边不让搞，这一年一度的乡俗大事一放下就晃眼过了九年。

不管过多久人们都会记住这种扎下深根的民俗，第九年是这年，谐音久好日子里。不知哪里如何倡的头，有说是上边支持了，各乡村陆续传出人们明年无论如何都得闹一回军坡过一趟公期。

队长庞成地很认真地对我说："老王，我们过公期你不要干涉了，你要不好向上说，那就装病不知道咧。"

我骂他乱说，闹军坡过公期发扬民俗好传统，没什么不好的，现在从上到下都支持的。

这事刚定下，难题就冒出来。大伙欢欣鼓舞完了，这才回神发现祠堂被大火烧过，连同放置在里面的过公期所有器物全烧没了。什么祖宗神字牌位，公祖婆祖雕像，公公婆婆神灵受阅巡境所乘的鸾辂和骏马，鼓角旌旗等，早烧成了灰烬。

这可把大家难住了，这还怎么过公期闹军坡？

面对大家的期待，队长庞成地唉声叹气地说："我对不起祖宗啊，我没保护好它们，祖宗也没怪罪我们，公祖婆祖啊，这次公期无论怎样都得过，我决心重新打造你们，让你们好吃好喝高高兴兴过一回节，让你们赐我们福多多……"他情不自禁的唠叨是他说给地上地下的祖宗神灵听的，虽然祠堂没了，但祖宗神灵永远都在那。

"你是叫神公保佑你，还是让你去保佑神公，打造什么？"我失声一笑。

庞成地讨厌我的笑，说："别不正经，你懂什么？"紧接着说，"祖宗啊，大家都还忘了一件重要的东西：穿仗银针。那些该死的烧祠的人，那些剐千刀的人，把'穿仗银针'都烧没了。那神物可贵重啊，是阔祖上用一箩筐银元请名师打造的咧，你叫我们现在去哪找回它啊！找不到它，我们又如何与公祖婆祖沟通说话？我们坚信它还在的，火是烧不死它的，祖宗公祖啊，告诉我们吧，银针掉谁手里了，他为什么不交还出来？他想找死吗？你们显显灵，让银针回来吧……"庞成地动了感情，差点哭了，没这真感情，银针又如何归来。

庞成地唠唠叨叨没完，这可能是他长久以来憋在肚子里的话，今儿才有了说这话的机会，他的操心和担忧不无道理，掐指算，离明年闹军坡过公期的日子不远了，要抓紧把损失的器物办齐。

这是晚间在文化室说的话。他大声对来记工分的社员群众和负责记工分的队会计说："都停下，你们议议这事，吃饭睡觉都没这事重要了。"

大家立即七嘴八舌地说起来，说什么的都有。

五保户西婆提醒说："队长，把这事交给庞源恒去办最妥，重新请回公祖婆祖，造鸾辂骏马……"

经她这么一说，庞成地像抓住了什么，说："西婆您老当时是进过火烧祠堂现场的人，捡了烧残的牌匾，没见过进火场捡拾东西的其他人吗？"

西婆进过祠堂的火烧现场，认为自己最好撇清这嫌疑，说："不用怀疑我拿穿仗银针哦，我不敢近那东西，给我都不要。"

一人插话说："红纹窗雕你都敢偷回用，纯银元制作的穿仗银针价值大了去，碰上我哪有不敢要的。"

"窗雕救过我的命……"西婆缺牙的嘴唇气得哆嗦，"我咒你个鬼，讲鬼话嫁祸给我，你们要想知道谁拿走了穿仗银针，叫庞源恒'降公'问，不就清楚了？"

人们大梦初醒，纷纷点头赞同。

这事过了六天，在祠堂破败的原址中，早上阳光清朗，空气清新。两只乌鸦惊奇地飞落在祠堂的残墙头上，黑麻麻的鸟身无故扯嗓嘎嘎叫。人们看不起这黑乎乎的鸟，嫌弃它们可能会带来不详，起初有人吓走它们，但没过多久它们又盘旋飞回。懂行道的人觉得那是庞源恒招来的，以为他正在设坛"降公"，问卜穿仗银针的去向。

现场来了不少人，我和庞成地第一个被请到现场。我倒要看看庞源恒会弄出什么花样来，他真有本事弄清穿仗银针的去向？对这热闹的场景我并不急着下结论，且让他先充分表演。

庞源恒几乎变成了另外一个人，浑身道士打扮，这身行头他能保存着，估计他好久不敢用了。

他不时发出高高低低的喉亮音，踱来挪去，手舞足蹈一番动作，念念有词，但谁也听不清，更听不懂他在念什么。

我从未经历过闹军坡过公期的这类民俗活动，那些年在城里长大，然后下农村，只是听说而已。

何为穿仗？穿仗就是用银针穿过公祖婆祖神灵附身的活人的双脸颊，真针实肉穿透脸颊左右，没有半点魔术的神奇仪式。真人穿仗的场景，让人直呼不可思议，惊叹不已。

据说普遍的穿仗银针是一根用银打造的粗杆针棒，长不过两三米，两头尖利，它在闹军坡过公期时，才被唤醒激活派上用场，其功能作用直至意义和传奇色彩，以及大多数的穿仗针为什么一定要用银打造，为什么要拿来针穿脸颊而不是穿人体的其他部位，穿了脸颊的活公祖，事后害没害病，也许没有多少人能说得透。

庞成地认为，现在穿仗银针我们该查找它的去处了，祠堂烧了，它不会不回来，谁也请不走它，没了它，就无法闹军坡过公期。

他的记忆这时随庞源恒此刻的"降公"回归，本祠堂内的这根穿仗银针是用银元制作的，显得特殊，尤其金贵和神奇，是上天赋予它法力，沟通公祖神灵和凡人的神针，它以前村民度过了一次次难忘的岁月，带给村民欢乐和祝福，造福一方。越想越远，他想起解放那年闹过的一次军坡，那绝对是一次不同寻常的过公期。公祖婆祖出巡境区，乘鸾辂骑骏马，众人扛出的"活公祖"还是庞源恒那时的老爹、族长。只见他大红的脸膛，银光闪烁的那根银针穿透他的双脸颊，犹如残酷地从面颊左右两边长出的钢尖长牛角，威武雄壮，睁着圆眼炯炯直逼远方。

人龙游行队伍鸣锣开道，鼓角鞭炮喧天，欢声雷动，狂热的信众簇拥着，巡乡野穿村巷，人神同庆，鬼怪遁形，构成了一幅世俗民众对神灵"境主"仪仗的大检阅。那年，乡亲们斗地主、分田地，翻身解放过上了好日子，人们无不感恩人民政府带来的幸福，无不感激公祖神灵保佑着这好世道。

这时间，一声传出几里地的呐喊，拉回庞成地的神思，正在请"降公"的庞源恒摇头晃脑地指点镇上的方向说："你们听着，穿仗银针在那边，在一个人的手里，那个人你们知道是谁了吧？我不说，你们去跟站在祠堂墙头上的乌鸦走，乌鸦飞到腾岭镇上，落在谁家的屋顶上，谁就是拿走私藏穿仗银针的人。"

说完，降公仪式便结束。他向墙头撒了一把稻谷，乌鸦抢吃完后，不响不叫欣然掉头飞走。

"谁能跟得上乌鸦飞走去看它落在哪儿？庞源恒你几时长翅膀了，我们可没长啊！你这装神不像神的三伯公，指望你闹半天还不知道东西在哪。就这点本事拿来糊弄乡亲们，当心我们上去扒了你那身衣服！"大家都在为找不到穿仗银针着急，不少围观的青年仔异常愤怒，他们不想再忍了。

说实话，这种事光着急也没用，扒了庞源恒那身道士服同样不起作用，人们不信庞源恒说的还真不对。

第三天，村里青年阿宁、庞力超赶集镇，路过镇西角落的一间破烂锯木厂房子，发现两只乌鸦站上头发出几声怪叫。阿宁马上认出那两只乌鸦，说："这两只乌鸦不就是站祠墙上的那两只吗？庞源恒说出的话是真的！"

庞力超说："哎哟哟，这破烂厂房子是谁的？都遗弃不用了。"

他们回村里后这事便传开了，全村沸腾。庞成地说："我怎么就忘了这个人，不用问，这破小油锯厂就是他的，他不知死活地在这里锯咱祠堂的大柱子，打瞎了一只眼，跑去问了公祖，讲明白太衰气，他便关了这厂子。全镇全世界都知道这事，我糊脑竟忘了，你们为什么不提醒我？当初，我也是没办法呀，队里水稻没肥料撒，为了找钱买化肥，当时竟然同意把遗留的祠堂柱子买给他这种人，那时就是这家伙带人烧了咱的祠堂，全世界谁不知道？他肯定是在烧祠堂时偷走了我们的穿仗银针，庞源恒三伯公，降公看得准啊，我们都忘了这个坏家伙，这回新老旧账全跟他算！"

阿宁笑队长事后诸葛亮，说："别认为我们是跟你一样的，您老当时开始不同意卖祠堂柱子给'凿戾暴'，听说他在镇上请你搓了一顿牛鞭汤，吃好喝好后你就同意了……"话没说完，阿宁怕挨揍连忙跑开，惹得众人大笑。

庞源恒略加思索，张口对众人说："你们快别纠结了，干正事去！"

庞成地第二天一大早带着一帮人出现在腾岭镇"凿戾暴"的店铺前。已成"独眼牛"的"凿戾暴"改行只卖小家私货了，此时看不清冲进店面来的这伙人，干巴巴地问道："喂，你们……"

阿宁直截了当地打断他："我们想买穿仗银针。"

庞力超不等对方缓过神来又问："多少钱？开个价。"

但等"凿戾暴"一边的眼终于看清了来人庞成地，那张曾经一起吃喝过牛鞭汤的脸拧成了一个大问号，浑身打了个激灵，他多多少少明白了咋回事。双腿好似无法站直，差点瘫软在地上。

来人把"凿戾暴"团团围住。

"你烧我们的祠堂，偷我们穿仗银针，好好交回来，我们今天不动你的筋骨。"

"你们……我真没见过你们穿仗银针那东西。"

"嘴硬不老实是吧，说！放哪去了？"庞力超从左边甩了他一个头上"戾暴"。他的头缩了进去。

"没把穿仗银针卖掉吧？"阿宁从右边又甩他额上的一个

391

"戾暴"。他捂住了脸。他知道他这时如敢还手斗嘴，将不仅仅是头上脸上凿起几个黑青包的问题。

"凿戾暴"抱着头扑通一声双腿跪地，说："我哪敢拿你们的这种神器啊？真的没见过啊……"他装出无辜样大哭，哭得很惨，"我该死，我真的没拿什么穿仗银针啊！我千不该万不该带人去烧你们的祠堂啊，我有罪，我是个头顶流脓脚底流汁坏透的坏蛋，我不是人……你们现在把我打成肉饼，拿去炖来吃了，拿去煎了也不为过……"

庞成地示意大家不要动手，问："你如何赎你的罪过？"

"凿戾暴"捣葱似的磕头："你说你说，我能办到的一定办。"

庞成地说："我们放在祠堂里闹军坡过公期的东西，全让你一把火烧了，现在要置办回得用钱，你是不是要补偿资助点？"

"凿戾暴"抹去他脸上的鼻涕泪水，连连说："应该的应该的。"

庞成地几乎忘了他们这趟来的根本任务是索回穿仗银针，当他带着队伍返回村子，庞源恒问他："找到银针了？"

庞成地似答非所问："好了，全解决了。"

"我知道你们是很难找回那神物的，忘了告诉你们，非我出山哪能请回它？不管它现在落在谁手里，我试着请一回，八九不离十它就会回来。"庞源恒口气自信地说。

庞成地有点气恼地说："既然你能请回它，那你叫我们兴师动众去追个啥？差点把'凿戾暴'打扁了。"

庞源恒一番狂笑，说："你们不去，哪能解决问题？原祠堂现在一时半会儿建不起来，但着急重新置办这些过公期器物得花钱吧？队里的那点分红钱就留着给乡亲们，不能动啊，公祖神可以不吃饭，我们活人可是天天要吃要喝的。"

庞成地不住地点头，他对庞源恒的话表示赞许，难怪别人叫你公祖，想法跟我不谋而合哩。

日子这么折腾着过，晃眼就到了第二年闹军坡过公期的这一天。像过往那样，草子园村及周边几个村庄的共同公期仪式，这天首选在老地方祠堂原址上举行。

黎明前的天空出奇地闪现出一丝苍茫的光线，曙光眨眼间就亮堂了。

公期启动仪式在一片欢呼声和锣鼓鞭炮喧天声中进行，人山人海，活动进行得如火如荼。等到公祖婆祖被成百上千人簇拥着，乘鸾辂骏马出巡游时，人们注意到了，人们看到了"活公祖"庞源恒。那根穿仗银针不知什么时候已经穿过庞源恒的左右面颊，他像一尊威严的雕塑，就是这根穿仗银针当年也是这般穿过他老爹的脸颊，被信众抬着拱着在澎湃的人潮中向前欢呼流动。

穿仗银针两头尖端在阳光下熠熠生辉，像游动在空中的银梭，云彩映照，焕发出无与伦比的光芒，潮动的人群中不时有人往穿仗银针两头穿挂上纸钱以表祝福和祈祷。西婆挤不进人流，她手中握着一张钱，期望今年能顺利养好一头大肥猪，阿宁帮着她把钱挂上去了。阿宁同时也把自己的美好意愿带上。庞力超则追上去，往穿仗银针两头都穿挂上自己的迫切愿望，希望今年能找到媳妇成家立业……

人们一时都忘了穿仗银针是如何回来的，面对他们的疑惑，庞成地事后说："问那么多干啥？谁都拿不走它，它一直在我们的祠堂里，在我们的心中。"

尾　声

　　我在藤岭乡下当工作队队员，先后有两年多时间，其间经历两批次人员调换，我都坚持留下。跟我同在一个大队当工作队队员的知青同伴张奇乐，早我一年回到上山下乡的甘蔗农场，他是从农场招工回城的，被分配到市里一家机修厂当机修工。我后边才知道，听说张奇乐当初跟县供销社来的王桂花弄出了绯闻，就是那个长得漂亮还没结婚的工作队队员王桂花。工作队撤回时，她回县城供销单位两个月后，肚子就现形鼓起来，两个人便顺理成章地结婚了。婚后没多久，两人也不知怎么的，总是吵架，竟闹到要离婚的地步。等我有机会问到张奇乐，好奇他们怎么那么快就离婚了，孩子不过几个月大。

　　他一副洒脱的神态，说："没办法啊，哥们儿，过不下去了。"

　　我擂了他一拳，说："离婚这事对孩子的成长不太好吧？"

　　"放心，我怎么会不管孩子。"张奇乐闷头点烟，我记得他原来不抽烟的。

　　过了两年张奇乐回城后谈了一个同厂的女朋友，人家等着出国两人的事便吹了。他沮丧万分地对我说："兄弟，我当时在工作队期间，你知道的，我不知多苦闷孤独，压力山大，要不是想着回来，人早就垮得不成样了。"

　　我回道："就你苦累啊？快别提那些日子了，都过去了。"但我不后悔，反而有些感谢那段时间的生活，不知为什么。

　　我从张奇乐的口中得知，同样是我们坡岭工作队队员的退伍兵老龙，却被分配去化肥厂，老龙本想去糖厂，对化肥厂的工作很不满意。由于他知道陈祥广的一些不正的工作作风，他认为是陈祥广偏心整他，把他调换去了化肥厂，就写信给组织部门把陈祥广的作风问题告了。

组织上经过调查证实，陈祥广因此在工作队结束后准备提拔当林业局局长的任命泡汤。念他为老同志，承认错误根源深刻，态度诚恳老实，写出交代问题过程认真，这让调查他的人员很是满意。组织上对他这个作风问题，定性为"思想意识上的严重错误"，同时考虑他在工作队期间工作有成绩，职位上没有撸光他，仍保留回他原来林业局害虫股长的职位，直至离休。

不过具体是什么作风问题，我也不得而知了，张奇乐也不知道细节。

庞其老师得到落实政策，回到他原来的农学院当老师去了。

在我开始不断融入草子园村的生活工作中时，县里最终结束了向农村派驻工作队的做法，我也撤出这片令我终生难忘的热土。全县当时所有的工作队队员，原有单位的回原单位，来自农村的年轻队员，绝大多数得到安置，荣幸分配到县化肥厂、糖厂、农机厂等国营企业工作，有的还调入基层公社任职和在县机关以工代干。

我也有被招工的机会，但不愿意去县里的工厂当工人，一心想着回到我原先上山下乡前的城市。所以，县里往农村派驻工作队的运动一结束，我便随工作队剩下的队员，打起背包原路返回我下乡的知青甘蔗农场。

阔别农场两年多，原先一同下乡安置在这片广阔天地种甘蔗的七百多名知青同伴，先后各种原因离开这个知青甘蔗农场，已有多半的人回城了，知青场原来热热闹闹的宿舍和环境一下显得空荡荡的。宿舍有许多门窗已破败，秋风飒飒地吹起地面的几团灰土和七零八落的树叶，扑面而来。

　　我眯着眼干着嗓子朝前面喊："有人吗?"喊了半天，眼前仿佛看见那些宿舍门窗外伸出一个个探头探脑的笑脸，像在欢迎我的归来。在我的错觉中，有个人从一间没有关门的宿舍探出个头，我一下就认出他就是我熟悉的一个男知青。"好像就剩你在农场等我啊，他们呢?"顷刻间，我的眼泪忍不住刷地下来了。

　　一九七七年，就是一九七七年啊，我在参加国家恢复的高考的那天晚上彻夜未眠，第二天一早走入考场。有个县城考场就临时设在县城的一所向阳小学内，考场里外布下了不少手持工纠棍、手臂箍红袖章的人员，这些人对走入考场的人投来复杂的目光。

　　我走向考场时，看到许多似曾相识和素未谋面的人，不少人年龄看上去相差较大，有两个人是我认识的，他们都考上了大学。再次强调一下他俩的悬殊身份，他们一个是雨林县原县委书记于弘毅，一个是藤岭公社坡岭大队草子园村第八生产队地主婆文子心的儿子庞朝东。

　　　　　　　　　2020 年 11 月 12 日完稿于新埠岛